Beate Felten-Leidel

Mit Winnie in Niersbeck

*Viel Freude beim
lesen*

B. Felten Leidel

Beate Felten-Leidel

Mit Winnie in Niersbeck

Kindheit am Niederrhein

Illustrationen von Caroline Riedel

*Für meine Freundin
Kornelia Blum
(1956 - 2015)*

Als Kinder haben wir uns oft Gedanken darüber gemacht, wie das Leben nach dem Tod wohl aussehen könnte. Winnie glaubte fest daran, dass man verschmelzen würde mit der Natur, der Erde, den Bäumen, dem Wasser und der Luft, und dass man sich verwandeln könne in andere Lebewesen. Sollte es Winnies Paradies wirklich geben, dann ist sie nun frei und kann endlich all das tun, wovon sie immer geträumt hat. Sie kann ihre Flügel ausbreiten und mit den Adlern über die Canyons gleiten, sich emporschwingen bis hoch über die Wolken. Sie kann mit den Walen hinab auf den Meeresgrund tauchen, mit den Wölfen durch die Wälder streifen, dem Mond am Fluss Nachtlieder singen, durch Raum und Zeit reisen, bei den Ahnen wohnen und mit den Schamanen um flackernde Feuer tanzen. Freundinnen kann man nicht trennen. Wer vorangeht, wartet auf die andere. So haben wir es auch als Kinder immer gemacht. Wir sehen uns wieder. Auf der anderen Seite. Irgendwann. Tókša akhé, Winnie!

Impressum:

1. Auflage 2017

Lektorat:
Michael Arndt, Marburg

© und Verlag:
DGK Beratung und Vertrieb GmbH, Edition novel
Biegenstraße 6, 35037 Marburg

Satz und Layout:
Heidi Riehl mediendesign, Marburg

Druck:
Jürgen Haas Print Consulting e. K., Gladenbach

Inhalt

Prinzessin und Maus	11
Damals in Kattendonk	18
Schöne Aussichten	27
Poesiealben und Klassenspiegel	34
Üble Verstrickungen	47
Rosmarin und Teufelskralle	53
Maria und der Heilige Geist	63
Rita und die Kommunisten	70
Alfresco und der Vatikan	76
Niersmatronen und Heilige Madel	85
Hildegard von Bingen	90
Heiteres Beruferaten	94
Hoher Besuch	100
Vampire und Pockennarben	110
Salamander und Hasenfrau	119
Auf den Hund gekommen	129
Mokassins und Adlerfedern	142
Amselangriff und Ringo Starr	152

Schwester Melusia	158
Antike Chöre und Lesezeichen	166
Schneefedern und bissiges Kind	176
Selbstgebacken	187
Prälat Sandemann	201
Der schöne Manfred	213
Adler über Gebirge	221
Die entführte Braut	232
Opa Südstraße	244
Apfelbaum und Kinderengel	256
Shakespeare und Butterblume	263
Frank Zappa und Fräulein Niederziehr	274
Bewegte Zeiten	279
Kairos um Mitternacht	284
Der besondere Geburtstag	297
Al Mundy und die blauen Berge	302
Wasserratten und Badekappen	310
Maikirmes	317
Danke	332
Glossar „Kattendonker Platt"	334

Wie im ersten Buch über Marlies und ihre beste Freundin Bärbel („Mit Winnie in Kattendonk") wird man einige der beschriebenen Schauplätze auf realen Landkarten vergeblich suchen, denn sie existieren ausschließlich auf der imaginären Vergangenheitskarte in meinem Kopf. Mit etwas Glück kann man sie aber trotzdem finden, am besten bei Dämmerung an besonders nebligen Herbsttagen. Kattendonk liegt unmittelbar an der alten Landstraße zwischen Grefrath und Hinsbeck, wo es niederrheinischer gar nicht sein kann, und beginnt gut tausend Schritte hinter dem ehemaligen Grefrather Krankenhaus. Grotekerk befindet sich einige Kilometer weiter auf der linken Seite derselben baumbestandenen Landstraße, kurz vor der Kurve mit den Bauernhöfen und der weißen Windmühle. Die Klosterschule Niersbeck mit dem malerischen Park, den mächtigen Bäumen und dem Schwanenweiher verbirgt sich gut versteckt in einer Zeitfalte hinter dem Fluss, der Grefrath von Oedt und Mülhausen trennt, und hat möglicherweise einige Gemeinsamkeiten mit dem 1888 gegründeten größten Gymnasium im Kreis Viersen, das sich dort heute rein zufällig befindet. Am Ende des Buches gibt es ein kleines Glossar mit Übersetzungen aus meiner ersten Fremdsprache, dem inzwischen fast ausgestorbenen Kattendonker Platt. Die meisten Protagonisten im Buch sind Mischwesen aus realen und fiktiven Personen und haben erfundene Namen. Winnie, Marlies, Nana, fast alle Tiere und meine Rechenschwäche gab es wirklich.

Prinzessin und Maus

Winnie Klaarenbom war ein Jahr und zwei Tage jünger als ich, wohnte in derselben Neubausiedlung wie meine Familie und war während der gesamten Schulzeit meine beste Freundin. Eigentlich hieß sie Bärbel, doch sie war der festen Überzeugung, dass jeder Mensch das Recht habe, sich seinen Namen selbst auszusuchen, und da Bärbel so gar nicht zu ihr passte und Winnetou ihr größter Held war, taufte sie sich kurzerhand um. Wir waren echte Blutsschwestern und hatten uns auf dem alten Kattdonker Friedhof vor dem Grab mit dem weißen Kinderengel ewige Treue geschworen. Wir hielten zusammen wie Pech und Schwefel und verstanden einander ohne Worte. Wir hatten gleichzeitig Mumps, Masern, Windpocken, Röteln und Stubenarrest, machten gemeinsam Strafarbeiten und Hausaufgaben, pflegten kranke Tiere gesund, zähmten Katzen, Hunde, Kaninchen und Mäuse, beobachteten Füchse, Eulen, Rotkehlchen und Saatkrähen, fingen Glühwürmchen und Maikäfer, bekämpften und besiegten den verhassten Erzfeind Axel Brökskes, passten auf unsere nervigen kleinen Geschwister auf, lasen zusammen verbotene Bücher, bauten schillernde Luftschlösser und funkelnde Wolkenkuckucksheime und waren fest davon überzeugt, dass sich unsere Wege niemals trennen würden.

Unsere erste Begegnung fand an einem frostigen Rosenmontag statt. Ich trug ein graubraunes Plüschkostüm, das ich mir nie im Leben selbst ausgesucht hätte, sollte im Dorf „singen gehen" und fühlte mich hundeelend. Schuld daran war meine Mutter, denn sie hatte mein Karnevalsoutfit höchstpersönlich entworfen und genäht. Zu meinem Leidwesen legte sie größten Wert darauf, dass ich stets „etwas Originelles" trug, und meine Wunschkostüme Indianer und Zauberer schickten sich nun wirklich nicht für Mädchen. Nicht mal Hexe durfte ich sein, denn auch das war „viel zu gewöhnlich". Hexen gab es schon dutzendweise in Kattendonk. Damals trugen sie allerdings noch Kopftücher und nicht wie heute spitze schwarze Hexenhüte. Das Kostüm, das Mama für mich ausgewählt hatte, gab es todsicher nur einmal. Leider. An jenem denkwürdigen Rosenmontag war ich Maus, mit großen runden Ohren, langen Plastikzähnen, die unangenehm drückten, und einem grauen Schwanz, der zwar prall gestopft und mit einem Drahtkern versehen war, aber so unschön über den Boden schleifte, dass ich ihn notgedrungen über dem Arm trug.

Auch Winnie hatte sich trotz vehementer Gegenwehr nicht gegen das familiäre Kostümdiktat durchsetzen können. Mutter und Großmutter hatten sie mit Gewalt und vereinten Kräften in ein pinkfarbenes Prinzessinnengewand gezwungen, das mit mehreren Petticoats verstärkt war und reifenförmig abstand. Winnie *hasste* Rosa. Und genau wie ich *hasste* sie Kleider und wäre viel lieber ein Junge gewesen. Ihr Wutgeheul machte alles nur noch schlimmer, so dass man sie kurzerhand zum Abkühlen an die frische Luft gesetzt hatte. Die erboste Prinzessin stand mit funkelnden Augen hinter dem frisch gezogenen Jägerzaun in Klaarenboms kahlem Garten und sah aus, als würde sie jeden Moment platzen. Als ich im Nagetieroutfit um die Ecke bog, versuchte sie gerade mit finsterer Miene, sich den korallenroten Lippenstift abzuwischen, der damals bei Müttern der letzte Schrei war und in einer etwas dunkleren Nuance auch meinen Mund zierte. Dabei passte er so gar nicht zu einer Maus! Genauso wenig wie der dicke Schönheitsfleck auf meiner Wange, den meine Mutter mir schnell noch zwischen Tür und Angel verpasst hatte. Bei meinem Anblick besserte sich Winnies Laune schlagartig. Sie starrte mich entgeistert an und prustete los. Ich wurde so rot wie mein Lippenstift und schämte mich in Grund und Boden. Nachdem sich die pinke Prinzessin einigermaßen beruhigt hatte, kreischte sie: „Wat bis' du denn? Soll dat 'ne Ratte sein oder wat?", und wieherte gnadenlos weiter. „Ich bin Maus", erklärte ich so würdevoll wie möglich. „Ach so!", lachte die Prinzessin. „Aber aussehn tuste wie 'ne Ratte." Normalerweise wäre ich tief gekränkt gewesen, doch Winnies Lachen wirkte irgendwie entwaffnend. Außerdem hatte sie sofort eine konstruktive Idee. „Nimm die doofen Zähne doch raus!", schlug sie vor. Ich zögerte. Ob ich das durfte? Die Nagezähne gehörten doch zwingend zum Kostüm dazu und waren eigens in Krefeld für mich erstanden worden. Meine Mutter wäre damit bestimmt nicht einverstanden! Ich sah mich vorsichtig um. Meine Mutter war nirgendwo zu sehen. Also holte ich tief Luft und folgte Winnies Rat, dem ersten von vielen meist hervorragenden Ratschlägen, und fühlte mich gleich sehr viel wohler. Jetzt lachte auch ich. „Siehste!", rief die Prinzessin. „Jeht doch!" Wir verstauten meine Zähne und ihre Krone in meiner Tasche und waren die besten Freundinnen auf der Welt.

Winnie war ganz anders als ich. Ihr Haar war dick und dicht wie eine Pferdemähne, sie hatte eine freche Stupsnase, war klein, wild und drahtig, nicht schüchtern, dünn und gibbonarmig wie ich, und hatte vor nichts und niemandem Angst. Sie kaute Nägel, konnte bellen wie ein Hund und schweigen wie ein Grab, wenn es darum ging, wichtige Geheimnisse zu wahren, und sagte ansonsten laut und deutlich ohne Rücksicht auf die Folgen genau das, was sie dachte.

Autoritäten bissen bei ihr auf Granit, Gefahren schreckten sie nicht. Wie Robin Hood verteidigte sie die Schwachen und war schon als Kleinkind ein Freigeist und Dickkopf. Daran änderten auch die Kattendonker Volksschule und die strenge Klosterschule in Niersbeck nicht das Geringste. Weil Winnie sich das Lesen längst selbst beigebracht hatte, konnte sie früher eingeschult werden, und wir kamen trotz unseres Altersunterschieds in dieselbe Klasse. Wir gingen Hand in Hand zur Volksschule, saßen im Unterricht nebeneinander und trabten nach der letzten Stunde erleichtert wieder nach Hause. In der Schule wurde man damals noch geschlagen, mit Büchern beworfen, bekam Kopfnüsse, wurde an den Ohren gezogen und mit Linealen und Rohrstöcken auf die empfindlichen Fingerspitzen gehauen. Besonders, wenn man den Mut hatte, „vorlaut" zu sein und sich gegen einen der leicht reizbaren und oft ungerechten Lehrkörper zur Wehr zu setzen. Während des dritten Schuljahrs, das sich als wahrer Alptraum entpuppte, ließ Winnie sich nicht mal von Fräulein Härkentang einschüchtern, die durch ihre besondere Schlagkraft in ihren Klassen Angst und Schrecken verbreitete. Fräulein Härkentang konnte Winnie nicht leiden, weil sie „aufsässig" war und „Widerworte" gab. Ihre Fingerabdrücke waren manchmal stundenlang auf Winnies Gesicht zu sehen. „Dat lass ich mir nich' jefallen", maulte Winnie. „Der werd' ich's zeijen! Et muss nur der richtije Moment kommen!" Wenn es sein musste, konnte Winnie sehr geduldig sein.

Beim ersten Glatteis schritt sie zur Tat. Wir lauerten unserer Widersacherin auf dem Parkplatz hinter der Schule auf, und Winnie schleuderte ihr schwungvoll ihren Schulranzen in den Weg. Wie ein übergroßer Puck schlitterte er auf sein Ziel zu und traf Fräulein Härkentang mit voller Wucht. Sie verlor das Gleichgewicht, stolperte und landete laut fluchend auf dem Boden. Winnie lachte leise, ich zitterte. „Dat jeht schon jut", beruhigte mich Winnie. „Die is' zäh."

Da unsere Klassenlehrerin wie üblich ihren hässlichen dicken Pelzmantel trug, wurde ihr Sturz glücklicherweise beträchtlich abgemildert und sie brach sich nicht etwa Arme und Beine, den Hals und die Wirbelsäule, wie ich befürchtet hatte. Wir hockten eng aneinandergepresst hinter einem Kirschlorbeerbusch und beobachteten aus sicherer Entfernung, wie Fräulein Härkentang den feindlichen Ranzen aufhob und nachsah, welcher Teufelsbraten ihr diesen unverschämten Streich gespielt hatte. Winnies Name stand gut lesbar in großen Filzstiftlettern im Inneren des Tornisters. Fräulein Härkentang wusste also Bescheid. Sie würde uns windelweich hauen. Außerdem würde sie dem Rektor und unseren Eltern Meldung erstatten. Wir waren verloren! Doch nichts dergleichen geschah. Die feindliche Gestalt rückte ihre verrutschte Schmetterlingsbrille zurecht, klopfte sich Schnee und Eis vom Pelz, ließ den Tornister einfach liegen, bestieg ihr Auto und brauste in einer stinkenden Auspuffwolke davon. Winnies Ranzen hatte sie besiegt. Danach ließ Fräulein Härkentang uns in Ruhe. Winnie brauchte nie mehr die Tafel abzuwischen, was sie ohnehin nur hüpfend schaffte, weil sie so klein war, und musste nach dem Unterricht auch nicht mehr den stinkigen Fellmantel für sie halten, unter dem sie komplett verschwand. Man bekam darunter kaum Luft, denn er roch nach einer scheußlichen Mischung aus Essen, Kaffee, Plumpsklo, Zigarettenqualm, Mottenpulver und Kohlenkeller. Alles gleichzeitig. Unsere Klassenlehrerin fand schnell ein neues Opfer, sie hatte ja freie Auswahl, und schlug auch weiterhin kraftvoll zu. Manchmal war ihr dabei offenbar selbst nicht ganz wohl und sie versuchte uns mit Süßigkeiten zu bestechen, damit wir zu Hause nur ja nichts erzählten. Doch das war gar nicht nötig. In den sechziger Jahren hatte man als Kind schlechte Karten. Wer sich zu Hause über Schläge beklagte, erntete oft nur ein müdes Schulterzucken oder gar eine weitere Ohrfeige und den unsensiblen Satz „Die wird schon ihre Gründe gehabt haben!".

Auch unser Erzfeind Axel Brökskes von gegenüber, ein verwöhnter Einzelprinz, dessen Eltern so reich waren, dass sie ihm alles kauften, was er sich wünschte, sobald er nur einen Piep sagte, merkte spätestens nach dem Raub seines Krokodils, einer besonders teuren, aber in unseren Augen wenig eindrucksvollen Lokomotive, dass mit Winnie Klaarenbom nicht gut Kirschen essen war. Das blöde Krokodil musste Winnie, die so wunderbar klauen konnte, dass es nie einer merkte, leider noch am selben Abend wieder herausrücken, weil Axels erzürnter Versicherungsvater gemeinsam mit seinem kleinlauten Sprössling bei Winnies Eltern auftauchte. Herr Brökskes schäumte. Unvorstellbar, dass ausgerechnet sein Sohn sich von einem *Mädchen* hatte bestehlen lassen! Axel wand sich auf Klaarenboms Sofa wie ein Wurm. Doch selbst er war lernfähig. Nach einigen wohl platzierten Kinnhaken und Schienbeintritten und unserem legendären Trappersieg hielt er sich lieber an anderen Kindern schadlos. Allerdings nur, wenn Winnie nicht in der Nähe war. Gelegentlich erwischte er leider auch mich, nahm mir mein Spielzeug ab oder beschimpfte mich mit gemeinen Ausdrücken. Zwei Mal wurde er richtig rabiat. Einmal erschlug er mich fast mit dem Wäschestampfer seiner Mutter, ein andermal knallte er mir einen Stein vor die Stirn. Beide Male brach ich oscarreif zusammen und trug erst eine offene Wunde und dann eine Gehirnerschütterung davon. Glücklicherweise ohne größere Folgen, auch wenn ich wochenlang fürchtete, chronische *Mijräne* wie Tante Pia zu entwickeln oder gar sterben zu müssen. Meine Familie übertrieb es mal wieder und sorgte dafür, dass ich nach der Steinattacke tagelang regungslos im verdunkelten Wohnzimmer auf der Couch liegen musste. Ich machte mich schon darauf gefasst, dass Doktor Engels mich ins Krankenhaus stecken und mir den Kopf aufmeißeln würde. Im *Reader's Digest*-Heft meiner Eltern hatte ich darüber einen Bericht gelesen. „Gehirnoperation bei vollem Bewusstsein" hieß der Artikel. Dann lieber im Dunkeln liegen, um mir etwaige Spätfolgen zu ersparen. Doktor Engels, der am ersten Tag kurz nach mir sah, hatte die strenge Bettruhe zwar *nicht direkt* angeordnet, doch meine Mutter hatte ihn so verstanden. Sicher war sicher! Tagelang hasste ich Axel Brökskes aus tiefstem Kinderherzen, dann durfte ich wieder aufstehen und konnte weiterleben. Winnie rächte mich angemessen. Der Angriff mit dem Wäschestampfer kostete Axel seine komplette Murmelsammlung und mehrere Elastolintiere, und nach dem Steinschlag war sein neuer roter Tretroller schrottreif. Axel war außer sich. Dass sich seine Gefühle für Winnie eines Tages in eine gänzlich andere Richtung entwickeln würden, hätte sich zu diesem Zeitpunkt keiner von uns träumen lassen. Am allerwenigsten Axel Brökskes.

Damals in Kattendonk

Kattendonk war bis in die siebziger Jahre ein erzkatholisches Nest am Niederrhein und bestand während meiner Kindheit aus Eingeborenen, Zugezogenen und Flüchtlingen. Die Zugezogenen fielen nicht weiter auf. Die Flüchtlinge schon. Sie kamen „von drüben", aus „dem Osten", aus Schlesien, Westpreußen und Ostpreußen, aus Pommern und dem Sudetenland. Kinder mit ungewöhnlichen Nachnamen wurden an der Volksschule sofort gefragt, ob sie Flüchtlingskinder seien. Doch damit hatten nur die Erwachsenen ein Problem, für uns Kinder machte es keinen Unterschied, woher die Eltern stammten. Heimat, Flucht und Vertreibung waren abstrakte Begriffe, was genau sie bedeuteten, erfuhren wir erst Jahrzehnte später. Die Ausländer oder *Jastarbeiter* bemerkte man nicht, denn sie arbeiteten tagsüber in der Fabrik und blieben ansonsten lieber „unter sich". Leider. Ein wenig Exotik hätte unserem Dorf sicher gut getan. Ich kann mich nicht erinnern, während meiner Schulzeit je ein ausländisches Kind in der Klasse gehabt zu haben.

Kattendonk hatte tausend Augen und Ohren, die alles sahen und hörten, was sowohl Vorteile als auch Nachteile hatte. Der Vorteil war, dass man nie allein war. Der Nachteil war, dass es keine Geheimnisse gab und alles früher oder später ans Licht kam. Omas Schwestern, die ich der Einfachheit halber nicht Großtanten, sondern einfach nur Tanten nannte und mit denen ich als Kind sehr viel Zeit verbrachte, weil meine Mutter im Büro arbeitete, gehörten zu den fleißigsten Verbreiterinnen von skandalösen, ehebrecherischen und ketzerischen Neuigkeiten.

Unsere Familie hatte eindeutig einen Hang zum Dramatischen. Die nervöse, stets leicht säuerliche Pia war Spezialistin für alles Religiöse, insbesondere Heiligenlegenden und Verstöße gegen das sechste Gebot. Die korpulente lebenslustige Tante Finchen wusste alles über Krankheiten, Kochen und Kevelaer. Tante Katrinchen neigte zu Schwermut und war unverheiratet geblieben, weil sie nie den Richtigen gefunden hatte oder heimlich in unseren bereits verheirateten Hausarzt Doktor Engels verliebt war, wie Winnie und ich aufgrund einiger schwerwiegender Indizien vermuteten. Sie wohnte mit Tante Maria zusammen am Berger Platz. Tante Maria hatte ihren Mann und beide Söhne im Krieg verloren und wurde zunehmend verwirrter. In ihrem Haus trafen sich die Schwestern regelmäßig zum ausgiebigen Kaffeeklatsch. Die leckeren Plunderteilchen, Apfeltaschen, Cremeballen und Bienenstiche, mit denen sie mich als Kleinkind verwöhnten, habe ich bis heute nicht vergessen. Da die Schwestern aus einer alteingesessenen Konditorfamilie stammten, waren sie allesamt kuchensüchtig und konnten hervorragend backen. Ebenfalls mit von der Partie und als Buschtrommler unverzichtbar waren der gemütliche Onkel Hermann, Tante Pias Mann, und Onkel Friedes, der Mann von Tante Finchen. Er war Spezialist für Todesfälle, Aufbahrungen und Beerdigungen und bereicherte die Damenrunde mit wichtigem Hintergrundmaterial und für empfindsame Kinderohren äußerst gruseligen Details.

Dass Winnie und ich die vertraulichen Diskussionen, die aus Sicherheitsgründen auf Platt geführt wurden, mühelos verstanden, fanden meine Verwandten nie heraus. Der Dialekt meiner Großtanten hat mir später beim Erlernen weiterer Fremdsprachen sehr geholfen und ist nach wie vor eine wunderbare Inspirationsquelle, wenn es um Kraftausdrücke und Beleidigungen geht, die keiner verstehen soll. Inzwischen ist *Jriiersch Plod* so gut wie ausgestorben, doch glücklicherweise gibt es ein dreibändiges Lexikon, das den Wortschatz zumindest schriftlich bewahrt.

Das Haus von Oma und Opa Südstraße war mein sicherer Hafen. Opa war früher Lehrer gewesen, hatte in Köln studiert, halb Kattendonk irgendwann unterrichtet, wusste fast alles und konnte das Wenige, das er nicht wusste, mühelos in einem seiner tausend Bücher nachschlagen. Wenn sich die Familie beim sonntäglichen Kaffeeklatsch in der Südstraße versammelte, sorgte er zuverlässig dafür, dass mir die schlimmsten Details der Unterhaltung erspart blieben, indem er kurz vor den Highlights schnell mit mir in den Schuppen zu den Kaninchen ging. Seit ich Verstärkung durch meine robuste kleine Schwester Nana hatte, war vieles besser geworden, doch die Kaninchen gab es leider während meiner Gymnasialzeit nicht mehr. Im Schuppen standen nur noch die leeren Ställe, und Opas große Schatzkiste, aus der er früher die Inspirationen für seine Geschichten genommen hatte, war in den Keller umgezogen. Oma und Opa Südstraße waren das glücklichste Paar, das man sich vorstellen konnte. Opa war ein wandelndes Lexikon, und Oma war die Geduld und Fürsorge in Person. Bei ihnen konnte man wunderbar entspannen, sogar wenn man Probleme in der Schule oder mit den Eltern hatte. Sie hatten Humor, wussten immer Rat und haben mich nie verpetzt. Kein einziges Mal.

Wenn ich heute an den Niederrhein denke, fällt mir als erstes der Herbst ein mit seinen flammenden Bäumen, den geheimnisvollen Nebelschwaden und den riesigen Vogelschwärmen, die sich auf den Weg in wärmere Gefilde machten und bei uns rasteten oder sogar überwinterten. Im Oktober kamen Scharen von Wildenten und Erlenzeisigen. Ich erinnere mich auch an schwarzglänzende Kolkraben, hüpfende Saatkrähen, zankende Elstern und Dohlen, an bunte langschwänzige Drachen über den Stoppelfeldern. Am meisten liebten wir die leuchtenden Martinsumzüge mit den selbstgebastelten Fackeln, in denen echte Kerzen brannten. Auf das Singen der alten Herbstlieder und das anschließende große Feuerwerk freuten wir uns schon Wochen vorher. Meine Erinnerungen duften nach heißem Kakao, feuchtem Laub, rauchigen Kartoffelfeuern und gerösteten Kastanien, nach Bratäpfeln und rosinengespickten Krapfen, die bei uns *Püfferkes* hießen, nach Vanillekipferln und kleinen ovalen Mutzemandeln, die mit Zimt und Rum gebacken und noch warm in Puderzucker gewälzt wurden. Meine Erinnerungen schmecken nach würzigem Pflaumenmus, süßem gelbem und rosa Apfelkompott, nach Schwarzbrot mit klebrigdunklem Rübenkraut, nach mit Zucker bestreuten Butterbroten, rotem und schwarzem Johannisbeergelee und goldgelbem Eierlikör, den wir an besonderen Feiertagen aus flachen kleinen Gläsern lecken durften. Sie schmecken nach frischem Weißbrot mit Knusperkruste, nach luftigem Rosinenbrot, dicken Eintöpfen, Hühnersuppe mit Eierstich oder Grießknödeln, nach Kohlrouladen und Reibekuchen. Sonntags gab es oft Sauerbraten, freitags immer panierten Fisch und jeden Morgen frische Brötchen, die pünktlich um sechs in einer weißen Knistertüte vor der Tür standen. Einmal die Woche kam der Eiermann, bei dem man auch Käse kaufen konnte, mit seinem Wagen in unsere Straße.

Meine Erinnerungen sind erfüllt von Tierstimmen. In den Gärten gab es damals Unmengen von Vögeln, morgens schmetterte ein Zaunkönig direkt vor meinem Fenster, und abends hörte man manchmal die Käuzchen klagen. Im Gebüsch wisperten die Spitzmäuse, im Gras zirpten die Grillen, in den Nistkästen zwitscherten die Vogeljungen. Überall stromerten wilde Katzen herum, die sich nachts lautstark befauchten und ansangen. Fast alle Verwandten väterlicherseits hatten Hunde, die ich am Gebell selbst mit verbundenen Augen hätte unterscheiden können. Zu Hause hatte ich einen kleinen Zoo: Katzen, Kaninchen, Meerschweinchen, Goldhamster und alle möglichen zahmen Gartentiere, eine Zeitlang sogar eine verwaiste Fledermaus, die ein vorzeitiges Ende in der ungesicherten Regentonne fand. Schließlich zog auch noch ein Hund bei uns ein, doch Cito verdient ein eigenes Kapitel.

Waren die Winter damals wirklich so viel kälter als heute? Ich erinnere mich an unzählige Schneewanderungen, flockenumwirbelt, mit dicken wollenen Fäustlingen an den Händen und eisigen Füßen in knarzenden fellgefütterten Stiefeln, an Schlittern mit Anlauf auf langen spiegelglatt gefrorenen Pfützen, an lästiges Schneeschaufeln noch vor der Schule. Mutige Kinder liefen bei Eis auf dem Graben der Dorenburg Schlittschuh, was mir streng untersagt war, weil ich todsicher stürzen und hart auf den Hinterkopf fallen oder gar einbrechen und jämmerlich im Eiswasser ertrinken würde. Die detailreichen Warnungen meiner Verwandten, die von Schädelbruch bis Hirnquetschung reichten, waren so drastisch, dass ich mich tatsächlich nie aufs Eis wagte, nicht mal Jahre später im neu gebauten Eisstadion, auch wenn ich es noch so gern getan hätte. Wenn Winnie unter der Trauerweide auf ihren Schlittschuhen herumwirbelte und begeistert rief: „Nu komm doch! Du fälls' schon nich'! Dat is' toll! Echt wie Fliegen!", blieb ich unglücklich am Ufer zurück, stampfte von einem Fuß auf den anderen, um nicht festzufrieren, bewunderte Winnies Pirouetten, wäre liebend gern anders gewesen und ärgerte mich über mich selbst. Doch Angst ist leider ansteckend, und die bangen Befürchtungen meiner Verwandten waren Legion. Winnie brach nie ein, fiel nie hart auf den Hinterkopf und ertrank auch nicht jämmerlich. Wenn sie hinfiel, stand sie lachend wieder auf und machte weiter.

Genau wie Steine, die man ins Wasser wirft, ziehen Ängste, die ins Leben fallen, immer größere Kreise. In den Augen meiner Großtanten und auch meiner Mutter waren irgendwann so gut wie alle Fortbewegungsmittel lebensgefährlich – Rollschuhe, Schlittschuhe, Fahrräder, Tretroller, Autos. Von Schiffen, Flugzeugen und lebenden Pferden ganz zu schweigen! Nur Busse und Züge wurden einigermaßen akzeptiert, denn man musste ja leider gelegentlich das sichere Kattendonk verlassen, auch wenn jede Reise ein Abenteuer war. Was da alles passieren konnte! Tante Pia schwor Stein und Bein, dass mindestens drei ihrer Kinderfreundinnen beim Rollschuhlaufen zu Tode gekommen waren, und Tante Katrinchen kannte eine Dame, die nach einem *unjlückselijen* Eissturz seit Jahrzehnten vom Hals abwärts gelähmt war. „Wenn die damals auf mich jehört hätte, wär dat nich' passiert!" Winnie stemmte die Arme in die Seiten und hakte misstrauisch nach. „Wer is' denn die jelähmte Frau? Hat die auch 'nen Namen?" Woraufhin Tante Katrinchen ungehalten die Stirn runzelte und etwas murmelte, das wie Wackernagelsalberta klang und mit „Aber die wohnt jetz' in Jrotekerk!" endete. Praktisch, so konnten wir es natürlich nicht überprüfen. Winnie schnaubte. Als wir allein waren, ließ sie ihren Gedanken freien Lauf. „Dat hat die bestimmt bloß erfunden. Jlaub doch nich' alles, wat die dir erzählen. Probier et einfach mal selbs' aus!" Aber Winnie hatte gut reden.

Bei mir ging alles schief. Es war wie verhext. So nahm ich an einem sonnigen Juninachmittag allen Mut zusammen und ließ mich von Winnie überreden, ihre gut eingelaufenen Hudora-Rollschuhe auszuprobieren. Sie hantierte mit einem Schlüsselchen am Chassis herum und zog es geschickt auseinander, um es für meine Füße passend zu machen. Dann schnallten wir mir die Metallgestelle unter die Schuhe. Vorn hatten sie rote Lederriemen, hinten ein Riemchen für den Knöchel. Ich fand die Rollschuhe schwer wie Steinklötze und rollte unsicher los. Zuerst hielt Winnie meine Hand fest und lief neben mir her, doch als ich schneller wurde, weil die Straße ein leichtes Gefälle hatte, ließ sie los. Ich bekam Angst, ruderte mit den Armen, hing kurz zwischen Himmel und Erde, verlor das Gleichgewicht und knallte so hart auf den Rücken, dass ich keine Luft mehr bekam und fürchtete zu ersticken. Sogar Winnie war tief beeindruckt. Das Kapitel Rollschuhe war damit für mich abgeschlossen. Für alle Zeiten. Mutter meinte nur vorwurfsvoll: „Ich hab' dich gewarnt! Aber auf mich hörst du ja nicht! Stell dir bloß mal vor, du wärst dabei auch noch unters Auto gekommen!" Warum passierte so was immer nur mir? Winnie fiel *nie* auf den Rücken. Sie schürfte sich zwar oft genug Ellenbogen und Knie auf, doch das schien ihr nichts auszumachen. Sie bekam davon auch keine Blutvergiftung, die man zuverlässig an dem gefährlichen roten Streifen auf der Haut erkennen konnte, der unweigerlich zum Herzen führte. Wenn er dort ankam, war man mausetot. Nur gut, dass meine Freundin so großzügig über meine Schwächen hinwegsah.

„Is' doch scheißejal. Verjiß die blöden Rollschuhe. Du kanns' eben andere Sachen jut", versuchte sie mich zu trösten.

„Wat kann ich denn?", fragte ich zweifelnd.

„Na Mijauen. Un' Leute nachmachen. Un' Malen. Da biste einsame Spitze. Un' außerdem has' du'n Jedächtnis wie'n Elefant. Du verjisst nie wat."

Das mochte zwar stimmen, aber ich wäre tausendmal lieber richtig gut Rollschuh gelaufen. Ein Glück, dass ich wenigstens Fahrrad fahren konnte, wenn auch nur zweihändig. Winnie konnte auch freihändig, und es hätte mich nicht gewundert, wenn sie dabei auch noch entspannt Comics gelesen hätte. Aber es gab auch für mich Glücksmomente. Wenn wir in den Feldern oder im Wald unterwegs waren, weit weg von Kattendonk und den ängstlichen Verwandten, verspürte ich gelegentlich ein grenzenloses Gefühl von Freiheit und Unbeschwertheit. Besonders in den Süchtelner Höhen, wo ich mich manchmal sogar traute, beide Füße von den Pedalen zu nehmen und mit abgespreizten Beinen und Wind in den Haaren die Abhänge hinunterzufliegen. Gegen Schlittenfahren hatte selbst bei uns keiner etwas einzuwenden. Wir hatten damals stabile Holzschlitten mit Metallkufen, die man leicht in Hundeschlitten umwandeln konnte. Das ging allerdings nur hinten in den Feldern, wo uns keiner sah. Wir liebten den Winter und bauten die tollsten Schneekatzen, Polarfüchse und Weißwölfe, die man sich vorstellen konnte. Mit Ohren aus Pappe, Zungen aus roter Glanzfolie, Zähnen aus spitzen Steinen, Schnurrhaaren aus Ästchen und Schwänzen aus struppigen alten Besen.

Während unserer Volksschulzeit lag Kattendonk noch zwischen wogenden Getreidefeldern und kleinen Wäldchen. An den Ufern von Niers und Nette gab es große Wiesen und Weiden mit vielen schwarzweißen Kühen und nicht ganz so vielen Pferden, und dazwischen lagen Bauernhöfe mit zerrenden kläffenden Kettenhunden neben dem großen Hoftor und Hühnern und Gänsen im Vorgarten. Der *Kopesbuer* im Heidefeld hatte einen halbwilden Kater, der aussah wie ein echter Kuder und am liebsten oben auf dem dicksten Zaunpfahl thronte. Wir schafften es, dass er sich von uns streicheln ließ, aber es dauerte Monate. Der *Kopesbuer* war es auch, der eines Tages eine Eule mit ausgebreiteten Schwingen an sein Scheunentor nagelte. Wir sahen sie schon von weitem und konnten es kaum glauben. Sie war glücklicherweise bereits tot, als wir sie entdeckten, aber den Bauern haben wir danach keines Blickes mehr gewürdigt. Die arme Eule! Wie konnte ein Mensch nur so grausam sein? Eulen galten auf dem Land lange als Hexen- und Teufelsvögel.

Mitte der sechziger Jahre begann sich die Landschaft unserer Kindheit auf verstörende Weise zu verändern. Zuerst verschwanden die Feldblumen und Wildkräuter, dann verschwanden immer mehr Felder und Weiden, am Ende sogar etliche Bauernhöfe, und immer mehr neue Häuser schossen aus dem Boden. Schließlich verschwanden auch die Wäldchen. Selbst unser Refugium, der verlassene alte Friedhof in seinem Gewirr aus Eibenhecken und Gässchen, wurde in eine gepflegte Parkanlage verwandelt. Aus Abenteuerspielplätzen wurden Neubausiedlungen, die alle gleich langweilig aussahen. Nur die Nierswiesen, unser Eulenwäldchen und die Süchtelner und Hinsbecker Höhen blieben verschont. Wenn das Wetter gut war, veranstalteten wir dort Picknicks und träumten von Amerika, wo wir unser Leben dem Freiheitskampf der Indianer widmen wollten, während wir die mitgebrachten Käsebutterbrote aßen, uns eine Fanta oder Sprite teilten und den Hummeln und Bienen zuhörten.

Doch es gibt eine wunderbare kleine Zeitfalte. Im Niederrheinischen Freilichtmuseum in Grefrath, das 1973 eröffnet wurde, kann man auch heute noch zurück in die Vergangenheit reisen, zu den Bauerngärten und Buchsbaumhecken, zu Hühnern und Enten, Eseln und Pferden, Kaninchenställen und Turteltauben, zum vollgestopften Tante-Emma-Laden mit bauchigen Bonbongläsern auf der Theke, zu knorrigen Kopfweiden, windschiefen Vogelscheuchen, alten Wegkreuzen und steinernen Bildstöcken. Sogar den traditionellen Mairitt und einen veritablen Misthaufen mitsamt Hahn kann man dort bewundern. Überlebt hat auch die riesige Trauerweide, die nach wie vor wie als Wächterin vor der Dorenburg steht. Genau wie damals, als Winnie auf dem Wintereis ihre Achter und Pirouetten drehte.

Schöne Aussichten

Zwischen 1965 und 1970 gab es auch in unseren Familien einschneidende Veränderungen. Winnies große Schwester Rita, die in Niersbeck Abitur gemacht hatte, zog zum Studium nach Köln, das ein wahres Sündenbabel sein musste, und ihr kleiner Bruder Gregor, von uns aus nachvollziehbaren Gründen „der Brüllaffe" genannt, fiel uns kaum noch zur Last. Er spielte jetzt Fußball, statt uns auf die Nerven zu gehen, und war eifriger Pfadfinder im Kattendonker „Fähnlein Fieselschweif". Seinen Platz hatte meine Schwester Nana eingenommen. Sie war sieben Jahre jünger als ich und hatte sich zu einem wilden kleinen Tsunami entwickelt, der die gesamte Familie auf Trab hielt. Sie war so verfressen, dass man sämtliche Süßigkeiten vor ihr verstecken musste, bekam üble Wutanfälle, wenn ihr etwas nicht in den Kram passte, und knuddelte unsere Katzen und Kaninchen so überschwänglich, dass ihnen die Augen fast aus dem Kopf sprangen. Sie knallte Türen, dass die Wände wackelten, schlafwandelte bei Vollmond, schnüffelte neugierig in meinen Sachen herum, bis mir der Kragen platzte, und ließ sich in einem Sommer sogar von Axel Brökskes anstiften, hinten in seinem Garten vor Publikum Regenwürmer und Schnecken durchzubeißen und gar zu verzehren. Axel nahm dafür Eintrittsgeld von den Nachbarskindern, das Winnie ihm sofort wieder abnahm, als wir davon erfuhren. Axel bekam es wohl mit der Angst zu tun, als Winnie schäumend und funkensprühend vor ihm stand. Jedenfalls rückte er alles heraus. Wortlos. Bei Tierquälerei hörte der Spaß wirklich auf! Das Geld warfen wir Maria in den Opferstock.

Auch im Leben meiner Verwandten gab es revolutionäre Neuerungen. Vor allem auf dem Speiseplan, denn plötzlich wurde bei allen auffallend viel Fisch verzehrt. Schuld daran war Onkel Tis, der seine Passion fürs Angeln entdeckt hatte und in jeder freien Minute zu den Krickenbecker Seen fuhr. Die Angelrute hatte er von der Familie zur Hochzeit geschenkt bekommen. Manchmal wurde er von Opa Südstraße begleitet, dem es dabei vor allem um das Naturerlebnis ging, denn er konnte am Wasser besonders gut seinen philosophischen Gedanken nachhängen. Onkel Tis ging es ausschließlich ums Angeln. Er blieb auch dann noch stundenlang sitzen, wenn er längst genug gefangen hatte, warf aber die überzähligen Fische gnädig zurück ins Wasser, nachdem er sie vorsichtig vom Haken gelöst hatte. Ab und zu fuhr ich mit, saß auf einem Klappstuhl, beobachtete die Vögel oder lernte still Vokabeln. Reden durfte man nicht, weil das die Fische verscheuchte. Ich war ein blasses Kind, und durch die Wassernähe bekam ich endlich das, was meine Tanten als *jesunde Väref* bezeichneten. Geblieben ist mir aus dieser Lebensphase eine Abneigung gegen Fischgerichte und eine Schwäche für Sonnenuntergänge und Scherenschnitte. Opas Profil erinnerte Winnie und mich eindeutig an das Gesicht eines Indianerhäuptlings. Wir konnten uns nur nicht einigen, welcher es war. Ich favorisierte den nachdenklichen Sitting Bull, Häuptling des Stammes der Hunkpapa-Lakota-Sioux, aber es hätte auch genauso gut Roman Nose von den Southern Cheyenne oder Two Moon von den Northern Cheyenne sein können.

Meine Verwandten redeten beim Essen zwar immer noch ausgiebig über Krankheiten und Todesfälle, doch erfreulicherweise weit weniger über den Krieg als früher. Selbst Onkel Tis, der in Stalingrad gekämpft hatte und wegen seiner Depressionen von Frau und Kindern verlassen worden war, hatte sein Leben wieder im Griff. Das lag vor allem daran, dass er eine neue Frau gefunden hatte und nun nicht mehr in Oedt, sondern wieder zu Hause in Kattendonk wohnte. Oedt tat keinem gut.

Der Name kam nicht von ungefähr. Tante Finchen und Onkel Friedes hatten ihrem heimgekehrten Sohn und seiner zweiten Frau großzügig die gesamte obere Etage ihres Hauses überlassen. Leider konnte seine zweite Trauung nur standesamtlich gefeiert werden, weil Onkel Tis ja geschieden war, aber immerhin. An den Sakramenten in der Kattendonker Kirche durfte das frischgebackene Ehepaar auch nicht teilnehmen, doch das merkte keiner, denn Onkel Tis gehörte ohnehin zur „U-Boot-Fraktion". Er tauchte ausschließlich zu Weihnachten, zu Ostern und zu Beerdigungen auf. Tante Walburga war verwitwet und stammte aus Grotekerk, was zwar nicht ideal war, aber immer noch besser als Oedt oder geschieden. Ein weit größeres Problem war ihre Konfession, denn trotz ihres Vornamens war sie evangelisch. Dabei ist die heilige Walburga eine besonders interessante Heilige. Sie schützt vor Krankheiten und Seuchen, vor Tollwut, Hungersnot und Missernte und ist die Schutzheilige der Kranken und Wöchnerinnen und der Bauern. Sie erlitt ausnahmsweise keinen grausamen Märtyrertod und wirkte bereits zu Lebzeiten Wunder. Allerdings nur zwei: Sie rettete ein Kind mit Hilfe von drei Ähren vor dem Hungertod und beruhigte erfolgreich einen tollwütigen Hund. Beides passte hervorragend zu Tante Walburga, denn sie aß ausgesprochen gern und liebte Hunde über alles. Sämtliche Tanten versuchten mit großem Einsatz, das neue Familienmitglied zum einzig wahren Glauben zu bekehren, doch in diesem Punkt erwies sich Tante Walburga als knallhart. Schließlich gab die Familie auf und kümmerte sich nicht mehr um das Getuschel der Nachbarn. Tante Walburga gehörte fortan auch evangelisch zur Familie und damit basta. Onkel Tis blühte an ihrer Seite auf, versöhnte sich sogar mit seiner Exfrau, die inzwischen neu verheiratet war und im Weserbergland wohnte, besuchte mit Tante Walburga regelmäßig seine beiden Kinder, und sein Leben hatte endlich wieder einen Sinn. Er war jetzt stolzer Gatte einer molligen

Frau in den besten Jahren, die köstliche Fischgerichte zuzubereiten verstand, und stolzer Stiefvater einer attraktiven blonden Tochter namens Helga, die in Grotekerk wohnte und als Avon-Beraterin Zutritt zu nahezu allen Häusern hatte, was die Familie entzückte und unzählige Skandalgeschichten an den Tag brachte, von denen man ohne Tante Walburgas Helga nie etwas erfahren hätte. Der Avon-Beraterin schüttete jede Frau ihr Herz aus. Dummerweise brachte Tante Walburga auch ihren stahlgrauen Zwergpudel mit in die Ehe. Tante Finchen hatte Angst vor Locki und ihre Schwestern hassten ihn, weil er sich sofort begeistert auf jedes Bein stürzte, das sich in seine Nähe wagte. Tante Walburga und Onkle Tis fanden nichts dabei, Onkel Friedes, Opa und Onkel Hermann stellten sich blind, und Winnie und ich lachten uns kaputt. Kein Wunder, dass Locki frustriert war. Er war der einzige Zwergpudel weit und breit, hatte keinerlei Kontakt zu Hundedamen und durfte nur an der Leine nach draußen.

Lockis temperamentvolles Frauchen ist mir vor allem dadurch im Gedächtnis geblieben, dass sie wie ein Wasserfall redete und an einer mysteriösen Krankheit litt, deren Hauptsymptom eine unvermittelt auftretende Unpässlichkeit war, die auf Platt *ootfränsche Hets* und auf Hochdeutsch „fliegende Hitze" hieß. Die dramatischen Wallungen äußerten sich darin, dass die Ärmste ohne ersichtlichen Grund heftig zu schwitzen begann, purpurrot anlief, sich stöhnend an den Hals griff und das nächste Fenster aufriss, weil ihr so heiß war, als hätte sie *de Höl anjebloase*. Tante Finchen hatte notgedrungen sämtliche Blumentöpfe von den Fensterbänken ihres Wohnzimmers verbannt und sich eine mehrstöckige Pflanzentreppe zugelegt. Während der Anfälle stellte sich Tante Walburga wild fächelnd in jeden Durchzug und sei er noch so eisig. Das war offenbar *die Hitze*. Weil sie jedes Mal patschnass geschwitzt war, hastete sie nach den Attacken gleich nach oben und zog sich komplett um. Daher kam wohl das *fliegend*. Das Ganze wiederholte sich mehrfach am Tag und beunruhigte mich sehr. Diese Krankheit kannte ich noch nicht. Auch Winnie konnte sich nicht erklären, was meiner Tante fehlte. Sie war offenbar schwer krank, daher machten wir uns Sorgen und baten um Aufklärung.

Meine Großtanten erklärten uns, dass es sich bei dem beängstigenden Phänomen, das nicht nur mit körperlichen Symptomen einherging, sondern offenbar auch mit Schlafstörungen, Haarausfall und etwas Seelischem mit dem ominösen Namen *de Muken*, um die allseits gefürchteten *Wäseljoere* handelte.

„Wat is' dat denn?", fragte ich entsetzt. Das klang ja grauenhaft.

„Dat is' janz normaal", sagte Tante Finchen. „Dat sind die Hormone. Dat kriejen alle Frauen, wenn die ers' mal aus dem jebährfähigen Alter raus sind."

„Dat fängt an, wenn man älter wird", sagte Tante Pia. „Janz plötzlich, wie auf den Leib jefloren." Älter? Meine neue Tante war doch noch gar nicht alt. Sie hatte keine weißen Haaren, kaum Falten und bestimmt auch keine Knochenprobleme! Soweit wir wussten, hatte sie nicht mal falsche Zähne! Aber vielleicht sah sie ja auch nur so jung aus?

„Wie alt is' Tante Walburga denn?" erkundigte ich mich zaghaft.

„Na, so Ende vierzig", meinte Tante Pia.

Wir waren erschüttert. Das war wirklich nicht alt! Von diesem Frauenleiden stand kein Wort in der *Bravo* und auch nicht in unseren Biologiebüchern! Nicht mal in dem Aufklärungsbuch *Woher kommen die kleinen Buben und Mädchen*, das wir mit einer Mischung aus Abscheu und Faszination von vorn bis hinten gelesen hatten. Mehrfach. Tante Walburga sah äußerst unkomfortabel aus, wenn sie ihre Zustände hatte, auch wenn Onkel Friedes mehr als einmal grinsend anmerkte, dass ihre

Erhitztheit durchaus Vorteile habe, da sie die Heizkosten im oberen Teil des Hauses enorm senke.

„Kriejen Männer dat auch?", wollte Winnie wissen.

Die Damen blickten einander vielsagend an und schüttelten bedauernd die Köpfe. Wie abgrundtief gemein! Winnie und ich hofften inständig, dass *wir* von dem peinlichen Frauenproblem verschont bleiben würden. Ob man dieses Leiden irgendwie abwenden konnte? Vielleicht durch einen gesunden Lebenswandel? Indem man nicht rauchte? Keinen Kaffee trank? Unverheiratet oder kinderlos blieb? Auswanderte?

„Dajejen hilft jaar nix", sagte Tante Finchen.

„Noch nichemal Beten", sagte Tante Pia mit Grabesstimme. „Dat kommt von janz allein un' jeht von janz allein."

„Wenn man Jlück hat!", fügte Tante Katrinchen düster hinzu. „Et kann ooch en Leben lang dauern."

„Ach, du Scheiße!", entfuhr es Winnie. Oma Südstraße kicherte, Tante Pia und Tante Katrinchen rümpften pikiert die Nase. Tante Finchen versuchte, uns zu beruhigen. „Ihr habt doch noch Zeit satt, Kinder! So schlimm is' dat jar nich'. Wir ham dat schließlich auch all' mitjemacht. Un' heut jet et os joot."

Auf dem Heimweg versuchten wir der Sache zumindest sprachlich auf den Grund zu gehen. Doch selbst das erwies sich als schwierig.

„Wat *wechselt* man denn da?", überlegte ich. Ob Tante Walburga vorher einen anderen Partner gehabt hatte? Dann wäre es der Mann gewesen. Also Onkel Tis. Ganz ohne Zweifel hatte sie den Wohnort gewechselt, denn sie war ja von Grotekerk nach Kattendonk gezogen. Soweit wir wussten, hatte sie sonst nichts gewechselt. Oder war es etwas Abstraktes, das gewechselt wurde? Winnie lag mit ihrer Vermutung gar nicht mal so falsch. „Vielleicht is' dat so wat wie Pupertät", meinte sie. Die stand uns gemeinerweise auch noch bevor. Und wie die aussah, wussten wir, denn wir hatten Rita während dieser Phase genau studiert. Jeden Monat bekam man tagelang Regelschmerzen, explodierte schon, wenn man nur schief angeschaut wurde, und musste dazu auch noch unbequeme Binden tragen. Täglich sprossen neue Eiterpickel auf Kinn und Stirn, manchmal sogar mitten auf der Nase. Wenn man Pech hatte, bekam man auch noch Mischhaut und Mitesser. Dagegen halfen nur Aok Mandelkleie, radikales Austrocknen mit Clearasil-Salbe und Abdeckstift. Man fing an, beim Sport schrecklich nach Schweiß zu stinken, und musste sich täglich die Haare waschen, damit sie nicht vor Fett triefen. Außerdem hatte man Dauerkrach mit den Eltern, die ständig auf einem herumhackten und einen überhaupt nicht mehr verstanden. Kaum hatte man diese abschreckende Tortur überstanden und war wieder einigermaßen normal, musste man heiraten, schwanger werden und Kinder kriegen, mit Übelkeit, Wochenbett, Wehen und Windeln und all den ekelhaften Sachen, die sonst noch dazu gehörten. Und dann kamen auch schon die Wechseljahre! Schöne Aussichten!

Poesiealben und Klassenspiegel

Manche Jahre haben ihren eigenen unverwechselbaren Klang. Das Jahr 1966 singt in meiner Erinnerung mit den Stimmen von Frank Sinatra und Roy Black, Udo Jürgens, den Beatles und The Mamas and the Papas und ist untermalt von Liedern wie *Strangers in the Night, Ganz in Weiß, Merci Cherie, Yellow Submarine* und *Monday, Monday*. Kronprinzessin Beatrix der Niederlande heiratete Claus von Amsberg, ein Weißwal verirrte sich in den Rhein, Bundeskanzler Ludwig Erhard trat nach drei glücklosen Jahren von seinem Amt zurück, Tante Maria und Tante Katrinchen schafften endlich ihr Plumpsklo ab und bekamen ein richtiges Badezimmer, Tante Finchen gönnte sich einen neuen Fernsehapparat, und Winnie und ich wechselten pünktlich nach dem vierten Schuljahr von der Kattendonker Volksschule auf das katholische Mädchengymnasium in Niersbeck.

Es begann mit einem Schock. Gleich am ersten Tag wurden wir getrennt. Winnie protestierte, ich klammerte mich stumm an meine Schultasche, doch es half alles nichts. Die Ordensschwestern blieben hart. „Wir können hier keine Ausnahme machen, Mädchen, wo sollte das sonst hinführen!" Niersbeck war eine beliebte Schule mit einem hervorragenden Ruf, sogar die Prügelstrafe war hier verboten, und es gab in diesem Jahr so viele Sextanerinnen, dass man sie auf drei Klassen verteilt und der Einfachheit halber nach Herkunftsort und Alphabet platziert hatte.

Wir konnten von Glück sagen, dass wir noch in derselben Klasse waren und uns wenigstens aus der Ferne sehen konnten, auch wenn wir uns dabei fast den Hals verrenkten. Da saß ich nun, Marlies Hintzen, an der Ecke der H-Reihe, direkt neben Angela Hendricks, einem freundlichen Bauernmädchen mit beneidenswert gesundem Teint und kräftigen Schultern. Neben ihr saß Brigitte Hendricks, deren Vater den Nachbarhof bewirtschaftete. Wer Angela und Brigitte das erste Mal erblickte, rieb sich erstaunt die Augen, denn sie sahen aus wie das doppelte Lottchen, was an der seltenen Konstellation ihrer Eltern lag, denn sowohl ihre Mütter als auch ihre Väter waren zweieiige Zwillingspärchen. Sie waren so ziemlich das Exotischste, was man in der Schule je gesehen hatte, und wurden passenderweise sofort Hanni und Nanni getauft. Sie schrieben stets gemeinsam folgenden Satz in sämtliche Poesiealben: „Die Güte bleibt zu jeder Zeit die schönste Frucht der Menschlichkeit." Wir hatten damals alle kleine quadratische Poesiebücher mit abwaschbaren Einbänden und beklebten die Seiten mit bunten Glanzbildchen oder verzierten sie mit Selbstgemaltem. Durch ihre Ähnlichkeit hatten Angela und Brigitte natürlich enorme Vorteile, denn die Lehrer konnten sie nicht unterscheiden, und die *Jüngskes*, die sie später anschmachteten, auch nicht. Wir verwechselten sie nie. Man konnte leicht nachprüfen, welche von beiden man vor sich hatte. Man musste sie nur zum Lachen bringen. Angela hatte ein Grübchen und außerdem eine Narbe am linken Handgelenk. Sie war wirklich nett, aber ich hätte trotzdem lieber neben Winnie gesessen.

Winnie Klaarenbom saß einige Reihen hinter mir, eingekeilt zwischen Klaudia Kamphuisen und Lorene Köster, ausgerechnet den beiden Mädchen, mit denen sie am schlechtesten klar kam. Um die räumliche Nähe zu unserer Klassenschönheit Lorene beneidete ich sie insgeheim, aber neben Klaudia hätte auch ich nicht sitzen wollen. Lorene hatte veilchenblaue Kulleraugen, die immer erstaunt blickten, blonde Locken, die so pflegeleicht waren, dass es bereits genügte, wenn man sie kurz mit den Fingern durchwuschelte und anschließend den Kopf schüttelte. Ihr Lächeln war so strahlend, dass man ihr nie böse sein konnte. Außerdem war sie ausgesprochen diplomatisch und daher auch bei den Schwestern und Lehrern höchst beliebt. Ich fand Lorene Köster wunderschön. Winnie sah ihre Banknachbarin völlig anders. „Die is' doch bloß 'ne einjebildete Zicke!" Vielleicht erregte es ihren Unmut, dass Lorene auf Anhieb zur Klassensprecherin gewählt worden war. Lorene hatte gleich zwei Standardsätze fürs Poesiealbum: „Froh sei die Zukunft, die dich erwarte, glücklich der Weg, den du gehst!!" und „Die Sonne blickt mit hellem Schein gar fröhlich in die Welt hinein! Mach's ebenso! Sei heiter und froh!!" Sie war ein sonniger Mensch mit einer lebenslangen Schwäche für Ausrufezeichen.

Für mein Poesiealbum hatte meine beste Freundin sich etwas richtig Tolles ausgedacht: „Ein Häuschen aus Zucker, von Schoko die Tür, der Riegel aus Keksen, das wünsche ich dir." Eigentlich hieß es Honig und Bratwurst, aber Winnie kannte ja meine Vorlieben. Sie schrieb in jedes Album etwas anderes, während ich immer den gleichen Satz eintrug, selbst wenn weder Mutter noch Tanten hinter mir standen und mir kritisch über die Schulter blickten. „Was wir selbst tun können, dürfen wir nicht Gott überlassen." Der Satz war natürlich mal wieder Mamas Idee gewesen und hatte auf Anhieb die ganze Familie begeistert. Wahrscheinlich, weil Gott darin *ausdrücklich* vorkam. Ich hätte mir lieber etwas anderes ausgesucht. Doch gleich mehrere Personen lektorierten meine Einträge und fanden sämtliche Reime, die mir gefielen, nicht religiös genug. Zum Ausgleich illustrierte ich meinen Satz mit so vielen Zeichnungen, dass er kaum noch auffiel, achtete jedoch darauf, dass zwischen all den Blumen und Tieren irgendwo ein bärtiger Jesus oder zumindest ein Engel zu sehen war, damit keiner meckerte. Die letzte Seite in unseren Poesiealben hatten Winnie und ich in weiser Voraussicht sofort blockiert: „Ich schreib dir aufs letzte Blatt, weil ich dich am liebsten hab. Und wer dich lieber hat als ich, der setze sich halt hinter mich." Was unmöglich war, denn auf den Einband schrieb natürlich keiner.

Klaudia Kamphuisen stammte aus einem Akademikerhaushalt, hatte eine hochtoupierte Mutter mit Betonlächeln und einen erfolgreichen Vater, der Anwalt war und dauernd unterwegs. Klaudia war ein Multitalent und bereits als Kind ausgesprochen intellektuell, was sich im Laufe der nächsten Jahre noch verstärken sollte. Ihre Schrift war so winzig, dass selbst Nonnenaugen sie nur mit der Lupe entziffern konnten. Weil den Lehrern dazu die Zeit fehlte, gaben sie Klaudia automatisch die Bestnote. Da Klaudia im Unterricht nur messerscharfe Formulierungen von sich gab, ausschließlich kristallklare Gedankengänge manifestierte und fast so belesen war wie unsere Deutschnonne Schwester Melusia, hatte sie die Noten wahrscheinlich sogar verdient. Ins Poesiealbum schrieb sie abwechselnd: „Sei stets der Eltern Freude, beglücke sie durch Fleiß, dann erntest du im Alter dafür den besten Preis!" und „Liebe das Mutterherz, solange es schlägt. Ist es gebrochen, dann ist es zu spät." Wahrscheinlich war beides ironisch gemeint. Keine Ahnung, was aus ihr geworden ist. Bei unseren seltenen Klassentreffen tauchte sie nie wieder auf. Sie war durch zahlreiche Tennisstunden hervorragend durchtrainiert und hatte ein immenses Aggressionspotential, was bei Leibesübungen sehr von Vorteil war. Klaudia schmetterte ihre Völker- und Volleybälle so hart gegen die Brustkörbe und Köpfe ihrer Widersacherinnen, dass einem schon vom Zusehen angst und bange wurde. Wenn ich das Pech hatte, in der Gegenmannschaft zu sein, verbrachte ich die meiste Zeit damit, mein Gesicht zu schützen. Klaudia war das kritische Gehirn der Klasse und neigte zu abfälligen Bemerkungen, wenn etwas nicht in ihr Weltbild passte. Ich tat alles, damit sie mich nur ja nicht bemerkte. Winnie und Klaudia konnten einander nicht ausstehen, was unter anderem daran lag, dass Winnie ein Arbeiterkind war und sich für Klaudias anspruchsvolle Ohren nicht gewählt genug ausdrückte. Noch schlimmer wog allerdings, dass Winnie hervorragend in Mathe war. Mathe war Klaudias Achillesferse, und Winnie ließ sie grundsätzlich nie abpinnen. Winnie hatte sämtliche Aufgaben längst gelöst, wenn Klaudia sich noch mit der allerersten herumquälte. Sobald sie hilfesuchend herüberschielte, legte Winnie ihr Löschblatt über die bereits gelösten Aufgaben, was das gespannte Verhältnis nicht verbesserte.

Die Rechenschwäche war das einzige, was Klaudia und mich verband. Möglicherweise hätten wir aus diesem Grund sogar Freundinnen werden können, doch da ich im Unterricht den Mund kaum aufbekam und nie wagte, mich kritisch zu äußern, war ich in ihren Augen stinklangweilig und absolut „spießig", ein Wort, das Opa Südstraße mir erst mal erklären musste. Vorn in der ersten Reihe saß die schüchterne Stella Arnold, die das große Pech hatte, einen lateinischen Vornamen zu besitzen und darunter spätestens ab der Quarta sehr litt. Mit Stella verstanden wir uns beide gut. „Trag dein Kreuzlein immer froh, denn der Heiland will es so!", schrieb sie mir ins Poesiealbum.

Nur in den Pausen konnten Winnie und ich zusammen sein und uns in die Tiefen des Parks zurückziehen. Doch selbst dort war man nicht ungestört, denn überall lauerten Ordensschwestern. In der ersten Zeit erstarrten wir jedes Mal vor Ehrfurcht, wenn wir ihnen begegneten. Sie erschienen uns mit Vorliebe zu zweit und verbargen sich hinter Bäumen und Büschen, um im geeigneten Moment unverhofft hervorzutreten, ein Phänomen, das mir nur noch einmal im Leben begegnete: bei der Highway Patrol in der Wüstenlandschaft des Mormonenstaats Utah, wo buchstäblich hinter jedem Kaktus ein perfekt getarnter Streifenwagen lauerte.

Zur Verwirrung der Sextanerinnen sahen die Ordensschwestern zunächst alle gleich aus. Doch schon nach wenigen Wochen hatten sich unsere Augen an sie gewöhnt, und bald konnten wir sie mühelos unterscheiden, denn sie schritten, niesten, lachten, kicherten und hüstelten höchst individuell. Mit der Zeit schafften wir es sogar, sie am leisen *Wuuusch* ihrer jeweiligen Gewänder zu identifizieren, wenn sie um die Ecke bogen. Während unserer ersten Schuljahre trugen sie noch eine schwarze Ordenstracht mit langem Schleier, der an einem hufeisenförmigen weißen Rahmen befestigt war. Vor ihrem Bauch baumelte ein großes silbernes Kreuz, und ihre Füße steckten je nach Witterung in altmodischen, aber sicher überaus praktischen Schuhen oder Sandalen. Novizinnen erkannte man an ihrer Jugend und der reinweißen Tracht. Sie blieben leider nie lange, schwebten wie exotische Vögel durch den Park und entschwanden meist irgendwann nach Afrika in die Mission.

Bis zu unserem Schulwechsel war ich Ordensschwestern nur im Krankenhaus begegnet, wo die gefürchtete Pikschwester wie eine schwarzweiße Witwe in ihrem Labor saß und auf hilflose Opfer wartete. Sie hatte Lanzetten, mit denen sie einen tief in den Finger stach, um anschließend mit gespitzten Lippen und einem hohlen Glasstäbchen das Blut hoch zu saugen. Dabei presste sie die kindlichen Fingerkuppen so fest zusammen, dass man fast ohnmächtig wurde. Im Krankenhaus gab es etliche Pflegeschwestern, die Doktor Engels zur Hand gingen und ihm sogar im Operationssaal assistierten. Man begegnete ihnen auf den langen Fluren und in den Krankenzimmern, wo sie leise mit Patienten und Besuchern sprachen. Sie durften auf gar keinen Fall Geschenke annehmen, hatten immer Zeit, wachten sogar nachts an den Betten und hielten Sterbenden tröstend die Hand. Das wusste ich von Tante Pia. Mit Kindern beschäftigten sie sich nur, wenn diese im Krankenhaus lagen oder Blut abgenommen bekamen. Tante Pia wurde nicht müde zu betonen, dass die Krankenhausschwestern keinen Pfennig Geld für ihre Arbeit bekamen. „Dat tun die alles nur für Jodesluen!"

Als Winnie und ich als Klassenvertreterinnen die arme Lorene nach ihrer Mandeloperation besuchten, wachte auch an ihrem Bett eine Ordensschwester. Sie hielt ihr sogar den Kopf, als sie zu würgen begann und sich übergeben musste. Ich rannte entsetzt aus dem Zimmer. Winnie blieb. „Dat kommt bloß von dem blöden Äther", erklärte sie mir später. „Dat hatte der Brüllaffe auch, als se dem die Mandeln rausjenommen haben." Mir tat Lorene, die bleich und matt im Bett lag wie eine verzauberte Märchenprinzessin, entsetzlich leid. Bei Winnie war ich mir da nicht so sicher.

In der Sexta, als alles noch neu war, stellten uns die Niersbecker Ordensschwestern vor etliche unlösbare Rätsel.

„Meinste, die schlafen in den Jewändern?", fragte Winnie.

„Nachthemden ham die bestimmt keine", überlegte ich. „Un' wenn doch, dann höchstens schwarze. Oder weiße. Mit 'nem Riesenkreuz drauf."

„Schlafanzüje ham' die auf jar keinen Fall! Un' Hüfthalter un' Büstenhalter bestimmt auch nich'." Das war wirklich unvorstellbar.

Eine andere Frage beschäftigte uns fast noch mehr.

„Wat meinste, ob die echte Haare haben?"

„Un' wenn, sind die dann kurz oder lang?"

„Oder ham die abrasierte Stoppeln? Oder so wat wie 'nen Mecki?"

„Vielleicht sojar richtije Jlatzen?"

„Bestimmt ham die keine Haare! Dat wär sons' viel zu unbequem unter dem Stirngedöns un' der Haube. Da drunter schwitzt man bestimmt wie verrückt. Vor allem im Sommer!"

Oma Südstraße, Tante Finchen und Tante Pia wussten es auch nicht und fanden unsere Fragerei offenbar ungehörig.

„Maaseskenger! Wat ihr all wissen wollt!" Opa lachte, als wir ihn ins Vertrauen zogen, konnte aber ebenfalls nur mit den Achseln zucken. Er hatte keine Ahnung von Nonnengewandungen, doch im Gegensatz zu uns störte ihn seine Unwissenheit kein bisschen. Glücklicherweise machte unser Forschungstrieb ihm nichts aus. „Fragen kostet nichts und macht klug", meinte er nur. Die Ordensschwestern selbst ins Vertrauen zu ziehen, wagten wir nicht. Es blieb uns nichts anderes übrig, als mit dem ungelösten Rätsel zu leben.

Nach dem Zweiten Vatikanischen Konzil wurden die Kleiderregeln gelockert, und der weißschwarze Rahmen, der die Gesichter der Schwestern bis dahin umrandet hatte, verschwand. Jetzt trugen sie kurze Schleier an kleinen Hauben, die irgendwie auf dem Kopf festgesteckt waren und den Haaransatz frei gaben. Sie *hatten* Haare und zwar *echte*, daran bestand kein Zweifel. Sie trugen jetzt auch kürzere Röcke, und man sah, dass sie auch ganz normale Beine und Waden besaßen, die allerdings in blickdichten anthrazitfarbenen Strümpfen steckten. Doch nach wie vor bewegten sie sich lautlos wie Katzen. Mit zwei Ausnahmen. Unsere strenge Direktorin war gehbehindert und stützte sich beim Gehen auf einen Stock, bei dessen Klang wir sofort zu Salzsäulen erstarrten, und die energische Schwester Engeltrudis hatte Schuhe, die quietschten, wenn sie mit ausladenden Schritten durch die Flur rannte. „Jummisohlen!" vermuteten wir. Möglicherweise hatte sie sogar Spezialschuhe. Weil sie so viel laufen musste.

Schwester Engeltrudis gehörte nicht zu den Lehrschwestern. Sie war schon älter, dabei aber noch erstaunlich fit, und hatte wie viele Nonnen eine glockenhelle Stimme, die kilometerweit trug. Ihre wichtigste Aufgabe bestand darin, in den Pausen die Unterstufe zu beaufsichtigen und ihre Schutzbefohlenen wie eine aufgeregt schnatternde Gänseschar mit lautem Händeklatschen aus dem Park zu scheuchen, sobald männliche Wesen auf dem Klostergelände auftauchten. „Schnell rein, Mädchen! Getzt sofort! Es sind Handwerker im Park!", schallte ihre Stimme bis in die hinterste Ecke. Dann trieb sie uns eilig vor sich her und rief dabei immer wieder: „Augen abwenden! Nur nach vorn kucken! Und getzt alle zusammen in die Aula!" Wir kicherten wie verrückt und rannten gehorsam vor ihr her in den absoluten Hochsicherheitstrakt der Schule. Schwester Engeltrudis zählte uns zweimal sorgfältig durch und verriegelte beide Flügeltüren. Warum sie solche Panik vor Handwerkern hatte, blieb uns ein Rätsel. Sie war die einzige Schwester, die so extrem reagierte. Alle Handwerker und sämtliche Gärtner hatten eine Heidenangst vor ihr.

Bei Schwester Engeltrudis mussten wir in einer ganz bestimmten Weise sitzen. „Kerzengrade! Rücken durchdrücken! Knie zusammen! Und getzt die Hände gefaltet auf den Schoß! Denkt immer daran, Mädchen, ihr seid aufblühende Knospen!" Wir fanden das äußerst lustig und kicherten schon wieder um die Wette, was sie zuverlässig auf die Palme brachte, denn sie wollte uns doch nur gegen das Böse wappnen, das immer und überall lauerte. Vor allem in Gestalt von Handwerkern im Park. Als wir in der Oberstufe waren, hatte die Bedauernswerte auch noch die undankbare Aufgabe, die Messeschwänzerinnen und heimlichen Raucherinnen unter uns rechtzeitig aus den Toiletten zu zerren. „Getzt aber raus aus den Kabinen, meine Damen! Dalli, dalli! Die heilige Messe fängt gleich an!"

Gemessen an heutigen Verhältnissen waren wir wahre Musterschülerinnen. Wir beteten andächtig vor und nach dem Unterricht, begaben uns einmal die Woche geschlossen in die Kapelle zur heiligen Messe, waren ordentlich, fleißig, leicht lenkbar, gaben fast nie Widerworte und schminkten uns gar nicht oder nur so dezent, dass man es kaum bemerkte. Wer mit Make-up erwischt wurde, musste auf der Stelle seine Sachen packen, den Klassenraum verlassen oder wurde gar mit

Schimpf und Schande vorzeitig nach Hause geschickt. Die Internen, die weit renitenter und mutiger waren als wir Externen, wohl weil sie eine Art Gruppenschutz genossen, konnten schlecht heimgeschickt werden, denn sie kamen ja von weit her. Bei ihnen legte Schwester Engeltrudis daher selbst Hand an und übernahm höchstpersönlich die Entfärbung. Lidschatten und Lippenstift galten als „unanständig" und „unkeusch". Dabei gab es damals so gut wie keine männlichen Wesen innerhalb der Klostermauern, die man durch seine Schminkkunst beeindrucken konnte, wenn man von einem schusseligen Lehrer mittleren Alters, dem betagten Herrn Prälat und dem beleibten Religionslehrer, den wir Bubi nannten, einmal absah. Über ihn gab es sogar einen ziemlich gemeinen Vers: „Die Tür geht auf, ein Bauch kommt rein, das kann nur unser Bubi sein." Keine Ahnung, warum er so hieß. Wir hatten den Namen einfach übernommen. In der Mittel- und Oberstufe verstörten wir den armen Mann nachhaltig, als wir detailliert und gnadenlos nachfragten, wie genau man knutschen dürfe, ohne eine *absolute* Todsünde zu begehen, und welche Zungenkussvarianten möglicherweise noch erlaubt seien, welche grenzwertig und welche eindeutig verdammungswürdig. Auch die präzise Abgrenzung von Petting, Knutschen und Fummeln konnte er uns nicht überzeugend erklären. Am Ende des jeweiligen Verhörs stand der Ärmste kurz vor dem Herzinfarkt und tat zumindest mir entsetzlich leid. Einmal, ich glaube, es ging um den konkreten Einsatz der verschiedenen Verhütungsmittel, brach er sogar in Tränen aus. „Aber ich will Sie doch nur feien, meine Damen!", stöhnte er verzweifelt. Ich versank vor Scham fast in den Boden. Rita hatte übrigens noch ganz andere Geschichten auf Lager, was die kirchliche Sexualfeindlichkeit betraf, und schwor Stein und Bein, dass Interne in Niersbeck früher sogar in der Badewanne ein Hemd hatten tragen müssen und sich nur unter Lebensgefahr im Spiegel betrachten durften, weil nackte Körper als anstößig galten. Diese Zeiten waren glücklicherweise vorbei! Die hatte nicht mal Rita mehr miterlebt.

Niersbeck war damals eine reine Mädchenschule, auf der es höchst gesittet zuging. Wir lernten Anstand und Moral, durften im Unterricht nur Hochdeutsch sprechen und wurden angehalten, pünktlich, höflich, ordentlich und strebsam zu sein. Wir befolgten sogar ohne Murren die strenge Kleiderordnung, die vorsah, dass Mädchen auf keinen Fall lange Hosen tragen durften, höchstens im Winter, ausschließlich auf dem Schulweg und nur *unter* dem Rock, was zu unbequemen, hässlichen Stoffwülsten im Taillenbereich führte. „Schichttorte" nannte Oma Südstraße diesen Look. Und selbst da waren nur Lastexhosen mit Steg unter dem Fuß und Reißverschluss an der *Seite* gestattet. Reißverschlüsse *vorn* galten als anstößig. Sobald man innerhalb der Schule war, musste man das gefährliche Beinkleid sofort ausziehen und in den eigens dafür mitgebrachten Beutel stecken. Hosen galten tatsächlich lange als „schamlos", wohl weil sie Männerkleidung waren, und wurden an unserer Schule erst 1969 offiziell erlaubt. Auch ärmellose Kleider und Blusen waren zunächst verboten, wohl weil sie bei erhobenen Armen unschöne Einblicke ermöglichten. Sogar mit Haaren hatte die Klosterschule ein Problem. Es war streng untersagt, das Haar lang und offen zu tragen, daher hatten wir entweder Kurzhaarfrisuren oder Pferdeschwänze. Zöpfe waren in meiner Kindheit bereits altmodisch, und nach der Volksschule wäre bei uns kein Mädchen mehr damit herumgelaufen. Der wippende Pferdeschwanz fühlte sich eigentlich ganz gut an, denn man konnte ihn schwungvoll um die Ohren peitschen lassen, wenn man den Kopf schüttelte. Später fielen glücklicherweise auch die strengen Haarregeln dem Fortschritt zum Opfer.

Im Gegensatz zu heutigen Schülern trugen wir keinerlei Waffen und bedrohten und beschimpften niemals unsere Lehrer. Regelverstöße fanden nur außerhalb der Klostermauern oder heimlich in unseren Köpfen statt. Bis auf das eine Mal, als irgendjemand ausgerechnet Klaudia Kamphuisen klammheimlich Haschisch verabreichte, woraufhin sie den ganzen Morgen über alles, was sie hörte oder sah, laut kicherte. Sogar im Unterricht von Schwester Theosopha. Möglicherweise war die Droge in einer selbstgedrehten Zigarette versteckt gewesen. Winnie und ich fanden nie heraus, wer es getan hatte. Die Schwestern konnten sich Klaudias unpassende Lautäußerungen so gar nicht erklären und kamen zu dem Schluss, ihre Musterschülerin müsse wohl überanstrengt sein. Klaudia wurde daher kurzerhand nach Hause geschickt. Heftig kichernd und mit ungewöhnlich rotem Gesicht verließ sie das Klassenzimmer. Sogar im Bus konnte sie nicht aufhören zu glucksen, wie wir später herausfanden.

Im Nachhinein erinnert mich vieles an Niersbeck stark an Hogwarts, die Zauberschule von Harry Potter. Die meisten Schwestern waren nämlich imstande, mühelos zu *apparieren* und zu *disapparieren*: Sie tauchten aus dem Nichts auf und lösten sich von einem Moment auf den anderen in Luft auf. Wahrscheinlich konnten sie sich sogar in mehreren Räumen gleichzeitig aufhalten. Wie sonst erklärt man sich, dass sie ausgerechnet immer dann erschienen, wenn man sich gerade unbeobachtet wähnte und endlich mal nach Herzenslust maulen, fluchen, schwätzen oder pfuschen wollte? Auch wenn man ausnahmsweise mal zu spät kam und sich heimlich ins Klassenzimmer schleichen wollte, wuchs garantiert mit leisem Plopp auf der Treppe eine Ordensschwester aus den Stufen empor. Im Park überraschten sie uns hundertprozentig genau dann, wenn wir über verbotene Themen redeten, eingeschmuggelte Zigaretten auspackten oder den Unterricht zu schwänzen versuchten. Sie schwebten aus Nischen hervor oder lagen in schattigen Ecken auf der Lauer, so dass man ihnen bei jedem Fluchtversuch unweigerlich in die Arme lief. Morgens früh standen sie wie hingezaubert mitten im Aufenthaltsraum, obwohl Sekunden vorher alles noch mucksmäuschenstill und menschenleer gewesen war. Bei mir löste die Nonnenmagie eine mittelschwere Paranoia aus, die bis zum heutigen Tag anhält. Ich schaue mich *immer* sorgfältig nach allen Seiten um, bevor ich über Dritte schlecht rede oder jemandem ein Geheimnis anvertraue. Sogar am Telefon. Sicher ist sicher! Es könnte ja Schwester Engeltrudis hinter mir stehen. Wände haben nicht nur in Klosterschulen Augen und Ohren. Und das rigorose Hosenverbot hat dazu geführt, dass ich bis heute ausschließlich Hosen trage. Ich besitze keinen einzigen Rock und kein einziges Kleid.

Üble Verstrickungen

In Niersbeck war man noch weiter weg von den Blumenkindern und Vietnamdemonstrationen als in Kattendonk. Außerhalb der Klostermauern verrann die Zeit wie im Fluge, in Niersbeck schien sie stillzustehen. Die Ferienwochen waren im Nu vorbei, aber eine Dreiviertelstunde Unterricht zog sich wie Kaugummi in die Länge. Wir waren kaum noch in unserem Wäldchen oder auf dem Nierssteg, denn wir mussten bergeweise Hausaufgaben machen und schwere Klassenarbeiten schreiben. Das meiste, was wir auf unserer neuen Schule lernten, fanden wir überflüssig. „Dat hältste im Kopf nich' aus! Dat braucht man doch bestimmt nie im Leben!" Und Winnie stöhnte: „Manno, ich hätte nie jedacht, dat man im Jymnasium so viel Mist lernt."

Vor allem Nadelarbeit hassten wir beide wie die Pest. Winnies Strickversuche endeten in schmuddeligen Knäueln, meine in Nadelwirrwarr und Maschenfallen, was die geschickte Intervention von Tante Finchen erforderte. Sie war die ungekrönte Handarbeitsspezialistin unserer Familie, konnte sogar im Schlaf stricken und hatte das ganze Haus mit ihren Kunstwerken dekoriert. Bei ihr gab es selbstgehäkelte Gardinen und Tischdecken, selbstgenähte Lampenschirme und Kissen, selbstgeknüpfte Läufer und Wandteppiche und selbstgestrickte Jacken, Pullover, Bettjäckchen, Pullunder und Strümpfe. Sie schneiderte sogar ihre Kostüme und Blusen selbst und wurde von allen bewundert. Vor allem von mir. In der Schule flog meine Talentlosigkeit rasch auf. Ich konnte ja kaum die Häkelnadel richtig halten! Schwester Sabrina, unsere Handarbeitslehrerin, schlug beim Anblick meiner Werke jedes Mal die Hände über dem Kopf zusammen und riffelte alles auf, was ich mühsam zusammengemascht hatte. In den Tiefen des elterlichen Kellers ruht bis heute ein halbfertiger Hüttenschuh mit ungefähr zwanzig kurzen Stricknadeln, die bereits wegflutschen, wenn man sie nur ansieht. Ich konnte tun, was ich wollte, meine Nadelarbeitsversuche waren zum Scheitern verurteilt. Entweder ich verhedderte mich oder ich zurrte alles so fest, dass der Faden riss. Ich bekam keinen einzigen annehmbaren Topflappen hin. Nur Sticken machte einigermaßen Spaß, und ich schaffte sogar einen weihnachtlichen Tischläufer mit Rehkitzen und Schneemännern. Winnie bestickte ihre Christbäume mit bunten Spinnen, was Schwester Sabrina nicht gerade erheiterte. Nadelarbeitstunden fühlten sich an wie die Ewigkeit. „Wir sind nu' mal nich' bestrickend", konstatierte Winnie grinsend. „Nur jut, dat man dat Fach abwählen kann!" Aber das ging erst nach der siebten Klasse, und Schwester Sabrinas Vier blieb dummerweise bis zum Schluss im Zeugnis stehen und verdarb mir fast den Numerus clausus.

Opa Südstraße konnte auch nicht stricken und meinte belustigt, ich würde ihn an eine der Parzenschwestern erinnern, wenn er mich mit meinen Fäden hantieren sah. Schwester Sabrina sagte in solchen Situationen tadelnd: „Langes Fädchen, faules Mädchen!" Die drei Parzen kannte ich aus der *Knoppiade* von Wilhelm Busch. Mein Lieblingssatz stand ganz am Ende. „In der Wolke sitzt die schwarze Parze mit der Nasenwarze. Und sie zwickt und schneidet schnapp! Knopp sein Lebensbändel ab." Auf dem Bild sah die Parze ein bisschen aus wie die Muhme Rumpumpel aus Otfried Preußlers *Die kleine Hexe*. Von Opa wusste ich, wie die Parzen heißen. Klotho spinnt den Lebensfaden, Lachesis verwebt ihn, Atropos durchtrennt ihn und beendet damit das Menschenleben. Meine Verwandten fanden es bedauerlich, dass ich mir so gar nichts aus Handarbeit machte, denn einige unserer Vorfahren waren Schneider gewesen.

Ein Gutes hatte das ungeliebte Nebenfach: Es brachte Tante Finchen und Schwester Sabrina zusammen. Unsere Handarbeitsnonne merkte natürlich schnell, warum meine Werke nur zu Hause perfekt gelangen, und bat mich, ein Treffen mit dem Genie im Hintergrund in die Wege zu leiten. Finchen ging, sah und siegte. Die Zuneigung war gegenseitig, auch wenn die beiden Frauen unterschiedlicher nicht hätten sein können. Tante Finchen war lebenslustig, korpulent und quirlig, Schwester Sabrina ernst, groß, hager und schweigsam. Doch bei meiner übersprudelnden Tante taute sie auf. Zunächst sprachen sie über meine Strickprobleme, dann fachsimpelten sie über Muster und Garnfarben, und schließlich weihte Tante Finchen ihr staunendes Gegenüber in den neusten Dorftratsch ein. Schwester Sabrina war bald die bestinformierte Ordensschwester im gesamten Bistum Aachen. Sie wusste alles über jeden in Kattendonk, auch wenn sie die meisten Personen nie zu Gesicht bekam. Glücklicherweise war sie extrem diskret. Nur einmal wurden wir Zeugen, wie sekundenlang der Hauch eines wissenden Lächelns über ihr Gesicht huschte. Da saß sie beim Schulfest der hochtoupierten Frau Kamphuisen gegenüber und musste sich stundenlang anhören, wie der abwesende Gatte über den grünen Klee gelobt wurde. Doch Schwester Sabrina kannte die Wahrheit. Genau wie Winnie und ich. Zwar nur auf Platt, aber das genügte. Herr Kamphuisen führte ein verabscheuungswürdiges Doppelleben. Er hatte eine Zweitfamilie. Mit unehelichem Sohn und allem Drum und Dran. Natürlich nicht in Kattendonk, wo es jeder gemerkt hätte, sondern in Grotekerk. Er ahnte nicht, dass Tante Waltrauds Tochter, die Avon-Beraterin, gerade dort viele Stammkundinnen hatte.

Unser Emigrationsziel vor Augen, hätte ich am liebsten nur Englisch gelernt oder, besser noch, Amerikanisch, das sich völlig anders anhörte, wie ich von meinem Vater wusste, der in den USA und in Krefeld als Dolmetscher gearbeitet hatte. Stattdessen gab es lauter überflüssige Fächer, und unsere erste Englischlehrerin war mehr als gewöhnungsbedürftig. Sie hieß bei uns nur „der Giftzwerg" und war klein, streng, explosiv und extrem gefürchtet. Wir verbrachten die Stunden bei ihr in Schreckstarre. Wie ich während meines Studiums erstaunt feststellte, war sie privat ausgesprochen liebenswert. Nachdem ich ihr in meinem ersten Kölner Winter eine Weihnachtskarte geschickt hatte, um ihr mitzuteilen, dass ich nun tatsächlich Englisch studierte, rief sie spontan meine Mutter an und ließ mir ausrichten, ich möge doch bitte am folgenden Wochenende mit meinem Vater, einem Auto mit geräumigem Kofferraum und einem großen Wäschekorb bei ihr in Kempen vorbeischauen. Was hatte sie vor? Wozu in aller Welt brauchte sie einen Wäschekorb? Mir schwante Schlimmes.

„Ich möchte gern Ordnung in meinen Regalen schaffen", teilte sie mir freundlich mit. „Meine Augen werden immer schlechter, und meine Bücher brauchen dringend eine neue Heimat. Suchen Sie sich einfach aus, was Sie brauchen können. Sie haben freie Auswahl. Ein paar Bände habe ich bereits herausgelegt." An diesem Tag schenkte sie mir so viele englische und amerikanische Bücher, wie ich gemeinsam mit meinem Vater tragen konnte, und legte damit den soliden Grundstock für den englischen Teil meiner Privatbibliothek. Wir blieben bis zu ihrem Tod in freundschaftlichem Briefkontakt. Nie hätte ich erwartet, dass der gefürchtete „Giftzwerg" so warmherzig und einfühlsam sein könnte. Wenn sie doch nur im Unterricht etwas davon gezeigt hätte!

Schade, dass man in Niersbeck kein Griechisch lernen konnte wie am Kempener Thomaeum, das Axel Brökskes besuchte. Er wusste sein Glück wie üblich nicht zu schätzen, und wir beneideten ihn glühend. Mit Griechisch hätten wir die Sagen des klassischen Altertums im Original lesen können, wären vielleicht auch mit der Klasse zu den antiken Tempeln gereist und hätten in einem weißen Haus mit blauen Türen und Fenstern gewohnt. So wie Axel. Herr Brökskes war zu jedem Opfer bereit, wenn es darum ging, die Noten seines Sohnes zu verbessern. Der alte Angeber Axel war mit seinen Eltern während der großen Ferien in Athen, auf Kreta oder auf Naxos. Er schickte uns jedes Mal Ansichtskarten, um uns richtig neidisch zu machen. Auf seiner letzten Karte waren sogar die Ruinen von Delphi zu sehen. Unser ganz besonderer Sehnsuchtsort! Wie gern hätten wir dort das Orakel befragt! Auf der Karte stand: „Hier ist es sehr schön. Würde euch gefallen. Alles voller Katzen, die immer Hunger haben." Der Blödsack wusste genau, wie sehr wir Katzen liebten, und war nicht mal auf die Idee gekommen, die armen Tiere zu füttern! Winnie zerriss die Tempelreste von Delphi in kleine Fetzen und spülte sie das Klo runter. Ungerechte Welt! Wie gern hätten wir uns um die wilden Katzen gekümmert und wären mit den griechischen Fischern aufs Meer gefahren. Mit etwas Glück wären wir sogar in ein Unwetter geraten und schiffbrüchig geworden wie Odysseus. „Dat hat der Hirni echt nich' verdient", meinte Winnie. Doch dann ging ein Leuchten über ihr Gesicht. „Aber vielleicht is' Jrischisch ja noch schrecklicher als Latein!" Möglicherweise hatte sie Recht, auch wenn es kaum vorstellbar war.

Da man den Schuljahresbeginn vom Frühling auf den Spätsommer verlegt hatte, waren 1966 und 1967 Kurzschuljahre mit nur acht statt zwölf Monaten. Damals gab es in Deutschland noch ein dreiteiliges Schulsystem mit Volksschule, Realschule und Gymnasium. An unserer Schule wurde es sogar noch komplizierter, denn wir hatten ab der Quarta die Wahl zwischen G, E und F, dem Gymnasialzweig, dem Erziehungswissenschaftlichem Zweig und dem Hauswirtschaftlichem Zweig.

Rosmarin und Teufelskralle

Niersbeck lag gut geschützt hinter gewaltigen Mauern, deren Anblick mich in den ersten Monaten jeden Morgen einschüchterte. Genau so stellte ich mir das Chateau d'If aus *Der Graf von Monte Christo* vor. Um das Schulgelände überhaupt betreten zu können, musste man zuerst an einer Torwächterin vorbei, die eine gewisse Ähnlichkeit mit dem dreiköpfigen Cerberus hatte, der den Eingang der Unterwelt bewacht. Im Gegensatz zu Cerberus dem Schrecklichen ließ sich Schwester Adelheid allerdings weder mit Honigkuchen noch mit Leiergesang milde stimmen. Erst nach ein paar Wochen stellten wir fest, dass sie durchaus lächeln konnte. Danach wirkte sie etwas weniger furchteinflößend. Aber man konnte die Cerberuspforte zum Glück umgehen, wie wir bald herausfanden, denn für Schülerinnen, die mit dem Fahrrad kamen, gab es einen geheimen Seiteneingang.

Am Anfang unserer Schulzeit verfügte das Kloster noch über eigene Ställe und Dienstbotenhäuschen, die jedoch bald der großen neuen Sporthalle weichen mussten, genau wie der verwunschene Kräutergarten. Neben dem Hauptgebäude stand das Physik- und Chemiehaus. Das verwinkelte alte Schulgebäude ging in einen langen Küchentrakt über, der den bedauernswerten Schülerinnen des F-Zweigs vorbehalten war, die hier in Kochen und Hauswirtschaftslehre unterrichtet wurden. Die Ärmsten mussten außerdem stricken und nähen, bis ihnen die Finger abfielen. Wir wollten auf jeden Fall in die G. Erziehungswissenschaft interessierte uns nicht, Handarbeit kam nicht in Frage, und Kochen fanden wir todlangweilig. Den ganzen Tag im Kittel am heißen Herd stehen und in Töpfen und Pfannen rühren? Es war schon schlimm genug, dass wir zu Hause beim Spülen, Erbsenpulen und Bohnenschnippeln helfen mussten. Kochen war nur interessant, wenn man Zaubertränke und Heilkräutertees braute wie die heilige Hildegard von Bingen. Sie war eine berühmte Gelehrte, hatte die Geheimnisse der Naturmedizin erforscht, kannte sämtliche Giftpflanzen und komponierte sogar Kirchenmusik. Hildegard lebte im zwölften Jahrhundert, ihr Tag war der 17. September, und sie hatte bereits im Alter von drei Jahren Visionen. Offenbar muss sie eine laute Stimme gehabt haben, denn man nannte sie bestimmt nicht von ungefähr „Posaune Gottes". Sie hielt Steine für lebende Wesen und glaubte, dass sie durch Schwingungen heilend auf den menschlichen Körper einwirken könnten. Das konnten wir uns gut vorstellen und erweiterten unsere Federsammlung gleich um die wichtigsten Heilsteine. Zum Schutz trugen wir fortan kleine glattpolierte Bergkristalle und Rosenquarze in der Tasche. Wir hatten sogar einen schönen dunklen Rauchquarz, der vor Sucht und Gefahren schützte und einem die Augen für einen neuen Lebensweg öffnete. Die Steine hatte uns Opa Südstraße geschenkt. Er unterstützte wie üblich unseren Forscherdrang und besaß zu unserer Verblüffung eine umfangreiche Mineraliensammlung, die er in flachen Holzkästen mit sorgfältig beschrifteten Fächern aufbewahrte. Er glaubte zwar nicht an die Heilkraft der Steine, fand sie aber aus anderen Gründen interessant. Die Schwestern glaubten auch nicht daran, doch aus Respekt vor der heiligen Hildegard sagten sie es nie *direkt*. In der Quarta legten wir uns sogar einen *Großmummrich* zu. Das war ein ganz besonderer Stein, der aussah wie ein kleiner zusammengekauerter Mensch. Die Idee hatten wir aus Astrid Lindgrens *Kalle Blomquist*. Genau wie unsere Geheimsprache, die wir mühelos sprechen konnten.

Bis heute habe ich eine Schwäche für Klöster und bekomme dort sofort Heimatgefühle. An unserer Schule liebte ich die stillen langen Korridore mit den geschwungenen Bögen, die weiß getünchten Wände mit den hohen schmalen Fenstern und die schöne große Kapelle mit dem geschnitzten Altaraufsatz. Sie war unser Refugium, das wir aufsuchten, wenn wir eine Auszeit brauchten oder Dringendes zu beflüstern hatten.

Hier roch es angenehm nach kühlen Wänden, poliertem Holz, Bohnerwachs, Kerzen, Weihrauch und nach Garten, denn die Schwestern legten großen Wert auf frischen Blumenschmuck. Vor der Marienstatue stand ein Tisch mit einem weißen Deckchen, auf dem im Frühling Hyazinthen und Maiglöckchen, im Sommer Flieder und langstielige Lilien, im Herbst Dahlien und Chrysanthemen und im Winter Waldsträuße mit Ilexzweigen und Christrosen standen.

Niersbeck war damals einer der wenigen Orte, an denen Mädchen Messdiener sein durften, was vor allem daran lag, dass es an unserer Schule keinen einzigen Jungen gab. Da ein Gottesdienst ohne Schellengeläut während der Wandlung unvorstellbar war, hatten wir offenbar eine päpstliche Sondergenehmigung. Wir waren uns dieser Ehre sehr wohl bewusst, wenn wir erhobenen Hauptes zu zweit vor dem Geistlichen durch den Mittelgang schritten und während der Wandlung die goldenen Schellenringe schüttelten. Wir durften sogar Brot und Wein zum Altar tragen und dem Priester die Schale für die Händewaschung reichen. Nur die rotweiße liturgische Kleidung der echten Ministranten blieb uns versagt, daher waren wir auch nicht wirklich gleichberechtigt, doch wir fühlten uns revolutionär und sehr modern.

Hinter dem Küchentrakt lag der von Mauern umschlossene kleine Klostergarten mit den Heil- und Gewürzkräutern, in dem wir in der Sexta und Quinta in jeder Pause Dauergast waren. Hier war das Reich von Schwester Josepha, einer alterslos wirkenden Ordensschwester mit freundlichen braunen Augen und geschickten Händen. Sie wusste alles über Pflanzen und trug beim Arbeiten eine grüne Schürze. Wenn wir sie besuchten, durften wir manchmal ein paar kleine Blätter abzupfen und daran schnuppern. Rieb man die Blätter vorsichtig zwischen den Fingern, dufteten sie noch intensiver. Schwester Josepha hätte in Hogwarts problemlos eine Stelle als Fachkraft für hochpotente Zaubertränke bekommen. Wahrscheinlich züchtete sie in ihrem Gewächshaus sogar Alraunen, Fliegenpilze und gefleckten Schierling. Sie summte leise bei der Arbeit und hatte immer Zeit für uns. Bei ihr lernten wir, dass Koriander nach Mottenpulver riecht, dass Lorbeerkränze in der Antike die Häupter gefeierter Dichter und siegreicher Sportler zierten, dass Liebstöckel einst als Mittel gegen böse Geister eingesetzt wurde und dass Lungenkraut ein wunderbares Heilmittel gegen Husten ist. Wir rochen an Minze, Zitronenmelisse, Engelwurz und Kapuzinerkresse. Selbst Efeu duftet aromatisch, auch wenn er bei empfindlicher Haut Allergien auslöst und giftig ist, und sogar Giersch riecht nicht übel, auch wenn er rücksichtslos mitten in die Wurzeln anderer Pflanzen hineinwuchert und als das übelste Unkraut aller Zeiten angesehen wird. „Man kann daraus aber sehr gut Salat machen!", meinte Schwester Josepha.

Sie zeigte uns stinkenden Storchschnabel, auch Ruprechtskraut genannt, der mit seinen kleinen rosa Blüten zwar hübsch aussah, aber unangenehm roch, und gab mir Katzenminze für meine Topsi mit, die völlig verrückt danach war und sich so lange auf den Blättern herumwälzte, bis sie platt waren. Topsi war danach ebenfalls platt, zugedröhnt wie ein Junkie! Nur gut, dass Schwester Josepha mich vorgewarnt hatte. „Baldrian wirkt bei Katzen sogar noch intensiver", erklärte sie. „Probier es mal aus!" Doch Schwester Josephas Baldrianwurzeln stanken so heftig, dass meine Mutter sie partout nicht im Haus haben wollte. Dabei rochen die Diacardtropfen, die sie genau wie Oma und meine Großtanten tonnenweise in Wasser träufelte, wenn sie *Herzklabastern* bekam, eindeutig auch übel nach Baldrian. Schwester Josepha erklärte uns den Unterschied zwischen Bärlauch und Maiglöckchen, die sich vor der Blüte verteufelt ähnlich sehen. Aber nur Bärlauchblätter riechen nach Knoblauch. Der stand in unserer Familie auf dem Index. Tante Pia und Tante Katrinchen fragten vor jeder Mahlzeit wie aus einem Munde: „Is' da auch ja kein Knopploch drin?" Schwester Josepha kannte die Namen ihrer Heilpflanzen sogar auf Latein und hatte nicht nur Argusaugen, sondern auch Luchsohren. Aber dass Löwenzahn auf Kattendonker Platt *Melekschtuuk* heißt, wusste sie nicht.

In Schwester Josephas Welt gab es kein Unkraut, selbst aus Brennnesseln kochte sie noch Tee oder Suppe. Sie fand rasch heraus, dass mein Lieblingskraut Rosmarin war. Vater hatte es nicht in seinem Garten, weil es keine heimische Pflanze war, und Mutter brauchte es leider nie in der Küche. Schon der Name war wunderschön: *ros marinus*, Tau des Meeres. In der Antike war die Pflanze der Göttin Aphrodite geweiht, im Christentum der Muttergottes. Ursprünglich sollen die Blüten weiß gewesen sein, doch als Maria ihr Gewand zum Trocknen über die Pflanze legte, wurden sie blau. Ich fand den aromatischen Duft so wunderbar, dass ich mich am liebsten in den Rosmarinbüschen gewälzt hätte wie Topsi in der Katzenminze. Nachdem wir herausgefunden hatten, dass Räuchern ein alter Indianerbrauch war, benutzten Winnie und ich die getrockneten Nadeln zusammen mit Salbeiblättern zum Räuchern.

Bienen umsummten den schwefelgelb blühenden Frauenmantel, auf dessen hübschen Blättern die Tautropfen morgens wie Edelsteine glitzerten, Schmetterlinge sonnten sich auf den Lavendelstängeln, die meine Großtanten sich zu Sträußchen gebunden zur Mottenabwehr in den Schrank hängten oder in Form von *Uralt Lavendel* hinter die Ohren tupften. Nur Oma Südstraße duftete nach Maiglöckchen. Und manchmal auch nach Vanille.

„Kräutergärten müssen in der Sonne liegen", erklärte Schwester Josepha. „Doch sie sollten immer windgeschützt sein, deshalb sind sie hier auch von einer Mauer umgeben." Selbst im Schatten wuchsen noch nützliche Pflanzen wie Estragon und Liebstöckel, und im April war der Boden mit würzigem Waldmeister bedeckt, der im Mai winzige weiße Sternblüten bekam. Schwester Josepha machte daraus allerdings keine grüne Bowle, was sicher daran lag, dass Ordensfrauen außer zu Abiturfeiern und bei der Zubereitung von Biersuppe und Weincreme keinerlei Alkohol zu sich nehmen durften. In der Mitte des Gärtchens wuchs wilder Fenchel, mit dem man Blumensträuße genau so hübsch aufpeppen konnte wie mit den schwefelgelben Frauenmantelblüten. Schwester Josephas Fenchel war mindestens einen Meter hoch, und die Dolden wiegten sich malerisch im Wind. Am liebsten wären wir den ganzen Tag bei den Kräutern geblieben. Es war wie im Paradies.

Da die Pausen viel zu kurz waren, gingen wir manchmal auch nach dem Unterricht noch zu ihr. Wir verrieten ihr sogar, dass wir in die USA auswandern wollten, und sie erzählte uns von den Indianerpflanzen Beinwell, Zaubernuss und Sonnenhut. „Auch getrocknete Heidelbeeren sind ein altes Indianermittel. Gegen Durchfall. Am besten als Tee im Kaltauszug", sagte Schwester Josepha. „Zwei Stunden bedeckt stehen lassen. Das hilft auch kranken Tieren und kleinen Kindern und schmeckt wirklich ausgezeichnet."

„Gibt et auch was gegen Wechseljahre?", erkundigte ich mich herzklopfend. Irgendwie war mir die Frage unangenehm, weil Schwester Josepha ja eine Nonne war, und sie schaute mich auch tatsächlich komisch an.

„Selbstverständlich. Aber bist du dafür nicht etwas zu jung?"

„Dat is' doch nich' für mich! Dat is' für meine Tante!", stotterte ich.

„Na, dann bin ich ja beruhigt", sagte Schwester Josepha und zählte die wichtigsten Ingredienzien auf: „Rotklee. Hopfen. Mönchspfeffer. Doch am wirksamsten ist Teufelskralle!" Leider wollte Tante Walburga davon partout nichts hören, sie schüttelte sich voll Abscheu und ertrug lieber weiter ihre schrecklichen Hitzewallungen als heidnische katholische Kräuter zu sich zu nehmen. Schade. Wir hätten gern herausgefunden, ob sie ihr geholfen hätten. Vor allem die Teufelskralle.

Kräuterhexe war fast so ein interessanter Beruf wie Schamane. Wenn man „die Gabe hatte" wie die Heilerin von Grotekerk, die bei Vollmond Warzen wegzaubern und Brandblasen, Rheuma und Rückenschmerzen verschwinden lassen konnte, wurde man sogar berühmt. Zu ihr gingen viele Kattdonker. Der Nachteil für die Heilerin war nur, dass sie kein Geld annehmen durfte, sondern bloß Naturalien und Gottes Lohn. Sonst hätte sie auf der Stelle ihre magischen Kräfte verloren.

Sie hatte Winnie vor ein paar Jahren sämtliche Warzen abgekauft, und nach ein paar Tagen waren sie weggeschrumpelt. Das war echte Magie! Meine Großtanten hatten noch ein anderes Wort dafür: *Sympathie*, merkwürdigerweise mit der Betonung auf der ersten Silbe.

In der äußersten Ecke des Schulparks stand ein verfallener Holzschuppen, versteckt zwischen Sträuchern und wild überwuchert von Kletterpflanzen. Hierhin verirrte sich nie jemand, deshalb war er auch unser Geheimplatz. Wir schafften es, die verzogene Tür zu öffnen, und fühlten uns in unserer Hütte fast so abenteuerlich wie Tom Sawyer und Huck Finn. Zu den Relikten aus der Vergangenheit, die dort lagerten, gehörten eine verrostete Harke und ein zerzauster Hexenbesen. Durch die blinde Fensterscheibe malte die Sonne Lichtkringel auf den staubigen Boden. Von der Decke hingen dicke Spinnwebschleier. An einer Wand lehnte eine morsche Holzleiter, der mehrere Sprossen fehlten. Zwischen den Fußbodensteinen hatten Ameisen ihre Wanderwege angelegt. Staubgepuderte Flaschen lagen aufgestapelt in einer Ecke, ein kaputter Bilderrahmen stand auf einem Stuhl mit aufgerissenem Flechtsitz. Ob es früher mal ein Geräteschuppen gewesen war? Oder gar das Versteck eines Räubers oder Mörders? Vielleicht hatte hier sogar der berüchtigte Fetzer, ein echter Räuberhauptmann, der 1803 in Köln hingerichtet worden war und wahrhaftig aus unserem Nachbarort Grefrath stammte, Zuflucht gefunden? Wenn der Wind aus der richtigen Richtung wehte, konnte man sogar in unserer Hütte das Kräutergartenparadies deutlich riechen. Wir kauten frische Pfefferminzblätter, aßen unsere Schulbutterbrote und die Tomaten und Äpfel, die unsere Mütter uns immer mitgaben. Manchmal wälzten wir aber auch tiefgründige philosophische und religiöse Gedanken.

„Glaubst du, dat et 'n Leben nach dem Tod gibt, Winnie?"
„Janz bestimmt!", meinte Winnie. „Du etwa nich'?"

„Ich kann mir dat nich' so richtig vorstellen. Wie soll dat denn aussehen? Wat bedeutet Paradies überhaupt? Is' man da immer glücklich oder wie? Is' man da einfach nur bei Gott oder in 'nem anderen Land mit Bäumen und Tieren? So wie Adam und Eva? Oder in 'ner Schattenwelt wie im Hades?"

Winnie legte die Stirn in Falten und dachte nach. Sie hatte erstaunlich klare Vorstellungen vom Leben nach dem Tod. „Wenn man tot is', kann man all dat tun, wat man immer schon mal tun wollte. Man kann sich verwandeln in wat man will. In jedes Tier. Oder auch in Bäume. Oder Steine. Man kann fliejen bis über die Wolken. Man kann unter Wasser atmen un' bis zum Meeresjrund tauchen wie die Wale. Un' rumspringen wie Delfine. Un' singen wie die Lorelei. Einfach alles. Un' dat bis in alle Ewigkeit." Diese Vorstellung gefiel mir. Dann hatte ja jeder Mensch sein eigenes Paradies?

„Ob lebende Menschen einen noch spüren können, wenn man tot is'?"

„Nich' alle", meinte Winnie. „Nur die wichtijen. Un' auch nur, wenn dat beide wollen. Dann kann man denen einfach im Traum erscheinen. Oder se können einen rufen, wenn se in Not sind, un' dann kümmert man sich drum."

„Un' wie is' dat bei uns? Wenn von uns einer tot is', un' der andere lebt noch?" Ein schrecklicher Gedanke. „Ob wir uns dann auch noch spüren?"

„Wir janz bestimmt! Wir sind doch Blutsschwestern!"

„Wer zuers' tot is', wartet einfach auf den anderen", sagte ich. So wie nach dem Unterricht. Oder nach dem Beichten. Oder nach dem Umziehen im Schwimmbad oder nach dem Turnen. Ja, so würden wir es machen. Wir würden uns todsicher nicht verlieren. Winnie kam jetzt richtig in Fahrt.

„Wenn man tot is', dann is' die Zeit aufjehoben, un' man kann hin un' her reisen. Sojar in die Verjangenheit. Dann würd' ich mir endlich mal die Dinosaurier ankucken. Vor allem den

Tyrannosaurus Rex un' die Velociraptoren. Die können einem dann ja nix tun. Weil man ja schon tot is'. Man sieht se sich einfach nur an. So ähnlich wie im Kino. Wat meinste, wie toll dat is'!" Den Tyrannosaurus Rex wollte ich auch unbedingt sehen. Allerdings auf keinen Fall allein und nur zusammen mit Winnie. Damit wir auch ausgiebig darüber sprechen konnten.

„Un' wat is' mit Gott? Un' mit Jesus?"

„Keine Ahnung", sagte Winnie. „Aber Maria, die is' sofort da, wenn man tot is'." Wie gut, dass die Ordensschwestern uns nicht hörten. Sie hätten uns bestimmt für Ketzer gehalten. Trotz Maria.

„Kuck nich' so ernst!", meinte Winnie schließlich und steckte mir ein Tomatenschiffchen in den Mund. „Probier mal, die schmecken heute janz besonders lecker." In meinem persönlichen Paradies müsste es auf jeden Fall Schokolade und Kekse geben, überlegte ich. Und Kaninchen, Katzen, Blumen und Bücher. Und am besten auch Tomaten, Kuchen und Käse. Und Papier zum Schreiben. Und Malsachen.

Nach den zweiten Sommerferien fanden wir an der Stelle, wo unser Schuppen und der duftende Kräutergarten gewesen waren, eine riesige Baustelle vor. Sämtliche Heilpflanzen waren verschwunden. Mit ihnen Schwester Josepha, die in ein Heim für betagte Ordensschwestern umgezogen war. Es traf uns hart. Am schlimmsten war, dass wir uns nicht mal richtig von ihr verabschiedet hatten.

Maria und der Heilige Geist

Am Nikolaustag 1966 sollten wir gefirmt werden und die sieben Gaben des Heiligen Geistes empfangen: den Geist der Wahrheit und des Verstandes, den Geist des Rates und der Stärke, den Geist der Erkenntnis, der Frömmigkeit und der Gottesfurcht. Leider befanden wir uns aber im absoluten Stande der Sünde, denn wir hatten gleich mehrere Riesenprobleme. Wir konnten uns den Heiligen Geist nicht *vorstellen* und daher auch nicht an ihn *glauben*. Aber noch viel schlimmer war, dass wir ernsthaft an der Dreifaltigkeit *zweifelten*. Wo in aller Welt war Maria geblieben? Mit welchem Recht hatte der Heilige Geist ihren Platz eingenommen?

„Der is' doch nich' mal 'ne richtije Person", meinte Winnie. „Eijentlich müssten die doch 'ne Familie sein, oder? Vater, Mutter un' Sohn!"

Das fand ich auch. Warum hieß es nicht „Im Namen des Vaters, des Sohnes und der Heiligen Mutter" oder „Im Namen des Vaters, der Mutter und des Sohnes?" Der Heilige Geist passte überhaupt nicht zur Dreifaltigkeit. Er war ein Fremdkörper. Wir hatten sogar schon überlegt, ob wir an den Papst schreiben sollten, um ihn auf die wahre Bedeutung Marias aufmerksam zu machen. Oder zumindest an den ehemaligen Kaplan von Kattendonk, der jetzt im Vatikan wohnte. Möglicherweise reichte es ja, wenn man „An den Papst im Vatikan, Roma, Italia" auf den Umschlag schrieb. Leider hatten wir keine Schreibmaschine, dann hätte der Brief gleich viel professioneller ausgesehen.

An einem Freitagnachmittag Mitte November hielten wir es nicht mehr aus. Da Oma und meine Tanten mit unseren kritischen Sondierungen überfordert waren und Opa zum

Krawattenkaufen nach Krefeld gefahren war, beschlossen wir, uns direkt an die höchste Instanz zu wenden und begaben uns mit meiner kleinen Marienfigur aus Kevelaer, die wir in ein Frotteehandtuch eingeschlagen hatten, zum Herrn Pastor ins Pfarrhaus. Fräulein Küppersbusch, seine Haushälterin, bat uns in den Flur, wo es nach Zigarrenrauch und Bohnenkaffee roch und um diese Zeit empfindlich kühl war.

„Was wollt ihr denn hier, Kinder?", fragte sie erstaunt. Offenbar kamen nicht viele Kinder zu Besuch.

„Wir wollen zum Herrn Pastor", sagte Winnie. „Wir müssen den nämlich unbedingt wat fragen."

„Hat es etwas mit eurer Firmung zu tun?", fragte Fräulein Küppersbusch.

„So unjefähr", sagte Winnie. „Aber dat können wir ihm nur persönlich sagen."

Fräulein Küppersbusch lächelte fein. „Na, dann kommt mal mit!"

Sie führte uns in ein Zimmer, in dem ein Bücherregal, ein Sofa, zwei Sessel und ein flacher Tisch standen, auf dem eine Bibel und ein Stapel Kirchenzeitungen lagen. Über dem Sofa hing ein Kreuz mit einem Palmbüschel, an der gegenüberliegenden Wand hing ein riesiges Bild von der Kattendonker Kirche. Zu unserer Erleichterung entdeckten wir neben dem Fenster, das hinaus auf den Pfarrgarten mit der dicken Kastanie ging, eine geschnitzte Maria mit Jesuskind. Winnie nickte mir aufmunternd zu. Offenbar waren wir an der richtigen Adresse. Möglicherweise war der Herr Pastor ja sogar ein Verbündeter.

„Na, dann nehmt schon mal Platz, Kinder. Herr Pastor kommt gleich."

Wir setzten uns auf das braune Sofa. Es war hart und hatte keine Kissen. Mir war nicht wohl in meiner Haut, zumal Tante Pia und Tante Finchen mir das Gefühl gegeben hatten, dass ich mich durch meine hartnäckige Fragerei bereits in die lange Reihe der Ketzer eingereiht hatte. Das mit der Ohrfeige vom Bischof bei der Firmung hatte ich auch schon kritisch hinterfragt, aber Tante Pia hatte dazu nur gemeint: „Dat is' keine Ohrfeige, Kind, dat is' ein jelinder Backenstreich!" Auf meine Frage nach Marias Recht auf Dreifaltigkeit hatte sie mit einem erschrockenen „Maasseskenger, nää! Dat is' ja Jodeslästerung!" reagiert. Von ihr war keine Hilfe zu erwarten, das war klar, obwohl sie doch die absolute Spezialistin für Maria war. Tante Finchen und Tante Katrinchen wollten von dem Thema auch nichts hören, obwohl sie oft genug „Jesus, Maria und Josef!" riefen, wenn sie sich über etwas wunderten.

Dabei hatten wir uns so viel Mühe gemacht. Wir hatten alle Marienlieder im Gebetbuch gezählt. Es waren 29. Außerdem fanden wir noch 7 Seiten mit eigenen lateinischen Gesängen, die *Marianische Antiphone* hießen. Der Heilige Geist hatte nur 8 Lieder, und die waren nicht mal besonders schön, ganz im Gegensatz zu den Marienliedern. Die Heilige Dreifaltigkeit an sich hatte nur 4 Lieder. Eigentlich sprach alles für Maria: Sie war eine Himmelskönigin, sie hatte Andachten, einen eigenen Monat mit Maialtar und große Altäre mit Lilien. Außerdem hatte sie Kapellen, Kirchen, Kathedralen, Prozessionen, Wallfahrtsorte und Kevelaer, das Wasser von Lourdes, heilige Quellen und Bäume, den Rosenkranz, Gnadenbilder, nach ihr benannte Tiere und Pflanzen, sieben Schmerzen und sieben Schwerter im Herzen und einen blauen Schutzmantel für die Armen und Verfolgten. Sie hatte eigene Feste wie Lichtmess, Verkündigung, Heimsuchung, ein eigenes Gebet, nämlich „Gegrüßet seist du Maria", und sie war unmittelbar nach ihrem Tod mit Leib und Seele in den Himmel aufgefahren. Dazu gab es auch noch ein eigenes Fest: Mariä Himmelfahrt am 15. August. An diesem Tag wurden ihr zu Ehren sogar Kräuter in der Kirche gesegnet. Der Heilige Geist hatte nur Pfingsten und die Firmung. Außerdem hatte Maria Jesus geboren und war trotzdem Jungfrau geblieben. Keusch und unbefleckt. Sie war sogar schon im Leib ihrer Mutter Anna frei von Sünde und Erbsünde gewesen, auch dazu gab es ein Fest: Mariä Empfängnis. Maria stand den Menschen in der Todesstunde bei, tröstete sie, wenn sie traurig waren, beschützte sie, wenn sie in Gefahr waren, erschien ihnen an allen möglichen Orten und wirkte Unmengen von Wundern. Sie hatte die Schlange und den Drachen besiegt und stand auf der Mondsichel. Mit ihr konnte man *immer* reden, auch wenn man sich nicht traute, Gottvater oder Jesus direkt anzurufen. *Warum war sie also nicht Teil der Dreifaltigkeit?* Irgend etwas stimmte da nicht, da waren wir uns ganz sicher. Leider hatte sie Jesus vom Heiligen Geist empfangen und nicht von Gottvater, was die Sache noch komplizierter machte. Aber dieses Detail wollten wir nur im äußersten Notfall ansprechen. Josef war nur der Stiefvater von Jesus und daher auf keinen Fall göttlich, sondern nur ein Heiliger. Josef gehörte somit *nicht* in die Dreifaltigkeit. *Aber Maria schon!* Es bestand die berechtigte Hoffnung, dass es in Wirklichkeit eine Vierfaltigkeit gab, und davon würde uns auch der Herr Pastor nicht abbringen. Ich wickelte die Mutter Gottes aus und stellte sie zur Verstärkung gut sichtbar mitten auf den Tisch. Mir war ganz schlecht vor Aufregung.

„Dat schaffen wir schon!", meinte Winnie zuversichtlich. „Lass mich nur machen. Du brauchs' nix zu sagen."

Nach einer gefühlten Ewigkeit kam Fräulein Küppersbusch mit dem Herrn Pastor zurück, schob ihn ins Zimmer und verschwand. Jetzt waren wir mit ihm allein, und zumindest ich hatte plötzlich große Angst vor meiner eigenen Courage.

„Wir haben da 'ne wichtige Frage!", fiel Winnie sofort mit der Tür ins Haus und zeigte auf die Statue. „Warum jehört Maria nich' zur Dreifaltigkeit?" Während sie unser Problem ausführlich schilderte, beobachtete ich unser Gegenüber genau. Der Herr Pastor runzelte die Stirn und schaute immer bedenklicher drein. Vor allem, als wir ihm das Ergebnis unserer Lieder-Zählung mitteilten. Offenbar waren wir die ersten Menschen, die das Komplott gegen die Himmelskönigin aufgedeckt hatten. Winnie wagte sich immer weiter vor.

„Wie der Heilije Jeist aussieht, kann man sich ja nich' mal vorstellen!", schloss sie. „Oder is' der etwa wirklich 'ne Taube oder 'ne Feuerzunge?" Als Taube prangte er auf dem Heftchen, das wir zur Vorbereitung auf die Firmung bekommen hatten, und sandte seine Gaben in Form von blutroten Tropfen auf die unter ihm versammelten Jünger. Der Herr Pastor starrte die Madonnenstatue an, räusperte sich und erzählte uns allerlei über die Bedeutung des Pfingstfestes und die Gnade der heiligen Firmung. Er nahm sich viel Zeit für uns, obwohl er eigentlich seine Predigt vorbereiten musste, und erzählte uns alles, was es über den Heiligen Geist zu sagen gab, doch das war nicht viel, und unsere Zweifel konnte er damit auch nicht aus dem Weg räumen. Irgendwann merkte er, dass wir immer unruhiger wurden, und gab uns den Rat, um die Gnade des Glaubens zu beten. Aber Winnie war noch nicht fertig.

„Wer is' denn unsere Mutter, wenn Jott unser Vater is'?", fragte sie. Das interessierte auch mich brennend. Der Herr Pastor rieb sich mit zwei Fingern die Nasenspitze.

„Die Heilige Kirche!", erklärte er nach einigem Zögern.

„Ach so!", sagte Winnie, und ihr Gesicht verdüsterte sich. Ich war sprachlos. Wir sahen sofort ein, dass weitere Einwände zwecklos waren. Außerdem hatte der Herr Pastor langsam genug von uns, das merkten wir genau. Er schaute nämlich ständig auf die Uhr und nestelte immer auffälliger an seinen Jackenärmeln herum.

„So, Mädchen, jetzt muss ich aber dringend zurück an den Schreibtisch." Wir standen auf und wickelten die Muttergottes vorsichtig wieder in ihr Handtuch. Der Herr Pastor brachte uns persönlich zur Tür. „Das wird schon, Kinder!", meinte er. „Macht euch keine Sorgen. Wer nie zweifelt, der glaubt auch nicht richtig. Ihr müsst nur immer schön beten!"

Winnie war sauer, ich war zutiefst enttäuscht. Er hatte uns *überhaupt nicht* geholfen, dabei war er doch Gottes Stellvertreter auf Erden und hatte sogar eine Madonna an der Wand.

Draußen auf der Straße platzte Winnie der Kragen. „Dat stinkt doch zum Himmel! Weißte wat? Der jlaubt da selbs' nich' dran! Un' erklären kann der einem dat mit dem Heilijen Jeist auch nich'."

„Sollen wir denn jetzt trotzdem an den Papst schreiben?", fragte ich.

„Dat hat jar keinen Zweck", sagte Winnie. „Der is' doch auch bloß 'n Mann. Die wollen die Maria nich', *weil die 'ne Frau is'* So is' dat! Un' weißte, wat dat Allerschlimmste is'? Die Frauen *wehren* sich nich' mal dajejen!" Sie hatte vollkommen Recht. Selbst meine frommen Großtanten schien das alles nicht im Geringsten zu stören. Eine bittere Erkenntnis.

„Stimmt dat eijentlich, dat bei den Evanjelischen auch Frauen Priester werden können?", erkundigte sich Winnie interessiert. „Dat hat deine Tante Walburja neulich jesacht. Un' die muss et ja wissen, weil die ja evanjelisch is'!"

Das konnte ich mir wirklich nicht vorstellen. „Nie im Leben!", sagte ich. „Priesterinnen hatten doch nur die Römer un' Griechen."

„Aber wenn dat doch stimmt", überlegte Winnie, „dann werd' ich später mal evanjelisch!"

„Aber die Evangelischen beten nich' zu Maria", warf ich ein. „Un' die ham auch keine Heiligenfiguren. Und keine Kerzen. Un' kein Kevelaer. Nich' mal 'nen Maialtar. Dat Wichtigste fehlt bei denen!"

„Mist", maulte Winnie. „Dat wär ja auch zu schön!"

Rita und die Kommunisten

Zu unserem Bedauern umflossen alle interessanten Jugendströmungen und Protestbewegungen der damaligen Zeit Kattendonk weiträumig. Rock- und Pop-Schallplatten bekam man nur in dem einzigen, ziemlich kleinen Hi-Fi-Laden des Ortes. Die Auswahl war nicht besonders groß, und Herr Meyendrisch, der Eigentümer des Ladens, missbilligte moderne Musik zutiefst, so dass man sich immer schämte, wenn man bei ihm etwas kaufte oder bestellte. Wie gut, dass wir Ritas riesige Plattensammlung hatten! Als meine Eltern sich 1967 endlich einen neuen Dual-Plattenspieler zulegten, war ich schon dreizehn. In diesem Jahr wütete der Sechstagekrieg in Israel, verweigerte Muhamed Ali den Kriegsdienst in Vietnam, wurde Che Guevara erschossen, wurden auf der 25. Großen Funkausstellung in Berlin die ersten Farbfernseher vorgestellt, fand in Kapstadt die erste Herztransplantation statt, traten in der ARD erstmals die Knollenmännchen von Loriot auf, kam Walt Disneys *Dschungelbuch* in die amerikanischen Kinos, feierten die Hippies den *Summer of Love*, heiratete Elvis Presley Priscilla Beaulieu und wurden die Bands *Genesis* und *Credence Clearwater Revival* gegründet. 1967 hat in meiner Erinnerung die Stimmen von Scott McKenzie, den Beatles, Procul Harun, den Bee Gees und den Stones und wird für immer mit *San Francisco, Penny Lane, A Whiter Shade of Pale, Massachussetts* und *Let's spend the Night together* untermalt sein. Von Opa bekam ich als besondere Überraschung die Single *Puppet on a String* von Sandy Shaw, die damit gerade den Eurovision Song Contest in Wien gewonnen hatte und immer nur barfuß auftrat, was mich tief beeindruckte. Leider kriegte man von nackten Füßen schlimme Blasenentzündung.

Woodstock lag unerreichbar auf einem anderen Stern. In Kattendonk lebten zu unserem großen Bedauern weder Hippies, Beatniks, Provos noch Drop-outs. Für uns gab es nur zwei Fenster zur weiten Welt: die wöchentliche *Bravo* und Winnies Schwester Lovely Rita, wie ihr Jugendfreund Kino-Helmut sie zärtlich nannte. Helmut war der Sohn vom Kinomann und ließ uns umsonst ins Kino, so dass wir schon damals über ein ungewöhnlich großes Filmwissen verfügten. Helmut und sein Vater verfolgten die Entwicklung des Fernsehens mit großer Sorge und sollten mit ihren Befürchtungen leider Recht behalten. Bereits einige Jahre später ging in Kattendonk keiner mehr ins Kino und der Kinomann musste sein Lichtspielhaus schließen.

Rita zog nach dem Abitur sofort in die Großstadt. Jetzt war sie frei, und wir beneideten sie so sehr, dass es weh tat. Köln war ein wahres Sündenbabel! Dort war alles erlaubt! Zudem studierte Rita Fächer, die bestimmt auch noch den letzten Rest von Moral und Anstand in ihr erstickten: Theaterwissenschaft, Germanistik und *Philosophie*! Wie es um ihr Seelenheil stand, konnte man deutlich an ihrer Kleidung ablesen. Rita trug Schlabber-Gewänder und Miniröcke, Schlaghosen und Hot Pants, anarchischen Afro-Look und romantische Wallelocken. Sogar Knautschlack. Je nach Stimmung. Wahrscheinlich besaß sie auch noch Kleider im Transparentlook, die sie jedoch leider nie bei uns im Dorf trug. Etliche Kattendonker hielten sie für rauschgiftsüchtig, nur weil sie sich gelegentlich einen Joint drehte. Doch Rita verlor davon nicht den Verstand. Sie sah aus wie das blühende Leben, nahm an Friedensmärschen und Demos teil und trug Schilder, auf denen *Peace* und *Make Love Not War* stand. Tante Pia und Tante Katrinchen hatten sie mehrfach im Fernsehen identifiziert.

Zudem war Rita bemerkenswert international. Mit ihrem bunt bemalten VW-Käfer tuckerte sie nach Holland, England und Frankreich und traf überall interessante Ausländer, die ihren Horizont erweiterten. In Kattendonk gab es strenggenommen nur vier Ausländer, soweit wir wussten, und selbst die waren nicht echt, denn sie stammten nur aus Südtirol, konnten Deutsch und arbeiteten in der italienischen Eisdiele *Venetia*. Die türkischen und griechischen Gastarbeiter in der Plüschweberei, die Belgier in den Grefrather Kasernen und die Angehörigen der englischen Rheinarmee in Mönchengladbach zählten nicht, denn die ließen sich im Dorf nie blicken. Nicht mal zum Einkaufen. Rita hatte in Köln sogar einen Indianermann ausfindig gemacht, der zwar kein Amerikaner war, aber die größte Indianerfigurensammlung diesseits der Alpen besaß und dessen Haus ein Museum mit Mokassins, Masken und Federhauben war. Mit Vitrinen voller Figuren! In Köln wollten wir auch studieren! Unbedingt!

Rita hörte Jimmy Hendrix, The Who, Bob Dylan, die Stones und Janis Joplin, die unsere Mütter allesamt nicht leiden konnten. Jimmy Hendrix mochten wir auch nicht, was aber nicht etwa daran lag, dass er schwarz war und Heroin nahm. Seine Musik war uns einfach zu aggressiv. Bob Dylan hörten wir gern, auch wenn er nicht so gut Gitarre spielte wie David Gilmore von den Pink Floyd. *Blowin' in the Wind* und *Mr Tambourine Man* konnten wir sogar auswendig. Rita kannte wahrscheinlich sogar Uschi Obermaier, das berühmteste Rock-Groupie-Girl aller Zeiten. Uschi zierte regelmäßig die *Bravo*-Cover, schlief mit berühmten Weltstars, kämpfte für die sexuelle Revolution, tourte mit ihren Stars in Bussen durch die Welt, genoss ihr Leben in vollen Zügen und genehmigte sich todsicher bereits vor dem Frühstück den ersten Joint.

Zu unserer Erleichterung sorgte Rita auch weiterhin für willkommene Abwechslung. Ihr Käfer hatte einen kaputten Auspuff, so dass man ihn schon von weitem hörte, und versetzte das Dorf sofort in Unruhe, wenn er an Horizont auftauchte.

Eines Tages brachte Rita von einem ihrer Hollandtrips einen Gammler mit, der kein Wort Deutsch sprach und sein Geld als Straßenmusiker verdiente. Er war Inder, hatte blauschwarzes Haar, trug ein weites Hemd mit schrillem Muster, eine dunkle Brille sowie mehrere Armbänder. Er bewegte sich völlig anders als alle Menschen, die wir je zu Gesicht bekommen hatten, irgendwie langsamer, wie in Zeitlupe. Rita meinte, dass läge möglicherweise daran, dass er so viel kiffte. Wir durften offiziell nicht mit ihm reden, damit er nur ja keinen schlechten Einfluss auf uns ausüben konnte, hielten uns jedoch nicht an das Verbot. Wir probierten stattdessen unser Englisch an ihm aus und bekamen zur Belohnung eine Kassette mit seinen Liedern. Von ihm lernten wir zwei neue Wörter: *Raga* und *Sitar*. Das eine war eine indische Musikform, das andere ein Instrument. Beides war auf der Kassette. Rita hatte Winnie ihren alten Philipps-Kasettenrecorder mit Einknopfbedienung und Batteriebetrieb überlassen, so dass wir uns Rakeshs Musik sogar anhören konnten. Sie war äußerst gewöhnungsbedürftig. Kein Wunder, dass er kein Geld hatte.

Herr und Frau Klaarenbom fielen bei seinem Anblick aus allen Wolken und weigerten sich, den fremden „Halbstarken" ins Haus zu lassen, was Rita so erzürnte, dass sie sich auf dem Absatz umdrehte und mit Rakesh nach Köln düste. Kino-Helmut, der sich das Wochenende gänzlich anders vorgestellt hatte, fuhr den beiden hinterher. „Die hat doch wat mit dem Kerl, oder?", fragte Mottes Agathe neugierig, als sie versuchte uns auszuhorchen. „Wie meinen Sie dat?", konterte Winnie. Naive Gegenfragen waren bei unangenehmen Verhören die beste Taktik. Unsere Nachbarin hielt auch tatsächlich sofort den Mund.

Einen Monat lang herrschte Funkstille zwischen Köln und Kattendonk. Dann hielt Herr Klaarenbom es nicht mehr aus und entschuldigte sich am Telefon in aller Form. Rita verzieh ihm, doch nach der peinlichen Episode kam sie nicht mehr ganz so oft nach Kattendonk. Den Inder brachte sie nie wieder mit. Leider. Meine Mutter hätte ihm bestimmt auch die Tür vor der Nase zugeschlagen. Aber warum bloß? Die Erwachsenen waren wirklich merkwürdig.

Einige Monate lang wohnte Rita in einem gemischten Studentenwohnheim, was höchst verwerflich war, denn dort hatte sie angeblich sogar Umgang mit Kommunisten. Über die unterhielten sich meine Großtanten ausgiebig auf Platt, und schon bald war ich bestens informiert. Kommunisten waren üble Subjekte, die in Kommunen lebten. Daher kam auch der Name. Sie trugen Bärte und Russenmützen, hatten wilden Gruppensex mit allen Lebewesen, die ihnen über den Weg liefen, drückten sich vor jeglicher Verantwortung, hielten lebende Hühner in der Küche und schliefen im Sommer splitternackt unter freiem Himmel, drapiert um ein loderndes Lagerfeuer. Tante Katrinchen bekreuzigte sich sogar, wenn sie davon redete. Übrigens gab es damals sogar einen echten Kommunisten, der aus Kattendonk stammte. Er trug einen Afro und den Spitznamen Sputnik und war Mitglied in einem ominösen lateinischen Männerbund namens Spartacus. Er studierte ebenfalls in Köln und mied sein Heimatdorf wie die Pest. Während meines Studiums lernte ich ihn zufällig kennen und fand ihn eigentlich gar nicht so übel. Doch das habe ich natürlich zu Hause keinem erzählt.

Allen Widerständen zum Trotz hielt der Fortschritt irgendwann auch in Kattendonk unaufhaltsam Einzug und bereicherte die Häuser mit modischen Teakmöbeln, zierlichen Couchtischen, gemütlichen Sitzsäcken, schlichten Sideboards aus Nussbaum, luftigen Regalsystemen und praktischen kastenförmigen Anbaumöbeln mit eigener Fernsehnische, mit Clubsesseln, Sitzgarnituren mit Cord- und Lederpolstern und farbigen Lampenschirmen aus gefältelten Kunststoffbändern.

Gemütlichkeit war Trumpf, überall lagen flauschige Flokati-Teppiche, und an den Wänden prangten aufregend gemusterte Tapeten, die Anfang der Siebziger noch viel bunter werden sollten.

Schließlich passierte sogar das Unvorstellbare. Die vom Papst ausdrücklich verbotene Anti-Babypille begann ihren Siegeszug, und die vom Papst ausdrücklich erlaubte Liturgiereform wurde eingeführt. Heilige Texte wurden mir nichts dir nichts einfach *verändert*! Aus Weibern wurden Frauen, und feierliches Latein verwandelte sich in gewöhnliches Alltagsdeutsch. Meine Großtanten waren extrem irritiert, sie konnten die alten Texte doch alle auswendig, auch wenn sie wenig davon verstanden. Die Reform war nicht mehr zu stoppen, und in unserer Familie entbrannten heftigste Diskussionen. Vor allem Onkel Tis zeigte sich erstaunlich modern, was nur an Tante Walburga liegen konnte, denn die war ja evangelisch. Absolute Einigkeit herrschte nur vor der Flimmerkiste. *Der Goldene Schuss* mit Lou van Burg und später mit Vico Torriani, *Vergissmeinnicht* mit Peter Frankenfeld, *Einer wird gewinnen* mit Hans-Joachim Kuhlenkampff, *Wünsch dir was* mit *Fifi* Bach und Dietmar Schönherr sowie sämtliche Sendungen mit Peter Alexander liebten alle meine Verwandten. Ausnahmslos. Sogar Tante Walburga.

Alfresco und der Vatikan

Oma und ihre Schwestern aßen für ihr Leben gern Kuchen, selbst wenn sie so mächtig waren wie die halbgefrorene, mit Krokant oder Schokolade bestreute Grillagetorte oder der fantasievoll mit Rosetten, Mokkaböhnchen oder Schokoflöckchen verzierte Buttercremekuchen, der zu besonderen Gelegenheiten sogar mit Eierlikör gemacht wurde und an Ostern mit farbenfrohen Zuckereiern belegt war. Mit Ausnahme der dünnen Tante Pia, die ständig neue Diäten ausprobierte, waren sie auch leidenschaftliche Köchinnen. Nur bei Konditoreiprodukten wurde selbst Pia schwach und konnte zur Pflaumenzeit von ihrem Lieblingskuchen *Prumetaat* glatt sieben Stücke verdrücken. Mit viel Sahne, versteht sich. Damit er besser rutschte.

Die Kattendonker Familiengerichte waren stark von der niederländischen Küche beeinflusst. Es gab viel Gemüse mit einer stets ähnlich schmeckenden weißen Sauce, die dezent mit Pfeffer, Salz und Muskat gewürzt war, und deftige Eintöpfe, Kartoffel- und Fleischgerichte. Viele meiner Verwandten hatten eine mir unverständliche Vorliebe für regionale Köstlichkeiten wie *Heringsstipp*, *Blootwuersch*, *Panhas* und *Suermoos*. Rosinensuppe, die bei uns *Prümkestsup* hieß, fand ich widerlich. Doch auch ich liebte Pfannkuchen, *Panekook*, Rheinisches Schwarzbrot und frisches Rosinenweißbrot, *Prümkeswääk*, vor allem wenn es in kleine Reiterchen geschnitten und mit frischem *Hollänger* belegt war. Auch Spargel mochten wir alle, und zur Erntezeit fuhr Onkel Friedes regelmäßig ins Spargelmekka Walbeck, um alle Verwandten kiloweise mit frisch gestochenem *Schparejel* zu versorgen.

So gut wie alle Verwandten besaßen einen Nutzgarten, waren begeisterte Selbstversorger und hatten wohlgefüllte

Vorratskammern mit eingewecktem Obst und Konfitüren aller Art. Im Sommer gab es selbstgemachtes Vanille-, Schokoladen- oder Erdbeereis, das in flachen Eiswürfelformern aus Aluminium im Gefrierfach des Kühlschranks aufbewahrt wurde. Wenn kein frisches Obst mehr da war, griff man zum Eispulver von Doktor Oetker. Sobald die drei Sorten übereinandergeschichtet und gemeinsam gefroren wurden, hieß das Ganze Fürst-Pückler-Eis. Ich habe nie verstanden, warum es in dieser Version längst nicht so gut schmeckte. Sonntags gab es als Nachtisch oft Reisbrei mit Pflaumen, Zitronenpudding oder Vanillepudding. Die heißen Glasschüsseln wurden mit Topflappen ins Badezimmer getragen und zum Abkühlen in die mit kaltem Wasser passend aufgefüllte Badewanne gestellt. An besonderen Festtagen gab es sogar in streng katholischen Familien Pharisäercreme!

Meine Mutter und Tante Finchen waren besonders experimentierfreudig und kochten daher auch oft und gern zusammen. Tante Finchen sorgte schließlich sogar dafür, dass eine internationale Brise durch Kattendonk wehte. Eine italienische, um genau zu sein. Dosenravioli und Birkelnudeln kannte man natürlich auch bei uns, doch Pizza und Spaghetti galten damals am Niederrhein noch als exotisch und hatten auf einem anständigen Speiseplan nichts zu suchen, zumindest bis Tante Finchen den Ausbruch aus sämtlichen Traditionen wagte. Seit sie im Fernsehen einen Bericht über das Land, in dem die Zitronen blühen, gesehen hatte, träumte sie davon, mit ihrem Gatten dorthin zu fahren, sich die ewige Stadt anzusehen und den Papst im *Fattikan* zu besuchen. Außerdem wollte sie endlich all die herrlichen Gerichte genießen, auf die ihr der Film so viel Appetit gemacht hatte. Onkel Friedes, der seiner korpulenten Gattin äußerst zugetan war und ihre Kochkünste so genoss, dass man es ihm von weitem ansehen konnte, gelobte feierlich, sie noch in diesem Leben dorthin zu bringen. Koste es, was es wolle. Zufällig lebte der ehemalige Kattendonker Kaplan inzwischen in unmittelbarer Nähe des Heiligen Stuhls. Er war nicht nur zum Professor, sondern sogar zum Rektor des *Campo Santo Teutonico* aufgestiegen, was von unschätzbarem Nutzen sein konnte, wenn man eine Privataudienz beim Heiligen Vater anpeilte. Auf der Rückfahrt wollten Finchen und Friedes auf jeden Fall auch noch einen Abstecher nach Venedig machen, um sich die prächtigen Paläste anzusehen und in einer Gondel über den Canale Grande zu gleiten.

„Da möde we ons ävel beiiele", drängte meine Großtante, die davon ausging, dass Venedig bald untergehen würde. Schließlich stand die Stadt auf Holzpfählen, die jedes Jahr weiter faulten, und der Gestank wurde sicher auch nicht besser. Außerdem wurde man nicht jünger!

Als Onkel Friedes beim Stammtisch erfuhr, dass es in Grotekerk seit kurzem einen leibhaftigen Italiener gab, der eine Pizzeria betrieb und einmal die Woche in seinem Restaurant einen Kochkurs „Italienische Küche" anbot, überraschte er seine Frau damit zum Geburtstag. Teil des Geschenks war, dass er sie jeden Dienstagabend nach Grotekerk und wieder zurück chauffierte, denn wie die meisten Frauen ihrer Generation konnte Finchen nicht Auto fahren.

Leider war sie keine angenehme Beifahrerin. Sie hockte verkrampft auf ihrem Sitz, die rechte Hand im Haltegriff verkrallt, die linke einsatzbereit in unmittelbarer Nähe der Handbremse, um bei drohender Gefahr, etwa wenn Onkel Friedes unerwartet der Schlag treffen sollte, sofort kühn einzugreifen und den Wagen zu stoppen. Glücklicherweise war dies nie nötig, denn Onkel Friedes war kerngesund. Auch Plan B, auf der Stelle den Zündschlüssel zu ziehen, falls sich ein Unfall anbahnen sollte, kam nie zum Einsatz. Zu allem Übel wurde es Tante Finchen im Auto regelmäßig schlecht, und zwar schon bei den geringsten Höhenschwankungen. Wenn sie die Süchtelner oder Hinsbecker Höhen nur von weitem sah, stöhnte sie schon: „Joseskenger, mich es et ja su schlait!" und verfärbte sich ins Grünliche. Dass sie die Fahrten nach Grotekerk nicht nur klaglos, sondern sogar mit einer gewissen Vorfreude antrat, zeugte davon, wie wichtig ihr die italienische Kochkunst war.

Salvatore Pappalardo, ein kleiner, stämmiger, etwas düster wirkender Sizilianer mit dichten Brauen, die in der Mitte zusammengewachsen waren, und meine temperamentvolle Großtante waren entzückt voneinander, und Finchen stürzte sich mit Feuereifer ins Kochabenteuer. Zunächst fielen ihr die fremd klingenden Namen der Zutaten und Gerichte noch schwer, doch sie lernte rasch. Weil man in Italien am liebsten *alfresco* tafelte, was von Finchen kongenial als „alle fressen draußen" übersetzt wurde, funktionierte Onkel Friedes eine alte Tischtennisplatte um, und so saßen wir bei Familienfesten nun nicht mehr in Opas geräumigem Wohnzimmer, sondern in Finchens Garten unter den Ostbäumen und labten uns an Antipasti, Pasta, Carne, Piesce und Dolce. Meistens schmeckte es gut.

Nur das erste Gelage stand unter einem Unstern, obwohl Finchen gemeinsam mit meiner Mutter und Tante Katrinchen als Assistentinnen den ganzen Morgen in der Küche gestanden hatte. Als erstes bekamen wir eine kräftige *Minestrone* mit einem uns fremden Brot als Beilage. „Tschabbatta het dat", erklärte die Gastgeberin stolz. „Extra von Zinjore Pappalardo mitjebraut." Als zweiten Gang gab es *Pasta asciutta*, doch Nanas Bemerkung, das Gericht auf ihrem Teller röche wie Kitekat, verdarb allen den Appetit. Insgeheim musste ich Nana recht geben. Es roch tatsächlich wie Kitekat. Tante Finchen schluckte ihre Enttäuschung herunter und servierte als nächstes *Scaloppine al marsala*, die allen wunderbar schmeckten. Dazu gab es für die Erwachsenen italienischen Rotwein, was die Stimmung merklich hob. Schief lief es erst, als der Nachtisch aufgetischt wurde. Er sah aus wie Schokoladenpudding mit kleinen gelblichen Stückchen drin.

„Sind dat Nüßkes?", fragte Oma Südstraße interessiert. Sie liebte Nüsse.

„Nää", sagte Finchen, die unter Alkoholeinfluss meistens völlig ins Platt abrutschte. „dat is' italiänische Spezialkiies'. Maskarella heet der. Lot et öch schmekke!"

„Ala, dan maar tau!", rief Onkel Friedes fröhlich und lud sich eine ordentliche Portion Pudding ins Schälchen. Alle bedienten sich reichlich. Bis auf mich. Ich hatte eine feine Nase und traute dem Spezialkäse nicht. Was da auf meinem Löffel lag, roch merkwürdig säuerlich, so gar nicht nach Schokolade, und schmeckte einfach grässlich.

„Wat is dat für Käse, Tante Finchen?", erkundigte ich mich vorsichtig.

„Wieso?", wunderte sich die Gastgeberin, die schlagartig nüchtern wurde. „Sag bloß, dat schmeckt dir nich', Kind?"

Dazu wollte ich mich lieber nicht äußern. Opa, der sich gerade einen Löffel Nachspeise in den Mund gesteckt hatte, schien dasselbe Problem zu haben wie ich. Er drehte sich diskret zur Seite und entsorgte die Kostprobe in sein Taschentuch. Tante Finchen war das nicht entgangen. Sie riss entsetzt die Augen auf und starrte ihn an. Doch es kam noch schlimmer. Nana spuckte den Pudding angewidert zurück ins Schälchen und kreischte: „Bah, wie fies! Dat marrich nich'!"

Tante Finchens Mundwinkel begannen zu zucken, und ihr Blick wanderte angstvoll von einem Gast zum anderen. Nur Onkel Friedes und Tante Maria aßen noch. Onkel Friedes hätte sich eher den Fuß abgebissen als seine Gattin zu enttäuschen, und Tante Maria war so *verkentscht*, dass sie gar nicht merkte, was sie zu sich nahm. Sie aß automatisch, was immer man ihr auch vorsetzte. Alle übrigen Gäste hatten die Löffelchen sinken lassen und tauschten ratlose Blicke. Tante Pias

Gesicht sprach Bände, Tante Walburga hustete, angeblich weil sie sich verschluckt hatte, und Onkel Tis klopfte ihr sanft den Rücken. Nana kicherte, ich war verlegen. Tante Finchen tat mir so entsetzlich leid. Die Ärmste bekam rote Stressflecken und verfiel vor Verzweiflung wieder in ihre Muttersprache. „Vleets woer dat doch de verkierde Kiies? Maskarella hab' ech jesaut. Af heet de doch angersch?", überlegte sie verzweifelt. „Vleets Motzapone? Schmekk et öch dan neet? *No sach doch jet, Friedes!*" Panik lag in ihrer Stimme. Ihre Hände zitterten, und sie sah aus, als würde sie jeden Moment in Tränen ausbrechen. Das konnte ihr Gatte auf keinen Fall zulassen. Er hatte sein erstes Tellerchen längst mit Todesverachtung geleert, rieb sich lächelnd den stattlichen Bauch und konstatierte laut und vernehmlich: „Ha, Fiin! Dat woer ävel *läker! Dat hab' ich met Wel jejeäte!*" Das war so ziemlich das höchste Kompliment, das man einer Köchin auf Kattendonker Platt machen konnte. Finchen sah ihn dankbar an. Friedes griff nach der großen Kristallschüssel, um sich eine zweite, noch üppigere Portion zu nehmen, woraufhin Finchen ebenfalls kräftig zulangte. Dann aßen die beiden mit Todesverachtung unter den staunenden Blicken ihrer Gäste ihre Schüsselchen leer. Bis auf das letzte gelbe Fetzelchen. Dann schauten sich die beiden zärtlich an und sagten wie aus einem Mund: „Also, ons schmekk et!" Später gestand Tante Finchen, dass sie tatsächlich ihre liebe Not mit dem Spezialkäse gehabt hatte, denn er sah nicht nur total anders aus als der cremige Frischkäse, den Zinjore Pappalardo für dieses Gericht benutzt hatte, sondern war ihr auch noch dauernd wie ein Gummiball aus dem Mixer gesprungen, so dass sie ihn am Ende gewaltsam aufspießen und mit dem Messer zerhacken musste.

Der Höhepunkt von Finchens italienischer Phase war in meinen Augen das selbst gemachte Pesto, das in meiner Top Ten unmittelbar auf Schokolade, Kekse und frische Erdbeeren folgt. Dazu gab es einen Riesentopf mit Spaghetti, gerade richtig *al dente* gekocht, und über die Nudeln streute Tante Finchen frisches, in feine Streifen geschnittenes Basilikum. Der würzige Duft machte mich auf der Stelle süchtig. Noch heute steht selbst im tiefsten Winter ein Basilikumtopf in meiner Küche. Tante Finchen war begeistert, galt ich doch als *Mimke* und *Därmel*, denn ich war nicht nur mager, sondern auch ein extrem schwieriger Esser. Was wohl vor allem daran lag, dass sich meine Familie bei den Mahlzeiten ständig über abschreckende Themen unterhielt. Mir verging schlichtweg der Appetit, wenn ich Stress hatte. Außerdem fühlte ich mich zu Recht beim Essen beobachtet.

Nicht alle Spezialitäten kamen gut an. Kapern und Anchovis waren allen zu salzig, der Geruch von Parmesan erinnerte Oma an Schweißfüße, Risotto weckte bei Tante Pia unschöne Assoziationen von *jejessen* und wieder *ausjespuckt*. Doch Finchen führte mutig eine Neuerung nach der anderen ein und ließ sich auch von grenzwertigen Namen wie *Insalata Mista* und *Pizza Cozze* nicht abschrecken. Nur Knoblauch, der in meiner Familie entweder *Knopploch* oder *Knuflook* hieß, stand weiterhin auf den Index. Größte Zustimmung fanden die sizilianischen Entenbrüstchen, das Huhn mit Thunfischsauce und die *Cassata siciliana*, eine Festtagstorte mit kandierten Früchten, die von Oma zu Ostern erfolgreich nachgebacken wurde, wobei sie allerdings den Ricotta durch Quark ersetzte. Italienische Zutaten waren damals nur schwer zu bekommen.

Besonders im Gedächtnis geblieben ist mir der Tag, als Finchen einen hässlichen braunen Knubbel in die Luft hielt, bevor sie ihn über die Pasta hobelte. „Ihr wisst bestimmt nich', wat dat is!", rief sie siegessicher. Nur Opa schien es zu wissen, schaute mich vielsagend an, machte kreisende Bewegungen mit dem Zeigefinger und bewegte die Nase, als würde er schnüffeln. Was wollte er mir damit sagen? War das etwa ein Ringelschwänzchen? Und ein Schweinerüssel? Opa hob die Brauen und nickte. Knubbelding? Schnüffeln? Ringelschwänzchen? Endlich dämmerte es mir. Wilhelm Busch! Das Schwein des Heiligen Antonius! Mein Lieblingstier! Die Bildergeschichte hatten wir oft genug zusammen gelesen. Ich wurde ganz aufgeregt und wibbelte auf meinem Stuhl herum.

„Ich weiß, wat dat is'!", rief ich. „Dat is' Trüffel!"

„Boosseskenger! Dat Marlies weet alles!", lobte Finchen beeindruckt.

Die Tischgesellschaft rümpfte zunächst die Nase, weil die kartoffelartige Knolle höchst uncharmant roch, war sich jedoch nach der ersten Kostprobe einig, dass der Spezialpilz tatsächlich eine Delikatesse war.

Finchen und Friedes schafften es im folgenden Jahr tatsächlich bis nach Italien und besuchten die Ewige Stadt, den *Fattikan*, den Papst und sogar den ehemaligen Kattendonker Kaplan. Venedig war glücklicherweise noch nicht untergegangen, und an Finchens Wohnzimmerwand prangte danach ein riesiges Bild vom Canale Grande, direkt über dem Ständer mit der beleuchteten Plastikgondel, in der ein weißer Gondoliere eine rotgewandete Signorina spazieren fuhr.

Niersmatronen und Heilige Madel

Da uns das Dreifaltigkeitsproblem auch nach der Firmung keine Ruhe ließ, beschlossen wir, Opa Südstraße ins Vertrauten zu ziehen. Er saß wie so oft in seinem braunen Clubsessel im Wohnzimmer, eine Tasse schwarzen Kaffee neben sich und las in einem seiner tausend Bücher. Ich durfte ihn immer stören, sogar beim Lesen, und das war ein gutes Gefühl. Oma war in der Küche und buk Vanillekipferl. Das ganze Haus duftete danach. Wir holten tief Luft und schilderten Opa unsere Zweifel. Er lachte nicht, er nickte nur verständnisvoll. Zu meiner großen Erleichterung hielt er uns auch keineswegs für Ketzer oder Gotteslästerer.

„Also, warum jibt et keine einzije Frau in der Heilijen Dreifaltigkeit?", schloss Winnie unseren Bericht. „Wissen Sie dat vielleicht?"

„Eine hochinteressante Frage!", sagte Opa. „Nein, das weiß ich ehrlich gesagt auch nicht. Aber vielleicht tröstet es euch, dass es gleich mehrere weibliche Dreiheiten gibt. Auch göttlich und völlig ohne Männer. Habt ihr schon mal was von den drei Matronen gehört?" Hatten wir nicht. „Das sind Schutzgöttinnen, die von den Menschen verehrt wurden, die in den ersten Jahrhunderten nach Christi Geburt hier im Rheinland lebten. Kennt ihr das Wort Matrone vielleicht schon?" Wir überlegten. Irgend etwas klingelte in weiter Ferne.

„Heißt dat nich' alte dicke Frau oder so wat?", fragte Winnie. Tante Pia benutzte das Wort gelegentlich für ihre verhasste Nachbarin Kribbels Mie. Die *war* alt und dick. Und außerdem scheußlich. Opa nickte.

„Heute benutzt man das Wort leider nur noch abfällig. Bei den Römern war es die Bezeichnung für eine verheiratete Frau.

Die Matronen wurden auf Lateinisch auch als *Matres* bezeichnet."

„Sind dat nich' Mütter?", fragte ich. Das Wort Mater kam im Hochamt und in den Marienandachten ziemlich oft vor.

„Sehr gut, Marlies. Früher kannte man viele Göttinnen. Und durchaus in der Dreizahl. Die drei Matronen hatten an allen möglichen Orten Weihesteine, es gibt sogar einige sehr bekannte. Einer steht in Nettersheim, das ist in der Eifel. Den hab' ich sogar selbst schon besucht. Und der schönste steht in Bonn. Wartet mal, ich zeige euch ein Bild."

Opa holte ein Buch aus dem Regal und blätterte darin. Offenbar gab es Hunderte von Matronensteinen mit keltischen, römischen und germanischen Namen. Als wir das Bild sahen, waren wir tief beeindruckt. Da saßen drei stolz aussehende Frauen nebeneinander, zwei trugen komische Kopfbedeckungen, die aussahen wie umgedrehte Halbmonde. Opa sah unseren fragenden Blick. „Das sind Hauben", erklärte er. „Verheiratete und verwitwete Frauen trugen sie früher in der Gegend von Köln. Die in der Mitte trägt keine. Es gab übrigens sogar einen Matronenstein hier an der Niers."

„Wir ham hier echte Niersmatronen?", japste Winnie. „Ne Dreifaltigkeit janz ohne Männer! Un' wieso is' der Stein nich' mehr da?"

„Der steht jetzt in irgendeinem Museum", sagte Opa. „Aber du hast Recht, Winnie, man sollte dringend eine Kopie aufstellen. Die Matronen sind inzwischen in unserer Gegend so gut wie unbekannt. Heute bedeutet das Wort Matrone ja auch etwas ganz anderes, wie ihr schon bemerkt habt. Wörter verändern sich im Laufe der Zeit, manche werden zu Schimpfwörtern. Zum Beispiel Weib. Das hieß in seiner mittelhochdeutschen Urform *wîp* schlicht und einfach Ehefrau. Aber heute ist es ein sehr unfreundliches Wort. Bei Matrone ist das ähnlich. Damit bezeichnet man heute herrschsüchtige alte Frauen. Die echten Matronen waren jedoch Schutzpatroninnen, denen man Geschenke darbrachte und zu denen man betete. Sie waren heilig und symbolisierten Fruchtbarkeit und Weisheit. Schaut mal, was die drei Frauen hier auf dem Schoß haben. Könnt ihr das erkennen?"

„Sieht aus wie Körbe mit Obst."

„Genau. Manchmal sind es auch Füllhörner. Meistens sind Birnen und Äpfel drin. Aber es können auch Ähren, Pinienzapfen oder andere Sachen sein. Äpfel und Birnen sind weibliche Symbole."

„Un' wer jenau sind die drei?"

„Sie symbolisieren verschiedene Lebensalter: junges Mädchen, Mutter und weise alte Frau. Die in der Mitte ist das Mädchen."

Wir waren begeistert. Und es gab sogar noch viel mehr weibliche Dreiergruppen! Die Parzen kannten wir ja schon. Opa erzählte uns noch von den Moiren, das waren die griechischen Parzen. Außerdem fielen uns noch drei wichtige Heilige ein, die zu den vierzehn Nothelfern gehörten, und sogar der Satz, den wir über sie auswendig gelernt hatten. Darin kamen auch ihre Symbole vor: „Margareta mit dem Wurm, Barbara mit dem Turm, Katharina mit dem Radel, das sind die drei heiligen Madel." Opa erzählte uns, dass es auch noch die drei Bethen gebe, drei heilige Jungfrauen, die Einbeth, Warbeth und Wilbeth heißen und vor allem in Süddeutschland verehrt werden. Ob der Herr Pastor das alles wusste? Am meisten interessierten uns natürlich die Niersmatronen, denn die Niers war ja unser Fluss! Wir mussten unbedingt noch mehr über sie herausfinden.

„Der Matronenstein ist das älteste Schriftzeugnis für unsere Niers", sagte Opa. „Wann genau er aufgestellt wurde, weiß man nicht. Vermutlich irgendwann zwischen dem 1. und 4. Jahrhundert nach Christus. Wenn ich mich nicht irre, stand er damals bei Kuckum." Das war das Quellgebiet der Niers, dazu gab es auch einen Satz, den wir in der Volksschule gelernt hatten: „Die Niers entspringt in Kuckum bei Wanlo in einem Ziegenstall." Geglaubt hatten wir das nie. Flüsse entspringen doch nicht in Ziegenställen! Opa meinte, die Niers habe früher gleich mehrere Quellen gehabt.

„Die Attribute der Matronen waren Schlange, Mond und Kranich. Und Bäume." Das konnte kein Zufall sein: Mond und Bäume waren auch Attribute von Maria! Und die Schlange gehörte zu Eva! Wir waren einem uralten Geheimnis auf der Spur! Aber warum gab es dann nicht zwei Dreifaltigkeiten? Eine nur mit Männern und eine nur mit Frauen? Das wäre mehr als fair gewesen. Dass die Idee dem Papst oder seinen Bischöfen und Kardinälen gefallen würde, konnten wir uns allerdings nicht vorstellen. Es war hoffnungslos, solange Maria einem nicht höchstpersönlich erschien wie der heiligen Bernadette in Lourdes oder den Hirtenkindern in Fatima. Aber Maria verirrte sich bestimmt nie im Leben nach Kattendonk, schließlich war sie ja schon mehrfach ganz in der Nähe in Kevelaer erschienen, und so oft kam sie sicher nicht an den Niederrhein. Wir konnten das Problem nicht abschließend klären, denn Oma kam mit einer großen Schale voll frischgebackener Vanillekipferl herein. Während wir genüsslich die noch warmen, duftenden Plätzchen verzehrten, bemerkte ich mit freudigem Schrecken, dass die Kipferl aussahen wie Halbmonde. Das waren Matronenplätzchen! Winnie hatte es auch bemerkt, wie ich an ihren glänzenden Augen sehen konnte. Das konnte kein Zufall sein. Alles passte zusammen. Sowohl die Kipferl als auch die Niers sahen wir nach diesem Nachmittag mit anderen Augen. Maria und ihre Dreifaltigkeit waren ein für allemal rehabilitiert. Die große Göttin hat eben viele Gestalten.

Hildegard von Bingen

Meine Großtanten nahmen regen Anteil an meiner Klosterschulkarriere. Tante Pia war sogar richtig stolz auf mich. Leider hatten weder sie noch ihre vier Schwestern die Möglichkeit gehabt, die höhere Schule zu besuchen. Ihr Vater hatte die Meinung vertreten, dass Bildung einer Frau nicht anstehe und zu viel Wissen junge Mädchen aufsässig, krank und unfruchtbar mache. Außerdem war der Schulbesuch für so viele Töchter viel zu teuer, und sie würden ja sowieso alle heiraten, da lohnte es sich nicht. Sogar Lesen war seiner Meinung nach von Übel, weil es den Körper schwächte, und musste daher zum Schutz der Frauen verhindert werden. Deshalb hatten die Schwestern als Kinder auch kaum Bücher. Wie unvorstellbar grausam! Da hatte Oma mit Opa Südstraße und seinen vollen Regalen ja Riesenglück gehabt! Ich war froh, dass ich meinen Uropa nie getroffen hatte. Doch Tante Pia ließ nichts auf ihn kommen. Die Erziehung habe ihr nicht im geringsten geschadet, behauptete sie, und außerdem habe er viele gute Seiten gehabt. Vor allem aber sei er zu seinen Lebzeiten der beste Konditor am gesamten Niederrhein gewesen. Sogar von Krefeld seien die Leute gekommen, um seine legendäre Grillagetorte zu genießen. Bei Winnie und mir war er trotzdem unten durch.

„Mädchen sind genauso klug wie Jungens!", verkündete ich.

„Sojar noch viel klüjer", korrigierte Winnie, die offenbar an Axel und den Brüllaffen dachte. Dieser Meinung schien insgeheim auch Tante Pia zu sein, denn sie zwinkerte uns verschwörerisch zu, sagte aber keinen Ton, da Onkel Hermann sich im Zimmer befand. Er steckte wie üblich hinter der *Rheinischen Post* und hatte sehr gute Ohren.

Manchmal konnten wir es einfach nicht lassen, Tante Pia zu necken. Sie verstand komischerweise überhaupt keine Ironie. Es war faszinierend zuzusehen, wie sich ihr Gesicht in Windeseile veränderte, wenn sie merkte, dass man sie an der Nase herumgeführt hatte. Ihre Lippen machten sich selbstständig, ihre Augen flackerten, und ihre Brauen tanzten. Ganz nebenbei machten wir damit Onkel Hermann eine Freude. Unsere Intermezzos brachten ihn zuverlässig zum Grinsen und waren so ziemlich das einzige, das ihn von seiner Zeitungslektüre ablenken konnte.

Eines Nachmittags saßen wir wieder bei Tante Pia und Onkel Hermann im Wohnzimmer, aßen Mandarinen und tranken Kakao. Tante Pia häkelte im Affenzahn rotweiße Topflappen für den Kirchenbasar.

„Du-hu, Tante Pi-ha?"

Sie häkelte fleißig weiter, schaute uns aber erwartungsvoll an. Genau wie Tante Finchen konnte sie blind häkeln und stricken.

„Wat is' denn, Kinder?"

„Wir finden die Klosterschule total toll." Tante Pia lächelte erfreut.

„So toll, dat wir beide Ordensfrauen werden wollen!", sagte ich im Brustton der Überzeugung. Tante Pia häkelte weiter. Offenbar hörte sie mal wieder nicht richtig zu. Wir setzten daher noch eins drauf.

„Darum wollen wir jetzt auch für immer im Kloster leben", sagte ich und machte ein todernstes Gesicht. Winnie auch.

„Ihr meint im Internat?", fragte sie verwundert, häkelte aber immer noch.

„Nein, richtig, als Nonnen."

Tante Pias Lächeln gefror, und sie ließ endlich ihr Häkelzeug sinken. „Och, du sööten Duet!", entfuhr es ihr, und sie sah ziemlich geschockt aus. „Jongeskenger! Ihr beiden als Ordensfrauen? Vor allem *du*, Winnie! Ich jlaub nich', dat dat en jute Idee is'!" Wir blieben ernst.

„Aber wir ham Visionen!", protestierte ich. „Wie die heilige Hildegard von Bingen."

„Un' wie die Heilije mit den Wundmalen an den Händen."

„Ihr meint die heilige Katharina?", stammelte Tante Pia entsetzt.

„Jenau die", bestätigte Winnie.

„Och, do sööten Duet!", rief Tante Pia zum zweiten Mal und ließ ihre Häkelnadel ganz los.

„Wir sind des Wohllebens überdrüssig", fügte ich rasch hinzu. Ein schöner Satz, er stammte aus irgendeinem Märchen. Doch damit hatte ich den Bogen eindeutig überspannt. Tante Pias Gesicht begann wie erwartet zu zucken, sie bekam Schlangenaugen und musterte uns misstrauisch. Man konnte zusehen, wie es ihr langsam dämmerte. Schließlich schnaubte sie und rief mit gespielter Entrüstung: „Bah, wat seid ihr fies, Kenger! Ihr wollt mich bloß wieder veräpele! Ich lass' mich doch nicht von euch vör de Jäk hoone! Ihr jlaubt wohl, ich wär' bedätscht!"

Wir hatten es geschafft. Onkel Hermann ließ die Zeitung sinken. Winnie und ich prusteten los. Schließlich lachte auch Tante Pia, allerdings ein wenig verkrampft, dann griff sie sich ihre Häkelnadel und beendete das Gespräch mit ihrem Lieblingssatz: „Och, lot joan!"

Wir eigneten uns wirklich nicht als Ordensfrauen. Wir trugen am liebsten Jeans, waren alles andere als ordentlich, hatten dauernd ketzerische Gedanken, hassten Regeln wie die Pest und liebten unsere Freiheit in den Feldern und Wäldern über alles. Mit der Ehelosigkeit hätten wir uns noch anfreunden können, doch wir hätten *niemals* irgendjemandem Gehorsam versprechen können. Dazu waren wir nicht demütig genug. Besonders Winnie. Sie hätte sogar ihre Meinung gesagt, wenn ein feuerspuckender Drache vor ihr gestanden hätte. Und ich hätte nie das Gelübde der Armut oder Besitzlosigkeit ablegen können. Ohne meine tausend Staubfänger war ich nur ein halber Mensch, und man musste ja alles abgeben, wenn man in einen Orden eintrat, durfte nicht mal mehr lesen, was man wollte, hatte nur eine karge Zelle mit leeren Wänden, keine eigenen Schallplatten und auch keinen Fernseher. Undenkbar! Ich war nicht nur eine leidenschaftliche Sammlerin, ich konnte auch nichts wegwerfen. Mein Zimmer war das reinste Füllhorn und trieb meine Mutter schon seit langem zur Verzweiflung. Was mich betraf, hatte sie bereits vor Jahren das Staubtuch geworfen. „Das wird mir zu viel mit deinem Zimmer. Alles steht voll Prüll!", schimpfte sie. „Das musst du schon selbst aufräumen."

Das nahm ich gern auf mich, denn ich liebte meinen Krempel, den meine Mutter verächtlich *Kroas* und *Kroam* nannte, über alles, besonders die vielen Steiff-Tiere, meinen Bauernhof, den Elastolin-Zoo und all die winzigen Sächelchen in den Setzkästen über meinem Schreibtisch. Ich *wischte* nicht Staub. Ich *blies* Staub. Alles andere wäre viel zu aufwändig gewesen. Auch mein unstillbarer Schreibdrang wäre im Kloster sicher zum Problem geworden. Schreiben durfte man als Nonne bestimmt nicht. Zumindest nicht alles, was einem so durch den Kopf ging. Die Aufzeichnungen wurden todsicher kontrolliert und zensiert. Das hätte ich nicht ertragen. Höchstwahrscheinlich hatten Nonnen nicht mal einen eigenen Pelikan-Tintenfüller. Ordensschwestern durften außerdem nicht mal alles *lesen*. Wir hatten mit Entsetzen gesehen, dass in Schwester Lucias Reclamheftchen etliche Seiten zugeklebt waren. Wahrscheinlich kamen darin Liebesszenen oder Küsse vor. Doch wer in aller Welt hatte sie zugeklebt?

Heiteres Beruferaten

Das Schlimmste an unserer Zukunftsplanung war, dass wir uns nicht entscheiden konnten. Es gab so vieles, was uns interessierte. Die Liste mit unseren Berufswünschen wurde immer länger, außerdem mussten wir auf die Erwartungen unserer Eltern Rücksicht nehmen, die für ihre Töchter eine gesicherte Laufbahn als Studienrätin, Ärztin, Juristin oder Architektin anpeilten. Winnie wollte aber viel lieber Schamanin, Tierärztin, Biologin und Wolfsforscherin werden. Zwischendurch erwog sie kurzzeitig auch noch eine Karriere als Zirkusreiterin. Ich schwankte nach wie vor zwischen Schriftstellerin, Heilerin und Wolfsforscherin. Gegen Tierärztin sprach, dass ich auf gar keinen Fall Tiere operieren oder einschläfern wollte.

Jeden Monat lasen wir mit Feuereifer die Zeitschrift *Der kleine Tierfreund*, die wir in der Schule bekamen. Wir hatten dafür sogar Jahresordner aus Pappe, auf denen hübsche Katzen, Rehe und Hasen prangten. Außerdem bekamen wir jedes Jahr den *kleinen Deutschen Natur- und Tierschutzkalender*. Gelegentlich kauften wir uns auch die Zeitschrift *Das Tier*, besonders wenn Artikel über Wölfe darin standen.

Als wir später im Biologieunterricht Verhaltensforschung durchnahmen, hatten wir gleich ein neues verlockendes Berufsziel vor Augen. Im Tarnzelt sitzen und Tiere beobachten! Zusammen mit Konrad Lorenz das Leben der Graugänse erforschen, Schimpansen beobachten wie Jane Goodall, mit den Gorillas leben wie Dian Fossey, Meerechsen auf Galapagos studieren wie Irenäus Eibl-Eibesfeldt oder Elefanten zählen, einen Zoo leiten und mit interessanten Tieren im Fernsehen auftreten wie Professor Grzimek. Löwenbabys saßen fauchend auf seinem Tisch, Schlangen hingen ihm wie Ketten um den

Hals, lustige Äffchen thronten auf seinen Schultern und seinem Schoß. Einmal wurde er sogar während der Sendung von irgendetwas gebissen und redete trotzdem seelenruhig weiter. Er wetterte gegen Massentierhaltung und Pelzmäntel und sprach uns damit aus der Seele. Wir waren seit langem auf dem besten Weg, Vegetarier zu werden. Wenn uns unsere Eltern nur gelassen hätten! Ich ließ mir keine einzige Natursendung entgehen. Die vergleichende Verhaltensforschung und die Entdeckung der Körpersprache waren eine wahre Erleuchtung, und wir studierten sofort begeistert die Übersprungshandlungen, Abwehrmechanismen und bedingten Reflexe in unseren Familien. Jammerschade, dass wir keine frisch geschlüpften Gänseküken hatten, die wir auf uns prägen konnten.

Was menschliche Versuchsobjekte betraf, musste für den Anfang meine kleine Schwester genügen. Wir führten mit Nana etliche Studien durch und stellten dabei fest, dass sie genau wie Pawlows Hunde heftig auf Leckerchen reagierte. Wenn man ihr Süßigkeiten vor die Nase hielt, begann sie tatsächlich zu *speicheln*. Ihr lief sogar schon das Wasser im Mund zusammen, wenn sie das Wort „Schokolade" oder „Bonbon" nur *hörte*. Sogar die negative Prägung auf Langbeine und Spinnen funktionierte! Die frühkindliche Konditionierung, die wir mit Unterstützung der riesigen Plastik-Tarantel vom Kirmesmarkt durchführten, hat sich bis heute als therapieresistent erwiesen. Der bloße Anblick von Spinnen versetzt meine robuste Schwester, die ohne mit der Wimper zu zucken jeden schwer bewaffneten Wegelagerer außer Gefecht setzen würde, in solche Panik, dass sie kreischend aus dem Zimmer stürzt. Selbst wenn es nur eine winzige Babyspinne ist. Gelegentlich habe ich deswegen Gewissensbisse. Aber nicht oft. Notfalls kann sie sich ja desensibilisieren lassen, wenn es sie zu sehr stört.

So ganz falsch lagen wir mit unserer Zukunftsplanung gar nicht. Winnie wurde tatsächlich Biologin, spezialisierte sich auf Wölfe und zählte während ihres Studiums in Berlin mehrere Sioux vom Stamm der Lakota zu ihren Freunden, darunter einen Schamanen namens Walks without Sound oder so ähnlich, der sie in die Geheimnisse der indianischen Räucherkunst einweihte. Und ich wurde tatsächlich Schriftstellerin. Es dauerte nur einige Jahrzehnte länger als geplant. Vorher war ich viele Bücher lang Übersetzerin und habe unter anderem Werke über Nordamerika, amerikanische Nationalparks, den Wilden Westen, Wölfe, Bären und Adler übersetzt. Winnie bekam von jedem dieser Bücher ein Belegexemplar und war begeistert.

Ein Leben ohne Tiere konnte ich mir schon als Kind nicht vorstellen. Neben Kaninchen und Katzen hatte ich im Laufe der Jahre etliche Meerschweinchen, deren Junge unmittelbar nach der Geburt bereits laufen konnten und im Affenzahn unters Bett oder unter den Schrank rasten, wenn man ihren Käfig sauber machen wollte. Außerdem hatte ich Syrische Goldhamster, die aber trotz liebevollster Pflege nie älter als ein Jahr wurden und im Friedhofsteil unseres Gartens feierlich begraben wurden. Und schließlich kam noch unser Hund Cito. In einem Sommer flog uns hinten im Feld sogar ein blauer Wellensittich zu, doch nach kurzer Rast auf Winnies Kopf suchte er zu unserem Kummer wieder das Weite. An warmen Juniabenden fingen wir Glühwürmchen, und im Herbst sammelten wir die toten grün und blau schillernden Libellen und legten sie in ein Kästchen, wo sie bald ihre Farbe verloren und nur noch grau aussahen. Viele Jahre lang wohnte eine Igeline bei uns im Garten. Sie hatte nicht nur Stacheln, sondern auch Flöhe und Zecken, und ihre Kinder schmatzten so laut im Katzenteller, dass man sogar im Dunkeln hörte, wenn sie da waren. Igeline war so zutraulich, dass sie sich den Kopf kraulen ließ, ohne sich zusammenzurollen. Sie überwinterte im Laubhaufen neben der Garage und fand ein jähes Ende, als ihr Schlafplatz aus Versehen zu früh abgeräumt und auf die Kippe gefahren wurde.

Unsere Biologieschwester Ernestina sorgte dafür, dass sich meine Tiersammlung noch vergrößerte, als sie mir vor den Ferien ihre Stabheuschrecken zur Pflege anvertraute. „Bitte genau beobachten und sorgfältig Buch führen!" Doch es gab herzlich wenig aufzuzeichnen, denn die hässlichen steifen Pensionsgäste gaben keinen Ton von sich und hockten bloß fressend auf ihren Blättern. Einzig dass Nana Angst vor ihnen hatte, weil sie ein bisschen wie Spinnen aussahen, stimmte mich etwas milder. Zu erwähnen wäre auch noch das kleine Rotkehlchen, das wir nach einem Gewitter am Boden fanden und mit Mehlwürmern fütterten, die Onkel Tis uns spendierte. Napoleon war ein Vielfraß und wohnte zuerst in einem ausgepolsterten Schuhkarton und später in einem leeren Hamsterkäfig. Er war richtig zahm, aber wir wilderten ihn trotzdem aus. Zuerst kehrte er abends noch in seinen Käfig zurück, doch irgendwann blieb er weg, und wir bemühten uns, nicht allzu traurig darüber zu sein.

Neue Welten taten sich auf, als wir in der Schule einen großen grauen Kasten bekamen, in dem sich unzählige Plastikteile befanden, aus denen man ein Mikroskop bauen konnte. Es war nicht sehr leistungsstark und äußerst schwach beleuchtet. Die Flachbatterie im Fuß fiel bereits heraus, wenn man das Mikroskop nur hochhob. Aber wir konnten damit Schmetterlingsflügel, Wasserflöhe, Haare, Wimpern, Blutstropfen, Pollen, Bienenstacheln und viele andere faszinierende Objekte betrachten und detailgetreu abzeichnen. Der Katzenfloh, den ich mit viel Mühe von Topsi gepflückt und zwischen Projektträger und Deckgläschen gequetscht hatte, jagte mir einen Riesenschrecken ein, als er just in dem Moment zuckte, als ich von oben auf ihn herabblickte. Vor Schreck riss ich das Mikroskop um und der Parasit entfloh.

Für den Biologieunterricht holten wir einen Eimer voll Teichwasser, stellten ihn an eine schattige Stelle und entnahmen regelmäßig kleine Proben. Es gab darin viele Lebewesen, die sich wunderbar mikroskopieren ließen: Grün- und Kieselalgen, Wimpertierchen, Rädertierchen, Wasserflöhe, Hüpferlinge, Mückenlarven und Wassermilben. „So viele Viecher in so 'nem kleinen Wassertropfen!", meinte Winnie. „Dat is' ja fast wie die wunderbare Brotvermehrung!" Wir fanden im Teich eine Stelle mit Froschlaich und sahen zu, wie daraus Kaulquappen wurden, die sich dann in winzige Frösche verwandelten und offenbar von den Fischen gefressen wurden oder sich sonst wie davonmachten.

Im Kloster gab es einen absoluten Traumort: die Josefshalle. Dort war es dämmerig, roch ein wenig nach Staub, und man kam sich vor wie in einem alten Naturkundemuseum, denn die hohen Wände schmückten altmodische Vitrinen, in denen alle möglichen ausgestopften und eingelegten Tiere standen, lagen, schwammen oder hingen. Es gab Wildvögel in allen Größen, unter anderem einen Habicht, einen Falken, zwei Eulen, einen Uhu mit Pinselohren, diverse Häher, verschiedene Nagetiere, einen grimmig blickenden Dachs, einen leicht angefressen wirkenden Fuchs, ein Eichhörnchenpaar und große milchige Gläser mit gruseligen Schlangen und Kröten und halbzerfallenen Fischen. In einem Glas war sogar ein Gehirn. Die Josefshalle ist heute nüchtern und leer, doch die ausgestopften Tiere gibt es wohl noch. Allerdings nicht mehr in den schönen alten Vitrinen, sondern in modernen Glasschränken.

Hoher Besuch

Langsam wurde es herbstlich. Wir lernten seit mehreren Monaten Latein. Die Sprache war völlig anders als erwartet, wir hatten Probleme mit unserem Lehrer, fanden die Texte langweilig und die Grammatik sauschwer. Das bunte Laub wehte von den Bäumen, es roch nach modriger Erde und nassem Hundefell, und die ersten Stürme schüttelten die Pappeln an der Niers. Nana bastelte mit unserer Mutter in der warmen Küche aus Kastanien und Streichhölzern Segelschiffchen, kleine dicke Männchen mit dünnen Ärmchen und Beinchen und Igel mit Zahnstocherstacheln. Winnie und ich fuhren zwar morgens noch blätterumtost mit dem Fahrrad zur Schule und radelten nachmittags erschöpft mit rauchenden Köpfen wieder zurück, doch sollte sich das Wetter weiter verschlechtern, würden wir bald schon den Bus nehmen müssen. Das bedeutete, dass wir zumindest bis Niersbeck den Anblick von Axel Brökskes ertragen mussten. Im Deutschunterricht bei Schwester Melusia lasen wir Rilke-Gedichte über Blätter, die aus fernen Gärten fielen, und traurige Wanderer in einsamen Alleen. Am Wochenende sammelte ich mit meinem Vater wilde Pilze im Wald. Der Herbst war nach wie vor unsere Lieblingszeit, auch wenn wir immer weniger Gelegenheit hatten, mit den Schuhen durch die Blätterberge im Wäldchen zu rascheln oder uns an die Kartoffelfeuer hinten im Feld zu stellen. Der Brüllaffe hatte es gut, er hatte Zeit genug und ließ mit seinen Freunden auf den Stoppelfeldern die Drachen steigen, die uns immer versagt geblieben waren, nur weil wir das Pech hatten, Mädchen zu sein. Noch schlimmer wog, dass wir uns stattdessen mit pflügenden Bauern und Cäsars Legionen herumschlagen mussten. Aber wer später studieren wollte, musste nun mal Latein lernen, weil man für alle interessanten Studiengänge den ärgerlichen Numerus clausus brauchte. Da kam man an den Soldaten offenbar nicht vorbei, auch wenn sie vermutlich der Grund dafür waren, warum die Sprache ausgestorben war.

Es muss Ende Oktober gewesen sein, als Tante Katrinchen ein schwerwiegendes Problem bekam. Es fing damit an, dass Tante Maria morgens nicht mehr aufstehen wollte, sich komisch anzog, alles verlegte, noch mehr Unsinn als sonst von sich gab und das meiste, was sie gerade erzählt hatte, sofort wieder vergaß. Zwischendurch war sie wieder ganz normal, aber die guten Phasen wurden immer kürzer. Dass sie ein bisschen *verkentscht* war, wussten wir ja, aber jetzt war sie zeitweise richtig durch den Wind. Tante Katrinchen war total gestresst und wusste nicht, was sie mit ihrer Schwester anfangen sollte. Und dann fingen auch noch die merkwürdigen Erscheinungen an. Tante Maria bekam hohen Besuch, aber nur, wenn Tante Katrinchen zum Einkaufen ins Dorf gegangen war. Leider konnte ihn außer Tante Maria keiner sehen, denn er verschwand sofort, wenn er jemanden kommen hörte. Die Familie kümmerte sich nun vermehrt um die beiden, und auch wir Kinder schauten häufiger als sonst vorbei, um Tante Katrinchen aufzumuntern und Tante Maria abzulenken.

„De Paaps wuer allwer doa!", verkündete Tante Maria jedem, der sie besuchte, und fügte im Flüsterton hinzu: „Un de jiirije Vreätsok hed ons wär de janze Köölschronk leär jefreäte!" In der Tat sah der Kühlschrank nach den angeblichen Papstbesuchen arg geräubert aus. Tante Maria gefiel das auch nicht. Zuerst fanden wir es lustig. Doch es kam immer schlimmer. Bald erschien der verfressene Heilige Vater in Begleitung seiner heißhungrigen Bischöfe und Kardinäle, machte sich auch noch über die Speisekammer her und ließ ein Schlachtfeld aus geöffneten Gläsern, vergossener Milch, Wurstpellen und Käserinden zurück. Dabei schien er genau wie Tante Maria eine besondere Vorliebe für

Dauerwurst und Essiggürkchen zu haben, verschmähte aber auch Erdbeermarmelade und Apfelkompott nicht. Manchmal ließ er sich nach der Schwelgerei auf Tante Marias Bettkante nieder und laberte ihr so die Ohren voll, dass sie davon *knatsch doll* wurde. Und zwar *op Latiin*, wie sie nicht müde wurde zu betonen. Er verstand dummerweise kein Wort Platt, so dass ein zivilisiertes Gespräch unmöglich war. An dieser Stelle kamen Winnie und ich ins Spiel. Wir sollten dolmetschen, denn wir konnten ja Latein. Tante Maria wollte unbedingt wissen, was der Papst ihr mitzuteilen hatte und aus welchem Grund er ausgerechnet ihren Kühlschrank heimsuchte.

Sie ahnte nicht, wie rudimentär unser Wortschatz war! Wir konnten eigentlich nur übersetzen, dass Bauern arbeiteten, Schüler fleißig und Häuser klein oder groß waren. Doch da sie uns leidtat, erschienen wir ein paar Mal direkt nach der Schule bei ihr. Ausgerechnet dann ließ sich der Papst natürlich nie blicken. Wir verstanden das gut, doch Tante Maria verstand es nicht. Sie saß mit glühenden Wangen im Bett, hatte zwei dicke Kopfkissen im Rücken, trug ihr bestes rosa Bettjäckchen und hielt ihr Sterbekreuz mit beiden Händen fest umklammert. Gebannt starrte sie auf die Tür, doch es tat sich nichts. Einmal verpassten wir den Papst nur um wenige Sekunden. Er war offenbar gerade mit wehendem Ornat in den Garten geflohen. Mitsamt Kreuzstab. Einfach zur Hintertür raus. Tante Maria war außer sich vor Entrüstung. „Koos de net op öch waute?" Überall auf dem Küchenboden lagen Käserinden und Dosen. „Keek dich ens den Doreen an!", kommentierte sie das Durcheinander entrüstet. „Maaseskenger, ich wet neet, wo mich de Kop schteet!" Das wussten wir auch nicht.

Die Arme wurde von Tag zu Tag verwirrter. Bei einem Besuch wusste sie nicht mal mehr, dass sie uns schon gefühlte hundert Mal von ihrem Besucher erzählt hatte, denn sie ließ uns diesmal sogar raten, wer gerade da gewesen war.

„On roan ens wä dat woer!" Doch das war leicht zu raten. „Der Papst?", antwortete ich vorsichtig. Tante Maria war verblüfft.

„Ijoo! Woher wets do dat dann, Kengk?"

„Dat ham wir uns schon jedacht", sagte Winnie. „Dat machen Päpste nämlich öfter. Die jehen auch einfach an fremde Kühlschränke un' fressen alles weg."

„Jenau!", kreischte Tante Maria. „Do bloas mich ens op et Hööt! Do bes ävel en kloch Kengk, Winnie. On schtält öch föer, de Vreätsok hät so vül jefreate, de köös wal ene Wolfsmaach habe!" Das war die Kattendonker Bezeichnung für absolut verfressene Vielfraße. Wir nickten verständnisvoll. Tante Maria konnte einem wirklich leidtun. Wir spürten beide, dass es keinen Zweck hatte, ihr die Erscheinungen auszureden, wie unsere Großtanten es immer versuchten. Das war eben Tante Marias Wahrheit, und daran gab es nichts zu rütteln. Wenn man an ihren Aussagen zweifelte, wurde sie stinksauer und fing an zu schimpfen. Doch davon ließen sich meine Großtanten nicht überzeugen. Sie erklärten ihr jedes Mal wieder mit Engelsgeduld, dass sie sich das alles nur einbilde. Der Papst lebte in Rom, nicht in Kattendonk! Tante Katrinchen tat uns noch viel mehr leid als Tante Maria, denn sie nahm sich alles sehr zu Herzen, saß die meiste Zeit schluchzend in der Ecke und betete zur Gottesmutter, zu den vierzehn Nothelfern und allen anderen Heiligen, die ihr einfielen, dass Tante Maria endlich wieder normal werden möge. Doch nichts half. Nicht mal die geweihten Kerzen in der Marienkapelle.

Tante Marias Zustand verschlechterte sich schnell und dramatisch. Bald erkannte sie uns nicht mehr, schimpfte mit ihrem toten Mann und bezichtigte zuerst Dr. Engels und schließlich sogar den Papst höchstpersönlich, ihr kostbares *Schtärefkrüts* entwendet zu haben, das sie doch unbedingt mit in den Sarg nehmen wollte. Das Kreuz fanden wir schließlich unter ihrem

Bett. Der Papst musste es mit einem gezielten Fußtritt dorthin befördert haben. Tante Katrinchen wurde immer dünner und schlief kaum noch, denn nachts irrte Tante Maria im Nachthemd mit wirrem Haar wie ein Geist hinaus auf die Straße und verkündete lauthals, ihre Schwester wolle sie umbringen. „Dat oot Schabrak will mich verjefte! Mit E605!"

Schließlich erhielt Tante Maria eine geheime Nachricht aus dem *Fattikan*, die in großen Lettern an der Wand stand und ihr mitteilte, dass Geld Teufelszeug sei und vernichtet werden müsse. Schon am nächsten Tag, als Tante Katrinchen kurz beim Metzger war, klaubte sie die gemeinsamen Ersparnisse aus der ausrangierten Kaffeekanne in der Küche und aus dem Vorhangsaum im Schlafzimmer und stopfte sämtliche Banknoten in den Kohlenofen, wo sie zu wertloser Asche verbrannten. Nur ein paar einsame Scheine flatterten noch durchs Zimmer. Tante Katrinchen sah bei ihrer Rückkehr mit einem Blick, was passiert war, ließ vor Schreck die Einkaufstasche fallen, stocherte verzweifelt mit dem Schürhaken in den Flammen herum, rang die Hände und jammerte: „Jetz' hab ich al min Jält verloere! Al min Jält!" Sie stand kurz vor dem Nervenzusammenbruch.

So ging es nicht weiter. Tante Maria war zufrieden, weil sie getan hatte, was getan werden musste, und vergaß die Geldverbrennung bald wieder, doch Tante Katrinchen war nicht zu beruhigen. Sie hatte Angst, dass ihre Schwester *richtig* Feuer legen könnte, und traute sich nicht mehr aus dem Haus. Der Familienrat mit Tante Pia als erster und Tante Finchen als zweiter Vorsitzender wurde zu einer Sondersitzung einberufen und kam zu dem Schluss, dass Tante Katrinchen unbedingt entlastet werden müsse, damit sie uns nicht auch noch durchdrehte. Leider gab es nur einen Ort, an dem man Tante Maria jetzt noch helfen konnte: *Soitele*. Süchteln, der Schreckensort, an den niemand wollte, schon gar nicht, wenn er krank und betagt war. Aus Süchteln kam keiner zurück. Schon das Wort weckte grausige Assoziationen. Dort befand sich etwas, dessen viele Namen man nicht einmal auszusprechen wagte. *Dat Jäkenhuus.* Die Irrenanstalt. Die Anstalt Johannisthal. Das Landeskrankenhaus. Genau dahin wurde Tante Maria gebracht.

Sie ertrug den Umzug mit erstaunlicher Gelassenheit, aber Tante Katrinchen, die jetzt allein in dem großen stillen Haus wohnte, war untröstlich und fuhr jeden Tag mit dem Bus nach Süchteln, um ihre Schwester zu besuchen. Es wurde ein sehr trauriges Weihnachtsfest, denn die ganze Familie litt mit. Oma und Opa kümmerten sich rührend um Tante Katrinchen und luden sie ein, in der Weihnachtswoche bei ihnen zu wohnen. Aber das wollte sie nicht. Sie war lieber allein und weinte.

Ich war nur wenige Male mit in der Klinik. Der Inhalt des äußerlich schönen historischen Backsteingebäudes machte mir Angst. In den Fluren schlurften Menschen umher, die mit sich selbst redeten oder einem plötzlich die Zunge herausstreckten, eine Frau mit wirrem Haar zog einen imaginären Hund hinter sich her, eine andere redete mit der Tür und rief immer wieder „Hilfe! Hilfe! Holt mich hier raus!". Es roch nach Krankenhaus und an manchen Stellen nach noch Schlimmerem. Tante Maria teilte ihr Zimmer mit einer gebrechlichen alten Dame, die weit über neunzig war, die meiste Zeit schlief und dabei leise schnarchte. Sobald sie wach war, riss sie die Augen auf, starrte einen durchdringend an und verlangte mit hoher Stimme nach weißem oder rotem Traubensaft. Sobald sie ihre Schnabeltasse leer getrunken hatte, schlief sie wieder ein. Wir fanden sie harmlos, doch laut Tante Maria hatte sie es faustdick hinter den Ohren. Kaum waren wir weg, stand sie nämlich auf und machte sich davon. Jede Nacht! Im Flüsterton berichtete Tante Maria uns aufgeregt, dass ihre Zimmergenossin *en angere Ömstäng* sei, auch wenn man es noch nicht sehen könne. In den seltenen klaren Momenten, die meine Großtante noch hatte, schien das ihre neue fixe Idee zu sein. Der Gedanke war so abstrus, dass ich am liebsten gelacht hätte, doch das Lachen blieb mir im Hals stecken. Auch der Kühlschrankräuber war wieder aufgetaucht, machte jetzt das Landeskrankenhaus unsicher und stellte Tante Marias Zimmergenossin unermüdlich nach. Der Papst höchstpersönlich hatte die uralte Dame auch geschwängert. Meine Mutter hatte mich vorgewarnt, damit ich nur ja richtig reagierte. Tatsächlich legte Tante Maria schon nach einer Viertelstunde los und schimpfte auf die angeblich Schwangere, die friedlich in ihrem Bett am Fenster schlummerte.

„On roan ens, wä dat wär woer!", ließ sie mich sichtlich empört raten, fuchtelte mit dem Zeigefinger in der Luft herum und bekam vor Aufregung rote Flecken. „De Schmeerlopp sal sich jät schaame!", schimpfte sie. „Waut maar, wän ich däm ens töschen die Vengere krii!" Doch dazu kam es nicht mehr, auch wenn meine Großtante noch so sehr darauf wartete, dem Verantwortungslosen die Leviten zu lesen. Sie regte sich tagelang schrecklich auf, verfiel dann urplötzlich in Schweigen, saß mit leerem Bick im Sessel, wackelte mit dem Kopf und schmatzte leise vor sich hin. In diesem Zustand sah ich sie zum letzten Mal, doch sie erkannte uns bereits nicht mehr und reagierte auch nicht, als meine Mutter sie ansprach. Wir streichelten ihre Hände, versuchten sie zu füttern und fuhren traurig wieder mit dem Bus nach Hause.

Eines Morgens wachte Tante Maria nicht mehr auf und kehrte kurze Zeit später im Leichenwagen nach Kattendonk zurück. Bei ihrer Beerdigung ging die Familie geschlossen hinter dem Sarg her. Es war kalt und regnete in Strömen, der Boden war matschig und glitschig, und der Herr Pastor sprach so schnell er konnte, weil alle schrecklich froren. Wir warfen Tante Maria Schäufelchen voller Erde und bunte Blumen ins Grab. Nur Opa Südstraße und ich wussten, dass in ihrem Sarg eine Marienkarte von mir lag. Darauf stand ein Satz, den ich mir gemeinsam mit Opa ausgedacht hatte. „Jetzt bist du endlich frei, und unsere Tränen wünschen dir viel Glück." Mir schlug dauernd der Schirm um, und alle weinten, weil es so traurig war. Danach gingen wir zu Opderbeck, wo es wie immer nach schalem Bier und Zigaretten roch, setzten uns an einen der langen Tische, und es gab Brötchen und Rosinenstuten mit Käse und Wurst und viel Kaffee zum Aufwärmen. Es hätte Tante Maria bestimmt gefallen. Vor allem der frische *Hollänger*.

Ohne ihre Schwester wollte Tante Katrinchen nicht mehr leben und sprach nur noch über *Duet, Kul* und *Schtearve*. Ganz im Gegensatz zu sonst klang es diesmal todernst. Onkel Friedes, unser Spezialist für Tod und Beerdigungen, meinte lakonisch, Leute, die gern tot wären, würden bekanntermaßen am längsten leben: „Jeer duet, leäft longk!" Er sollte Recht behalten. Tante Katrinchen bekrabbelte sich tatsächlich wieder. Aber es dauerte. Die Familie tat alles, um sie aufzuheitern und ihr neuen Lebensmut zu geben, versorgte sie mit Illustrierten und Liebesromanen, legte zusammen und kaufte ihr einen neuen Fernseher, buk ihr die köstlichsten Plätzchen und Kuchen. Alle Geschwister trugen schwarze Trauerkleidung und trafen sich täglich bei Tante Finchen, weil es dort mollig warm war und immer reichlich zu essen und trinken gab.

Nach der Schreckstarre kehrte irgendwann die Lust an Klatsch und Tratsch zurück, und man widmete sich wieder den neuesten Ehebrüchen, schlimmen Scheidungen, unehelichen Schwangerschaften, fehlgeschlagenen Operationen und abstrusen Todesfällen. Als Tante Katrinchen eines Nachmittags bei Bohnenkaffee und Holländer Kirsch über die Gallenblase von Mottes Agathe zu reden begann, zwanzig Minuten später Bokedeckers Hildchen als *jröste Loopschons* von ganz Kattendonk bezeichnete und schließlich auch noch Kribbels Mie *kwoat Jaat* nannte, atmete die Familie erleichtert auf. Maria sei Dank! Tante Katrinchen war zu den Lebenden zurückgekehrt! Tante Pia zündete drei geweihte Kerzen in der Marienkapelle an, und alles war gut. Tante Katrinchen bekam eine Untermieterin, damit sie nicht so allein im Haus war, und wurde steinalt. Doch auf die Frage nach ihrem Befinden antwortete sie zeitlebens, dass sie am liebsten tot wäre. Aber daran waren wir ja gewöhnt.

Vampire und Pockennarben

Was unseren Erzfeind Axel betraf, konnten wir einen durchschlagenden Erfolg verbuchen, und den verdankten wir der genialen Kombination von Astrid Lindgren und Bram Stoker. Ich hatte *Dracula* heimlich aus der elterlichen Bibliothek entwendet und gierig verschlungen. Er stand schon lange schwarz und verführerisch in der obersten Reihe bei den für Kinder absolut ungeeigneten Büchern, die mich natürlich besonders interessierten, direkt neben Simmels *Liebe ist nur ein Wort* und *Es muss nicht immer Kaviar sein*. Beide hatte ich bereits durchgearbeitet und für gut befunden. Es gab darin interessante Liebesszenen, aber dummerweise auch viel Politisches über die Nazizeit, das ich ungelesen ließ. Die verbotene Reihe konnte nur mit Hilfe eines Küchenstuhls erreicht werden. In solchen Situationen war ich dankbar für meine langen Arme, denn sie waren wie gemacht fürs Büchergreifen. Bram Stokers Stil war anfangs gewöhnungsbedürftig, aber als ich mich eingelesen hatte, wollte ich nur noch wissen, wie es weiterging. Es gab viele Szenen, die meine Fantasie beflügelten, etwa wie der Graf kopfüber wie eine Eidechse die Mauern seines Schlosses herabgleitet oder wie er die komplette Mannschaft des Schiffes aussaugt, das ihn unwissend als blinden Passagier in seinem Sarg nach England befördert. Die Geschichte vom düsteren Schloss in Transsilvanien und dem gefährlichen Adligen, der beim Anblick von Blut sofort Appetit verspürt und im Gegensatz zu seinen bedauernswerten Opfern kein Spiegelbild hat, war genau die richtige Bettlektüre für einen leicht vergrippten Teenager und läutete, zumindest was Axel und Karneval betraf, einen Wendepunkt in meinem Leben ein. Es gelang mir nämlich endlich, mich zumindest kostümmäßig von meiner

Mutter abzunabeln. Entweder ich wurde Vampir oder ich blieb zu Hause und verkleidete mich überhaupt nicht mehr. Basta. Meine Mutter war so verblüfft darüber, dass ich überhaupt eine eigene Meinung hatte, dass sie sich unerwartet leicht geschlagen gab. Sie fand Vampire „völlig unmöglich", aber das war nicht mein Problem. Rita war so nett, mir aus Köln genau das richtige Kostüm, genau die richtige Schminke und herrlich spitze Reißzähne mitzubringen, die kein bisschen drückten. Opa und Oma meinten, dass ich mit fast dreizehn nun wirklich alt genug sei, um selbst zu entscheiden, als was ich mich verkleiden wollte, und schenkten mir als kleine Rückenstärkung das Geld für mein Kostüm. In Köln gab es gleich mehrere Riesenläden, in denen man nichts anderes als Karnevalskostüme kaufen konnte! An *Fasteloavend* hatte ich ein kalkweißes Gesicht, rabenschwarze Augen, schöne lange Vampirzähne, ein schwarzes Cape, eine enge schwarze Hose mit Reißverschluss *vorn* und eine blutrote Weste.

Winnie verließ als unverdächtige Squaw ihr Elternhaus, veränderte aber schon an der nächsten Ecke mit wenigen Handgriffen ihr Erscheinungsbild so geschickt, dass sie sich komplett in Winnetou verwandelte. Der opulente Kopfschmuck erübrigte sich. Pierre Brice trug schließlich auch keine Federhaube. Das Stirnband aus Schlangenleder und die Kette mit Bärenkrallen hatte Winnie naturgetreu nachgebastelt. Eine Perücke brauchte sie auch nicht, ihr Haar hatte zwar die falsche Farbe, aber genau die richtige Länge. Es war sogar noch viel dicker als das von Pierre Brice. Hose und Weste mitsamt Fransen hatte Tante Finchen genäht, die Reißverschlüsse an der Seite auch albern fand. Als Draculas Erbin fühlte ich mich wie neu geboren. Ich verspürte sogar einen gewissen Rachedurst, was Axel betraf, ein mir sonst fremdes Gefühl. Kleider machen tatsächlich Leute, wie ich jetzt am eigenen Leibe erfuhr. Diesmal würde er mich nicht demütigen! Jetzt ließ ich mir nichts mehr gefallen! Meine Fangzähne hätte ich am liebsten gleich ausprobiert, doch dazu war Axels Hals zu gut vermummt.

Es war Rosenmontag, kurz nach dem Mittagessen. Axel war Trapper und trug eine teuer aussehende Pelzmütze. Höchstwahrscheinlich aus echtem Waschbärpelz. Bei Axels Eltern gab es keine halben Sachen. Ihr Sprössling würde sich jeden Moment aufmachen, um seine Kumpel im Dorf zu treffen und mit ihnen singen zu gehen. Der Heischegang an Karneval gehörte zu den absoluten Highlights des Jahres und brachte jedem Kind mindestens eine Tragetasche voller Süßigkeiten ein. Falls überhaupt noch jemand mit Axel singen gehen wollte, denn er steckte voll im Stimmbruch, klang grausig, und die hüpfende Beule an seinem Hals wurde mit jedem Tag größer. Wir beschlossen, ihn nicht unnötig zu provozieren, sondern ruhig abzuwarten, bis er wieder einen seiner dämlichen Sprüche losließ, und es ihm dann *richtig* zu zeigen. Axel war ein Feigling, an Winnie traute er sich nicht ran, aber bei mir hatte er keine Hemmungen, weil er wusste, dass ich mich nicht wehrte. Das sollte sich heute ändern. Wir hatten gerade *Kalle Blomquist* gelesen und dabei einiges gelernt, zum Beispiel schöne neue Schimpfwörter und die Räubersprache. Sie ist ganz einfach. Man verdoppelt einfach jeden

Konsonanten und setzt ein „o" dazwischen. Nach kurzer Zeit sprachen wir sie fließend, und keiner konnte uns verstehen, nicht mal meine Mutter. Das Beste war, dass die meisten Wörter irgendwie griechisch klangen.

Heute war der Tag, an dem wir sie ausprobieren würden. Schade, dass wir uns nicht wie Anders, Kalle und Evalotta an Seilen aus den Fenstern herunterlassen und oben über die Dächer laufen konnten. Die schwedischen Häuser waren offenbar niedriger und anders konstruiert. In meinen Kopfabenteuern war ich inzwischen durch all die Bücher und Filme äußerst abenteuerlustig, konnte reiten, fliegen und kämpfen, was das Zeug hielt, nur in der Realität war ich nach wie vor ein Angsthase. Jedenfalls bis zu diesem Tag. Wir hatten uns einen todsicheren Schlachtplan zurechtgelegt und passten Axel punktgenau ab. Im Hause Brökskes ging es erfahrungsgemäß ziemlich zwanghaft zu, so dass Axels Auftritte gut vorhersehbar waren. Er würde um kurz nach zwei das Haus verlassen. Winnie kauerte startklar hinter dem Rhododendronbusch neben unserem Haus, und ich stand bereit, um ihm mit wallendem Umhang, bleichem Antlitz, starrem Blick und gebleckten Zähnen entgegenzutreten. Ich war aufgeregt, aber zuversichtlich. Axel verließ sein Elternhaus um exakt zwei Uhr fünf und trat als Trapper ins Gässchen. „Kimme, Korn, ran!", flüsterte Winnie ganz im Stil von Lou van Burg, und ich schritt mutig voran. Als Axel mich sah, setzte er sein hinterhältigstes Grinsen auf, verzog verächtlich die Lippen und tönte: „Vampire sind echt die allerletzte Affenscheiße!" Woraufhin ich wie geplant „Lol o sos geg e hoh tot sos!", rief. Winnie sprang hinter dem Busch vor und schrie: „A u fof i hoh non!" Dann stürzten wir uns auf ihn. Axel war so verdattert, dass wir ihm problemlos die bestiefelten Beine unter dem Trapperkostüm wegfegen konnten. „Dat haste jetz' davon, du elender Blötschkopp!" Axel landete im Matsch, begriff, dass wir es ernst meinten, und musste schaudernd mitanhören, wie wir ihn blöder Heini, bescheuerter Macker, dreckiger Läusepudel, ekliger Kotzbrocken und bedätschter Bumskopp nannten. Dann trat er entsetzt die Flucht an. Die Fellmütze ließ er zurück. Wir schwenkten unsere Trophäe und brüllten unser lautestes Triumphgeheul. Sieg auf der ganzen Linie! Das sah Axel genauso.

Mottes Agathe, die alles aus ihrem Krähennest im Badezimmer mitangesehen hatte, machte unseren Müttern empört Meldung, doch die zuckten nur mit den Schultern. Sie kannten Axel. Dass *ich* bei der Keilerei mitgemacht haben sollte, war absolut undenkbar. Das war überhaupt nicht meine Art. Daran konnte man wieder mal deutlich sehen, wie maßlos Mottes Agathe übertrieb. „Dat müssen die Kinder untereinander ausmachen. Die sind alt jenug!", war alles, wozu sich Winnies Mutter zur Enttäuschung von Mottes Agathe hinreißen ließ.

Den Waschbärpelz spießten wir auf einen Besenstiel, den wir in Herrn Meierkruses Garten in den Winterboden rammten. Am nächsten Morgen war er verschwunden, nur der Besenstil stand noch einsam und allein im Rasen. Wahrscheinlich hatte Axels Mutter gemault und er war nachts in den Garten eingedrungen, was durchaus ein Zeichen von Mut war, und hatte sich seinen Kopfschmuck im Schutz der Dunkelheit zurückgeholt. Oder irgendein Tier hatte das Ding weggeschleppt. Oder Herr Meierkruse. „Selbs' in Schuld", sagte Winnie. Pickelface war danach nie wieder Trapper.

Beschwingt durch meine Vampirlektüre wurden wir danach zu eingeschworenen Horrorfans. Dabei war uns wieder einmal Kino-Helmut eine große Hilfe, denn im Fundus seines Vaters lagerten viele alte und neue Programmhefte. In den folgenden Jahren hatte das kleine Lichtspielhaus sogar den ein oder anderen Horrorfilm im Programm. Den eleganten Christopher Lee in *Dracula* und die schöne Sharon Tate in *Tanz der Vampire* fanden wir besonders interessant. Schade, dass sie nie im selben Film spielten. Christopher Lee hätte Sharon Tate bestimmt gern mal gebissen. Dummerweise gab es in den meisten Gruselfilmen früher oder später Szenen mit Wölfen, die blutrünstig hinter Schlitten herliefen und sich böse geifernd auf ihre Opfer stürzten. Aus den Natursendungen im Fernsehen wussten wir, dass Wölfe so gut wie nie Menschen anfallen, weil sie dazu viel zu scheu sind. Und schon gar nicht aus Boshaftigkeit oder Blutgier. Schafe oder Vieh rissen sie nur, weil sie sonst verhungert wären. Es blieb ihnen gar nichts anderes übrig. „Ich jlaub, et hackt!", ärgerte sich Winnie. „Dat is ja wohl jenau so bekloppt wie bei *Rotkäppchen*. Immer sind die Wölfe die Bösen. Dabei sind richtije Wölfe arm dran. Weil die nur immer Hunger haben. Außerdem heulen die nich'! Die singen!"

Auch Western standen bei uns nach wie vor hoch im Kurs. Vor allem, wenn Pierre Brice mitspielte. Winnetou und Dracula hatten übrigens eins gemeinsam: Beide lebten nach ihrem Tod unverdrossen weiter. Dass man den besten Apatschenhäuptling aller Zeiten nicht umbringen durfte, hatten selbst die Filmregisseure eingesehen, auch wenn ihre Gründe wahrscheinlich rein finanzieller Natur waren. Die *Bravo*-Cover zierte der schöne Bretone jedenfalls weiterhin. Winnie besaß den großen *Bravo*-Starschnitt und mindestens zehn unterschiedliche Autogramme von ihm, die sie in einem Holzkästchen unter ihrem Bett hortete. Wir wünschten Pierre Brice und Winnetou ewige Jugend und allen Erfolg der Welt. Ich hatte meine Probleme mit Karl May, aber Winnie besaß eine Gesamtausgabe seiner Werke und hatte sie angeblich *alle* gelesen. Die Sammlung stammte noch von ihrem Opa. Der hatte die Bände angeblich auch alle gelesen. Karl May hatte so viel geschrieben, dass Herr Klaarenbom ein extra Regal für ihn bauen musste.

Karl May war leider auch schuld an Winnies erstem Trauma. Als sie in *Winnetou III* zum ersten Mal ohne Vorwarnung die traurigste aller Textstellen erreichte, brüllte sie vor lauter Seelenschmerz so laut, dass Herr und Frau Klaarenbom erschrocken die Treppe hochgestürmt kamen. Ihre Tochter wand sich tränenüberströmt auf dem Fußboden, zitterte wie Espenlaub, bekam kaum noch Luft und war nicht mal mehr in der Lage, zusammenhängend zu sprechen.

„Wat is' passiert, Kind?", schrien die Eltern verzweifelt. „Biste verletzt, Bärbel? Jeht et dir nich' jut'? Hasse dir weh jetan?" Winnie sah sie untröstlich an.

„Win-ne-tu-is-tot!", stieß sie mit letzter Kraft hervor und schluchzte gleich wieder weiter, woraufhin Herr und Frau Klaarenbom erleichtert zu lachen begannen, was dazu führte, dass Winnie völlig ausklinkte und so laut schrie, dass den beiden fast die Trommelfelle geplatzt wären. Wie konnten Menschen, die einem nahestanden, nur so roh und herzlos sein!

Unsere Pläne, in den Westen der USA auszuwandern, nahmen immer mehr Gestalt an. Manchmal interviewten wir meinen Vater, der mehrere Jahre in amerikanischer Kriegsgefangenschaft gelebt hatte und Arizona, Nevada und Utah ziemlich gut kannte. Er freute sich immer, wenn wir ihn nach den Canyons und nach der Wüste fragten. Leider konnten wir erst nach dem Studium emigrieren, denn schließlich brauchten wir eine solide Grundlage, um die Greencard zu bekommen. In einem geräumigen, stabilen Blockhaus mit offenem Kamin aus Feldsteinen würden wir wohnen und natürlich eigene Pferde halten, von denen mindestens eins Iltschi hieß. Ob wir heiraten würden, stand noch in den Sternen, aber wenn überhaupt, dann höchstens einen Apachen, Cherokee, Navajo oder Cheyenne. Oder einen Lakota. Am besten beide denselben, was bei Indianern möglicherweise erlaubt war und unser Leben deutlich vereinfachen würde. Doch es deutete noch mehr darauf hin, dass wir ledig bleiben würden. Wie sagten meine Großtanten noch so treffend: „Der Mann, der euch zwei nimmt, muss ers' noch jebacken werden!"

Als ich meiner Mutter wieder einmal in glühenden Farben schilderte, was wir alles vorhatten, blickte sie mich merkwürdig schuldbewusst an.

„Also, ich hätte dir das schon längst sagen müssen, Marlies. Aber du kannst gar nicht nach Amerika auswandern. Du bist nämlich nicht gegen Pocken geimpft. Und ohne die Impfung darfst du da nicht einreisen." Ich schnappte nach Luft. Das musste ein Irrtum sein.

„Aber et sind doch *alle* gegen Pocken geimpft!"

„Die anderen schon", sagte meine Mutter. „Nur *du* nicht."

„Und warum bin *ich* als einzige nicht geimpft?", kreischte ich. „Wer is' dat schuld?" Das hätte ich gar nicht zu fragen brauchen. Es war sonnenklar, und ich war am Boden zerstört. All meine schönen Träume, zerplatzt wie Seifenblasen! Dass ich keine Impfnarben am Arm hatte, war mir zwar schon aufgefallen, doch ich hatte mir nichts dabei gedacht. Vielleicht war meine Narbe ja so klein, dass man sie kaum sehen konnte, oder befand sich an einer diskreten Stelle. Winnie trug ihre großen Lanzettennarben unübersehbar auf dem linken Oberarm. Bisher hatte ich sie hässlich gefunden, doch jetzt hätte ich alles gegeben, um auch welche zu haben.

„Die Impfung war mir damals zu gefährlich", gestand meine Mutter. „Es gab hier in Kattendonk nämlich ein Kind, das davon Hirnhautentzündung bekommen hat und gestorben ist. Und du warst immer so zart. Ich hab mir halt Sorgen gemacht. Ich wollte schließlich nicht, dass du stirbst!"

„Dann kann *ich* jetzt nich' nach Amerika, bloß weil *du* Angst vor der bescheuerten Impfung hattest? Kann ich mich denn nich' einfach jetzt noch schnell impfen lassen?" Vielleicht wusste Doktor Engels ja Rat. Meine Mutter versicherte mir, dass dies leider nicht möglich sei. Entweder man wurde als Kind geimpft oder gar nicht. In meinem Alter wäre die Impfung dummerweise noch sehr viel gefährlicher, behauptete sie. Wer in meinem Alter geimpft wurde, war dem Tode geweiht. Ich war traurig und sauer zugleich und wagte nicht, Winnie die schreckliche Wahrheit zu gestehen. Eine saublöde verpasste Impfung war schuld daran, dass ich nicht mit ihr auswandern konnte!

Winnie merkte sofort, dass etwas nicht stimmte. Als ich partout nicht mit der Sprache herausrücken wollte, fragte sie kurzerhand meine Mutter. Die druckste erst ein bisschen herum, dann sagte sie es ihr. Winnie trug es mit Fassung. „Dat is' doch nich' schlimm! Du muss' nur wat warten. Irjenswann heben die dat blöde Jesetz wieder auf, un' dann kannste hin. Ohne dich emijrier ich nich', dat schwör ich! Da brauchste keine Angst zu haben. Dat dauert bestimmt nich' mehr lange!" Sie sollte zwar prinzipiell Recht behalten, doch es dauerte leider doch noch einige Zeit. Ich war überglücklich, als die WHO schließlich am 8. Mai 1980 die Welt für pockenfrei erklärte. Bald darauf durfte man tatsächlich auch ohne die Impfung in die Staaten reisen, doch leider hatten sich unsere Wege zu diesem Zeitpunkt längst getrennt. Wir besuchten zwar beide als Erwachsene die Vereinigten Staaten, aber nie gemeinsam.

Salamander und Hasenfrau

Weil ich so schüchtern war, ging ich als Kind nie gern einkaufen. Nur ins Schuhgeschäft ging ich sogar freiwillig, was vor allem daran lag, dass Anprobieren hier so viel Spaß machte. In Kattendonk gab es nur einen einzigen Schuhladen, der Leiendeckers Bertie gehörte und für Kinder echte Salamanderschuhe im Angebot hatte, so dass man dort nicht nur schöne neue Schuhe bekam, sondern auch jedes Mal ein kleines grünes Lurchi-Heft mit hübschen Bildern. Bei Bertie sah man außerdem seine Füße in einem völlig neuen Licht. Wie in den meisten Schuhläden damals gab es dort ein Pedoskop, einen eindrucksvollen Apparat mit einer Art Guckkasten mit mehreren Blickschächten. Er war mit gleich drei Okularen ausgestattet, durch die Kind, Mutter und Verkäufer alle gleichzeitig einen Blick auf den kindlichen Fuß werfen konnten. Das Gerät sah ein bisschen aus wie ein Podest mit einem geschlossenen Stehpult. Im Sockel befand sich eine Röntgenröhre. Wenn die neuen Schuhe drückten, und das taten sie natürlich immer ganz fürchterlich, denn man wollte ja unbedingt sein Fußskelett sehen, stieg man auf den Apparat, steckte die Füße unten in den Kasten und beugte sich über das Guckloch. Und schon leuchteten einem gespenstisch grün die kleinen Fußknochen im nahezu unsichtbaren Schuh entgegen. Die Konfrontation mit dem eigenen Knochengerüst war gruselig und aufregend zugleich. Das Vergnügen dauerte bedauerlicherweise nie sehr lange, was im Nachhinein gesehen gut war, denn nicht nur die Füße wurden dabei ziemlich mit Strahlen belastet. Dass die Prozedur nicht ungefährlich war, ahnte damals niemand. Im Laufe der sechziger Jahre wurden die Pedoskope allmählich aus dem Verkehr gezogen, ab 1976 waren sie ganz verboten. Sie müssen wahre Strahlenkanonen gewesen sein, doch in meiner Erinnerung bleibt ihr Einsatz ein wunderbares Erlebnis. Die glücklichen Kinder von motorisierten Eltern wurden manchmal sogar nach Kempen oder Krefeld gefahren, wo die Auswahl noch größer war und man von einem Schuhgeschäft ins andere wandern und sich immer wieder aufs Neue die Füße durchleuchten lassen konnte. Ein echtes Abenteuer!

Die Lurchi-Heftchen mit den lustigen Reimen und den genialen Illustrationen von Heinz Schubel habe ich immer noch. Die Geschichten endeten immer mit einem schönen Satz wie „Lange schallt's im Walde noch: Salamander lebe hoch!" oder „Ringsumher schallt's lange noch: Salamander lebe hoch!" Erst viel später entdeckte ich, dass Heinz Schubel auch der Illustrator meiner Lieblingsserien *Das Mädel Peter, Schnabbelchen* und *Milli-Molli* war. Leiendeckers Bertie hat Winnie und mir sogar mal einen ganzen Satz Figuren geschenkt, als sie merkte, wie schön wir sie fanden. Sie stehen alle noch hier bei mir: der schlanke Lurchi mit dem grünen Jägerhütchen, der Frosch Hopps, der Zwerg Piping mit der kecken Stirnlocke, der gemütliche Igelmann, der ängstliche Mäuserich Mäusepiep mit der blauen Hose und die fette Gelbbauchkröte Unkerich. An Leiendeckers Bertie denke ich immer gern.

Höchst ungern erinnere ich mich dagegen an die Hasenfrau, eine bedrohlich aussehende Schulzahnärztin, die uns vor allem während der Volksschuljahre regelmäßig heimsuchte und bei deren Anblick mir das Blut in den Adern gefror. Sie war immer schon sehr früh da, noch bevor unsere Schule anfing, und sobald ich den großen weißen Wagen auf dem Schulhof stehen sah, wurde mir sterbenselend. Einmal habe ich deswegen sogar die Schule geschwänzt und mich so lange versteckt, bis sie wieder weg war. Auch in dieser Notlage bewies Winnie ihre Solidarität und ließ mich nicht allein. Wir verbrachten den gesamten Morgen frierend auf der Bank im

Verkehrsgarten der Schule und hatten Riesenprobleme damit, eine passend gefälschte Entschuldigung nachzureichen. Erwischt hat mich die Hasenfrau trotzdem, denn sie kam ja immer wieder! Winnie hatte keine Angst vor ihr. Aber sie hatte auch makellose Zähne und bekam nie einen Zettel.

„Dat kommt von all dem Kaujummi", behauptete sie. Doch das konnte unmöglich stimmen, denn ich kaute mindestens genauso viele Kaugummis wie sie! Winnie hatte eine Schwäche für *Wrigleys Spearmint*, während mir am besten *Juicy Fruit* schmeckte. Allerdings spie ich sie aus, sobald sie grau und geschmacklos wurden, klebte sie heimlich unter die Bank oder warf sie draußen in die Büsche. Winnie dagegen verschluckte sie. Möglicherweise lag es daran? Vielleicht entfalteten sie ihre prophylaktische Wirkung ausschließlich vom Magen aus?

Wenn Winnie vor der Hasenfrau stand, die selbst Schneidezähne wie ein Biber besaß und wahrscheinlich genau aus diesem Grund ihren furchterregenden Beruf ergriffen hatte, entspannt den Mund aufsperrte und sich mit spitzen Haken bestechen ließ, ertönten nur die beruhigenden Buchstaben „O.B." Was genau diese Abkürzung bedeutete, wussten wir nicht. Aber es war eindeutig etwas Gutes, denn die betreffenden Kinder durften ohne Zettel an ihren Platz zurückkehren. Die Hasenfrau schien das immer ein wenig zu enttäuschen. Bei Kindern mit schlechten Zähnen dagegen begann sie sofort zu strahlen. Sobald ich an der Reihe war, strahlte sie ganz besonders. Wenn ich aufgerufen wurde, hätte ich am liebsten schreiend das Weite gesucht und zitterte am ganzen Körper. Winnie raunte mir jedes Mal vorher „Diesmal haste bestimmt Jlück!" zu, und schon schlich ich gehorsam nach vorn, stellte mich mit weichen Knien vor die Hasenfrau und ließ sie in meinem Mund herumstochern. Sofort ertönte mehrmals der gefürchtete Buchstabe „K", und ich bekam den roten Zettel mit Kreuzen auf den zu sanierenden Zähnen. Wer so einen

Zettel hatte, musste innerhalb von zwei Wochen zu Doktor Backes. Danach kam die Hasenfrau wieder und überprüfte, ob man tatsächlich saniert war. War man es nicht, machte sie es selbst in ihrem großen weißen Wagen. Diese Erfahrung machte ich einmal und nie wieder. Verglichen mit der Hasenfrau war sogar Doktor Backes harmlos. Was „K" bedeutete, sagte sie mir bei der Gelegenheit auch. „K" stand für Karies.

Die Hasenfrau kam meistens dienstags und entdeckte am schwärzesten aller Zahntage gleich zwei kariöse Schneidezähne bei mir, die ich bisher erfolgreich hatte verbergen können, indem ich nur mit geschlossenen Lippen lächelte und beim Lachen schützend die Hand vor den Mund hielt. Frau Doktor Hasenfrau ließ sich davon nicht täuschen, zog gnadenlos meine Oberlippe hoch, sah sich die Bescherung an und strahlte wie die Tropensonne. Meine Verzweiflung war bodenlos. Den roten Zettel versteckte ich in meiner Tasche. Leider erfuhr meine Mutter noch am selben Tag davon, weil sie im Dorf irgendeine andere Mutter traf, die sie gemeinerweise gleich darauf ansprach, und verlangte sofort meinen Zettel zu sehen. Sie starrte erst auf das Blatt und dann in meinen Mund und rief entsetzt: „Das ist kein Milchgebiss mehr, Kind, das sind bleibende Zähne! Da müssen wir sofort was machen! Ich hatte ja keine Ahnung!" Dann rief sie Doktor Backes an und machte einen Termin für den folgenden Montag. Noch früher ging nicht, weil er so viel zu tun hatte. Er war der einzige Zahnarzt in Kattendonk, und die Hasenfrau war äußerst gewissenhaft. Ich war erleichtert über die Gnadenfrist, konnte aber an nichts anderes mehr denken. Winnie bot an, mich zu begleiten, doch das half nicht viel, denn sie durfte nicht mit in den Behandlungsraum. Winnie machte Doktor Backes schon durch ihre Gegenwart nervös.

Am Freitag vor dem schrecklichen Ereignis erkundigte ich mich bei meinen Großtanten, ob es vielleicht einen Heiligen gebe, der faule Zähne heilen könne. Tante Finchen meinte: „Vielleicht der heilije Blasius?" Doch ihre Schwestern schüttelten die Köpfe. Blasius hatte schon mehr als genug mit dem Kurieren von Halsschmerzen und verschluckten Gräten zu tun. Tante Pia zog leise zischend die Luft durch ihre gepflegten dritten Zähne, runzelte die Stirn und überlegte. „Wer war dat noch? Wer war dat noch?" Dann rieb sie sich das linke Ohrläppchen, und sofort fiel es ihr ein. „Apollonia! 9. Februar! Die hat en Zang' und Zähne! Un' ene Palmwedel. Der ham se alle Zähne raus jerissen, weil die keine Heidin sein wollte. Aber ob die din vuule Tängkes auch schafft, Marlies, dat weet ich neet. Aber feste beten is' nie verkehrt."

Jetzt dämmerte es auch Tante Katrinchen. „Hat die sich nich' selbs' ent Vüer jeschmeete?" Die Ärmste! Ich konnte sie nur zu gut verstehen. Wer hätte sich nicht freiwillig ins Feuer gestürzt, nachdem man ihm sämtliche Zähne ausgebrochen hatte! Wahrscheinlich steckten die Wurzelreste ja noch alle im Kiefer! Meinen Tanten fielen beim gemeinsamen Brainstorming noch mehr grausige Details ein. Die arme Apollonia! Offenbar hatte man ihr früher sogar Geldopfer dargebracht, wenn kleine Kinder zahnten, und sorgsam Zähne aus Wachs geformt und ihr feierlich geschenkt, um sie gnädig zu stimmen. Doch die Glanzzeit dieser Heiligen war eindeutig vorüber. Tante Pia schimpfte über den Verfall der Sitten und die mangelnde Frömmigkeit der Menschen, während Tante Finchen wie immer auch die heitere Seite sah und aufgeräumt „Kommt die Jungfrau Apollonia, sind auch bald die Lerchen da!" trällerte. Irgendwie hatte ich das dumpfe Gefühl, dass meine Tanten mein Problem nicht ernst nahmen.

„Ich könnte dat ja trotzdem mal versuchen", überlegte ich. Kerzen hatten wir schließlich genug zu Hause. Meine Tanten sahen mich skeptisch an. Dass intensive Gebete in meinem schweren Fall noch zu schützen vermochten, bezweifelten sie sehr. „Dat hilft bloß janz am Anfang", sagte Tante Katrinchen, die auch schreckliche Angst vor Doktor Backes hatte. „Wenn die Zähne ers' mal richtig faul sind, jeht dat nich' mehr."

Ich versuchte es trotzdem. Das gesamte Wochenende. Getreu Tante Pias Wahlspruch „Beäne kan neet schaane!" und betete morgens, mittags und abends. Zu Appolonia, Jesus und Maria. Sogar zum Heiligen Geist. Zwischendurch lief ich zum Badezimmerspiegel. Die Schneidezähne blieben wie sie waren.

Montagnachmittag sackte meine Stimmung auf den absoluten Tiefpunkt, und ich schleppte meine Zähne und den roten Zettel zu Doktor Backes. Das Drama begann bereits im Wartezimmer, wo zahlreiche unbequeme Stühle die Wände säumten. Anders als bei unserem Hausarzt Doktor Engels, wo sich die Wartenden ungehemmt über Krankheiten und Operationen unterhielten, herrschte in dieser Vorhölle nur gequältes Schweigen. Ich schien nicht allein mit meiner Furcht zu sein. Die Opfer von Doktor Backes wirkten samt und sonders extrem nervös, auch wenn sie versuchten, sich hinter den zerfledderten Lesezirkelmagazinen zu verstecken. Neben der dick gedämmten Tür zum Behandlungsraum, durch die man das hohe schrille Pfeifen des Bohrers immer noch deutlich hörte, hing eine hundsgemeine Karikatur. Ein Mann mit schmerzverzerrtem Gesicht war darauf zu sehen. Er hielt sich die dick geschwollene Backe und sah zutiefst unglücklich aus. Darunter stand ein Satz, der eindeutig vom Sadismus des Praxisinhabers zeugte: „Kommst du vom Zahnarzt und hast weniger Schmerzen als zuvor, so preise Allah und danke deinem Zahnarzt." Doktor Backes machte sich über seine armen Opfer auch noch lustig!

Winnie drückte mir aufmunternd die Hand, als ich aufgerufen wurde und widerwillig ins Behandlungszimmer schlich. Es roch unangenehm und überaus intensiv nach Zahnarzt. Doktor Backes war wie üblich ziemlich schroff, warf mit hochgezogenen Brauen und runden Augen einen flüchtigen Blick auf den roten Zettel und dirigierte mich mit einer autoritären Kopfbewegung auf den Behandlungsstuhl. Er hatte eine Glatze, konnte Kinder nicht ausstehen, trug eine Brille mit Metallgestell und war mindestens hundertmal so gefährlich wie Dracula, Hans Muff, die Abendmutter und die Roggenmuhme zusammen, denn im Gegensatz zu ihnen war er höchst real, schwang drohend seinen Bohrer, hatte unvorstellbar lange Nadeln an schrecklichen Spritzen und pflegte bei der Behandlung zudem auch noch fröhlich zu pfeifen. Dass man vom Folterstuhl aus in einen gepflegten Garten schaute, machte das Grauen perfekt. Nachdem mir die Stuhlassistentin das weiße

Papiertuch mit dem Silberclip umgebunden hatte, wurde mir schlecht vor Panik. Meine Hände krallten sich in die Stuhllehnen, und mein banges Kinderherz drohte in tausend Stücke zu zerspringen. Als Doktor Backes mit der Sonde in meinem Mund herumstocherte und merkwürdige Grunzlaute von sich gab, die darauf schließen ließen, dass meine schadhaften Stellen offenbar *besonders* schlimm waren, begann meine Rutschpartie. Geschmeidig wie Lurchi aalte ich mich nach unten, bis es nicht mehr weiterging. Doktor Backes befahl mir, sofort wieder hochzurutschen, und ließ den Stuhl so weit rückwärts kippen, dass ich nach hinten abzustürzen drohte. Sein Gesicht hing über mir wie ein böser Vollmond. Am liebsten hätte ich die Augen zugemacht und mich weggebeamt wie die bezaubernde Jeannie, aber das ging ja nicht, also starrte ich verzweifelt auf seine Nasenspitze. Er drehte sein grelles kaltes Licht in Position und hob wieder die buschigen Brauen. Vor meinen Augen begannen schwarze Punkte zu tanzen. Offenbar war ich dabei, in Ohnmacht zu fallen, genau wie damals als kleines Kind in der Karfreitagsandacht. Ich musste hier unbedingt weg, sonst war ich verloren! In meinem Kopf hörte ich Winnies Stimme: „Wenn et jar nich' jeht, musste den beißen oder die Zähne janz fest zusammenzupressen. Dann kann der dir mix mehr tun!" Ich entschied mich für die zweite Variante und weigerte mich mutig, weiter zu kooperieren. Doktor Backes, der seine riesige Spritze bereits bis zum Anschlag geladen hatte und startklar und tropfend in der Hand hielt, wurde stinksauer. Am liebsten hätte er mir eine geknallt, konnte sich aber im letzten Moment noch bremsen und gab mir dröhnend zu verstehen, dass er seine Zeit nicht mit zickigen Kindern zu verplempern gedenke. Seine Helferin zerrte mich vom Behandlungsstuhl, drückte mir den rotgekreuzten Zettel wieder in die Hand, schob mich zurück ins Wartezimmer und las mir dabei für alle gut hörbar die Leviten. Ich stand da wie ein begossener Pudel.

Winnie warf der Helferin einen eisigen Blick zu und sagte laut: „Jut jemacht, Marlies!" Doch meine Erleichterung hielt sich in Grenzen. Das Wartezimmer geriet bei meinem plötzlichen Abgang sichtlich in Aufruhr. Die übrigen Opfer hatten nicht erwartet, so schnell an der Reihe zu sein, und auf dem Gesicht des Patienten, der nun hereingebeten wurde, war nichts als blankes Entsetzen zu erkennen. Winnie fand mich mutig, aber ich wusste nur zu gut, dass mein Kampf aussichtslos war und meine Qual nur verlängern würde. Mutter war durch die heimtückische Helferin bereits informiert, als ich zu Hause ankam. Sie schimpfe wie ein Rohrspatz, packte mich beim Kragen und schleppte mich zurück in die Zahnarztpraxis. Ohne Winnie. Diesmal gab es kein Entrinnen, nur eine kurze Galgenfrist im Wartezimmer, und schon wurde ich gleich von drei Erwachsenen gezwungen, den Mund zu öffnen. Doktor Backes beugte sich über mich und stach mit der langen Nadel auf mich ein. Während Zahnfleisch, Oberlippe und Nase immer kribbeliger und tauber wurden, unterhielt er sich angeregt mit meiner Mutter. Ich hatte das Gefühl, hier und jetzt auf dem Zahnarztstuhl elendig zu sterben, so schnell raste mein Herz. Doktor Backes hatte gewonnen, und er wusste es. Er kniff die Augen triumphierend zusammen, pfiff eins seiner Liedchen und legte los, begleitet vom Pfeifen, Surren und Rattern seiner Instrumente und Geräte und dem pausenlosen Geplapper meiner Mutter, das ihn offenbar nicht im geringsten störte. Er dachte gar nicht daran, seiner kleinen Patientin zu erklären, was er als nächstes zu tun gedachte. Bis heute bin ich der festen Überzeugung, dass ich diesem Mann meine schlimme Zahnarztphobie verdanke. Ich sehe seine Folterinstrumente noch genau vor mir: die geraden, gewinkelten und gedrehten Sonden, die Pinzetten, Spiegel, Spatel, Kugelstopfer, Spritzen, Watte-Röllchen und die kleinen Töpfchen mit übelriechenden und scharf schmeckenden Tinkturen und Füllmaterialien, die kleinen grauen und weißen Kügelchen, die er zum Schluss in die ausgebohrten Löcher drückte. Und ich höre auch heute noch die grausamen, blitzenden, silbernen Instrumente: den pfeifenden Turbinenbohrer, der beim Bohren warmes Wasser ausströmte, den dumpfen dicken Rosenbohrer, der knarrend bis tief in die Kieferknochen dröhnte und so stark vibrierte, dass meine Wirbelsäule und sogar meine Zehen angstvoll erzitterten. Ich höre auch noch das Schlürfen der großen und kleinen Sauger, die Speichel ziehend im Mundwinkel hingen und gelegentlich statt des Speichels die Zunge erwischten und gewaltsam von Fräulein Hildegard losgeploppt werden mussten. Das Instrumentenarsenal von Doktor Backes gehört zum Inventar meiner Alpträume, auch wenn ich heute meine Furcht einigermaßen im Griff habe. Einziger Trost war der anschließende Belohnungsbesuch in der nur wenige Häuser entfernt liegenden Buchhandlung, die angenehm nach Papier und Büchern duftete. Hier durfte ich mir mit taubem Gesicht das neueste *Donald Duck*-Sonderheft kaufen. Ein schwacher Trost! Ich habe eine ziemlich große Sammlung dieser Sonderhefte und muss gestehen, dass ich mich auch heute noch nach Zahnarztbesuchen mit einem Comicheft aufmuntere. Der Mensch ist halt ein Gewohnheitstier.

Auf den Hund gekommen

Auch wenn wir viele Jahre lang Katzen hatten, war mein Vater im Grunde seines Herzens ein Hundemensch. Von klein auf war er an Hunde gewöhnt. Mein Großvater hatte immer Jagdhunde gehabt. Treff, Treu, Troll und Cito hatten sie geheißen. Außerdem hatten alle Verwandten väterlicherseits Hunde. Schäferhunde, Spaniels, Foxterrier, Lang-, Kurz- und Rauhaardackel. Nicht nur mir fiel auf, dass wir neuerdings sonntags beim Mittagessen auffallend häufig auf den Hund kamen. Vater war seit kurzem Jäger, und zu einem anständigen Waidmann gehörte auch ein Jagdhund. Nana und ich hätten zwar lieber noch eine Katze gehabt, doch da ließ Vater nicht mit sich reden. Offenbar gab es Unmengen von Gebrauchshunden, wie wir staunend hörten: Apportierhunde, Vorstehhunde, Stöberhunde, Erdhunde und Schweißhunde. Vater hatte es vor allem der Kleine Münsterländer angetan. Er hatte sich eigens ein neues Hundebuch gekauft und studierte es ausgiebig.

„Der Münsterländer ist ein kleiner, langhaariger Vorstehhund mit edlem Kopf und fließenden Körperlinien, gut befederten Vorderläufen, gut behosten Hinterläufen und ausgeprägter Fahne", las Vater vor. Wir fanden die Bezeichnungen lustig, durften es uns jedoch nicht anmerken lassen. Fließende Linien? Befedert und behost? Fahne? Doch die abgebildeten Hunde waren wirklich schön, hatten ausdrucksvolle Gesichter und hübsche braune Flecken. Es gab sie in unterschiedlichen Farbschlägen: klassisch in Braunweiß oder in Hellschimmel oder Braunschimmel mit dunkelbraunen Platten oder Tupfen. „Kleine Münsterländer sind lernfähig, aufmerksam, temperamentvoll, ausgeglichen, familientauglich und teamfähig. Sie verfügen über gute Nervenstärke und Wildschärfe", las Vater weiter. „Der Kleine Münsterländer kann in den unterschiedlichsten Geländeformen jagen, eignet sich als Vorstehhund ebenso wie zum Apportieren und für die Wasserjagd. Er kann auch in Meuten jagen und meldet häufig mit kräftigem Spurlaut." Offenbar ein Allroundgenie, obwohl uns der Hinweis auf den Spurlaut eigentlich hätte zu denken geben sollen. Vater wollte unbedingt eine Hündin, denn Hündinnen waren anhänglicher und ließen sich leichter abrichten als Rüden. So weit, so gut.

Mutter beschloss, die Sache selbst in die Hand zu nehmen, weil Vater immer so lange brauchte, und erkundigte sich in Kattendonk und Umgebung nach Jagdhundwürfen. Wenn sie sich etwas in den Kopf gesetzt hatte, dann tat sie es auch, und so zog tatsächlich pünktlich zu Ostern ein Kleiner Münsterländer bei uns ein. Das Problem war nur, dass nicht Papa den Welpen ausgesucht hatte. Mutter war autark und entschied am liebsten alles allein, daher nahm sie auch keinen mit, als sie mit Tante Walburga den Züchter in Grotekerk besuchte. Obwohl Vater seine Vorbehalte gegen männliche Hunde deutlich verbalisiert hatte, verlor Mutter ihr Herz prompt an einen quirligen kleinen Rüden, der ausgelassen um sie herumhüpfte. Da sie noch nie einen Rassehund gekauft hatte, bestand sie nicht auf Papieren, sondern vertraute den Angaben des Züchters. Die Unterlagen würden so schnell wie möglich nachgeliefert, versprach er. Mutter war begeistert. Die Papiere wurden natürlich niemals fertig. Dass die Hundemama abweichend vom Rassestandard, den wir inzwischen alle auswendig kannten, einfarbig braun und völlig fleckenlos war, störte Mutter nicht. Es gab bestimmt auch reinbraune Vertreter dieser Rasse, und der Kleine hatte schließlich jede Menge Flecken und sah eindeutig aus wie ein Münsterländer.

Mutter bezahlte das Hundekind, ließ es diskret anliefern und präsentierte es ihrem Gatten in einem schleifenverzierten,

mit Luftlöchern versehen Osterkarton, in dem es laut rumorte. Sämtliche väterlichen Vorbehalte gegen Rüden schmolzen bei der ersten Konfrontation mit dem niedlichen Fellbündel wie Schnee in der Sahara. Vater war hin und weg. Genau wie Nana und ich. Das gefleckte Hundebaby mit den dicken Pfoten wurde in Erinnerung an Papas vierbeinigen Freund aus Kindertagen Cito getauft, sprang fröhlich im Wohnzimmer umher, pfützte vor Aufregung auf den guten Teppich, kaute an Mamas Pantoffeln, wedelte eine teure Vase vom Regal und durfte trotzdem bleiben. Am ersten Tag waren ein paar kleine Ausrutscher schließlich erlaubt. In den folgenden Wochen beknabberte und besabberte Cito alles, was ihm vor die Welpenlefzen kam, inklusive Möbel, Taschen, Schuhe, Pullover und Mäntel. Erst als er das Telefonkabel durchnagte wie ein Biber, kam sogar bei Mutter ein gewisser Unmut auf. Der Telefonmensch, der uns besuchte, um ein neues Kabel anzuschließen, tätschelte dem schwanzwedelnden Cito den Kopf und verließ uns mit den Worten „Na dann noch viel Spaß mit dem Vieh!" Wie gemein! Cito war noch ein Baby. Das würde sich bald geben. Dachten wir.

Tante Finchen, die bekanntlich eine generalisierte Tierphobie hatte, solange die Tiere nicht kross gebraten oder weich gekocht auf ihrem Teller lagen, kreischte in allen Tönen, als das gefleckte Hundekind beim ersten Treffen freundlich auf sie zulief. Doch Cito ließ sich nicht beirren und schleckte ihr mit seiner Welpenzunge die Hände ab. Tante Finchen gefiel die ungewohnte Liebesbekundung, und sie beruhigte sich wieder. Ihre Tierphobie blieb unverändert, fortan allerdings mit einer Ausnahme. Cito wurde von ihr *jedärmelt* und *jepongelt*, was das Zeug hielt. Tante Walburgas Locki wurde von ihr zähneknirschend geduldet, weil es nicht anders ging, aber unseren Cito liebte sie.

Citos rassetypische Welpenfarbe war nicht von Dauer. Als er die Hundepubertät durchmachte, verschwanden die Tupfen und Flecken, und sein Fell wurde rehbraun. Kurz danach verfärbten sich auch seine Augen, nahmen jedoch nicht den erwarteten rassetypischen Braunton an, sondern eine bedenkliche Mischfarbe, die zwischen Gelb und Grün changierte. Vater verfolgte die Entwicklung mit Besorgnis und bangte um seinen Ruf als Waidmann. Es gab Fälle, in denen Münsterländer gelbe Habichtsaugen entwickelten, was im Rassestandard als schwerer Fehler galt! Langsam wurde er nervös. Jetzt endlich rückte Mutter mit der Wahrheit heraus. Vater fiel aus allen Wolken. Keine Papiere? Eine braune Hundemutter? Ein unbekannter Vaterrüde? Doch es war zu spät. Ein Leben ohne Cito war für ihn nicht mehr vorstellbar. Aber taugte Cito als Jagdkamerad?

„Mit dem Tier kann ich unmöglich in den Wald! Die anderen lachen mich doch aus!" Vater hatte schlechte Laune, und der Familienfrieden war empfindlich gestört. Cito wurde jeden Morgen kritisch begutachtet, doch am Ende verfärbten sich seine Augen zu Vaters Erleichterung tatsächlich münsterländerbraun und nicht habichtsgelb. Der restliche Hund sah allerdings aus wie ein Setter. Das Fell war zu lang und viel zu wellig. Auch egal. Vater versuchte mit viel Geduld, seinen Vierbeiner auf die Jagd vorzubereiten, was nicht einfach war. Cito hatte den starken Drang, alles zu knautschen, was ihm zwischen die Zähne kam. Wir ließen ihn alte Stofftiere und zusammengeknüllte Lappen im Fang tragen, bis er seine Lektion einigermaßen gelernt hatte. Besonders folgsam war er auch nicht. Sobald er ein Kaninchen witterte, hörte er weder Pfiffe noch Rufe, jagte mit wehenden Ohren und Lefzen hinter seiner Beute her und landete bei der Hatz mehr als einmal in Stacheldrahtzäunen, Schlammlöchern, fremden Vorgärten oder in den Fluten der Niers. Zumindest während der Anfangszeit war alles, was er apportierte, zerkaut und zerbissen. Ich fand Citos Vergehen nicht weiter schlimm, aber ich musste ja auch nicht mit ihm zur Jagd.

Selbst mir fiel allerdings auf, dass sein Haupthaar in letzter Zeit steil in die Höhe zu sprießen begann. „Der sieht ja aus wie 'n Irokese!", sagte Winnie. Jeder Punker wäre stolz auf Citos Pracht gewesen, doch damals gab es noch keine Punker. Vater sah sich gezwungen, die neue Frisur seines Lieblings mit der Nagelschere vorsichtig in Form zu bringen. Mit mäßigem Erfolg, aber er war ja auch kein Hundefriseur. Vom Rassestandpunkt aus war Cito eine absolute Katastrophe. Aber wen interessieren schon Rassestandards? Wir beschlossen, über diese lächerlichen Regeln erhaben zu sein. Vater legte sich eine überzeugende Erklärung zurecht: Edmund Löns, der jüngere Bruder des Heimatdichters Hermann Löns, der angeblich der Begründer der Rasse war, hatte unter anderem rote Heidebracken mit eingekreuzt. Cito war eben ein literarischer Hund. Möglicherweise eine Münsterlandbracke oder ein Kleiner Heideländer. Egal. Wir liebten ihn so wie er war.

Die anderen Jäger sahen das kritischer. „Dinen Hongk es neet normaal", tadelte unser Nachbar, der ebenfalls passionierter Waidmann war und einen *echten* Kleinen Münsterländer mit perfekten Flecken und tadelloser Glatthaarfrisur sein eigen nannte. „Ihr Hund sieht eher aus wie ein Deutsch Langhaar", meinte Herr Möhles, der Eigentümer des Jagdreviers. Das war selbst Vater zu viel. Das ließ er nicht auf seinem Cito sitzen und brachte ihn zum Trimmen nach Oedt. Heimlich. Herr Möhles bemerkte die Verbesserung und lud Vater und Cito im Herbst erstmals feierlich zur Teilnahme an der Hubertusjagd ein.

Mit dem heiligen Hubertus, der zu den vierzehn Nothelfern gehört, hatten Winnie und ich große Probleme. Wir verstanden nicht, wieso ausgerechnet er zum Schutzpatron der Jäger, Metzger, Büchsenmacher und Schützenvereine geworden war. Sein Tag war der 3. November, und an diesem Tag fanden sowohl die Hubertusmesse als auch die Hubertusjagd statt. Mit echten Jagdhornbläsern und Unmengen von erlegten Tieren. Für Vater schien es ein wichtiger Tag zu sein, denn jedes Jahr befürchtete er aufs Neue, dass man ihn diesmal nicht einladen würde. Eine unbegründete Sorge. Herr Möhles vergaß ihn nie. Hubertus und die Jagd passten trotzdem nicht zusammen, fanden wir. Aber damit standen wir allein auf weiter Flur. Die Erwachsenen waren so unlogisch und merkten es nicht mal!

„Dat fängt schon damit an, dat der dritte November jar nich' dem sein Jeburtstag is'", sagte Winnie.

„Nich' mal dem sein Todestag", ergänzte ich. „Gestorben is' der nämlich am dreißigsten Mai." Das konnte selbst Tante Pia nicht leugnen, die uns zunächst vehement widersprach, bis sie feststellte, dass wir bei unserer sorgfältigen Recherche ihr großes Heiligenlexikon zu Rate gezogen hatten.

„An diesem Tag wurden seine Reliquien erhoben", las sie verwundert in ihrem eigenen Buch. Was genau das bedeutete, wusste sie auch nicht. Hatte man seine Knochen an diesem Tag ausgegraben? Oder hochgehalten und gesegnet? Opa Südstraße vermutete, dass Hubertus an diesem Tag heiliggesprochen worden war, und kam der Wahrheit damit wahrscheinlich am nächsten.

Eigentlich hieß er Hubertus von Lüttich, wurde aber auch „der Heilige aus dem Wald" und „Apostel der Ardennen" genannt. Er lebte von 655 bis 727 und lenkte sich nach dem frühen Tod seiner Frau offenbar erfolgreich damit ab, dass er in Wäldern umherstreifte und wie verrückt jagte. Eines Tages, laut Tante Pias Buch war es Karfreitag, begegnete er unverhofft einem wunderschönen weißen Hirsch und legte begeistert an, um ihn zu töten. Genau in diesem Moment erschien ein großes leuchtendes Kreuz zwischen den Geweihstangen. Jetzt ging Winnie und mir ein Licht auf. Deshalb also war auf den Jägermeisterflaschen ein Hirsch mit einem Kreuz zwischen den Geweihsprossen abgebildet! Hubertus ließ erschrocken die Waffe sinken, leider wurde nicht erwähnt, ob es eine Armbrust oder ein Bogen war, ein Gewehr konnte er ja wohl damals noch nicht gehabt haben, und fiel demütig auf die Knie. Daraufhin ertönte eine laute Stimme, die ihm befahl, sein ausschweifendes Leben sofort aufzugeben und sich Gott zuzuwenden. Auch wieder so eine Ungereimtheit.

„Wieso war dem sein Leben denn ausschweifend?", fragten wir. „Der is' doch bloß im Wald rumjeritten un' hat jejagt, oder?" Möglicherweise war das Schweifen wörtlich zu verstehen? Er war schließlich in den Wäldern weit herumgekommen. Auch mit dieser Frage zeigte sich Tante Pia überfordert. „Wat ihr all weete wollt!", stöhnte sie. Diesen Satz kannten wir zu Genüge. Wir waren lästige Kinder, die den Erwachsenen lauter Löcher in die Bäuche fragten. Dabei sagten sie doch selbst dauernd Sätze wie „Wer viel fragt, kriegt viel Antwort." Leider gab es auch die Variante „Wer dumm fragt, bekommt auch dumme Antworten." Wahrscheinlich waren sie nur sauer, weil sie selbst so viele Dinge nicht wussten. Doch die größte Ungereimtheit kam noch!

Als Hubertus hochschaute, war der weiße Hirsch verschwunden. Vielleicht war es ja nur eine Halluzination gewesen? Dieser Gedanke kam ihm offenbar nicht, denn er gab auf der Stelle sämtliche Ämter auf und wurde zuerst Eremit, dann Priester und zum Schluss Bischof. Somit verschonte er nicht nur den schönen Hirsch, er hörte sogar komplett auf zu jagen. Aber wieso wurde dann ausgerechnet er der Schutzpatron der Jäger? Er war doch ein Feind der Jagd! Und wieso wurden ausgerechnet an seinem Festtag unzählige unschuldige Tiere umgebracht? Wieder zwei Fragen, die keiner beantworten konnte. Hubertus gilt übrigens auch als der Schutzpatron der Hunde. Früher glaubte man sogar, dass das Brot, das an seinem Tag gesegnet wurde, Hunde vor Tollwut schützen würde. Damals gab es offenbar noch keine Impfungen.

Wer an Papas Hundeproblem die Schuld trug, war sonnenklar. „Hättest du damals nur mehr Wert auf die Papiere gelegt", schimpfte Vater. „Du bist einfach viel zu leichtgläubig!" Doch damit kam er nicht weit.

„Das hat man davon, wenn man seinem Mann eine Freude machen will!", verteidigte sich Mutter ärgerlich. „Du kannst ihn ja zurückbringen, wenn der arme Cito dir nicht schön genug ist!" Der braune Zankapfel saß derweil freundlich wedelnd auf dem Wohnzimmerteppich. Ihm war seine Farbe wurscht. Nana und mir auch. Citos Hundeherz war riesengroß, er liebte seine Menschen, und man konnte ihm einfach nicht böse sein, auch wenn er noch so viele Gegenstände kaputt wedelte und beim Kopfschütteln große Speichelfetzen gegen Kleidung, Wand, Sessel und Sofa schleuderte. Er hatte wirklich etliche Macken. Bei Schnee verwandelte er sich in einen unterirdischen Schneepflug, bei Festen sprang er begeistert Gäste an und warf sie mit der Wucht seines starken Hundekörpers rückwärts aufs Sofa, doch er reichte einem sofort entschuldigend die Pfote, wenn er fürchtete, etwas falsch gemacht zu haben. Er verschleppte Vaters Schlüsselbund, zerbiss Nanas Socken, löcherte mit den Zähnen meine Taschenbücher, pinkelte vor Freude sofort los, wenn er Winnie sah, und versteckte Mutters Handschuhe. Zudem war er ein Vielfraß. Er brauchte exakt zwölf Sekunden, um seinen Napf zu leeren, hatte einen Magen wie ein Spülstein und verschlang Spültücher, Kieselsteine, Schrauben und Nägel, ohne dass es ihm etwas auszumachen schien. Außerdem konnte er Gedanken lesen und knurrte Menschen, die wir nicht mochten, wütend an. Mottes Agathe war felsenfest davon überzeugt, dass wir eigens ihn gegen sie abgerichtet hätten. Was wirklich nicht der Wahrheit entsprach! Wir mussten ihr dauernd Gladiolen und Äpfel bringen, um sie einigermaßen gnädig zu stimmen. Winnie und ich nahmen Cito häufig mit an die Niers, damit er sich auf den menschenleeren Wegen richtig austoben konnte. Danach war er sehr manierlich und lief sogar brav neben unseren Rädern her, was bei ihm längst nicht selbstverständlich war. Geschickt arbeitete sich der übergroße braune Münsterländer bereits im Welpenalter durch jämmerliches Jaulen, das bald in ohrenbetäubendes Sirengeheul überging, von seinem vorgesehenen Schlafplatz im Keller bis ins Wohnzimmer vor, wo er bis an sein Lebensende schlief. Mitten auf dem streng verbotenen Sofa. Er hatte einfach die stärkeren Nerven. Irgendwann gaben meine Eltern auf und legten ihm freiwillig die Hundedecke dorthin. Sein absoluter Lieblingsplatz war jedoch ein ganz anderer. Sobald Vater auf seinem Sessel saß, bestieg Cito freudig wedelnd seinen Schoß. Dass man das Herrchen hinter dem Hund danach kaum noch sehen konnte, störte niemanden. Selbst daran, dass Cito bei Fernsehsendungen, in denen Schlagersänger, Karnevalsgruppen oder Chöre auftraten, mitheulte wie ein Wolf, gewöhnten wir uns mit der Zeit. Seine jährlichen Highlights waren Rosenmontag und der *Eurovision Song Contest*. An diesen Tagen landete er doch noch im Keller. Sein Lieblingssänger war Heintje. Sobald er ihn sah, versuchte er in den Fernsehapparat zu kriechen, um ihm noch näher zu sein. Leider lernte er ihn niemals persönlich kennen. Es wäre eine interessante Begegnung geworden. Für beide.

Es gab etliche Veränderungen, an die wir uns als Katzenmenschen erst gewöhnen mussten. Nicht nur bei Regen und feuchter Witterung roch es jetzt im Haus und im Auto auffallend nach Hund. Möbel und Autositze waren stark verhaart. Wer auf dem Sofa oder im Auto gesessen hatte, musste ausgiebig mit der Kleiderbürste oder Fusselrolle bearbeitet werden. Als sich Tante Katrinchen, die eine Vorliebe für helle Farben hatte, weil dunkle Kleidung alt machte, einmal unsensibel in diese Richtung äußerte, zog sie sich sofort den Zorn meiner Eltern zu. „Unser Cito stinkt nicht!", protestierten sie empört.

„Und haaren tut er auch nicht!" Am lautesten verwahrte sich Tante Finchen. „Op dem Hongk lot ich neks kome!", verkündete sie.

Citos Name war lateinisch und bedeutete „schnell". Vater hatte eine Schwäche für lateinische Namen. Doch es gab noch eine zweite Bedeutung, die sich erst erschloss, wenn man den Namen nach dem Gehör schrieb: Zieh-to. Cito zog, was das Zeug hielt, und jeder, der mit ihm spazieren ging, litt unter seinem ausgeprägten Zugzwang. Oft sah man ihn mit einem seiner Menschen im Schlepptau durchs Feld oder über die Straße hecheln. Wer mit ihm Gassi ging, musste die Leine mit beiden Händen festhalten und sein ganzes Gewicht einsetzen. Mit Cito *ging* man nicht spazieren. Man *rannte*. Wir warteten nur darauf, abzuheben und wie ein Flugdrache in die Luft zu steigen. Um ihm diese Unart abzugewöhnen, wurde Cito ein Stachelhalsband um den Hals gebunden, doch auch davon ließ er sich nicht beirren und zog begeistert keuchend weiter. Er zog auch Fahrräder, Kinderwagen, Rollschuhfahrer und Schlitten. Wir vermuteten, dass möglicherweise auch Huskys oder Schlittenhunde zu seinen Vorfahren zählten oder dass er in einem früheren Leben ein Kutschpferd gewesen war.

Citos schlimmste Unart bestand darin, dass er bei jeder Gelegenheit intensiv anschlug. Das musste der „kräftige Spurlaut" sein, von dem im Rassestandard die Rede war, doch das ging uns erst auf, als es längst zu spät war. Citos Bellen war in der ganzen Siedlung zu hören und wurde von unseren Nachbarn nicht geschätzt. Dummerweise gab es in Kattendonk keine Hundeschule, sonst hätte man vielleicht rechtzeitig korrigierend eingreifen können. Vater beschloss, den Rat anderer Waidmänner einzuholen, die ähnliche Probleme mit ihren Vierbeinern gehabt hatten. Man empfahl ihm eine renommierte Hundeschule in Krefeld, in der man bisher noch jedem Hund durch Einzeltherapie das Bellen abgewöhnt hatte.

Die Behandlung war erschreckend teuer, und Hund und Menschen mussten dazu zwingend eine Weile getrennt werden. Aus Rücksicht auf die empfindsame Hundepsyche waren menschliche Besuche verboten. Aber es musste nun mal sein.

Cito jaulte beim Abschied so steinerweichend, dass Nana und ich in Tränen ausbrachen, weil uns der arme Hund so leidtat. Vater sprach während der Heimfahrt kein Wort. Er räusperte sich nur im Zehnminutentakt, als hätte er eine Riesenkröte im Hals. In den folgenden zwei Wochen rief er jeden Tag morgens und abends in Krefeld an, um sich nach etwaigen Fortschritten zu erkundigen, doch es gab nicht viel zu berichten. Man müsse Geduld haben, sagte der Belltherapeut ausweichend. Cito schien ein besonders schwerer Fall zu sein. Endlich kam die ersehnte Meldung: „Ihr Hund ist jetzt soweit. Sie können ihn morgen abholen." Nana und ich fuhren mit.

Das struppige Etwas, das aufgeregt in Citos Zwinger hin und her raste, bellte tatsächlich nicht. Es wedelte zwar heftig mit dem Schwanz und setzte auch mehrfach zum Gebell an, doch zu vernehmen war nur ein leises trockenes Husten. Unser vierbeiniger Freund hatte sich äußerlich stark verändert. „Is' *dat* wirklich unser Cito?", fragte ich ungläubig, als der Belltherapeut die Zwingertür aufschloss. Doch an der Identität unseres Gegenübers bestand gar kein Zweifel, denn das schafartige Wesen mit dem ausgebleichten Zottelpelz sprang uns begeistert an, leckte unsere Gesichter und Hände klatschnass und wusste sich vor Wiedersehensfreude kaum zu lassen. Es zerrte uns auch gleich mit der gewohnten Zugkraft zum Auto und sprang überglücklich mit einem Riesensatz auf die Rückbank, wo die vertraute Decke schon wartete.

Das gewünschte Therapieziel war erreicht: Der Hund bellte nicht mehr. Dazu war er gar nicht mehr in der Lage. Aber jetzt machten wir uns Sorgen um seine Gesundheit, denn der arme Kerl hatte offenbar seine Stimme komplett verloren und gab selbst in den klassischsten Kläffsituationen nur noch armselige Krächz- und Würgelaute von sich. „Schwere Kehlkopfentzündung", diagnostizierte unsere Mutter, die Spezialistin für Krankheiten aller Art war und gleich mehrere dicke Wälzer über Halskrankheiten besaß. „Dagegen hilft am besten Hühnersuppe." Mit viel zartem Hühnchenfleisch, sorgfältig vom Knochen abgelöst, damit dem Ärmsten nicht auch noch ein Knochen im Hals steckenblieb, und lauwarm serviert. Tante Finchen schwor bei Heiserkeit auf Fenchelhonig, den sie auch gleich in großen Mengen anschleppte. Der bedauernswerte Hundepatient nahm alles stumm und dankbar an. Die doppelte Fürsorge verfehlte ihre Wirkung nicht, und bald war Citos Spurlaut wieder genau so laut und durchdringend wie vor der Therapie. Egal. Das Geld hatten wir zum Fenster rausgeworfen, aber wir waren glücklich. Vor allem Cito.

Der Waidmann und sein brauner Münsterländer gingen noch viele Jahre lang gemeinsam zur Jagd. Dass Cito gelegentlich der Versuchung erlag, seine Beute zu knautschen, wurde gnädig übersehen, genau wie die Tatsache, dass er ab und zu außer Kontrolle geriet. Das passierte anderen Hunden schließlich auch, besonders zu Beginn der neuen Jagdsaison, wenn sie geschlossen den Hasen und Füchsen hinterherjagten und ihnen sämtliche Herrchen schnurzegal waren. Hunde sind eben Rudeltiere und jagen am liebsten im Verband.

Inzwischen ist Cito längst im Hundehimmel, doch ganz verschwunden ist er nicht. Wenn man im Wohnzimmer meines Elternhauses auf dem Sofa sitzt und blinzelt, sieht man ihn entspannt vor der Heizung liegen oder gemütlich auf Herrchens Schoß thronen. Auch in meinen Träumen rast er oft genug freudig hechelnd durch die Felder und zieht mich als luftigen Flugdrachen hinter sich her. Ein erhebendes Gefühl, das ich nicht missen möchte.

Mokassins und Adlerfedern

Das Jahr, in dem wir den Indianermann zum ersten Mal trafen, klingt in meiner Erinnerung wie die Bee Gees, Peter Alexander, Udo Jürgens, Tom Jones, Cliff Richards und bedauerlicherweise auch wie Heintje und brachte die Hits *Words, Der letzte Walzer, Mathilda, Delilah, Congratulations, Mama* und *Heidschibumbeidschi*. Bei den letzten beiden Liedern wurde Winnie und mir sofort übel, besonders wenn unsere Verwandten mit verzückten Gesichtern dasaßen und andächtig lauschten. Es war außerdem das Jahr der internationalen Jugend- und Protestbewegung. In Deutschland wurde die Mehrwertsteuer eingeführt, in Südvietnam fand das Massaker von My Lai statt, Alexander Dubcek wurde Erster Sekretär der Kommunistischen Partei in der Tschechoslowakei, Rita demonstrierte, was das Zeug hielt, in Aachen begann der Contergan-Prozess, Martin Luther King, Rudi Dutschke und Robert Kennedy wurden erschossen, Andreas Baader und Gudrun Ensslin verübten einen Anschlag auf ein Warenhaus, und Richard Nixon wurde der 37. Präsident der Vereinigten Staaten. Jacqueline Kennedy heiratete Aristoteles Onassis, die gefährliche Hongkong-Grippe forderte fast eine Million Menschenleben, und in den Kinos lief *Zur Sache Schätzchen* mit Uschi Glas. Allerdings leider nicht in Kattendonk.

Zu Winnies Geburtstag hatte sich Rita eine ganz besondere Überraschung ausgedacht. Dazu mussten wir zu ihr nach Köln fahren. Wir waren ziemlich aufgeregt und hatten genaue Anweisungen, wo wir auszusteigen hatten. Herr Klaarenbom brachte uns bis nach Kempen, denn dort befand sich der nächste Bahnhof, und wir fuhren zum ersten Mal ganz allein nach Köln. Der Zug hielt ungefähr eine halbe Stunde lang in

Krefeld, doch wir konnten ruhig sitzen bleiben, während die gemütliche Lok gegen eine schnellere ausgetauscht wurde, die uns in Windeseile zum Kölner Hauptbahnhof brachte. Der Bahnhof war riesig und lag genau neben dem Dom, den Rita uns bei dieser Gelegenheit im Schnelldurchgang vorführte. Der Dom war eindrucksvoll, die langen Säulen sahen aus wie ein steinerner Wald, und es war empfindlich kühl. Rita wollte uns immer noch nicht verraten, was sie mit uns vorhatte. Nach der Domtour lud sie uns in ihren Käfer, der in einem riesigen Parkhaus wartete, und fuhr nicht etwa wie erhofft zu ihrem verruchten Studentenheim mit den Kommunisten und Gammlern, sondern immer weiter stadtauswärts auf einer langen schnurgeraden Straße, die angeblich eine alte Römerstraße war und an einem riesigen Friedhof vorbeiführte, auf dessen Gelände im Mittelalter die Pestkranken gelebt hatten. Der Melatenfriedhof sah aus wie ein Park und war umgeben von einer hohen Mauer.

„Fahren wir denn nich' zu dir?", fragte Winnie erstaunt. Rita schüttelte den Kopf.

„Nee, ich muss gleich in meine Vorlesung und dann noch zu 'ner Demo. Ich fahr' euch jetzt in den Wilden Westen von Köln!"

„Heißt dat echt so? Jibt et da wat Besonderes?", erkundigte sich Winnie.

„Dat wirste schon sehen", sagte Rita.

Wir kamen in einen Stadtteil, der Weiden hieß, obwohl dort weit und breit keine einzige Weide zu sehen war, und Rita bog direkt nach einer weißen Kirche rechts ab, fuhr eine Weile über ein mit Schlaglöchern übersätes Pflaster und hielt schließlich vor einem gepflegten Haus mit Vorgarten, Mauer und schmiedeeisernem Törchen. Nach Wildem Westen sah das ganz und gar nicht aus. „So, da wären wir", sagte sie. „Da geht ihr zwei Hübschen jetzt rein. Hier wohnt nämlich der Indianermann. Der weiß, dat ihr kommt, und Ihr könnt euch sein Museum in Ruhe ansehen und so viele Fragen stellen, wie ihr wollt." Winnie war platt.

„Is' dat etwa der mit den Fijuren, von dem du uns erzählt has'?", fragte sie. Rita nickte. „Jenau. In vier Stunden hol ich euch hier wieder ab, und dann jehn wir wat essen." Wir stiegen aus dem Wagen und Rita fuhr weg. Etwas mulmig war uns schon zumute. Wir öffneten vorsichtig das Törchen und stiegen die Eingangstreppe hinauf. „Passt ja jut", sagte Winnie. „Dat der ausjerechnet im Wilden Westen von Köln sein Museum hat."

Von außen sah man dem Haus nicht an, welche Schätze es beherbergte. Der Name auf dem Schildchen klang holländisch, und der Indianermann, der uns schon an der Tür begrüßte, bevor wir auf den Klingelknopf gedrückt hatten, sah kein bisschen aus wie ein Indianer, sondern eher wie Buffalo Bill, hatte aber nicht ganz so lange Haare. Seine Augen waren sehr blau, er trug eine schwarze Lederweste und sprach langsam und gewählt. Er kannte unsere Namen, erkundigte sich nach Rita und erzählte uns, dass er sie bei einem seiner Dia-Vorträge über die USA kennen gelernt hatte. Zuerst waren wir verlegen und wussten nicht so recht, was wir sagen sollten. Vor allem ich. Aber Winnies Temperament siegte bereits in dem Moment, als wir den geräumigen Flur betraten. Sie blieb wie angewurzelt stehen und starrte auf eine Wandnische, in der eine merkwürdig aussehenden Maske mit dicken Lippen und langen Strubbelhaaren hing. Daneben befand sich eine zweite Maske mit schmalen Augen, breiter Nase und lippenlosem Mund. Darunter standen ein winziger Schlitten mit Hunden, ein tanzender Bär und ein Paar Schneeschuhe.

„Inuit!", rief Winnie. Der Indianermann staunte. „Du kennst dich ja bestens aus." Dass Inuit „Menschen" bedeutet, wusste sogar ich. Der Singular heißt Inuk. Winnie hatte es mir oft genug gesagt. „Dat rechte is' doch 'ne Schamanenmaske, oder?" Der Indianermann nickte. Winnie schaffte es immer wieder, mich zu überraschen. Woher wusste sie das? Stand das etwa alles in ihren Karl May Büchern?

An den Treppenhauswänden hingen bunte Umhänge, verzierte Gewänder und große Decken mit Zackenmustern in gedämpften Farben. Gewänder waren nicht gerade Winnies Spezialgebiet, doch im ersten Stockwerk gab es eine Vitrine, die wahre Wunder beherbergte. Indianerspielzeug! Winnie eilte sofort darauf zu. „Soll ich die mal für euch aufschließen?", fragte der Indianermann. Wir nickten. Er öffnete die Glastür und nahm eine steife Stoffpuppe mit einem aufgemalten Gesicht heraus. Sie wirkte alt und zerschlissen. Er reichte sie Winnie. „Die hat mir ein Lakota geschenkt. Und hier ist noch eine kleinere." Die zweite Puppe gab er mir. Sie fühlte sich hart und kühl an. Ich wagte kaum, sie zu halten. Wahrscheinlich kostete sie eine Million Mark, wenn er sie schon in einer Vitrine wegschloss. „Die könnt ihr ruhig anfassen. Die gehen nicht kaputt", beruhigte mich der Indianermann.

„Wir haben auch zwei Indianerpuppen!", sagte Winnie stolz. „Die hat uns der Opa von Marlies mal zu Weihnachten geschenkt. Ganz alte. Aber die ham keine Arme und sind in Decken eingewickelt." Opa hatte sie in Krefeld auf einem Antikmarkt entdeckt und sofort für uns gekauft. Sie gehörten zu unseren größten Schätzen. „Aha", sagte der Indianermann, führte uns in ein Zimmer voller Bücher, zog einen Bildband aus dem Regal und schlug ihn auf. Auf der rechten Seite waren lauter Puppen in Decken zu sehen. „Sehen die ungefähr so aus?", fragte er.

„Ja! Dat sind se!", rief Winnie verblüfft. „Jenau die!"

„Das sind Skookum Puppen", erklärte der Indianermann. „Die stammen aber nicht von den Indianern, sondern von einer Firma, die Äpfel verkaufte, und waren für Kunden oder

Touristen bestimmt. Aus welchem Material sind denn die Köpfe eurer Puppen?"

„Aus Jips oder so", sagte Winnie. „Kann aber auch wat anderes sein. Jedenfalls sind die ziemlich angekratzt."

„Dann sind sie schon alt", sagte der Indianermann. „Zuallererst waren die Köpfe aus Äpfeln, aber da Äpfel leider verfaulen, hat man bald angefangen, ein anderes Material zu benutzen. Danach waren sie aus Masse, später aus Plastik. Wisst ihr, was Masse ist?" Wir nickten, und ich dachte an meine Elastolin-Tiere. Masse war ein Gemisch aus Holzmehl und Leim.

Winnie überlegte. „Rita sacht, Sie haben auch selbstgemachte Figuren. Stimmt dat?" Der Mann lächelte und führte uns in einen großen Raum mit hohen Fenstern und langen weißen Gardinen. An den Wänden hingen Gemälde mit einsamen Gebäuden und viel Himmel. Ich fasste mir ein Herz und sagte endlich auch etwas, damit der Indianermann nicht etwa dachte, ich hätte meine Zunge verschluckt.

„Die Bilder sind aber schön. Sind die alle von Ihnen?" Tatsächlich. So tolle Bilder hatte ich noch nie gesehen. Bestimmt war er ein berühmter Maler! Danach fiel mir nichts Kluges mehr ein, deshalb hielt ich lieber den Mund und sah mir die Bilder genauer an. Auf einem war eine dunkle, vermummte Gestalt zu sehen, die auf einer Treppe stand und offenbar auf dem Weg zu der schwarzen Gondel war, die unten im Wasser lag. Sie sah aus wie *Belphegor*, der nächtliche Geist aus dem Louvre, den Juliette Greco in der gleichnamigen Serie spielte. Wir hatten alle dreizehn Folgen gesehen. Die meisten Gemälde waren irgendwie unheimlich und schienen ihre eigenen Geschichten zu erzählen, nur dass sie bestimmt noch niemand aufgeschrieben hatte. Auf manchen Bildern sah man nur alte Türen oder Fenster, und das Holz wirkte so realistisch, dass man am liebsten mit den Fingern ausprobiert hätte, ob es wirklich nur Leinwand und nicht doch raues Holz war. Winnie hatte nur Augen für die vielen Figuren im Regal. Anfassen konnte man sie nicht, denn sie waren hinter Glas.

„Wann ham Sie denn angefangen, Indianersachen zu sammeln?"

„Ganz früh, schon als Kind. Zuerst hatte ich lauter Freunde bei mir, die außer mir keiner sah. Tiere. Meistens waren das Vögel. Vor allem Adler. Die habe ich dann aus Knetgummi nachgeformt. So wie Fingerpuppen. Und mit denen habe ich mich unterhalten. Ich war nämlich viel allein als Kind. Und auch viel krank. Später habe ich dann angefangen zu lesen." Da hatten der Indianermann und ich offenbar einiges gemeinsam.

„Bestimmt Karl May", vermutete Winnie. „Von dem hab' ich alles gelesen." Der Indianermann nickte. „Richtig. Und in den Trümmern von Köln haben wir dann Indianer gespielt. Köln war nach dem Krieg nämlich ein riesiger Abenteuerspielplatz. Überall Ruinen und Schuttberge, hinter denen man sich verstecken konnten. Unser Camp war die St. Mechternkirche." Die kannten wir nicht. Woher auch.

„Wir wollen nach dem Abitur auch nach Köln ziehen un' hier studieren", erklärte Winnie. „Der Opa von Marlies hat hier mal gewohnt. Aber danach emijrieren wir nach Amerika!"
„Das habe ich schon von deiner Schwester gehört", sagte der Indianermann.

Seine Indianer wohnten in einem Mini-Camp in einer Bücherwand, die bis zur Decke reichte und vollgestellt war mit Indianerbüchern. Die Indianer waren genauso groß wie meine Elastolin-Figuren, aber verblüffend naturgetreu und wunderschön angezogen. Sie waren in kleine bunte Decken gehüllt, trugen winzige Federhauben oder klitzekleine schwarze Hüte, hatten dunkle Haare und Gewänder aus echtem Stoff. Mütter trugen ihre Babys in Tragen auf dem Rücken, die Krieger hielten Miniaturwaffen und hatten Schmuck, der kleiner war als die kleinsten Stecknadeln. So was konnte man bestimmt nur mit einer Lupe herstellen! Wir bewunderten die bemalten Tipis, die hölzernen Gestelle zum Trocknen von Fischen und Tierfellen, die gefleckten Pferde mit echten Mähnen und Schweifen, die winzigen Knochen und Krallen. Wir hätten stundenlang einfach nur dastehen und alles anschauen können. Richtige Szenen waren hier aufgebaut, genau wie im Film. Winnie sah aus, als würde sie jeden Moment ausklinken. „Hamse die etwa echt alle selbs' jemacht?" Der Indianermann verriet uns sogar, woher er das Material für seine kleinen Figuren hatte. Die Knochen stammten aus dem Gewölle von Eulen, das er vorsichtig mit einer Pinzette zerteilt hatte, die Bärenklauen waren in Wirklichkeit die mit feinsten Werkzeugen gefeilten Krallenspitzen sehr kleiner Vogelarten. Es musste eine Wahnsinnsfrickelei gewesen sein, und unser Gastgeber gestand, dass er pro Indianer mindestens fünfzehn Stunden gebraucht habe. Wir bekamen Limonade und Chips und hörten gebannt zu, wie der Indianermann uns noch mehr aus seiner Kindheit erzählte. Köln hatte damals in Schutt und Asche gelegen, weil so viele Bomben auf die Stadt gefallen waren, und der kleine „Indianerjunge" war in den Steinbergen herumgeklettert und mit Pfeil und Bogen zwischen den Trümmerwällen umhergestreift, während die anderen Jungen Fußball spielten. Einmal hatte er auf einen roten Mercedes gezielt, weil er einen idealen Büffel abgab. Leider war der kleine Junge ein guter Schütze, traf den Büffel voll in die Flanke und machte eine fette Katsche in die Fahrertür. Der Fahrer sprang laut schimpfend aus seinem Büffel und verfolgte den Bogenschützen wütend durch die Trümmer, doch der rannte schnell wie der Wind in sein Versteck in der Krypta der St. Mechternkirche und wartete mucksmäuschenstill, bis sein Feind abgezogen war.

„Und der hat Sie echt nich' erwischt?", fragte Winnie.

„Nein, glücklicherweise nicht. Obwohl mein Kostüm so

bunt war, dass man es schon von weitem leuchten sah. Aber ich kannte das Trümmerfeld glücklicherweise wie meine Westentasche." Wir waren schwer beeindruckt.

„Haben Sie auch Federn?", fragte Winnie. Er grinste. Was für eine Frage! Natürlich hatte der Indianermann Federn! In allen Größen. Auch von ganz seltenen Vögeln, die unter Naturschutz standen. Er hatte sogar zwei große Schubladen voller Federn! In einer Vitrine im Nebenraum bewahrte er seine Federhauben auf, die er zum Teil selbst restauriert hatte. Dass man dafür jedes Mal eine Einfuhrgenehmigung vom Zoll brauchte, hätten wir nicht gedacht. Dass Federn bei Indianern eine ganze Menge ausdrücken konnten, wusste ich von Winnie. An ihnen konnte man ablesen, ob ein Krieger im Kampf verwundet worden war, ob und wie er seine Feinde getötet hatte und welche besonderen Heldentaten er vollbracht hatte. Nur ganz bestimmte, extrem mutige Menschen durften Federn tragen. An den Seiten und hinten an den Hauben hingen lange schmale Fellstücke. „Hermelin", sagte Winnie. Hier konnte sie endlich mit ihrem Wissen glänzen, und ich bewunderte sie aus vollstem Herzen.

Ich kann mich nicht mehr an alles erinnern, was uns der Indianermann an dem Tag zeigte und erzählte. Aber ich lernte ein neues Wort: *Potlatch*. *Potlatch* ist ein Fest, bei dem Geschenke ausgetauscht werden. Ich saß verlegen auf dem langen Sofa, während Winnie und der Indianermann sich unterhielten. Er holte immer mehr Bücher mit immer tolleren Bildern aus dem großen Regal und aus dem Nebenzimmer. Winnie redete wie ein Wasserfall, fast die ganze Zeit in schönstem Hochdeutsch, damit der Indianermann einen guten Eindruck von ihr bekam. Dann führte er uns in den zweiten Stock. Auch im oberen Flur schmückten Gewänder und Kleider die Wände, es gab Schneeschuhe, Mokassins in allen Größen, Glasperlenketten, noch mehr alte Puppen aus Leder oder Stoff, und oben im

Gästezimmer des Hauses stand eine lebensgroße Schaufensterpuppe, die haargenau wie ein Indianer aussah, aber merkwürdigerweise Hans-Willi hieß.

„So einen hätte ich auch gern", meinte Winnie. „Aber der müsste aussehen wie Pierre Brice." Ich sagte gar nichts. Ich war vor Ehrfurcht wie erstarrt und versuchte nur, mir so viel wie möglich einzuprägen, um Opa Südstraße alles berichten zu können. Es gab sogar ein Hochzeitsgewand, das einer Häuptlingstochter gehört hatte, und lange Friedenspfeifen. Der Indianermann hatte einfach alles: Bögen, Köcher mit Pfeilen, Blasrohre, runde befiederte Traumfänger und ein großes Sandbild, auf dem Vater Himmel und Mutter Erde dargestellt waren. Er hatte Brustplatten mit Perlen und Muscheln, Halsschmuck aus Knochenröhrchen mit Leder und Perlen, kunstvoll gewebte Decken, merkwürdige Löffel und bemalte Tongefäße. Es gab so viel zu sehen, dass ich Angst bekam, mir würden die Augen aus dem Kopf fallen. Es war ein bisschen wie im Museum und wie in der Schule, aber auch wie in einem Film, in den man rein zufällig geraten ist, ohne seine Rolle zu kennen. Zum Schluss sprachen wir noch über Wölfe, und ich konnte endlich mitreden. Die Zeit verging so schnell, dass wir völlig überrascht waren, als Rita plötzlich vor der Tür stand und uns abholen wollte. Es fühlte sich an, als kämen wir aus einer anderen Welt. Rita war bester Laune, hatte aber keine Lust reinzukommen, denn sie machte sich nicht viel aus Indianern und dachte wohl, wir wären dem Indianermann schon genug auf den Keks gegangen. Aber so wirkte er ganz und gar nicht. Vielleicht merkte er ja, dass Winnie in Wirklichkeit eine Lakota war, die nur durch einen dummen Zufall bei der Wiedergeburt bei Klaarenboms in Kattendonk gelandet war.

„Bis zum nächsten Mal", sagte er freundlich und schenkte uns zwei echte Steinadlerfedern. „Ihr könnt jederzeit gern wiederkommen!"

„Is' jebongt!", rief Winnie begeistert. Wir winkten ihm aus Ritas Auto zu, bis wir ihn nicht mehr sehen konnten. Mir schwirrte der Kopf vor Mokassins, Federn und Indianerfiguren.

„Na, hat et Spaß jemacht beim Indianermann?", fragte Rita. Was für eine Frage. Wir wären am liebsten sofort bei ihm eingezogen!

„Dat war der allerbeste Jeburtstag meines Lebens!", beteuerte Winnie.

„Na, dann isset ja jut", sagte Rita und zupfte sich ihre Krüsellocken zurecht. „Dat war schließlich auch der Sinn der Übung."

Danach gingen wir in ein Restaurant, bestaunten andächtig unsere Adlerfedern und aßen jede einen Riesenteller Nudeln mit Tomatensauce.

Amselangriff und Ringo Starr

Wahrscheinlich hätten wir auch ohne den legendären Trappersieg Ruhe vor Axel Brökskes gehabt, denn er hatte bald mehr als genug mit seiner Pubertät zu tun. Es erwischte ihn wirklich schwer. Während der letzten Jahre hatte er einen ziemlichen Schuss getan und überragte uns nun um Haupteslänge. Jetzt besaß er zwar weniger Sommersprossen, dafür aber Unmengen von Pickeln. Zeitweise sah er aus, als hätte er die Beulenpest. Unsere letzte feindliche Aktion gegen ihn fand an einem schwülen Sommertag statt. Uns war zu Ohren gekommen, dass er wiederholt herumposaunt hatte, Klosterschülerinnen wären dämlich, arrogant und eingebildet. Das schrie nach Satisfaktion!

Winnie hatte eine halbverweste Amsel an der Niers gefunden und mitgenommen. Ursprünglich wollten wir sie in unserer Wildtierecke im Garten begraben, änderten den Plan jedoch spontan und beschlossen, sie vorher noch kurz anderweitig einzusetzen. Winnie umwickelte die Füße des Ex-Singvogels mit Kordel, und als Axel sich mit seinem üblichen hämischen Grinsen zeigte, wirbelte sie gekonnt ihr Lasso herum, ließ genau im richtigen Moment los und schrie dabei: „Dat is für dich, du dämlicher Mopkopp! Kleiner Jruß von den einjebildeten Klosterschülerinnen!" Der Amselkadaver knallte Axel mitten ins Gesicht und löste sich dabei unschön in seine Einzelteile auf. Es war reichlich ekelhaft, selbst für unsere Verhältnisse. „Jetzt hat der Dödel echt einen anne Birne!", meinte Winnie. Axel sagte aber keinen Ton. Nicht mal zu seinen Eltern. Das hätte uns eigentlich zu denken geben müssen. Die Amselreste sammelten wir auf, was gar nicht so leicht war, und begruben sie. Vielleicht war der Vogel der zündende Funke, der unerwartet das Feuer in Axels Herzen entfachte? Wir werden es nie erfahren.

Seit einiger Zeit hatte Axel einen neuen Superhelden: Ringo Starr. Zum Geburtstag im August bekam er wie üblich genau das, was er sich gewünscht hatte. Diesmal war es ein Schlagzeug. Es war so riesig, dass es von einer Spedition angeliefert werden musste, und etliche Nachbarn sahen zu, wie es von schwitzenden Männern ins Haus geschleppt wurde. Wir auch. Herr Brökskes musste tonnenweise Geld haben. Offenbar brauchte sein Sohn das Instrument dringend zum Abreagieren. Immer wenn er sich daran austobte, was häufig der Fall war, litten sämtliche Nachbarn Höllenqualen. Doch niemand wagte sich zu beschweren, denn mit Herrn Brökskes war nicht zu spaßen. Er hatte uns alle in der Hand, denn jeder in der Siedlung hatte notgedrungen irgendeine Versicherung bei ihm abgeschlossen. „Wir sagen besser nichts", meinte sogar meine sonst so resolute Mutter. „Sonst verklagt der Kerl uns noch. Zuzutrauen wäre es ihm!" Zum engeren Freundeskreis von Herrn Brökskes zählten dummerweise zahlreiche Rechtsanwälte und ähnlich furchteinflößende Personen, die sofort aktiv wurden, wenn Herrn Brökskes etwas gegen den Strich ging. Schließlich wurde Mottes Agathe zur Unterhändlerin gewählt, weil sie am lautesten schimpfen konnte. Sie bewirkte immerhin, dass fortan die üblichen Ruhezeiten eingehalten wurden. Kaum hatten wir uns an den Krach gewöhnt, wünschte sich Axel eine E-Gitarre. Sie klang noch viel schlimmer als das Schlagzeug. Ich bekam davon schon beim dritten Jaulakkord stechende Kopfschmerzen.

Axel hatte sich inzwischen wie etliche *Jüngskes* im Dorf die Haare wachsen lassen und peilte offenbar eine möglichst große Ähnlichkeit zu den Pilzköpfen an, sah aber in unseren Augen alberner aus denn je. Pickelface hatte genau wie sein Vater hervorragende Beziehungen, ließ sich regelmäßig Zigaretten und wahrscheinlich auch Haschisch aus Holland besorgen und genoss bei der Dorfjugend einigen Respekt, weil er sein Qualmzeug an jeden, der es wollte, weiterverkaufte. Mit beträchtlichem Gewinn, versteht sich. Nur bei uns kam er damit nicht an. Wir fanden Rauchen unter unserer Würde und hätten höchstens eine Friedenspfeife von Pierre Brice oder einem echten Lakota akzeptiert. Von so einem wie Axel ließen wir uns nicht mal was *schenken*.

Irgendwann fiel uns auf, dass Axel nichts Schlechtes mehr über uns verbreitete und tiefrot wurde, wenn er uns erblickte. „Wat is' denn mit dem los?" wunderte sich Winnie. „Der tickt wohl nich' richtig!" „Der muss krank sein!", meinte ich. „Der scheint uns ja plötzlich zu *lieben*!" Möglicherweise hatten ihm die Drogen den letzten Rest von Verstand geraubt? „Meinste, dat war die Amsel?", sinnierte Winnie. „Vielleicht hab' ich die doch zu hart jeschmissen?" Wir merkten bald, dass Axels Zuneigung nicht uns beiden galt. Er wechselte nur die Farbe, wenn er Winnie sah, auf mich reagierte er nicht die Bohne. Offenbar hatte er endlich geschnallt, wie toll Winnie Klaarenbom war und dass er ihr nie das Wasser würde reichen können. „Ach, du Scheiße!", seufzte Winnie. „Auch dat noch! Jetz' ham wir keinen mehr, mit dem wer uns fetzen können." Eine äußerst traurige Entwicklung.

Postpubertär sah Axel bis auf die alberne Pilzkopffrisur gar nicht mal schlecht aus. Seine Klamotten waren stets der letzte Schrei, und er wurde von mehreren unserer Mitschülerinnen angeschmachtet. Vor allem von Klaudia! Als wir in der Tertia waren, lauerte er uns morgens im überfüllten Bus auf und versuchte mit allen Mitteln, Kontakt aufzunehmen, doch wir straften ihn nur mit eisiger Verachtung. Auf dem Mäuerchen vor der Kaplanei übersahen wir ihn und seine Kumpel geflissentlich, was gar nicht leicht war. Ab und zu trafen wir ihn sogar an der Ecke in der Nähe unserer Schule. Dort gab es einen kleinen Laden, in dem Frau Emmi mit ihrem Sohn wohnte. Bei ihr konnte man Süßigkeiten und Getränke kaufen und sich die Schulsorgen von der Seele reden. Aber nur, wenn Axel nicht in der Nähe war.

Nachdem an der Schule das Hosenverbot gefallen war, ging es Schlag auf Schlag. An der strengen Mädchenschule wurde bereits wenige Jahre später die Koedukation eingeführt. Inzwischen ist Niersbeck eine moderne Schule mit allen Vor- und Nachteilen. Die Eltern sind heute sicher fordernder als früher, die Schüler unmotivierter und schwieriger, und auch hier müssen immer häufiger Sozialarbeiter und Psychologen eingeschaltet werden, um familiäre Konflikte zu lösen. Im Kollegium gibt es keine Ordensschwestern mehr, und die Lehrer dort sind heute möglicherweise genauso gestresst und Burnout gefährdet wie ihre Kollegen an anderen Schulen. Niersbeck hat eine Schülerzeitung und eine Partnerschule, und außer Englisch, Französisch und Latein wird dort auch Italienisch, Chinesisch, Niederländisch und Russisch angeboten. Aber immer noch kein Griechisch. In besonderen Kursen kann man Manga- und Fantasyzeichnen lernen, und neben etlichen interessanten Sportarten wird sogar ein Kurs in Robotik angeboten. Uns hätten wohl am meisten die Zoo-AG und der Reitkurs gereizt. Mit ein paar richtigen Reitstunden wäre mir die peinliche Initiation auf dem Rücken von Butterblume sicher erspart geblieben.

Was modische Beinkleider betraf, hatten wir bald die freie Auswahl und entschieden uns mal für knallenge Cordröhren, dann wieder für Jeans mit so viel Schlag, dass man sie bei der Heimfahrt mit mehreren Hosenklammern bändigen musste, um nicht zu stürzen. Bei Hollandrädern mit den verdeckten Ketten waren Hosenbeine kein Problem, doch bei normalen Rädern konnten sie sich übel verheddern. Irgendwann waren unsere Jeans so hauteng, dass man sie nur liegend, springend oder mit fremder Hilfe anziehen konnte. Eine Person presste die Seiten des Reißverschlusses mit aller Kraft zusammen, die andere zog den Schieber hoch. Neue Jeans wurden in der Badewanne „eng gesessen", was ziemlich ungemütlich war, weil das Wasser natürlich immer kälter wurde. Wenn man genügend Scheuerpulver auf die Hose kippte und das weiße Zeug mit der Bürste oder mit den Händen sorgfältig einarbeitete, erhielt man einen passablen „washed out"-Look. Hände und Beine sahen danach allerdings schlimm aus und mussten mit viel Geduld wieder gesund gepflegt werden. Für meine empfindliche Haut kam diese Tortur daher nicht in Frage. Die Erwachsenen wurden nicht müde, uns vor den gesundheitlichen Folgen unserer Beinkleider zu warnen. Angeblich zirkulierte das Blut in engen Hosen nur ungenügend. „Nur jut, dat do kein Jüngsken bis'!", sagte Tante Finchen zu mir und warf Tante Pia einen vielsagenden Blick zu. Ich wusste wirklich nicht, was sie damit meinte.

Unsere Schulbücher stopften wir in geflochtene Weidenköfferchen mit Holzkeilverschlüssen. Sie waren so prall gefüllt, dass man sie kaum zubekam und wie ein übervolles Tablett vorsichtig auf beiden Händen tragen musste, denn an den Griffen konnte man sie nicht festhalten, weil sie sofort ausgerissen wären. Die Externen, die mit den Fahrrädern kamen, schnallten ihre Köfferchen mit Gummis auf die Gepäckträger. Bei Regen wurden sie mit Plastiktüten umwickelt, denn wasserdicht waren sie auch nicht. Ein ziemlicher Aufwand für ein unpraktisches modisches Accessoire.

Winnie war wie die meisten in der Klasse stolze Besitzerin einer Bundeswehrparka. Meine Mutter hielt davon erwartungsgemäß gar nichts und zwang mich in eine kaffeebraune Jacke „nach Parka-Art", mit der ich überall unangenehm auffiel. „Du willst doch wohl nicht rumlaufen wie Hinz und Kunz!", tadelte sie. Doch genau das wollte ich! Auch das berühmte rotschwarze Che-Guevara-Poster mit dem Schriftzug *Hasta la victoria siempre* kam bei uns nicht an die Wand. Es kam nicht mal ins Haus. Absolutes Mutterverbot. Winnie hatte es gut. Ihre Eltern waren durch Rita bereits hervorragend domestiziert. Rita bot uns auch großzügig ihre ausrangierten Sachen an, doch wir trugen lieber Hosen statt Batikkleider, Flatterröcke mit Psychedelic-Mustern und Blusen mit Schmetterlingsärmeln. Wir waren schließlich keine Hippies, sondern Lakota.

Kino-Helmut ließ uns nach wie vor umsonst in den Kinosaal, denn inzwischen gehörten wir offiziell „zur Familie". Als noch keiner wusste, dass die beiden „zusammen gingen", hatten wir Rita und ihn eine Weile mit unserem Wissen erpresst, doch jetzt war es ja kein Geheimnis mehr. Manchmal nahm er uns mit in den Vorführraum, was besonders spannend war, denn man konnte dabei genau beobachten, wer im Kinosaal mit wem knutschte. Wir sahen alle Filme mit Hansi Kraus. Wir brauchten die *Lausbubengeschichten* und sämtliche Fortsetzungen von *Die Lümmel von der ersten Bank* dringend zur Entspannung. Nur verbotene Filme wie *Easy Rider*, Oswald Kolles *Die Frau, das unbekannte Wesen* oder *Schulmädchenreport* blieben uns versagt. Doch das lag nicht unbedingt an Kino-Helmut. „Schweinkram" schaffte es einfach nie bis nach Kattendonk. Die Dorfbewohner hätten das Kino möglicherweise in Brand gesteckt, und Kino-Helmut war schließlich nicht lebensmüde.

Schwester Melusia

Unsere erste Deutschnonne hieß Schwester Melusia, drückte sich höchst gewählt aus, besaß eine auffallend kräftige Stimme, trug eine Eulenbrille und war schon älter. Außerdem war sie voluminös und imposant. Ihr Unterricht fand in einem besonderen Raum statt, daher durften wir bei ihr sitzen, wie wir wollten. Sofort war Winnie neben mir, und Schwester Melusia hatte den ersten Punkt bei uns gut. Dass sie Gedichte liebte, demonstrierte sie bereits in der ersten Doppelstunde, indem sie uns ihre Lieblingsverse vortrug. Offenbar kannte sie sämtliche Gedichte auswendig, die in unserem Lesebuch *Lebensgut* standen. Zuerst fanden wir es befremdlich, dass sie jede Silbe akzentuierte und ihre Stimme fast so dramatisch einsetzte wie eine Operndiva. Sie stellte sich vor uns hin, bewegte Arme und Hände wie ein Stummfilmstar und legte los.

Das erste Gedicht, das sie uns vortrug, war *Das Häslein* von Christian Morgenstern. „Un-term Schir-me, tief im Tann, hab ich heut ge-le-gen. Durch die Zwei-ge rann rei-cher Som-mer-reg-en." Dann begann sie zu flüstern und hob warnend den Finger an den Mund. „Sti-lle! Nicht ge-muckt! Mir zur Sei-te duckt sich ein jun-ger Has!" Wir wechselten unsichere Blicke. Offenbar hatten wir es mit einer Wahnsinnigen zu tun! Einige Mutige kicherten, was Schwester Melusias außerordentliches Missfallen erregte. Sie stoppte die Kichernden mit eisigem Blick, kniff drohend die Augen zusammen und fuhr mit ihrer Darbietung fort. Ähnliche Vorträge kannten wir bisher nur aus dem Kinderfunk. Da sah man die Sprecher nicht, aber möglicherweise fuchtelten sie ja auch wie verrückt vor dem Mikrophon herum? „Vielleicht wollte die früher mal Schauspielerin werden", raunte Winnie. „Oder Radiosprecherin!", raunte ich zurück. Schwester Melusia war inzwischen richtig in Fahrt, und ihre Stimme wurde immer lauter. „Um uns bei-de – tropf – tropf – tropf – traut ein-tö-nig Rau-schen. Auf dem Schirm-dach – klopf – klopf – klopf – Und wir lau-schen, lau-schen." Wollte sie uns veräppeln? Sie rezitierte ein Gedicht nach dem anderen und entließ uns völlig erschöpft in die große Pause. Keine von uns hatte auch nur ein einziges Wort gesagt! Nicht mal Klaudia Kamphuisen! Wir standen an den Getränkeautomaten, zogen uns heißen Kakao und waren ratlos. Nur gut, dass Winnie und ich eine Schwäche für Exzentriker hatten.

„Entweder die is' total durchjeknallt", sagte Winnie, „oder die liebt wirklich Jedichte. Aber nett isse. Un' irjenswie an-ders." „Ja, wat Besonderes", stimmte ich zu. Gedichte mochte ich sehr. Bisher allerdings vor allem Weihnachtsgedichte, in denen Markt und Straßen verlassen standen und Knecht Ruprecht von drauß' vom Walde her kam. Und natürlich die Reime von Wilhelm Busch.

Der Unterricht wurde richtig interessant, als Schwester Melusia uns ein Moorgedicht vortrug, das uns frappierend an die Roggenmuhme erinnerte, nach der wir vor einigen Jahren einen Sommer lang erfolglos in den Kattendonker Feldern gesucht hatten, um ihr den lästigen Brüllaffen anzudrehen und gegen einen richtig schönen Wechselbalg einzutauschen. Wir hatten uns große Mühe gemacht und sogar versucht, sie mit böswillig abgerissenen Kornblumen und Mohnblüten auf Gregors Kinderwagen anzulocken, weil sie das angeblich zornig machte. Doch die Roggenmuhme hatte sich trotzdem nicht gezeigt.

Schwester Melusia hob warnend die Hände, riss die Augen auf, bekam eine immer dunklere Stimme und klang fast wie ein Mann. „Ihr Kin-der, hal-tet euch bei Haus! Lauft ja nicht in das Bruch hin-aus; Seht, wie be-reits der Dorn er-graut, die Dros-sel ächzt zum Nest hin-aus, der Hei-de-mann braut!"

Vor der Roggenmuhme wurde man auf ganz ähnliche Weise gewarnt, denn sie war hochgefährlich und gab die Kinder, die einmal in ihre Gewalt geraten waren, nie wieder frei. Entweder sie wurden von ihr mit Haut und Haaren verschlungen oder so lange brutal gegen ihre eisernen Brüste gequetscht, bis sie tot waren. Der Heidemann schien ebenfalls ein Unhold zu sein, denn er brachte Feuer, Pest und teure Zeit. Schwester Melusia berichtete, dass es im Moor manchmal ganz von selbst zu brennen anfange und überall geheimnisvolle Irrlichter flackerten und unvorsichtige Menschen ins Verderben lockten. Wer sich verirrte, versank im weichen Torf und wurde zur Moorleiche. Das Moor war ein gefährliches Lebewesen, das die meiste Zeit zu schlafen schien wie ein alter Drache, doch wenn man genau lauschte, konnte man es in der Tiefe verräterisch glucksen und brodeln hören wie in Tante Pias Magen, wenn sie etwas nicht vertrug. Das Moor konnte kriechen, schlucken, zischen, leuchten und war überhaupt äußerst tödlich.

„Schade, dat et hier bei uns so jar kein Moor jibt", murmelte Winnie. „Bloß dat blöde kleine Bruch." Das braute nicht und war, soweit wir wussten, auch völlig ohne Leichen.

„Vielleicht fällt ja irgendwann mal wer rein un' versäuft", flüsterte ich zurück. „Dann ham wir in Kattondonk auch endlich 'ne echte Moorleiche."

„Meinste, die kennt die Roggenmuhme?", fragte Winnie. Ich zuckte mit den Achseln. Höchstwahrscheinlich. Offenbar kannte sie alles, was je in Reimform erschienen war. Winnie hielt es schließlich nicht mehr aus und zeigte sofort schnippend auf, als Schwester Melusia ihren Vortrag beendet hatte und dabei war, erschöpft auf ihren Stuhl zu sinken. Sie hatte eindeutig eine andere Reaktion auf ihre temperamentvolle Darbietung erwartet und reagierte entsprechend ungehalten. Sie erhob sich ächzend, trat näher und stellte sich in ihrer ganzen imposanten Gestalt vor unser Pult. Ihr großes silbernes

Kreuz baumelte dabei genau vor meiner Nase. „Ja bitte, was möchtest du wissen, Bärbel?", erkundigte sie sich und klang nicht besonders freundlich.

„Kennen Sie auch dat Jedicht von der Roggenmuhme?" Schwester Melusia blickte sie missbilligend an. „Mein liebes Kind", sagte sie dann mit strenger Stimme. „Befleißige dich bitte fortan einer anderen Sprache! So geht das nicht! Erstens heißt es *das* und nicht *dat* und zweitens *Gedicht* und nicht *Jedicht*. Das solltest du dir merken. Oder möchtest du etwa, dass jeder sofort hört, woher du kommst? Als Klosterschülerinnen solltet ihr so schnell wie möglich euren Dialekt ablegen und korrektes Hochdeutsch lernen! Hat euch das denn noch keiner gesagt?" Winnies Mundwinkel zuckten. Sie konnte sehr ungehalten werden, wenn man sie demütigte. Schwester Melusia schien den drohenden Gefühlsausbruch zu spüren. „Mit etwas Disziplin lernt man das schnell", fuhr sie etwas milder fort. Zu spät. Winnie war beleidigt. Man konnte ihr ansehen, dass sie sich gerade eine hundsgemeine Antwort ausdachte, die ihr bestimmt einen Eintrag im Klassenbuch bescheren würde. Vielleicht flog sie sogar wegen schwerer Nonnenlästerung von der Schule. Es war mäuschenstill in der Klasse. Ich starrte verlegen auf meine Finger und sah aus den Augenwinkeln, wie Schwester Melusia sich wieder nach vorn bewegte.

Kurz vor dem Pult drehte sie sich trotz ihrer Leibesfülle erstaunlich behände um, fixierte Winnie und sagte in unverkennbarem Kattendonker Tonfall: „Sal ich dich ens jät vertäle, Kengk? Ich verschton dich joot. Ich hab ooch ens jesproake we do. Ich bön mit Jriiersch Plod opjewose!" Winnie klappte der Unterkiefer runter vor Verblüffung. Und dann fing die strenge Schwester tatsächlich an zu trällern: „Mairäänger maak mich jrued, ich bön so klään wie nen Haanepuet!" Von diesem Moment an hatte sie unser Herz gewonnen. „Und was deine eigentliche Frage betrifft, Bärbel Klaarenbom, selbstverständlich kenne ich das Gedicht von der Roggenmuhme! Und ich freue mich, dass du es ebenfalls kennst."

Nach dem Unterricht winkte sie uns zu sich nach vorn. „Ihr beiden seid richtig gute Freundinnen, nicht wahr?" Wir nickten. „Und ihr findet Gefallen an gruseligen Gedichten?" Wir nickten wieder. „Irjenswie – irgendwie – schon", sagte Winnie. Hochdeutsch klang bei Winnie ganz schön affig, doch sie gab sich von nun an richtig Mühe. Besonders bei Schwester Melusia. „Dann habe ich eine ganz besondere Hausaufgabe für euch. Ihr sollt bis zur nächsten Stunde ein Gedicht lesen. Es steht in eurem Lesebuch, heißt Der *Knabe im Moor* und wurde geschrieben von der Dichterin Annette von Droste-Hülshoff." Was für ein bescheuerter Name. Ob die Schwester uns verarscht? Wir guckten in der Pause sofort nach. Annette von Droste-Hülshoff gab es tatsächlich. Und das Gedicht war wirklich unheimlich.

In der nächsten Stunde erklärte uns Schwester Melusia, was eine Ballade ist. Zuerst lasen wir den *Erlkönig*, und sie erzählte von Dämonen und Naturgeistern, bis uns eine fette Gänsehaut über den Rücken lief. Dann ließ sie Winnie und mich *Der Knabe im Moor* vorlesen, immer abwechselnd. Wir versuchten so zu lesen wie sie, aber es war sauschwer und man kam sich dabei komisch vor. Nur gut, dass die anderen zu eingeschüchtert waren, um zu lachen. „Oh schau-rig ists übers Moor zu gehn, wenn es wim-melt vom Hei-de-rauche, sich wie Phan-to-me die Düns-te drehn und die Ran-ke hä-kelt am Strau-che." „Un-ter je-dem Trit-te ein Quell-chen springt, und aus der Spal-te es zischt und singt, oh schau-rig ists übers Moor zu gehn, wenn das Röh-richt knis-tert im Hau-che!" Es gab darin alles, was unser Kinderherz begehrte, eine unheimlich nickende Föhre, einen gespenstischen Gräberknecht, ein irres Rind und eine unselige Spinnerin namens Spinnlenor. Wie der Weichspüler. Dazu gab es auch noch einen diebischen

Fiedler und eine verdammte Margret. Der ängstliche Knabe wäre fast im Moor versunken und entkam am Ende nur mit knapper Not. Wenn ihm zusätzlich auch noch der Erlkönig aufgelauert hätte, wäre er todsicher nicht mit dem Leben davon gekommen.

Wir waren so begeistert, dass wir Opa Südstraße davon berichteten. Er schien sich mit Mooren gut auszukennen, holte ein paar Bücher aus dem Regal und zeigte uns Bilder vom fleischfressenden Sonnentau und von kleinen Libellen, die Moosjungfern hießen. Er wusste Geschichten von Wollgras und Glockenheide und erklärte uns, dass die Haut von Moorleichen wie schwarzes Leder aussieht und die Haare durch chemische Reaktionen mit der Zeit rot werden. In einem Buch gab es ein Bild vom Tollund Mann, der aussah, als ob er schlief, und dessen Gesicht fast schwarz war. Sehr gruselig!

Opa Südstraße schenkte uns ein Buch mit Balladen, die wir uns gegenseitig auf unserem Steg vorlasen. Wir hatten die Niers inzwischen umgetauft in „Fluss der wandernden Nebel". Das klang indianischer. Besonders beeindruckt waren wir von Theodor Fontanes *Die Brück' am Tay*. Vor allem von den Hexen! Wir stellten uns nebeneinander und ließen unsere Stimmen weit über die Nierswiesen erschallen: „Tand, Tand ist das Gebilde aus Menschenhand!" Dann riefen wir abwechselnd: „Wann treffen wir zwei wieder zusamm?" „Um Mitternacht, am Bergeskamm!" „Auf dem hohen Moor!" „Am Erlenstamm!" Es war herrlich.

Bei Schwester Melusia lernten wir in den folgenden Schuljahren viele interessante Dinge. Wir schrieben Stimmungsbilder, in denen der Sturm die Pappeln zauste und schüttelte und wütend die Dächer von den Häusern riss, wir lasen *Das Stuttgarter Hutzelmännlein* und *Die Geschichte von der schönen Lau*. Wir erfuhren, dass es unzählige Dialekte gibt, und verstanden endlich, warum die Oedter anders sprachen als die Grefrather und Kattendonker. Oedter sagten „ei", wenn Kattendonker „au" sagten, „gesagt" hieß bei ihnen also „jeseit" statt wie bei uns „jesaut", was natürlich sehr viel schöner klang. Das kam daher, dass sie einst zu Köln gehört hatten, während Kattendonk und Grefrath zu Kleve gehörten. Die Niers bildete die Grenze. Es war offenbar eine sehr alte Feindschaft.

Bereits nach einem Halbjahr bei Schwester Melusia war die gesamte Klasse in der Lage, lupenreines Hochdeutsch zu sprechen und etliche Gedichte auswendig herzusagen. Später las Schwester Melusia mit uns *Aquis submersus* und *Immensee* von Theodor Storm und erzählte uns von der grauen Stadt am Meer. Zu Weihnachten lasen wir in einem Jahr Stifters *Bergkristall* und im nächsten *Das Tryptichon der heiligen drei Könige* von Felix Timmermanns. Vielleicht lag es an ihrer dramatischen Art, aber alles, was wir mit ihr lasen, hat sich mir unauslöschlich eingebrannt. Übrigens hatte sie einen ganz besonderen Fan: Opa Südstraße. Zunächst war er nur von ihrem Namen angetan, weil er ihn an Maeterlincks *Melisande* erinnerte, später ging er sogar mit zum Elternabend, um sie persönlich kennenzulernen und sich mit ihr über Storm zu unterhalten, der auch einer seiner Lieblingsdichter war.

Zu einigen Klassikern der Dichtkunst kursierten Spottverse, die wir gern zum Besten gaben, wenn wir allein am „Fluss der wandernden Nebel" saßen und weit und breit keine Ordensschwester zu sehen war. Einer brachte uns jedes Mal zum Kichern, vor allem wenn man vor dem letzten Wort eine kurze Kunstpause einlegte: „Ein Fischer saß am Meeresstrand und hielt 'ne Angel in der Hand. Er wollte angeln einen Barsch, das Wasser ging ihm bis zum – Knie!" Auch *Die Bürgschaft* von Schiller zogen wir durch den Kakao. „Was willst du mit dem Dolche? Sprich!" „Eerpelschäle, miir will ich nich'!" *Eerpel* war das Kattendonker Wort für Kartoffeln. Und den *Erlkönig*! „Wer reitet so spät durch Nacht und Gewitter? Et is der Vaader mit sinem Pitter. Er hält de Jong fest op de Schoß und denkt ‚Ich hoap, dem werd' ich bald los!'" Schoß konnte man leider nicht übersetzen, denn das hieß auf Platt *Schlöp*, und das reimte sich nun mal nicht.

Ihren Höhepunkt als Rezitatorin hatte Schwester Melusia, als sie uns mit *Herrn von Ribbeck auf Ribbeck im Havelland* bekannt machte. Bis heute höre ich beim Anblick von Birnen sofort ihre Stimme. „Und kam in Pan-tin-en ein Jun-ge da-her, so rief er „Junge, wiste 'ne Beer?" Den ersten Teil sprach sie lang und abgehackt, den zweiten kurz und gebunden. Keine Ahnung, warum. Damals fand ich es lästig, so viele Gedichten auswendig zu lernen. Was für ein innerer Schatz sie sind, habe ich erst als Erwachsene herausgefunden. Schwester Melusia hatte recht. „So lange es Gedichte gibt, ist man nie allein. Egal wie schlecht es euch geht, Mädchen, es wird immer ein Gedicht geben, das euch trösten kann."

Antike Chöre und Lesezeichen

In der Mittelstufe bekamen wir eine neue Deutschlehrerin, die dünne, kerzengerade, stocksteife Schwester Theosopha. Wir kannten sie bisher nur aus der Kapelle, wo wir tunlichst vermieden, in der Reihe unmittelbar vor ihr zu sitzen, da sie einem gnadenlos den Zeigefinger in den Rücken bohrte, sobald man nicht gerade saß, nicht andächtig genug wirkte, sich die Nase putzte oder gar leise flüsterte. Sie war das genaue Gegenteil von Schwester Melusia. Sie war mittleren Alters und bestand zur allgemeinen Verwunderung darauf, sogar im eiskalten Winter bei gekipptem Fenster zu sitzen. War das Fenster zu, begann sie gleich schrecklich zu schwitzen. Winnie sah mich vielsagend an. Tante Walburga war nicht allein. Selbst Nonnen ohne Mann, Hund, Kaffee und Zigaretten waren offenbar nicht gegen die fliegende Hitze gefeit!

Schwester Theosopha machte sich nicht die Bohne aus Lyrik. Ihr Spezialgebiet waren Dramen, insbesondere griechische Tragödien, daher gründete sie gleich eine Theater-AG, an der wir alle teilnehmen mussten. Sie hatte ein altsprachliches Gymnasium besucht und war daher des Altgriechischen mächtig. Wahrscheinlich trug sie deshalb auch einen griechischen Vornamen. Ob Nonnen sich ihre Namen selbst aussuchen durften? Wir verstanden zwar nicht, was antike Dramen im Deutschunterricht zu suchen hatten, doch als gehorsame Klosterschülerinnen fügten wir uns. Tante Pia wäre mit uns zufrieden gewesen! Sie war Schwester Theosopha ohnehin in vielerlei Hinsicht ähnlich. Schade, dass die beiden sich nie kennenlernten. Bei Schwester Theosopha beschäftigten wir uns intensiv mit Dramentheorie und fingen ganz vorn bei Aristoteles an. Leider. „Tragödien sollen den Zuschauer von Lastern und

Leidenschaften befreien und ihn durch Jammern und Schaudern reinigen", dozierte Schwester Theosopha. Als erstes lasen wir *Antigone* von Sophokles und lernten dabei, weit mehr als uns lieb war, über die Bedeutung des Chors in der antiken Tragödie. Ein Alptraum! Schwester Theosopha mutierte zur übermächtigen Theaterregisseurin. Sie teilte uns in dunkle und helle Stimmen auf und platzierte uns rechts und links vom Pult. Dann bestimmte sie eine Chorführerin, die oben aufs Lehrerpult klettern musste. Ihre Wahl fiel auf Winnie, weil ihre Stimme besonders gut trug. Unsere Lehrerin kannte den gesamten Text auswendig, so dass sie sich voll auf die suboptimale Darbietung ihrer Schülerinnen konzentrieren konnte. Ihr entging kein Wimpernzucken. Wir hätten lieber die *Ilias* oder die *Odyssee* gelesen. Darin kamen starke Frauen wie Athene, Penelope und Circe vor, und tapfere Helden wie Achill, Odysseus und Hektor. Ganz zu schweigen von den Zyklopen und Skylla und Charybdis. Schon nach wenigen Stunden hassten wir Antigone aus tiefster Seele. Das lag vor allem daran, dass wir den Einzug des Chors so lange üben mussten, bis er uns aus den Ohren herauskam. „Strahl der Sonne, so herrlich leuchtete nimmer zuvor dem siebentorigen Theben ein Morgen!", deklamierten wir gefühlte tausend Mal mit höchstem Pathos. Ich kann den Text auch nach über vierzig Jahren noch aufsagen. Aber nur äußerst ungern.

Winnie stand mit funkelnden Augen auf dem Pult, den rechten Arm mit ausgestrecktem Zeigefinger gen Himmel weisend, genau wie Schwester Theosopha es verlangte. Wir hielten krampfhaft unsere gelben Heftchen fest, während Winnie ihre Zeilen schmetterte und dabei mit der Rechten die Luft zerhackte. „Eros, keiner bezwingt dich im Kampf, Eros, jeder fällt dir zur Beute!" Schwester Theosopha verdrehte begeistert die Augen, bis man nur noch das Weiße sah. Eigentlich war Eros ein interessanter Gott. Er hatte etwas mit Liebeskunst zu tun, und dies war sein erster Auftritt in einem antiken Drama überhaupt, doch darüber verlor unsere Lehrerin kein Wort.

Antigone war schuld, dass Winnie und ich unsere erste Fünf in einer Deutschklassenarbeit bekamen, dabei hatten wir nur ehrlich unsere Meinung gesagt. Wir sollten einen Aufsatz über König Kreon schreiben und waren beide der festen Überzeugung, dass er ein schlechter Vater und unkluger Herrscher war. Seinetwegen mussten immerhin drei Menschen sterben: seine Gattin Eurydike, sein Sohn Haimon und seine Nichte Antigone. Haimon war wunderbar, seine Liebe zu Antigone war tausendmal stärker als seine Loyalität dem Vater und König gegenüber. Wie absolut romantisch! Bedauerlicherweise teilte Schwester Theosopha unsere Einschätzung keineswegs. Sie unterstrich unsere Ausführungen dick mit Rotstift und schrieb mit steiler Schrift ein uns unbekanntes Wort an den Rand: *Hybris*!! Mit zwei Ausrufezeichen. Das konnte nur Schreckliches sein. Wir hielten die Katastrophe vorsichtshalber vor unseren Eltern geheim und zeigten die verhauene Arbeit nur Opa Südstraße. Selbst das war höllenpeinlich. Opa schaute sie an und lächelte mild. Dann erklärte er uns, dass *Hybris* „Überheblichkeit, Anmaßung, Hochmut" heißt, und schüttelte verwundert den Kopf, als er den ellenlangen Sermon las, mit dem Schwester Theosopha ihre niederschmetternde Note begründete.

„Dat hältste im Kopf nich' aus!", sagte Winnie. „Die tickt doch nich' sauber! Wir ham doch bloß die Wahrheit jeschrieben!" Opa hob beschwichtigend die Hände, und Oma bot an, uns Kakao zu machen. Kakao war immer gut. Besonders, wenn man stinksauer und total verzweifelt war.

„Wat sollen wir denn jetzt machen?", jammerte ich. „Ich hab' keine Lust, bloß wegen dem Kreon pappen zu bleiben. Ich kann den nich' ausstehen. Dat kann ruhig jeder wissen!"

„Ein vertrackter Fall", meinte Opa und putzte sich die Brille. „Jeder Lehrer hat seinen eigenen Stil und seine persönlichen Vorlieben. Eure Deutschlehrerin scheint Tragödien zu lieben. An sich nichts Schlimmes, auch wenn sie auf mich, nun ja, ein wenig humorlos wirkt."

„Und wenn wir jetzt bloß noch Fünfen bei der kriegen? Ich hab' doch auch schon in Mathe 'ne Fünf!" Langsam geriet ich wirklich in Panik.

Opa rieb sich das Kinn und sah plötzlich aus, als sei ihm ein Gedankenblitz gekommen. „Stellt euch einfach mal vor, Schwester Theosopha wäre Tante Pia, und ihr wolltet sie milde stimmen. Wie würdet ihr das Problem in diesem Fall angehen?"

„Nur noch dat sagen, wat se hören will", meinte Winnie, „und bei allem anderen dat Maul halten."

„Genau", sagte Opa. „Manchmal ist es klug, den Weg des geringsten Widerstandes zu gehen, um seine Haut zu retten, oder in eurem Fall, seine Note. Auch wenn es schwer fällt."

„So ähnlich wie ,Der Klügere gibt nach'?", erkundigte ich mich.

„Ja. Aber lasst euch dadurch nicht verbiegen! Das ist nur eine Ausnahme, weil es nicht anders geht. Denken dürft und müsst ihr sogar weiterhin, was ihr wollt."

Wir hatten das Gefühl, gerade etwas wirklich Wichtiges gelernt zu haben. Oma brachte den Kakao, und wir stärkten uns erst mal mit einem ordentlichen Schluck.

„Meinst du denn, die merkt dat nich'?", fragte ich.

„Ich würde mal davon ausgehen", sagte Opa, „dazu ist sie viel zu sehr mit ihren antiken Tragödien beschäftigt."

„Die Jedanken si-hind frei, wer kann sie erraten", sang Oma fröhlich. „Sie fliegen vo-hor-bei wie nächtliche Schatten." „Kein Mensch kann sie wissen, kein Jäger erschießen, wir bleiben dabei, die Geda-han-ken sind frei", sangen wir alle zusammen. „Dein Opa is' einsame Spitze!", sagte Winnie auf dem Nachhauseweg.

Opa Südstraße gab uns auch den Tipp, die Geschichte bei Schwab nachzulesen. Es funktionierte. Ich las mich sofort fest, verbrachte den halben Abend mit dem armen geblendeten Ödipus und machte mir Gedanken über die ungerechten Götter. Mir war gar nicht bewusst gewesen, dass Antigone die Tochter von Ödipus war! Und was für eine Tochter! Sie wich auch nach den schlimmsten Schicksalsschlägen nicht von seiner Seite und sorgte sogar noch für ihn, als er blind und hilflos durchs Land irrte. Nicht mal an den Pforten der Unterwelt verließ sie ihn. Eigentlich war sie eine tolle Frau! Aber ohne Schwab hätten wir es nie zu würdigen gewusst.

Direkt im Anschluss ließ Schwester Theosopha uns auch noch *Antigone* von Jean Anouilh lesen. Aus irgendeinem Grund schien sie sich mit dieser Heldin zu identifizieren. Möglicherweise hatte sie einen blinden Vater gehabt? Zum Schluss studierte sie noch eine weitere griechische Tragödie mit uns ein. *Die Perser* von Aischylos. Wieder war ich im Chor und musste diesmal sogar aus Leibeskräften „Weh, weh, weh, weh!", „Ai! Ai! Ai!" und „Otototoi!" rufen. Es war kein bisschen lustig, auch wenn Opa und Oma Südstraße sich vor Lachen kringelten, wenn ich ihnen meinen Text vortrug. Schwester Theosopha war extrem schwer zufrieden zu stellen. Doch wenn der Chor „Otototoi" donnerte, griff sie sich ans Herz und verdrehte so verzückt die Augen, dass wir fürchteten, sie würde jeden Moment umkippen.

Doch Schwester Theosopha brachte uns auch einige wichtige Begriffe bei. So lernten wir, was ein *tragischer Konflikt* ist: Man kann tun, was man will, man macht doch immer das Falsche. *Katharsis* ist die Reinigung und Läuterung des Zuschauers durch das Erleben von Mitleid und Furcht. Doch am einprägsamsten war *Kairos*, der schicksalhafte Augenblick, der einem nur ganz, ganz selten im Leben begegnet. Schwester Theosopha zeigte uns sogar eine Darstellung des gleichnamigen Gottes. Sein Schädel ist hinten haarlos und weist vorn eine riesige Stirnlocke auf. „Man muss sein Glück genau im richtigen Moment beim Schopfe packen", erklärte sie. „Sonst ist es für alle Zeiten dahin!" Zudem lernten wir in ihrem Unterricht am eigenen Leibe, was *stoisch* bedeutet: demütige Ergebenheit in das über einen verhängte Schicksal. In den folgenden Klassenarbeiten versuchten wir mühsam, bei der Behandlung der uns gestellten Themen unsere *Hybris* zu unterdrücken und *stoisch* zu bleiben, und wurden dafür tatsächlich mit besseren Noten belohnt. Doch die alte Begeisterung beim Schreiben von Interpretationen war dahin.

Übrigens bescherte uns Schwester Theosopha einige Jahre später in der Oberstufe den wohl dramatischsten Höhepunkt unserer gesamten Schulzeit, wenn auch gänzlich unfreiwillig. Während einer Klassenfahrt nach Amsterdam führte sie uns beim Stadtbummel zu ihrem eigenen Schrecken gleich am ersten Tag mitten ins Rotlichtviertel. Sie wollte uns die älteste Kirche Amsterdams zeigen und hatte nicht im Traum damit gerechnet, dass sich ausgerechnet die berühmte Oude Kerk zwischen Bordellen, Sexshops und Striplokalen befinden könnte. Schwester Theosopha wollte so schnell wie möglich weg, wir wollten so lange wie möglich bleiben und uns genau umsehen. Welch verwerfliche Dinge sich hier abspielten, konnten wir uns lebhaft vorstellen. Schwester Theosopha auch. Als sie merkte, dass sich ihre Schützlinge widersetzten, faltete sie dramatisch die Hände und begann laut zu beten. Die spärlich bekleideten Damen und ihre Freier amüsierten sich köstlich über unseren Auftritt und das Gezerre, das kurz danach einsetzte. Einige winkten uns fröhlich zu, andere applaudierten sogar. Wir verbeugten uns anmutig wie der griechische Chor und winkten zurück, während Schwester Theosopha die Augen verdrehte, bis man nur noch das Weiße sah. Aber diesmal eindeutig nicht aus Verzückung.

Im Winter nahm mein Vater uns morgens auf seinem Weg nach Krefeld im Auto mit und setzte uns vor den Klostermauern ab. Schwester Lucia wartete schon im Externenzimmer auf uns. Sie war alt und faltig und überaus freundlich. Manchmal trauten wir uns, sie um einen besonderen Gefallen zu bitten. „Malen Sie uns ein Lesezeichen, Schwester?" Sie begann sofort

zu strahlen, wir setzten uns neben sie auf die Bank, und sie gestaltete mit bunten Filzstiften die schönsten Kunstwerke. Sie war eine Meisterin der Kalligraphie und brauchte keinerlei Vorlage. Wir durften uns einen Satz wünschen, und sie schrieb ihn auf einen kleinen, bereits fertig zugeschnittenen Pergamentstreifen. Dabei saß sie still und konzentriert über den Tisch gebeugt und ließ ihre Phantasie spielen. Kein Lesezeichen war wie das andere. Zum Schluss zog sie ein schmales Bändchen durch das kleine Loch am unteren Ende und knotete es fest. Ihre Kunstwerke hoben wir sorgfältig auf. „Ohne Fleiß kein Preis!" stand darauf. „Ora et labora!", „Errare humanum est!" oder „Mens sana in corpore sano". Sie konnte zwar kein Latein, doch die Sätze und ihre Bedeutung kannte sie. Sie schenkte uns auch „Aller Anfang ist schwer", „Lachen ist gesund" und „Alles hat seine Zeit", umgeben von zarten Blumenranken und Blättern, die aus den Buchstaben herauszuwachsen schienen. Ihre Lesezeichen lagen in sämtlichen Schulbüchern.

Ich erinnere mich gern an die sanfte Schwester Lucia. Sie war keine Lehrschwester und durfte nur gelegentlich als Vertretung bei Klassenarbeiten oder beim Silentium Aufsicht führen. Wir atmeten jedes Mal erleichtert auf, wenn sie ins Klassenzimmer trat. Wenn man bei ihr pfuschte, sah sie genau im richtigen Moment aus dem Fenster, und wenn man schwätzte, tat sie so, als habe sie es nicht gemerkt. Sie verpetzte uns nie. Doch einige Schülerinnen nutzten ihre Gutmütigkeit aus oder versuchten sie zu ärgern. Als ihr einmal jemand eine tote Maus ins Pult legte, hob sie den kleinen Kadaver nur mit spitzen Fingern hoch, lächelte freundlich und schleuderte ihn schwungvoll aus dem offenen Fenster. Sie dachte gar nicht darüber nach, ob sie dabei möglicherweise eine Mitschwester oder gar den Herrn Prälaten treffen könnte. Die Mädchen, die ihr den Streich gespielt hatten, waren tief beeindruckt, denn sie hatten erwartet, dass Schwester Lucia laut kreischen würde. Gern hätte ich mehr über sie gewusst. Die älteren Schülerinnen erzählten uns, sie sei im Krieg Lazarettschwester gewesen, bei den Schwerverwundeten, damals, als die Nazis die Schule geschlossen und zum Soldatenkrankenhaus umfunktioniert hatten. Schwester Lucia war immer sanft und freundlich und wurde nie laut. Alle Schülerinnen mochten sie, selbst diejenigen, die sich über sie lustig machten. Schwester Lucia war unsere Freundin, ihr konnten wir alles sagen, sogar unsere geheimsten Geheimnisse. Sie roch wie fast alle Schwestern ein bisschen nach Kapelle, ein bisschen nach Kernseife und frischer Wäsche, aber hauptsächlich nach gar nichts. Ich fand, dass sie eigentlich nach Maiglöckchen duften müsse wie Oma

Südstraße und Stella Arnold, die neuerdings in einer Wolke von *Diorissimo* schwebte. Ihr Vater hatte eine Drogerie, sonst hätte sie sich das teure Parfum sicher nicht leisten können. Wir schnupperten immer begeistert, wenn wir in Stellas Nähe kamen. Aber Nonnen benutzten nun mal kein Parfüm.

Ich sehe Schwester Lucia noch über den Hof gehen, während die jüngeren Schülerinnen Gummitwist spielten. Sie sorgte sich immer, dass wir uns weh tun könnten. „Seid vorsichtig, Kinder!", rief sie im Vorübergehen, und schon war sie im Küchentrakt oder im schattigen Park verschwunden, wo sie mit gefalteten Händen und wehendem Schleier umherging und betete oder nachdachte. Dass Gummitwist tatsächlich gefährlich war, musste Winnies Bruder Gregor feststellen, als er sich dabei eines Tages die Zunge durchbiss und damit sogar ins Krankenhaus musste. Es passierte direkt vor dem Haus von Mottes Agathe, die begeistert den Notarzt rief. Es war ein fürchterliches Blutbad. Der Brüllaffe schrie wie am Spieß. Das Blut spritzte ihm aus dem Mund, und Mottes Agathe zehrte noch jahrelang davon.

Wenn im Winter nach dem Unterricht noch genug Zeit war, gingen wir wieder zu Schwester Lucia ins Externenzimmer, um dort für 20 Pfennig heiße Suppe zu essen. Besonders gut schmeckte ihre Tomatensuppe. Wahrscheinlich stammte sie in Wirklichkeit von den Küchenschwestern, doch wir dachten damals alle, Schwester Lucia hätte sie persönlich für uns gekocht. Wenn jemand das Geld nicht passend hatte, war das nicht weiter schlimm. Schwester Lucia sah einen nur freundlich an und meinte: „Dann bezahlst du eben morgen, Mädchen." Sobald wir fertig waren, rief sie mit heller Jungmädchenstimme: „Spüüüülen nicht vergessen, Kinder! Spüüüülen nicht vergessen!"

Manchmal stand sie am Ufer des Weihers unter der Trauerweide und schaute den Schwänen und Enten zu. Sie wusste genau, wo die verschiedenen Vögel ihre Nester gebaut hatten. „Sind das nicht wunderschöne Tiere, Kinder?" Das fanden wir auch. Und jedes Jahr erzählte sie es uns sofort, wenn sie nachts unter den Bäumen hinter der Aschenbahn die erste Nachtigall gehört hatte. „Wie bei Romeo und Julia", sagte Winnie. „Wat meinste, ob Schwester Lucia Shakespeare kennt? Ach wat, dat braucht die jar nich'. Wichtig is' nur, dat man 'ne Nachtijall am Jesang erkennt. Und dat kann se."

Auch Schwester Lucia las gern Gedichte von Mörike und Eichendorff. Einmal sagte sie beim Schulfest im Duett mit Schwester Melusia ihr Lieblingsgedicht auf. Es hieß *Nachts* und begann mit den Worten „Ich stehe in Waldesschatten wie an des Lebens Rand". Sie hatte am 15. Oktober Geburtstag, und wir schenkten ihr selbstgemalte Bilder von den Schwänen und vom Klosterteich. Sie stammte aus Kempen, also ganz aus der Nähe, und erzählte uns manchmal ein bisschen aus ihrem Leben. Sie war schon mit zwanzig Jahren in den Orden eingetreten, dem sie fast fünfzig Jahre angehören sollte.

Sie starb Mitte der siebziger Jahre. Winnie und ich gingen gemeinsam zu ihrer Beerdigung. Bei der Trauerfeier erschien eine kleine Tigerkatze in der Friedhofskapelle und ließ sich nicht vertreiben. Wahrscheinlich hatte Schwester Lucia sie regelmäßig gefüttert. Das Tigerchen folgte der kleinen Prozession bis zum Grab. Als die Trauergäste sich zerstreuten, setzte sich die Katze vor Schwester Lucias Grab und begann sich zu putzen. Übrigens hatte auch Schwester Theosopha eine heimliche Schwäche für Katzen und unterhielt sich gelegentlich mit den Streunern im Park. Schwester Theosopha saß dabei auf der weißen Bank am Weiher, und die Katzen hockten im Halbkreis um sie herum. Höchstwahrscheinlich trug sie ihnen die Eingangsszene aus *Antigone* vor.

Schneefedern und bissiges Kind

Meine Schwester Nana hatte sich prächtig entwickelt und war zu einem kampflustigen, kräftigen Kleinkind herangewachsen. Wenn sie lachte, verengten sich ihre Augen zu Schlitzen und auf ihren Wangen erschienen zwei niedliche Grübchen. Sie war das genaue Gegenteil von mir. Immer wenn meine Verwandten sagten „Dat Marlies kann sech net doersäte", warfen sie anschließend einen wohlgefälligen Blick auf meine pausbäckige Schwester. Die konnte sich durchsetzen! Und wie! Wenn sie ihren Willen nicht bekam, warf sie sich auf den Boden und hielt so lange die Luft an, bis sogar Mutter es mit der Angst zu tun bekam.

Obwohl unsere Mutter inzwischen nicht mehr im Büro von De Beukelaer arbeitete, das korrekt „Deböhkelahr" ausgesprochen wurde, was aber außer uns keiner zu wissen schien, bekamen wir nach wie vor jeden Freitag eine große braune Papiertüte mit Bruchplätzchen. Die Keksfabrik fehlte mir, sie war ein Ort, an den ich nur angenehmste Erinnerungen hatte. Wie oft bin ich in Begleitung eines netten Menschen durch die Fabrik spaziert und durfte mir die riesigen Knet-, Rühr- und Back-Maschinen ansehen und den Geruch von warmer Schokolade inhalieren. Von allen Seiten bekam ich Plätzchen zugesteckt. Kekse und Schokolade gehören bis heute zu meinen Grundnahrungsmitteln. Wenn gebacken wurde, duftete ganz Kempen nach Plätzchen. Edouard de Beukelaer gilt als der Erfinder des Doppelkekses mit Cremefüllung und begann 1850 in Belgien mit der Keksproduktion. Sein Sohn, Edouard de Beukelaer II, ließ 1955 in Kempen seine Flämische Keksfabrik bauen, wo die *Prinzenrolle* bis heute hergestellt wird. Zu Weihnachten bekamen wir jedes Jahr wunderschöne Karten von Mamas belgischem Chef, auf denen in komischem Deutsch die besten Wünsche für das *Kerstfeest* und das neue Jahr standen. Die Bilder waren meistens von Anton Pieck und wurden von mir sorgsam aufgehoben.

Nana teilte meine Liebe zu Süßigkeiten, hatte aber leider recht eigenwillige Besitzvorstellungen. Sie verstand nicht, dass man sich im Laden nicht alles, was einen in den Regalen anlachte, in die Taschen oder in den Mund stopfen durfte. An der Kasse mussten wir der brüllenden Kleinen oft genug all die Leckereien, die sie heimlich eingesammelt hatte, mit Gewalt wieder abnehmen. Es ist mir ein Rätsel, wie sie es schaffte, so viele Sachen in so kleine Taschen zu stopfen. Gelegentlich steckte sie sich das begehrte *Sööt* gar in die Unterwäsche, denn ihre schreiende Tochter in aller Öffentlichkeit bis auf die Haut zu entkleiden, wagte selbst unsere Mutter nur selten. Nana bekam die „geliehenen" Sachen zu Hause abgenommen, und ich musste sie zurückbringen. Terstappen Rosa drückte bei dem niedlichen Wildfang meist beide Augen zu. „Lot dat Schnööp doch!", sagte sie und zwickte Nana in die Wange. „Wat bös do doch vör en lecker Drübelke!" Im Haus legte sich Nana wie ein Eichhörnchen überall geheime Vorratslager an, die sie in unbeobachteten Momenten aufsuchte, um ihren Hunger zu stillen. „Wo kret dat Klään maar all dat Sööt her?", fragten sich die Erwachsenen verwundert. Das fragten wir uns auch. Mutter fand ständig leere Verpackungen im Kleiderschrank und unter dem Bett. Nana verzehrte sogar Riesenschachteln *Edle Tropfen in Nuss* und *Weinbrandbohnen* ohne die leisesten Anzeichen von Beschwipstheit oder Übelkeit zu manifestieren, und machte auch vor Knickebeineiern und *Zarten Fläschchen* von Asbach nicht halt. Doch Mama hatte eine feine Nase, und so flog Nana meistens auf.

Sobald die Zunge meines Schwesterchens einen unnatürlichen Farbton annahm, war unsere Mutter jedes Mal aufs

Neue beunruhigt. Hatte das Kind Scharlach? War das etwa die gefürchtete Himbeerzunge? Aber nein, es war nur eine harmlose Erdbeerzunge, hervorgerufen von den Farbstoffen gewisser Schaumzuckerprodukte, die auf Terstappen Rosas Theke standen. Während Mutter sich mit der Ladeninhaberin über die neuesten Skandale unterhielt, hatte Nana wieder einmal ungeniert zugegriffen. Einzig Haselnüsse konnte sie nicht ausstehen. Da Vaters Lieblingsschokolade *Novesia-Goldnuss* war, hatten wir davon stets einen Vorrat im Haus. Nana konnte nicht widerstehen und spie die abgeleckten Nüsse einfach aus. Auf dem Teppich sahen sie aus wie kleine runde Kiesel. Es waren immer siebenundzwanzig, genau wie es die Firma auf der Packung mit dem Zellophansichtfenster und dem goldenen Kördelchen beteuerte. Novesia bewarb das Produkt zeitweise sogar mit der sogenannten „Garantie 27". Zu Recht. Wir zählten die Nüsse jedes Mal.

Ihren ersten großen Schokoladenauftritt hatte Nana bereits im Babyalter. Sie schaffte es irgendwie, allein aus ihrem Gitterbett zu klettern, stibitzte die Schokolade, die auf dem Tisch lag, stieg zurück ins Bett, verzehrte sie und stellte dabei fest, dass man nicht nur mit Schokofingern hübsche Muster auf den Bettbezug schmieren konnte, sondern auch mit spitzen Nägelchen Löcher in die Kissen bohren konnte. Die Federn ließen sich leicht herauspiddeln. Wir fanden den jubelnden Wildfang federumtost im Gitterbett sitzend vor. „Snee! Snee!", rief Nana und wirbelte lustig Federflocken durch die Luft.

Dass Nana einen unstillbaren Appetit auf Schnuppzeug hatte, sah man ihr an. Vom pummeligen Baby und drallen Kleinkind entwickelte sie sich schnell zum schwergewichtigen Schulkind. Außer Haselnüssen und Butter fällt mir nichts ein, das sie nicht lustvoll verzehrt hätte. Sie knabberte sogar an Bilderbüchern, Lederjacken, Klappkarten und den bunten Kartons, in denen ich meine Glanzbilder und Tierpostkarten aufbewahrte. Überall fehlten Ecken. Schon als Krabbelkind nagte sie sich mit ihren Milchzähnchen in die Freiheit, indem sie sich im Laufe eines sehr langen Nachmittags durch den Boden ihres Laufstalls biss, das Gitter anhob und durch das entstandene Loch in die Freiheit robbte. In gewisser Weise erinnerte Nana mich an den kleinen Obelix, denn sie war bärenstark. Sie schaffte es sogar, ihre große Schwester um den Bauch zu fassen und mehrere Schritte durchs Wohnzimmer zu schleppen.

Tante Pia hatte eine gewisse Mitschuld an Nanas Sozialverhalten, denn ihr Lieblingssatz „Dat lot ich mich neet jevale!" muss sich Nana tief eingeprägt haben. Auch Nana ließ sich nichts gefallen. Wenn sie sich bedroht fühlte, biss sie zu. Und zwar äußerst herzhaft. Nach der Geschichte mit Walterchen hatten einige Nachbarskinder sogar Angst vor ihr.

Das Beißdrama fand am Nachmittag eines heißen Sommertages statt. Nana war „spielen", Mutter war in der Küche und kümmerte sich um die Stopfwäsche, ich saß am Schreibtisch und machte Hausaufgaben. Plötzlich stürzte Nana ins Haus und raste polternd und wie von Furien gehetzt die Treppe hoch. Mir war jede Unterbrechung willkommen, daher sah ich mir ihren Auftritt näher an. Sie machte einen Hechtsprung in den Kleiderschrank, zog die Tür von innen zu und gab außer leisem Hecheln keinen Ton mehr von sich. Warum sie den Rückzug ins Dunkel gewählt hatte, erfuhr ich bald, denn unten im Garten spielte sich bereits Minuten später ein Schauspiel antiken Ausmaßes ab. Auf dem Rasen erschienen fünf Frauen und mehrere Kinder. Eins davon war Walterchen Koth. Er hielt sich mit beiden Händen den Bauch und schrie wie am Spieß. Frau Koth, eine stattliche Erscheinung und offenbar die Anführerin der Gruppe, war außer sich vor Empörung. Sie trug eine blutbesudelte Kittelschürze, stemmte beide Arme in die Hüften und herrschte unsere Mutter, die erschrocken in den Garten geeilt kam, mit lauter Stimme an.

„Din Dauter het ose Walter jebeete! Ene Buuk!", schrie sie erbost.

„Ose äreme Jong!", jammerten die Klageweiber, die offenbar allesamt nahe Verwandte waren. Auch sie trugen blutbefleckte Kittelschürzen. Langsam dämmerte es mir. Das konnte kein Blut sein. Offenbar hatten sie Frau Koth beim Entsteinen von Sauerkirschen geholfen. Das kleine Opfer brüllte ohrenbetäubend mit. Allerdings in einer helleren Tonart.

„Mine Walter kös duet sin! Dat Weet sul sofort eruut komme!"

„Es tut mir wirklich leid", sagte Mama ruhig, „aber unsere Diana ist nicht da. Sie ist spielen."

„Dat jlövt jeei wal selv neet!", fauchte Frau Koth. Dann ließ sie eine Schimpftirade los, die sogar mich aus den Schuhen haute. Walterchen hörte sofort auf zu brüllen und starrte seine Mama bewundernd mit offenem Mund an. Ich konnte ihn verstehen. Sie war so eindrucksvoll, dass sie in diesem Zustand sogar eine bis an die Zähne bewaffnete römische Armee in Angst und Schrecken versetzt hätte. Ich beobachtete die spannende Szene auf dem Rasen und schilderte dem Kind im Schrank leise den Fortgang der Ereignisse. Dabei fiel mir Schwester Theosopha ein. Offenbar hatten wir ihr bitter Unrecht getan. Die genaue Kenntnis der antiken Tragödien von Sophokles und Euripides war nämlich überaus nützlich. Was ich hier gerade machte, hieß im antiken Drama „Mauerschau" und im modernen Drama möglicherweise „Fensterschau", und die aufgebrachten Klageweiber auf dem Rasen waren durchaus mit einem antiken Chor zu vergleichen. Es gab helle und dunkle Stimmen, und die keifende Frau Koth spielte eindeutig die Rolle der Chorführerin, auch wenn sie dabei nicht auf einem Pult stand. Sie besaß enormes dramatisches Potential, und ihr Gesicht war vor Wut fast bis zur Unkenntlichkeit verzerrt. Schwester Theosopha wäre entzückt gewesen. Schade,

dass ich Nana mit meinem Hintergrundwissen so gar nicht beeindrucken konnte. Sie hockte zwischen ihren Mänteln und war ausschließlich an der Handlung und kein bisschen an der Dramaturgie interessiert.

„Nu sach schon, wat is' jetz'? Hat Mama mich schon verpetzt?", fragte sie im Minutentakt. „Wat machen die? Kommen die jetz' rauf un' holen mich oder wat?" Frau Koth forderte derweil lautstark Satisfaktion und ein angemessenes Schmerzensgeld für ihren gebissenen Sprössling. Mutter gab Walterchen einen großen Beutel Gummibärchen, besänftigte den antiken Chor mit Keksen und Johannisbeerschnaps, der bei uns im Dorf *Wimelen* hieß, und versprach hoch und heilig, ihr bissiges Kind zu bestrafen. Mamas *Wimelen* war offenbar gut, denn die Wogen glätteten sich schlagartig und das Drama löste sich schon bald in Wohlgefallen auf. Nana kam glimpflich davon, denn Mama ahnte, dass der Biss nicht ohne Grund erfolgt war. Nana biss erfahrungsgemäß nur im Notfall. In der Tat hatte Walterchen sie übel beschimpft, in den Arm gekniffen und bis aufs Blut gereizt. Er hatte es verdient. Doch Nana musste versprechen, Walterchen nie mehr zu beißen. Das hat sie auch nicht. Sie hat ihn danach nur noch getreten, gekratzt und gehauen. Tante Pias Reaktion auf den Zwischenfall bestand aus dem lapidaren Kommentar: „Dat Klään hät sinen eeje Wel, da kanste neks dran maake." Tante Pia konnte Frau Koth und deren Sippschaft noch nie leiden.

Auch ein gewisser Forscherdrang war meiner Schwester nicht abzusprechen, selbst wenn sie sich dabei ausschließlich destruktiv gebärdete. Sie montierte sämtliche Spielsachen auseinander, die ihr in die Finger kamen und fast immer mir gehörten. Als erstes massakrierte sie meinen Teddy, weil sie wissen wollte, woher sein Brummen kam. Seine Stimme steckte in einem kleinen runden Kästchen, das sie in seinem mit Holzwolle gefüllten Bauch fand. Brummis Gelenke, die von

Scheiben und Splinten zusammengehalten wurden, amputierte sie gleich mit. Mutter schaffte es zwar, den Ärmsten wieder zusammenzuflicken, aber er sah danach nie mehr so aus wie vorher. Die echten Haare meiner einzigen Käthe-Kruse-Puppe schwammen eines Morgens im Klo. Da sie dieselbe Farbe hatten wie meine Haare, stürzte Mutter angstvoll in mein Zimmer und stellte erleichtert fest, dass ich noch vollständig war. Mir wäre es anders lieber gewesen. Meine Haare wären nachgewachsen, Susanne dagegen blieb ein Kahlkopf. Etliche Steiff-Tiere wurden raspelkurz getrimmt, weil Nana sehen wollte, ob bei ihnen das Fell nachwuchs, was leider nie der Fall war. Die Schlafaugen meiner Margot drückte sie kurzerhand nach innen und freute sich, dass sie im Kopf so schön klapperten. Münder und Wangen meiner Schlummerles wurden mit Lippenstift, Filzstift oder Nagellack verschönert. Dank der Avon-Beraterin hatten wir genügend Pröbchen im Haus. Die Substanzen ließ sich bedauerlicherweise nicht spurlos entfernen. Meine Spielsachen waren hinüber. Meine Massetiere lösten sich auf, nachdem Nana sie ins Wasser gelegt hatte, um zu sehen, ob sie schwimmen konnten. Doch all mein Jammern verhallte ungehört. Ich war die vernünftige große Schwester, ging bereits aufs Gymnasium und spielte ja ohnehin nicht mehr mit dem alten Zeug.

Selbst der Großteil meiner Comic-Sammlung fiel Nana zum Opfer. Die Hefte wurden entweder zerfetzt oder großzügig an Nachbarskinder verschenkt. Meine geliebten *Donald Duck*-Sonderhefte musste ich mir von Axel Brökskes für teuer Geld zurückkaufen. Da halfen nicht mal Winnies Drohungen. Axel wusste genau, dass er diesmal am stärkeren Hebel saß. Fremde Osterkörbchen, Nikolausteller und Weihnachtsteller wurden jedes Jahr gnadenlos von Nana geplündert. Nur ihr eigener Teller füllte sich auf mysteriöse Weise immer wieder aufs Neue. Doch der niedliche Racker mit dem blonden Lockenkopf konnte so herzlich lachen, dass man ihm einfach nicht böse sein konnte. Ich bewunderte Nana für ihre Anarchie. Sie war völlig angstfrei, machte vor nichts halt und schockte gelegentlich sogar unsere Mutter. Nachdem sie zum ersten Mal *Pippi Langstrumpf* gesehen hatte, bekam sie spontan Lust, oben am Wohnzimmerkronleuchter zu schaukeln. Sie baute sich einen Kletterturm aus Tisch und Hocker und hängte sich an die Lampe. Sie schaukelte eine Weile, kam aber nicht mehr allein herunter, da sie ihre Kletterkonstruktion inzwischen weggetreten hatte. Nana schrie sich die Seele aus dem Leib und musste von Mama vom Kronleuchter gepflückt werden. Der Beleuchtungskörper hing danach auffällig schief und hatte sich eindeutig aus seiner Verankerung gelöst. Jöres Jüppken, Toupettträger, Handwerker und Mädchen für alles, musste kommen und ihn festdübeln. Nana trank abgestandenes Blumenwasser, vergriff sich an Gläsern mit schalen Bierresten und wurde schließlich nach dem Besuch eines Weinvertreters von der Mosel, der ziemlich viel „zum Probieren" eingeschenkt hatte und sich dann an der Haustür unerwartet mit Mama festquatschte, torkelnd im Garten aufgegriffen. Ich muss zugeben, dass ich oft genug entzückt war und meine kleine Schwester mitunter sogar zu weiteren Untaten anstachelte.

Auch in der Kattendonker Volkschule und in Niersbeck sorgte Nana für Erheiterung. In einem ihrer frühen Aufsätze stand der wunderbare Satz „Der Säugling hat vierunddreißig Zähne, sie sind alle aus Zement." Auch Nanas Definition „Mönche sind männliche Nonnen" aus dem Religionsunterricht fand ich genial. Selbst ihr erster Ausflug ins Englische war drollig. Ich erinnere mich noch, wie sie mit strahlendem Gesicht vor mir stand und lauthals sang: „Häppi Bürste tuju, häppi Bürste tuju, häppi Bürste, dir Marlies, häppi Bürste tuju!" Einmal fragte sie mich, ob ich ihr nicht das *Liebejungenlied* vorsingen könnte. Auch ihre Frage: „Wer sind eigentlich die drei Muskeltiere?" fand ich drollig. Zu Weihnachten sang die kleine Nana nicht etwa *Jingle Bells*, sondern klar und deutlich *Schinkenpelz*, und der englische Bär von kleinem Verstand hieß bei ihr *Puderbär*. Nanas sprachliche Kreativität war eindrucksvoll.

Doch ihre unstillbare Neugier wurde schon früh durch höhere Gewalt bestraft. Bei dem Versuch, in aller Herrgottsfrühe vom Kinderzimmerfenster aus den Osterhasen beim Eierverstecken zu beobachten, wurde ihr ungemütlich kalt. Sie rollte sich in den Vorhang, zerrte dabei aber zu stark am Stoff und löste eine Kettenreaktion aus. Das Vorhangbrett brach aus der Wand, stürzte krachend herab und traf mein Schwesterchen so unglücklich, dass sie mit dem Gesicht auf den Heizkörper knallte und sich dabei einen Schneidezahn abbrach. Glücklicherweise war es ein Milchzahn. Den nachgewachsenen Zahn verlor sie bei einer Sofakissenschlacht, als sie im Eifer des Gefechts auf die Kante des Marmortischs fiel. Auf die teure Jacketkrone hat sie später besser aufgepasst.

Wirklich in Verlegenheit brachte mich die kecke Kleine, wenn sie im Freibad zu wildfremden Jungen und Männern lief, mit dem Finger auf mich zeigte und treuherzig beteuerte: „Weissduwat? Die da hinten, die jetz' so komisch kuckt, dat is' meine Schwester! Die findet dich toll! Dat hat die mir jrade selbs' jesagt!" Mehr als einmal traten danach dubiose männliche Wesen an mein Badetuch oder warfen mir höllenpeinliche Blicke zu. Es dauerte eine Weile, bis ich kapierte, was da vor sich ging. Winnie lachte sich halbtot. Bis Nana es mit ihr genauso machte. Doch das war noch nicht alles. Sobald sich mal ein wirklich netter Junge für uns zu interessieren begann, wurde Nana stinkeifersüchtig und erstickte alle zarten Flirtversuche brutal im Keim. Am liebsten mit Sätzen wie „Weissduwat? Meine Schwester findet dich saudoof und potthässlich. Die steht nämlich auf Männer, un' nich' auf Ersatzteile." In solchen Momenten hätte ich das Kind am liebsten erschlagen.

In Niersbeck fiel Nana unangenehm auf, weil sie gleich in der Sexta in den ehrwürdigen Klosterfluren übelriechende Stinkbomben zur Explosion brachte. Nur die Tatsache, dass sich ihre große Schwester nie etwas hatte zuschulden kommen lassen, verhinderte damals das Schlimmste. Nicht mal der Herr Pastor flößte Nana Respekt ein. Schon als niedliches Kleinkind kommentierte sie respektlos sein Äußeres: „Du has' aber jroße Füße, Onkel Pastor! Jenau wie 'ne Ente!" Dann fragte sie ihn auch noch: „Wills' du etwa mal Paaps werden?" Als ob Heilige Väter keine großen Füße haben dürften. Es gibt die roten Schuhe bestimmt auch in Übergrößen.

Selbstgebacken

Tante Finchen hatte Geburtstag, und Winnie und ich wurden losgeschickt, um ihr zu gratulieren. Bei Schumeckers auf der Bahnstraße kauften wir ihr eine feuerrote Begonie in einem Topf mit zartrosa Plisseekragen. Rot war Tante Finchens Lieblingsfarbe. Mama war bei Nana geblieben, die mit Mittelohrentzündung im Bett lag. Wir waren schon fast da, als Winnie vorsichtig eine Papiertüte aus der Tasche zog. Darin befand sich ein runder brauner Keks, der sorgsam in Alufolie eingepackt war. Er war auffallend groß und sah so köstlich aus, dass mir beim Anblick sofort das Wasser im Mund zusammenlief. Winnie wusste genau, wie verrückt ich auf Plätzchen war, aber diesen Keks wollte sie mir partout nicht geben und machte ein Riesentheater um das blöde Ding.

„Den darfste nich' essen! Der is' von Rita!" Ich durfte ihn nicht mal anfassen! Warum hatte sie ihn dann überhaupt mitgebracht und hielt ihn mir vor die Nase? Ich fand das reichlich gemein.

„Un' warum nich'?", maulte ich. „Der sieht doch total lecker aus!"

„Sach ich doch! Weil der von Rita is'! Selbs' jebacken. Riech nur mal dran!"

„Rita kann backen?", fragte ich erstaunt. Rita hasste normalerweise alles, was auch nur entfernt mit Hausarbeit und Küche zu tun hatte, weil sie das viel zu spießig fand. Rita als Hippie am Herd war geradezu undenkbar. Winnie hielt mir den Keks hin. Er duftete schwach nach Karamell und Vanille und stark nach exotischen Gewürzen, die ich nicht kannte.

„Boa, riecht der lecker!", sagte ich. „Un' wat soll da jetz' so Besonderes dran sein, dat ich den nich' mal probieren darf?"

„Nich *dran*", grinste Winnie. „*Drin*! Na ja, dat is' einer von Ritas Space Cakes. Die hatte 'ne janze Dose davon mit, un' ich hab' einen raus jenommen." Ich traute meinen Ohren nicht. Space Cake? Da war doch Haschisch drin! Ritas Lieblingsdroge!

„Du meins', da is' echtes Rauschgift drin?", fragte ich entgeistert „Aber dat is' doch en Plätzken. Un' Cake heißt doch Kuchen, oder? Wie'n Kuchen sieht dat aber überhaupt nich' aus!"

„Meistens is' dat auch Kuchen", erklärte Winnie. „Aber dat jibt et eben auch als Plätzken. Dat siehste ja! Dann heißt dat nicht Cake, sondern Cookie."

Ich erstarrte vor Ehrfurcht. Von der Wirkung des verbotenen Gebäcks hatte ich in der Schule schon einiges gehört und auch in der *Bravo* gelesen. Mit eigenen Augen gesehen hatte ich so ein Space-Teil noch nie. Normalerweise holte man sich die Dinger fertig gebacken in Venlo, in sogenannten Coffee Shops. Das waren keine gewöhnlichen Cafés, und Kaffee bekam man da auch nicht, sondern nur Gebäck mit Rauschgift, das einen süchtig machte und nach kurzer Zeit umbrachte. Das behaupteten alle Erwachsenen, die mit mir verwandt waren. Rita behauptete das Gegenteil, konsumierte unverdrossen ihre todbringenden Substanzen und ließ sich von der Aussicht auf ein frühes Grab nicht aus der Ruhe bringen. Sie kannte sich mit Drogen bestens aus und hatte sogar schon in unserem Beisein aus Zigarettenpapier kleine Tüten gedreht und mit Spezialtabak gefüllt, dem Zutaten beigemischt waren, die interessante Namen wie Grüner oder Schwarzer Afghane, Roter Libanese oder Marokkaner hatten. Manchmal hatten sie auch weniger nette Bezeichnungen wie Shit, Weed, Dope und Gras. Allerdings drehte Rita ihre Joints nur in freier Natur oder wenn Herr und Frau Klaarenbom nicht da waren. Sie behauptete, dass sie davon entspannt würde, und so sah sie danach auch aus. Ritas Tüten rochen nicht so scheußlich wie die üblichen Zigaretten, sondern würzig süßlich. Kino-Helmut rauchte mit und erfreute sich ebenfalls bester Gesundheit. Normalerweise bewachte Rita ihre Schätze wie ein Schießhund und hatte Winnie streng verboten, auch nur ein Krümelchen davon zu sich zu nehmen. Das hatte Winnie auch nicht getan, obwohl es ihr verdammt schwer gefallen sein musste. Winnie hielt ihr Wort. Jedenfalls meistens. Sie hatte auch gar nicht vor, den Keks zu essen, aber das Klauen hatte ihr Rita ja nicht ausdrücklich untersagt. Rita hatte ihre Plätzchen offenbar nicht gezählt und war das gesamte Wochenende so mit Kino-Helmut beschäftigt gewesen, dass sie für nichts anderes Augen gehabt hatte. Jetzt war sie längst wieder im Sündenbabel Köln. Mittlerweile fand ich den Keks gar nicht mehr so verführerisch.

„Wat willste denn damit machen?", fragte ich misstrauisch.

„Na, ausprobieren, wat sons'?", antwortete Winnie verwundert.

„An wem denn?" Winnie riss die Augen auf, hob die Brauen und blickte mich an. Oh Gott! Mir schwante Schreckliches.

„Doch nich' etwa an meinen ...", stotterte ich.

Winnie nickte. „Jenau! Der Kandidat hat neunundneunzig Punkte!"

„Un' wenn wat passiert? Die sind doch alle schon so alt!"

„Da passiert schon nix!", sagte Winnie im Brustton der Überzeugung. „Da kannste Jift drauf nehmen. Dat sind Erwachsene, die können dat ab."

Mein durchtrainiertes katholischen Gewissen verfärbte sich auf der Stelle kohlrabenschwarz. Übel war mir jetzt auch. Schließlich war ich nicht nur ein schrecklicher Angsthase, ich *liebte* meine Großtanten und meine Oma! Aber wenn Winnie sich erst mal was in den Kopf gesetzt hatte, half kein Betteln und kein Flehen. Ich trabte ähnlich bedröppelt hinter ihr her wie Onkel Tis beim Gassigehen hinter Tante Walburgas Pudel und redete mit Engelszungen auf sie ein. Doch es war hoffnungslos.

Die Großtanten und Oma saßen draußen im spätsommerlichen Garten zwischen Dahlien, Astern und Chrysanthemen, waren bester Laune und warteten bereits auf uns. Der lange Tisch war wie immer reich gedeckt. Es gab luftige Windbeutel, gefüllt mit süßer Sahne und saftigen Sauerkirschen, einen Margeritenkuchen, der aussah wie eine Blume mit weißen Blütenblättern und grünen Staubfäden, die lecker nach Zitronat schmeckten, eine meisterhaft verzierte Holländerkirschtorte, Omas Spezial-Grillagetorte und ein ganzes Blech mit knusprigem, frischem Streuselkuchen. Daneben stand Tante Katrinchens funkelnde Kristallschale mit noch mehr Schlagsahne, damit der trockene Streuselkuchen auch anständig rutschte. Offenbar war es ein reiner Frauennachmittag, denn von Opa und den Onkeln war weit und breit nichts zu sehen. Auch Tante Walburga war nicht da, wie ich erleichtert feststellte. Sie wäre möglicherweise aufgrund ihrer Wechseljahre sofort tot umgefallen, wenn sie an Ritas Keks geknabbert hätte. Außerdem ließ sich das Gebäck auch viel leichter in vier Teile brechen als in fünf.

„Unsere Männer sind in Wankum", erklärte Oma Südstraße und lächelte ihren Schwestern verschwörerisch zu. „Heut' sind wir janz unter uns! Nur wir Meätsches!" Offenbar hatten sie gerade eine nagelneue Flasche *Wimelen* geöffnet, die das Geburtstagkind zur Feier des Tages gestiftet hatte. Tante Finchen machte den köstlichsten *Wimelen* von Kattendonk, nur mit ausgesuchten Zutaten, ihren eigenen schwarzen Johannisbeeren und genau der richtigen Mischung aus Beeren, Zucker, einer großen Vanilleschote und ausreichend Alkohol. Ob sie dazu Schnaps, Wodka oder reinen Alkohol aus der Apotheke verwendete, wussten nicht mal ihre Schwestern. Zudem gab es da irgendeinen Geheimzusatz, den sie nicht verraten wollte.

Die Mischung wurde mehrere Wochen auf die warme Fensterbank gestellt, daher hieß sie auch *Opjesode*, also aufgesetzt, regelmäßig vorsichtig geschüttelt, damit alles schön durchziehen konnte, mit Hilfe eines Haarsiebs sorgsam gefiltert und schließlich an einen dunklen, kühlen Ort verbracht, in diesem Fall Tante Finchens Einmachkeller. Und schon war ein wohlschmeckender Zaubertrank fertig, der sogar Asterix und Obelix aus den Sandalen gehauen hätte.

Tante Finchen freute sich über den *schuene Bloomepot*, den wir ihr mitgebracht hatten, kredenzte uns Johannisbeersaft ohne *Wimelen* und lud mir ein Riesenstück Holländerkirsch auf den Teller. Ich sagte, ich hätte Bauchweh, was nicht mal gelogen war. Winnie aß einen Windbeutel nach dem anderen. Von ihrem ungeheuerlichen Plan war ihr nichts anzumerken. Sie wartete geduldig auf ihren Einsatz, statt wie üblich gleich mit der Tür ins Haus zu fallen. Als alle mit Kuchen versorgt waren und wir sämtliche Fragen nach der Schule beantwortet hatten, widmeten sich die Damen den neuesten Klatschgeschichten. Tante Finchen machte den Anfang. Schließlich war sie das Geburtstagskind.

„Ich mod öch onbedingt jet vertälle! Habter al jehuert dat Bongers Wil sin Frau jet met *Monsieur* anjefange hääd?" *Monsieur* war ein übel beleumundeter verheirateter Schwerenöter aus der Weberstraße, der es faustdick hinter den Ohren hatte. Oma Südstraße fand, dass er aussäh wie Gustav Knuth, was wir nicht beurteilen konnten. Seine Identität war leicht zu erraten, auch wenn sein Name stets diskret verschwiegen wurde. Wir waren zwar jung, aber weder taub noch blind und fanden *Monsieur* auch recht imposant. Die beiden passten eigentlich gut zusammen, denn Bongers Wil sin Frau war ein *Juschpeert* und sah aus wie ein Filmstar. Sie war platinblond, hatte volle, knallrote Lippen, eine rauchige Stimme und riesige Augen mit rabenschwarzen falschen Wimpern. Für ihr Alter hatte sie sich im Großen und Ganzen beneidenswert gut gehalten, da war man sich einig. Ansonsten war sie ein fleischgewordener Skandal.

„Maaseskiies!", staunte Oma, gab entrüstete soziale Geräusche von sich und gönnte sich auf den Schreck eine neue Tasse Kaffee. „Alwär? Wat enen Oosel! Wän dat maar joot jeet!"

Tante Katrinchen war wie üblich auf Seiten des betrogenen Gatten und der beiden Kinder, auch wenn die längst nicht mehr zu Hause wohnten. „De äreme Jong. On die ärem Wechter!"

Tante Pia, die an diesem Tag keine gute Laune zu haben schien, zischte nur verächtlich „Dat es en schmeerije Fluut!" und fügte schnell noch einen ihrer Lieblingssätze hinzu: „Ävel Jält wi Dreck!" Wir spitzten die Ohren. Die Affären von Wils Gattin waren legendär. Einmal war sie sogar mit einem elf Jahre jüngeren Tennislehrer aus Wachtendonk durchgebrannt, den sie auf einem Strand in Sylt kennen gelernt hatte, wo man sich von früh bis spät hüllenlos in der Sonne aalte. Aber Wil konnte dummerweise ohne sie nicht leben und nahm die Reumütige immer wieder auf. Jetzt hatte sie sich also ausgerechnet mit *Monsieur* eingelassen! Wie spannend! Offenbar trafen sie sich mitten im Feld und trieben es in seinem Ford Combi. Auf Liegesitzen. Von der ungetreuen Nachbarin gingen die Damen nahtlos über zu ihren üblichen Krankheits-Horror-Geschichten. Da auch Winnie diesen Themenkreis nicht schätzte, sah sie den richtigen Zeitpunkt nun für gekommen und packte ihr potentes Riesenmitbringsel aus. Die Tanten schauten neugierig zu.

„Wat is' dat denn, Kind?", erkundigte sich Tante Finchen interessiert. „Is' dat noch en Jeschenk?"

„Extra von Rita zum Jeburtstach jestiftet", sagte Winnie. „Selbsjebacken."

„Dat Rita kann backen?", staunten die Tanten.

Winnie brach das Plätzchen in vier ungefähr gleich große Teile.

„Dann bleibt doch jaar nix mehr für euch über!", meinte Tante Finchen.

„Anders jeht et nich'", sagte Winnie. „Wir hatten schon jeder eins. Dat is' en echter Jlückskeks! Mit Spezialjewürzen von Rita. Aus Holland. Die kann keiner raten, so selten sind die." Von Glückskeksen hatten die Großtanten noch nie gehört. Nicht mal Tante Pia, die alles wusste.

„So selten können die jar nich' sein, dat ich die nich' kenn'! Dat wollen wer doch mal sehen!", rief Tante Finchen und griff zu. Sie schnupperte so intensiv an ihrem Viertel, dass ihre Nasenflügel bebten, schob sich ihr Keksstück in den Mund und ließ es langsam auf der Zunge zergehen.

„Kardamon", mutmaßte sie. „Un' Zimt. Stimmt et oder hab' ich Recht?" Winnie nickte. Tante Finchen lächelte zufrieden. Mir war gar nicht wohl. Mein Gesicht brannte wie Feuer. Und das kam nicht von der Sonne.

Tante Pia hob ihr Keksviertel misstrauisch mit spitzen Fingern und nahm vorsichtig Witterung auf. „Ha!", rief sie erfreut. „Ich weet et! Dat erinnert mich an Kevelaer! Dat röökt ja wi Weeirook!"

„Jemahlener Weihrauch is' da auch drin", bestätigte Winnie.

„Und Vanille", sagte Oma Südstraße, die sich inzwischen ebenfalls ihr Viertel genommen und einem genauen olfaktorischen Test unterzogen hatte. Die arme Oma. Ich wäre am liebsten im Erdboden versunken.

„Un' Orangen! Un' Schpeklaatsjewürz!", sagte Tante Katrinchen. „Wie Weihnachten! Ala, dann maar tau!" Daraufhin steckten sie sich alle gleichzeitig ihr Gebäckstück in den Mund und kauten andächtig. Ritas Keks schien hervorragend zu schmecken und wurde bis aufs letzte Krümelchen verzehrt.

„Lecker! Schad, dat nix mehr da is'", meinte Tante Finchen bedauernd und leckte sich die Lippen. Dass Rita Klaarenbom backen konnte, stand ab sofort für alle Anwesenden außer Frage. Danach griffen sie wieder zu ihren geblümten Kaffeetassen und widmeten sich mit großem Appetit den großen und kleinen Kuchenstücken. Tante Pia war dummerweise wieder auf Diät, was wohl auch der Grund für ihre geburtstagsfeindliche Stimmung war, und ließ sich nur unter großem Protest zu einem extrem schmalen Stück Schwarzwälderkirsch überreden, das beim Transport über den Tisch die Form verlor und schlapp auf die Seite kippte. Die Gastgeberin entschuldigte sich sofort, doch Tante Pia konnte sich ihre Kritik nicht verkneifen und meinte säuerlich: „Dat süüd nou ävel neet miier schuen uut!" Dann setzte sie zu einer längeren Erklärung an. „Ich würd ja jeer miir Kook eate, ävel dat darf ich neet. Den Doktor häd et mich verboane! Min Blootbelt! On min Hartklabastere! Dat kömmt all van de Kook. Kann ich noch jät Kofe habbe, Fiin?" All ihre Beschwerden kamen nur vom Kuchen? Sogar das schlechte Blutbild? Ob Doktor Engels das wirklich gesagt hatte? Hoffentlich wurde das Herzklabastern von Ritas Keks nicht schlimmer! Tante Finchen schenkte ihr munter eine Tasse Kaffee nach der anderen ein. Tante Pia trank ihn schwarz wie die Nacht. Hoffentlich war er wenigstens koffeinfrei. Ich beugte mich zu Winnie hinüber. „Wie schnell wirkt dat?", fragte ich ängstlich.

„Weiß ich nich'", flüsterte Winnie zurück. „Dat kann noch wat dauern. Bei Rita merkt man fast jar nix. Aber die is' ja auch dran jewöhnt."

Ich wurde immer nervöser. Hoffentlich konnten sie das Teufelszeug vertragen, sie waren schließlich schon so alt! Doch es war alles wie immer. Meine Großtanten redeten lautstark durcheinander, Tante Finchen machte zum x-ten Mal frischen Kaffee, Tante Katrinchen berichtete von den Leberproblemen ihrer Lieblingsfeindin, Oma erzählte von einem Artikel, den Opa für die *Rheinische Post* geschrieben hatte, und Tante Pia maulte auf den Oedter Kaplan, der die Predigt bei seinem Gastauftritt in Kattendonk völlig *verschangeliert* hatte. Eine endlos lange dreiviertel Stunde verging.

„Dat wirkt jaar nich", murmelte Winnie enttäuscht. „Vielleicht war dat der falsche Keks, un' da war nix drin." Ich begann mich langsam zu entspannen. Da hatten wir ja noch mal Glück gehabt!

Doch dann ging es los. Zuerst bei Tante Pia. Sie machte ein komisches Gesicht, setzte sich mit einem Ruck kerzengerade auf, packte ihren Teller mit beiden Händen und hielt ihn Tante Finchen hin. „Lod joan!", rief sie fröhlich. „Jetz jäf mich doch ens 'n rechtich jruet Schtök Kook, Fiin!" Doktor Engels wäre entsetzt gewesen, aber Tante Finchen begann zu strahlen und lud ihrer Schwester ein Riesenstück Grillagetorte auf den Teller. Tante Pia machte sich ausgehungert darüber her. Jetzt begann auch Tante Finchen, komisch zu werden. Sie legte den Kuchenheber hin und fing an, wie verrückt zu kichern. Dabei starrte sie wie gebannt auf die Kaffeekanne. Sie konnte gar nicht aufhören mit Kichern.

„Jamaar, wat häs do dan?", fragte Tante Katrinchen indigniert und musterte die Gastgeberin kritisch. Oma sah Tante Finchens Blick, schaute auf die Kaffeekanne und fing nun auch an zu kichern. Sie verschluckte sich fast an ihrem Streuselkuchen. Tante Finchen klopfte ihr den Rücken und flüsterte dabei Tante Katrinchen etwas ins Ohr, woraufhin diese schallend zu lachen begann. Am Ende lachten alle so sehr, dass ihnen die Tränen über die Wangen liefen. Tante Finchens Busen wogte, Omas Brille verrutschte, Tante Katrinchen verschüttete ihren Kaffee, Tante Pia hielt sich den Bauch und glitt immer weiter von ihrem Stuhl. Alle vier schienen sich über irgendetwas, das uns dummerweise verborgen blieb, köstlich zu amüsieren. Es musste mit der Kaffeekanne zu tun haben, denn Tante Katrinchen zeigte immer wieder mit dem Finger darauf und wand sich dabei vor Lachen. Alle hatten rosige Wangen und leuchtende Augen.

„Na siehste, die finden dat toll!", stellte Winnie zufrieden fest.

Tante Pia schnappte sich schließlich die Kaffeekanne und betrachtete sie bewundernd von allen Seiten, als wäre sie ein wahres Meisterwerk. Dann fuhr sie mit dem Zeigefinger liebevoll über die Tülle. „Häs do di al long?", fragte sie.

„Die häs' do mech doch jeschenkt!", rief Tante Finchen verwundert. „Dat Deng is' uralt!" Tante Pia ließ von der Kanne ab und rückte sämtliche Kuchenplatten zurecht, bis sie alle in einer Reihe standen. Tante Finchen sah ihr kopfschüttelnd zu. Dann begann Tante Pia, ihre Serviette und die von Tante Katrinchen fein säuberlich zusammenzufalten, hielt jedoch erstaunt inne, als ihr Blick auf unsere Begonie fiel. Das kräftige Rot schien ihr zu gefallen, obwohl sie sonst eher auf Eierschalenfarben, Pastelltöne und Silbergrau stand.

„Wat en schuen Blömke! On die schuene Väref!" Ihre Schwestern sahen sie an, verzogen die Gesichter und kicherten bald wieder hemmungslos.

„Die ham wir mitjebracht", erklärte Winnie stolz. „Von Schumeckers Änne." Tante Pia nickte uns wohlwollend zu. Ich wusste mich vor Scham nicht zu lassen. Hoffentlich drehte Tante Pia nicht durch. Jetzt griff sie auch noch zu dem Kännchen mit süßer Büchsenmilch, obwohl die ihr doch sonst immer viel zu fett war! Oma Südstraße hatte sich inzwischen wieder beruhigt und schlug vor, dem Geburtstagskind endlich das wohlverdiente Ständchen zu bringen und stimmte sogleich an: „Zum Jeburtstag viel Jlück!" Alle sangen begeistert mit. Dazwischen kicherten sie. Mir ging es gar nicht gut. Ob das noch schlimmer wurde? Es wurde! Mit einem Mal war es offenbar allen zu heiß und sie begannen, sich mit den Händen und mit Tante Finchens *Quick* frische Luft zuzufächern. Nur gut, dass Tante Walburga nicht da war. Das hätte sie umgebracht. Tante Katrinchen wurde es offenbar schwindelig.

„Jamaar, es et mich wärem!", keuchte Tante Finchen. „Es et öch ooch su wärem?" Die anderen nickten. Das Temperaturproblem war eindeutig eine Nebenwirkung von Ritas Keks, denn alle bekamen es gleichzeitig. Sogar Tante Pias blasses Gesicht hatte eine Farbe angenommen, die fast schon begonienartig war. Hoffentlich kippten sie jetzt nicht alle ohnmächtig vom Stuhl. Ich machte mir große Sorgen. Doch sie schienen sich trotz allem wohl zu fühlen, lachten wie jeck und waren ausgelassen wie Kinder. Tante Katrinchen und Tante Pia fingen sogar an zu schunkeln. Die Stimmung erreichte ihren vorläufigen Höhepunkt, als Onkel Hermann und Onkel Friedes im Garten erschienen.

„Wat es denn hier los?", rief Onkel Friedes beim Anblick der ausgelassenen Damenrunde verblüfft und vermutete sofort das Naheliegendste. „Jeei sed wal an' trööte?" Er schaute sich suchend um, doch es stand keine Likörflasche auf dem Tisch.

„Deiiin ist mein janzes Herz!", trällerte seine Gattin aufgekratzt. „Wo du nicht bist, kann ich nicht seiiin!" Tante Finchen sang gern und oft und war genau wie Tante Pia und Oma Südstraße im Kattendonker Kirchenchor.

Tante Pia sah ihren Gatten bewundernd an. „Wetse wat, Jong, do böös emmer noch ene schtaatse Käel!", tönte sie zur allgemeinen Erheiterung. Onkel Hermanns Züge entgleisten. Solche Töne war er von Tante Pia nicht gewöhnt. Wir auch nicht. Tante Finchen trat die Flucht nach vorn an, packte sich ihren Friedes, wirbelte mit ihm über den Rasen und sang dabei: „Komm und bediiien dich bei mir, denn mein Herz und wat dazu jehört ist deiiin!" Peter Alexander stand bei allen Schwestern hoch im Kurs. Das Original war zwar von Tom

Jones, aber den kannten sie bestimmt nicht. Tante Katrinchen dirigierte derweil eifrig mit der Kuchengabel. Jetzt war auch Onkel Friedes sprachlos oder, wie man in Kattendonk sagte, *van et Kallen aaf.*

„Wat habt ihr jetrunken?", fragte Onkel Hermann misstrauisch.

„Komm und bediiien dich bei mir, denn ich weiß, ich werd mit dir im Himmel seiiin", trällerte Tante Finchen unbeirrt weiter.

„Cognac? Likör? Schnaps? Ihr seid ja knatsch beschwiimelt!"

„Van wejen beschwiimelt, die sind kadaunevol", korrigierte Onkel Friedes, der sich mit einiger Mühe wieder befreit hatte.

„Es ist noch jrüüün unser Jlück, doch ich spür, ich bleibe diiir für immer treu!", sang Tante Finchen und fiel fast in die Dahlien.

„Dat wel ich waal hoape", konterte Onkel Friedes trocken.

„Mal ehrlich! Wat war dat?", fragte Onkel Hermann.

„Jaaaar nix!", lachte Tante Katrinchen.

„Bloß Kofe", bestätigte Tante Pia.

„Komm und bediiien dich bei mir, du wirst sehn die Welt ist schöner für uns zwei!", jubilierte Tante Finchen.

„Pia Pannenbäker!", sagte Onkel Hermann mit strenger Stimme und blickte seine Gattin mit bohrendem Blick an.

„Ich hab' dich jet jevroert!"

Tante Pia kicherte und hielt sich dabei verlegen wie ein junges Mädchen die Hand vor den Mund. „Nur *ein* Jlääsken van Fiins Wimelen", kicherte sie. „Sons' nix! Frach doch dat Marlies! Dat Kengk kann net lööje!" Nein, lügen konnte ich tatsächlich nicht. Das wussten alle. Onkel Friedes und Onkel Hermann schauten mich fragend an.

„Stimmt dat, Marlies?", erkundigte sich Onkel Friedes.

„Dat stimmt wirklich", sagte ich „Bloß Kaffee. Un' vorher

Wimelen. Aber da waren wir noch nich' da." Winnie nickte verstärkend. Das überzeugte die beiden.

„Ich lad' dich ein, und du sagst: Jess! Und zum Dessert jibt's Häppiness!", sang Tante Finchen und drehte auf dem Rasen schwerfällige Pirouetten. Onkel Friedes und Onkel Hermann blickten sich an, holten tief Luft, setzten sich mit an den Tisch, schnappten sich die Flasche mit *Wimelen*, schenkten sich ein großes Glas ein und ließen sich den Kuchen schmecken.

Als Winnie und ich um sechs nach Hause mussten, herrschte immer noch Bombenstimmung. Onkel Tis und Opa waren jetzt auch da und wunderten sich. Onkel Friedes hatte inzwischen für die Männer die Cognacflasche geholt. Tante Finchen benahm sich wie eine Braut in den Flitterwochen und machte mehrfach Anstalten, auf den Schoß von Onkel Friedes zu steigen, was dieser lachend abwehrte. Glücklicherweise fiel Oma nicht aus der Rolle, sonst hätte Opa vielleicht doch noch Verdacht geschöpft. Er sah mich nämlich mehrfach merkwürdig an. Es schien allen hervorragend zu gehen, und die Männer waren auch ohne Keks in Hochstimmung. Ich wäre trotzdem gern noch geblieben, um auf meine Tanten aufzupassen und notfalls Doktor Engels zu rufen und alles zu beichten.

Den ganzen Abend und die halbe Nacht machte ich mir bitterste Vorwürfe und betete stundenlang zu Maria. Wenn jetzt doch noch was passierte und eine der alten Damen im Krankenhaus landete und den Magen ausgepumpt bekam? Oder noch schlimmer! Vielleicht fielen sie ja reihenweise ins Koma? Musste man nicht das Krankenhaus informieren, damit sie ein Gegengift parat hatten? Ich hätte sie bestimmt angerufen, wenn sie ein Telefon gehabt hätten. Doch meine Tanten waren trotz ihrer unzähligen gesundheitlichen Probleme, trotz Herzklabastern, *Piin* und *Wiie* erstaunlich robust, trugen keinerlei bleibende Schäden davon und sprachen noch lange begeistert von dem wunderbaren Nachmittag. Von Tante Finchens neuem Aufgesetzten waren glücklicherweise noch ein paar Flaschen übrig, und es gab sicher noch mehr Gelegenheiten, sie in trauter Runde zu genießen. Ohne Männer. Vielleicht war es ja ohnehin nur der *Wimelen* gewesen und gar nicht Ritas Keks?

Prälat Sandemann

In der Quarta formierten sich alle Klassen neu, denn nun waren die Schülerinnen auf die drei Schulzweige verteilt worden. Zudem war die Zahl der Schülerinnen insgesamt stark geschrumpft, da in den beiden Kurzschuljahren tüchtig „gesiebt" worden war. Unser Klassenraum lag jetzt im oberen Stock des alten Backsteingebäudes, direkt an der Treppe. Die Tische hatten schon viele Generationen von Schülerinnen erlebt und waren mit eingeritzten Schimpfwörtern und mathematischen Formeln bedeckt. Draußen im Flur hingen Silberhaken, an denen unsere Turnbeutel baumelten. Sie enthielten alle das Gleiche: weiße Turnschuhe, deren Sohlen intensiv nach Gummi rochen, eine schwarze Turnhose und ein weißes Turnhemd. Natürlich *mit* Ärmeln. In der Klasse roch es nach Kreide, Stickluft und Aufregung, durch die hohen Fenster schien die Sonne herein, und wir waren nervös. Besonders ich. Vor neuen Lehrern hatte ich grundsätzlich Angst. Hoffentlich war es ein junger Referendar! Auf den Pulten lagen unsere Lateinbücher. Wir hatten sie in transparente Bücherhaut eingeschlagen und schon mehrmals voller Ehrfurcht hineingeschaut. Fein säuberlich standen unsere Namen auf der ersten Seite. Es gab zahlreiche Zeichnungen, neben denen die deutschen und die lateinischen Wörter standen, etwa *Asinus*, der Esel, *aquila*, der Adler, *gallus*, der Hahn und *porcus*, das Schwein. Zudem gab es Seiten mit schwarzweißen Fotos, etwa von Hermes, Orpheus und Eurydike und der Wölfin, die Romulus und Remus säugte und wohl deshalb so viele Zitzen hatte. Auf Seite fünfundzwanzig sah man die splitternackten Körper von Laokoon und seinen Söhnen, die verzweifelt mit den riesigen Meeresschlangen kämpften. Wir kannten die Sage aus unserem Schwab-Buch.

Laokoon war ein Priester und Seher in Troja und warnte sein Volk vor den listigen Griechen und ihrem hölzernen Pferd, doch Athene, die auf Seiten der Feinde war, beschloss, ihn zu vernichten, und ließ die Schlangen auf ihn und seine Söhne los. Wir wussten, wie es ausging. Laokoon und seine Söhne hatten nicht den Hauch einer Chance. Sie waren dem Tode geweiht.

Wir erschraken nicht schlecht, als nicht etwa ein freundlicher Referendar, sondern ein hagerer, ernster Mann mit eisblauen Augen eintrat, den wir bisher nur aus der Kapelle kannten, wo er jede Woche die Messe mit uns feierte. Sein Gesicht hatte eine merkwürdige Farbe, es war irgendwie grau, und wir hatten ihn noch nie lächeln sehen. Die Internen, die immer bestens informiert waren, erzählten uns später, dass er im Krieg eine lebensgefährliche Gasvergiftung erlitten hatte. Daher kam auch seine ungewöhnliche Hautfarbe. Er schrieb groß „Ora et labora!" an die Tafel und hielt einen langen Einführungsvortrag, der mit den Sätzen endete: „Disziplin ist das A und O des Lateinstudiums. Daher verlange ich äußerste Disziplin von euch, meine Damen! Merkt euch das, nur dann werdet ihr eines Tages Großes leisten!"

Es hätte der gestrengen Rede nicht bedurft. Wir waren auch so schon völlig eingeschüchtert. Eigentlich war sein Einstieg pädagogisch gar nicht mal schlecht. Sandemann setzte uns eindeutige Grenzen und teilte uns klar und deutlich mit, worauf es ihm ankam. Wir hockten auf unseren Stühlen wie hypnotisierte Kaninchen. Bald waberten die ersten Grammatikschwaden durchs Klassenzimmer. Mich erfüllten sowohl das Fach als auch der Lehrer mit Furcht. Die Folgen waren unübersehbar. Im ersten Quarta-Zeugnis bekam ich in Latein eine Fünf und war am Boden zerstört.

Sandemann liebte kurze, zackige Kommandos wie „Bücher öffnen! Vorlesen! Übersetzen! Aufstehen! Setzen! Bücher schließen!". Besonders unangenehm wurde es, wenn er am Anfang der Stunde Vokabeln abfragte. Meist trug er auch im Unterricht seine schwarze Soutane. Wenn er in Zivil war, trug er eine schwarze Hose mit breiten Hosenträgern, die er mit sehnigen Händen nach vorn zog, sobald wir nicht schnell genug antworteten, und so hart zurückschnellen ließ, dass es klatschte. Dummerweise interpretierte er unsere kollektive Denkhemmung gänzlich falsch und hielt uns für stinkfaul. Gleich in der ersten Stunde lernten wir, dass ein lateinisches C wie Z gesprochen wurde, es hieß also Zaesar und Zitzero. Es klang zwar komisch, aber keine von uns wagte zu lachen. Einige Jahre später gelangte die Forschung offenbar zu neuen Erkenntnissen, denn bei seiner Nachfolgerin lernten wir, dass C wie K gesprochen wurde, und fortan hießen Zaesar und Zitzero Kaesar und Kikero, was auch nicht viel schöner klang.

Latein bereitete mir körperliches Unbehagen. Ich war jedes Mal froh, wenn der Unterricht zu Ende war und ich aus dem alten Rom in die rettende Pause fliehen konnte. Winnie versuchte auf ihre Weise mit Sandemann klar zu kommen. Sie machte sich über ihn lustig. „Der is' doch bloß ein jallus jermanicus", kicherte sie. „Oder ein asinus porcus." Mir schlug selbst bei Fremdfrechheiten sofort das Gewissen, und ich schaute mich vorsichtig um, ob Sandemann nicht etwa wie der allmächtige Zeus mit gezücktem Blitz hinter uns stand, um uns hinab in den Orcus zu donnern. Bestimmt hörte er alles, was wir sagten. Schließlich war er nicht nur Lateinlehrer, sondern auch noch Gottes Stellvertreter auf Erden. In seinen Stunden wagte keine von uns zu pfuschen oder auch nur zu husten oder zu niesen. Nachts geisterte er bedrohlich durch meine Träume. Dann wurde ich jedes Mal schweißgebadet wach. In meinen Augen hatte er eindeutig etwas von einem Untoten.

„Vielleicht is' der gar kein Lehrer, sondern wat ganz anderes. Der is' doch bestimmt uralt. Und so grau! Und die komischen Augen!"

„Helle Augen haben Wölfe auch", sagte Winnie.

„Meinste, der is' so wat wie 'n Werwolf?"

„Quatsch mit Soße!", sagte Winnie. „Et jibt hier keine Werwölfe."

„Glaubste, der kann Gedanken lesen?"

„Un' wenn schon", sagte Winnie. „Dat kann ich auch!"

Schwester Lucia nahm ihn in Schutz. „Ihr braucht keine Angst vor ihm zu haben, Marlies. Der Mann hat in seinem Leben sehr viel geleistet. Er betreut uns Schwestern schon seit 1925 als Seelsorger. Er hat beide Kriege miterlebt. Und während des letzten Krieges war er hier Lazarettpfarrer." Sie klang richtig ehrfürchtig. „1943 hat er hier mit vierzehn Verwundeten sogar einen Soldatenchor gegründet. Und er ist immer noch so rüstig!" Sie erzählte uns von dem Ehrenfeld des nahegelegenen Friedhofs, auf dem fast hundert zum größten Teil blutjunge Soldaten begraben waren, die vorher schwer verletzt von der Front ins Lazarett gebracht worden waren. „Sie sind alle hier gestorben. Unsere Schule war nämlich in beiden Kriegen ein riesiges Lazarett", erzählte sie. „Das waren schreckliche Zeiten, Kinder. Es war so schlimm, dass ich gar nicht darüber reden kann." Sie hatte plötzlich Tränen in den Augen. Wir waren richtig erschrocken. Von ihr erfuhren wir auch, dass Sandemann aktives Mitglied in der DLRG war und jeden Sommer auf ausdrücklichen Wunsch der Nachbargemeinde das Freibad mit einem Kopfsprung vom Dreimeterbrett einweihte. Er war offenbar ein leidenschaftlicher Schwimmer, dabei war er doch bestimmt schon achtzig! Uns blieb wohl nichts anderes übrig, als ihn geduldig zu ertragen. Wie sagte Opa Südstraße immer so schön: „Auch das geht vorüber." Also bestimmten wir weiter grammatische Formen und lernten tausend Regeln auswendig. Einige kann ich bis heute herunterbeten.

Als meine Leistungen auch in der zweiten Quartahälfte nicht besser wurden, machte sich mein Vater auf, um mit meinem Lehrer über mein Schicksal zu verhandeln. Mit Erfolg. Danach behandelte mich die graue Eminenz deutlich freundlicher. Offenbar hatte Vater ihn davon überzeugen können, dass ich nicht etwa faul war, sondern einfach nur schreckliche Angst hatte. Meine Noten begannen sich langsam zu verbessern. Ein paar Mal nahm mich Sandemann sogar zur Seite und trug mir Grüße an meinen Vater auf. Auf Lateinisch.

Mit der Sprache der alten Römer konnte ich mich erst anfreunden, als wir Jahre später bei seiner Nachfolgerin die Kriege und Schlachten hinter uns ließen und spannendere Stoffe wie die tragische Liebesgeschichte von Pyramus und Thisbe, den Höhenflug von Daedalus und Ikarus und die Wintergedichte von Horaz lasen. Bei Sandemann war Latein für mich nur die kalte Sprache der komplizierten Grammatik, und die hasste ich, mitsamt Gerundium, Gerundivum, Vokativ und Ablativ. Ich weiß noch, wie mühsam ich Vokabeln paukte, immer wieder unterbrochen von heftigen Gähnanfällen. Ich hing schlaff an meinem Schreibtisch und versuchte zu übersetzen, bis ich vor Erschöpfung einschlief. Mein Vater meinte, ich würde ihn an den heiligen Hieronymus im Gehäus erinnern, der in seiner Studierstube mit einem schlafenden Löwen und einem Hund am Schreibpult sitzt. Bei mir waren die tierischen Begleiter allerdings sehr viel kleiner. In meiner Linken schlief mein Goldhamster, und auf meinem Schoß lag mein Kater Jimmy Jinkins, der sich so an meine Hamster gewöhnt hatte, dass er zeitlebens keine einzige Maus fing. Rita behauptete, dass man Vokabeln besser behielt, wenn man sich vor dem Einschlafen das Buch unters Kopfkissen legte. Leider funktionierte diese Methode bei mir nicht. Vor lauter Stress bekam ich nervöse Tics, die von Mama wenig einfühlsam kommentiert wurden: „Zieh nicht so Fratzen, Kind, sonst bleibt dein Gesicht stehen!" Als ob man Tics kontrollieren könnte! Noch eine Sorge mehr!

Sandemann verlor einiges an Schrecken, als er eines Tages unerwartet aus der Rolle fiel, und daran war Winnie schuld. Er marschierte wie immer mit langen Schritten ins Klassenzimmer und rief: „Salve, discipulae!" Wir sprangen auf, nahmen eine stramme Haltung an und riefen zurück: „Salve, magister!" Woraufhin er „Setzen!" schmetterte. Kaum saßen wir, zeigte er mit dem Finger auf eine von uns. Sie musste aufstehen, und schon hagelte es Vokabeln und kurze Sätze, die wie am Schnürchen übersetzt werden mussten. Beim ersten Fehler und beim kleinsten Zögern konnte man sich gleich wieder setzen und bekam einen Eintrag in das hinterlistige schwarze Buch. Die Lateinbrocken prasselten an diesem Morgen nur so auf uns nieder. *Navigare? Ludus? Pugnare?* Manchmal kamen auch ganze Sätze. Sandemanns Spezialsatz war der Zungenbrecher *Sunt pueri pueri, pueri puerilia tractant*. Knaben sind Knaben und Knaben machen Knabenhaftes. Die schüchterne Stella Arnold war sein Lieblingsopfer, was eindeutig an ihrem lateinischen Vornamen lag. Offenbar verpflichtete er in Sandemanns Augen automatisch zu Höchstleistungen. Auch an diesem Tag traf es Stella zuerst. Ich weiß sogar noch den Satz: „Octo annos Caesar in Gallia bellabat." Stellas gestotterte Antwort war ziemlich lustig, aber keine von uns lachte: „Acht Jahre lang hat Zäsar die Gallier belabert." Eigentlich hieß es ja „in Gallien Krieg geführt". „Herr des Himmels!", stöhnte Sandemann. „Belabert! Hoffnungslos! Versuch es noch einmal, Mädchen!" Stella starrte auf ihre Finger und brachte keinen Ton mehr heraus. Wieder einmal überlegte ich, wozu diese Quälerei nötig war. Warum mussten wir diese schreckliche Sprache lernen? Sie war doch ausgestorben! Sandemann gab auf.

„Etwas mehr *diligentia*, meine Dame, wenn ich bitten darf!" Als nächstes würde er wie üblich „Setzen!" schnarren. Er hatte schon angesetzt, doch diesmal kam ihm jemand zuvor.

„Sitzen machen!", rief Winnie und klang dabei haargenau wie Sandemann. Stella sank verwirrt auf ihren Stuhl. Sandemanns eisblaue Augen begannen gefährlich zu glitzern, und er baute sich drohend vor Winnie auf.

„Was hast du da gerade gesagt, Mädchen? Aufstehen!" Winnie erhob sich, blickte ihm fest in die Augen und wiederholte ganz langsam mit ihrer normalen Stimme: „Sit-zen-machen!" Jetzt verlor Sandemann tatsächlich sein Gesicht. Doch er sah dabei nicht etwa wütend aus. Er *grinste*.

„Ist das nicht aus einem Film?", fragte er interessiert.
„Ja. Aus *Eins zwei drei*. Von Billy Wilder", erklärte Winnie. Wie gut, dass Kino-Helmut uns erlaubt hatte, in die Billy Wilder-Matinee zu kommen. Wir hatten den Film zwar nicht ganz verstanden, aber wir liebten Mister Macnamara, seinen

hackenschlagenden Angestellten Schlemmer und den revolutionären jungen Horst Buchholz. Sandemanns Miene hellte sich noch mehr auf.

„Warte mal!", rief er und wedelte aufgeregt mit den Händen. „War das nicht James Cagney? Und hat da nicht Hubert von Meyerinck mitgespielt? Als irgendein Graf? Wie hieß er doch gleich?"

„Waldemar von und zu Droste-Schattenburg", sagte Winnie stolz. Den Namen fanden wir beide so witzig, dass wir eins meiner Kaninchen so getauft hatten. Ein schwarzes Riesenbiest. Im Stall nebenan wohnte die wildfarbene Annette von Droste-Hülshoff. Wir liebten ausgefallene Namen. Ich hatte später sogar ein Meerschwein, das Neidhard von Reuental hieß.

„Ganz recht! Jetzt fällt es mir wieder ein. Das war doch der Bluter!" Sandemann blinzelte. „Hervorragender Film. Schwarz-Weiß. 1961. Oscar-Nominierung für die beste Kamera. Ich habe Tränen gelacht! Doch nun genug der Ablenkung, meine Damen. Kehren wir zur lateinischen Sprache zurück. Mal sehen, ob du dich darin genauso gut auskennst wie im Kino, Fräulein Klaarenbom. Wie lautet die lateinische Übersetzung von Tränen?"

„Lacrima!", rief Winnie wie aus der Pistole geschossen.

„Falsch!", donnerte Sandemann. „*Lacrimae*! Es handelt sich hier nicht um den Singular, Mädchen, sondern um den Plural!" Und dann schnarrte er doch tatsächlich: „Sit-zen-ma-chen!" Winnie ließ sich krachend auf ihren Stuhl fallen. Wir begannen zu lachen. Erst leise und verhalten, dann immer lauter. Sandemann lachte mit. Schallend. Auf einmal war er ein richtiger Mensch.

„Dat der Filme im Kino kuckt, hätt' ich nie im Leben jedacht", meinte Winnie in der nächsten Pause. Ich auch nicht, aber mich beschäftigte noch ein ganz anderer Gedanke. Ich hatte im *Reader's Digest*-Heft meiner Eltern etwas Furchtbares gelesen und brauchte dringend Zuspruch.

„Meinst du, dat kann sein, dat man sich nach 'nem Schlag auf 'n Kopf nur noch an *eine* Sprache erinnert?", fragte ich. „Natürlich nur, wenn man vorher schon mehrere Sprachen kann. So wie wir." Winnie pustete sich die Haare aus der Stirn.

„Dat kann schon sein. Aber so lang' man überhaupt noch sprechen kann, macht dat doch nix, oder? Irjenswer versteht einen schon. Immer noch besser als janz stumm."

„Ja, aber stell dir mal vor, dat wär' Kattendonker Platt. Dat kann doch kaum jemand. Bloß die alten Leute. Oder Latein! Dat wär' 'ne echte Katastrophe! Da verstehen einen nur noch Priester und Lateinlehrer! Und die verbessern dich dann auch noch dauernd!" Ich wäre tausendmal lieber verstummt als das zu ertragen. Winnie runzelte die Stirn. „Wat du immer für komische Probleme has'!", meinte sie. „Komm, wir ziehen uns 'nen Kakao!"

Im Herbst beobachteten wir, wie Sandemann ehrfurchtsgebietend durch den Park schritt, in seinen langen dunklen Mantel gehüllt, einem hochbeinigen grauen Schäferhund an der Seite. „Manno, der hat sogar 'nen eijenen Wolf", sagte Winnie. „An irjendwen erinnert der mich, ich weiß nur nich', an wen." Mich erinnerte er auch. An den Tollund Mann! Doch die Assoziation war so blasphemisch, dass ich nicht wagte, darüber zu sprechen. Nicht mal mit Winnie, deren Gedanken um jemand ganz anderen zu kreisen schienen.

„Die blauen Augen! Un' der Jang! So kerzenjrade un' irjenswie federnd." Wir durchforsteten gemeinsam unser Filmwissen.

„Vielleicht Charlton Heston?", schlug ich vor. Er hatte immerhin Juda Ben Hur gespielt, und der hatte doch auch Latein gesprochen. Oder war das doch Hebräisch gewesen? Der Film spielte ja in Jerusalem. Aber zur Römerzeit.

„Nee, et is' auf jeden Fall einer ausem wilden Westen", sagte Winnie.

„Gary Cooper vielleicht? Oder jemand aus *Winnetou*? Lex Barker?"

„Nee, todsicher keiner aus Winnetou."

Wir überlegten die ganze Pause lang, aber wir kamen einfach nicht drauf. Erst auf der Treppe fiel es Winnie ein. Sie blieb wie angewurzelt stehen, schlug sich mit der flachen Hand vor die Stirn und rief: „Jetz' weiß ich et! Henry Fonda!" Wir hatten ihn vor kurzem in *Das war der wilde Westen* gesehen. Der Film hatte so lange gedauert, dass wir eingeschlafen waren. Aber es stimmte. Sandemann sah Henry Fonda viel ähnlicher als dem Tollund Mann, wenn man von der Farbe mal absah. Eigentlich hatte er ein interessantes, gut geschnittenes Gesicht. Wenn er nicht so unnahbar, grau und alt gewesen wäre, hätte man sogar richtig für ihn schwärmen können. Meinen Alpträumen blieb er von nun an jedenfalls fern. Wer Ähnlichkeit mit Henry Fonda hatte, über Mister Macnamara lachte und den Grafen von und zu Droste-Schattenburg kannte, war kein Monster.

Dass seine Liebe zum Film noch eine ganz andere Seite hatte, stellte Sandemann in unserem letzten Schuljahr mit ihm eindrucksvoll unter Beweis. Da brachte er nämlich eine richtige Kamera mit und filmte, wie wir nacheinander zur Tafel gingen, mit weißer Kreide unsere Namen anschrieben und wieder wegwischten. Den fertigen Film führte er uns einige Wochen später feierlich im dunklen Musiksaal vor, wo eine riesige Leinwand und ein surrendes schwarzes Vorführgerät auf uns warteten. Es war fast so interessant wie bei Kino-Helmut. Wir sahen staunend zu, wie wir uns erhoben, eine nach der anderen verlegen lächelnd nach vorn schritten, ungelenk unsere Namen anschrieben, wieder wegwischten und erleichtert an unsere Plätze zurückkehrten. Zum ersten Mal sah ich mich selbst, mit langen Ponyfransen und wippendem Pferdeschwanz. Ich war wenig erbaut und, fand mich hässlich, viel zu dünn, und noch dazu die langen Gibbonarme! Zum Schluss ließ Sandemann den Film rückwärtslaufen. Es war zum Brüllen. Doch nach dem filmischen Zwischenspiel war er leider wieder genau so streng und unnahbar wie vorher.

Am letzten Unterrichtstag vor Weihnachten hatten wir verständlicherweise keine Lust auf Latein und überredeten Lorene, die nach wie vor Klassensprecherin war, den Satz „Es ist schon immer so gewesen, in der letzten Stunde wird vorgelesen!" an die Tafel zu schreiben. Wie würde er reagieren? Würde er schimpfen? Trotzdem knallhart Vokabeln oder Grammatikregeln abfragen? Wir waren ziemlich nervös. Doch Sandemann war bestens vorbereitet und legte einen denkwürdigen Auftritt hin. Er hatte lediglich ein großes Heft dabei, das er langsam und feierlich öffnete. Daraus las er uns eine Geschichte vor, die von einem Jungen namens Robert handelte, bei dem es sich zweifellos um sein kindliches Alter Ego handelte. Der kleine Held spielte seinen gestrengen Lehrern dauernd Streiche und warf mit lateinischen Brocken nur so um sich. Ein Satz kam immer wieder vor: „Factum est, sprach Zitzero und schlug die Schicksalstüre zo!" Die Geschichte war lustig, spannend und wurde radioreif vorgetragen. Sandemann hatte eindeutig schauspielerisches Talent. Er konnte seine Stimme sehr gut verstellen und wunderbar wild mit den Augen rollen. Wir bogen uns vor Lachen. Er sah mehr denn je aus wie Henry Fonda, und seine blauen Augen strahlten wie Eisvogelfedern am dunklen Winterhimmel. Er schrie und flüsterte, flötete und schnarrte, schnitt Grimassen, gestikulierte, machte sich über die Penne, verrückte Pauker, strenge Väter und durchgeknallte Verwandte lustig. Sein kleiner Held hatte genau wie wir Riesenprobleme mit der lateinischen Sprache, stellte nichts als Unfug an und machte dauernd Augen groß wie Spiegeleier oder Suppenteller. Die Geschichte endete auch mit dem Satz „Factum est, sprach Zitzero und schlug die Schicksalstüre zo!", woraufhin Sandemann sein Heft zuschlug und sich verbeugte. Wir klatschten, bis uns die Hände weh taten. An diesem Tag verstand ich sogar Schwester Lucia. Prälat Sandemann konnte richtig toll sein! Allerdings nur, wenn er das kleine schwarze Buch zu Hause ließ. An diesem Morgen bewunderten wir ihn alle. Sogar Stella Arnold schaffte es, sich zu entspannen. Leider las er uns nie wieder aus dem großen Heft vor und schnarrte auch nie wieder „Sitz-en-ma-chen!". Später bekamen wir eine neue Lateinlehrerin, vor der wir keine Angst, sondern nur Ehrfurcht hatten. Sie war einfach wunderbar, und bei ihr fing ich endlich an, Latein zu mögen.

Der schöne Manfred

Mein größtes Problem war und blieb die Mathematik. An der Kattendonker Volksschule war meine Rechenschwäche niemandem aufgefallen, doch am Gymnasium wurde sie unübersehbar. Sobald es um Zahlen ging, stand ich wie der Ochs vorm Berg. Dabei schuftete ich wie ein Pferd. Das kleine Einmaleins schaffte ich gerade noch, weil ich es wie ein Gedicht auswendig lernte, doch schon beim großen Einmaleins war ich verloren. Dauernd verwechselte und verdrehte ich Zahlen. Taschenrechner gab es nicht, und unter dem Pult rechnete ich heimlich mit den Fingern. Daten konnte ich mir nicht merken, Jahrhunderte verschwammen vor meinen Augen, Formeln und Regeln versetzten mich in Panik. Das einzige historische Ereignis, das ich stressfrei behielt, war die Schlacht von Issos, denn dazu gab es den eingängigen Satz „333 bei Issos Keilerei". Nullen waren besonders übel, vier oder fünf mehr oder weniger machten für mich überhaupt keinen Unterschied. Liter und Zentiliter, Kilometer, Meter und Millimeter brachten mich zur Verzweiflung. Ich versagte kläglich, obwohl ich so viel büffelte, manchmal bis tief in die Nacht. Meistens rettete ich mich mit Eselsbrücken und dachte mir die abstrusesten Geschichten aus, in denen soundso viele Personen soundso alt waren, sich vor soundso viel Jahren begegneten und soundso viele Stinktiere, Beutelratten, tasmanische Teufel, Geschwüre oder Pestbeulen hatten. Geschichten und Bilder konnte ich mir hervorragend merken. Aber Zahlen?

Unsere Mathelehrerin hieß Schwester Zeta, war bereits im Rentenalter und hatte bis vor wenigen Jahren die große Klosterschule des Ordens in Köln geleitet. Offenbar hatte man sie nur wegen des akuten Lehrermangels speziell für unsere Klasse reaktiviert. Sie sprach mit leichtem Kölschen Akzent, hatte mindestens einmal im Monat ernsthafte Herzprobleme und war ansonsten eine starke, energische Frau, vor der früher bestimmt selbst die härtesten Väter in die Knie gegangen waren. Leider verstand sie kein bisschen Spaß, was ihr Fach anging.

„Mit Intelligenz hat das offenbar nichts zu tun", versuchte sie mich zu trösten, als ich mir wieder mal eine total verhauene Arbeit bei ihr am Pult abholte. „Sonst würdest du in den anderen Fächern nicht so gut stehen. Außerdem ist dein Ansatz immer richtig. Ich kann es mir einfach nicht erklären. Du machst erschreckende Flüchtigkeitsfehler, Mädchen! Du kannst einfach nicht *rechnen*!" Wem sagte sie das! Ich konnte nur zählen, und nicht mal das konnte ich gut. Selbst Winnie verstand mich nicht. Für sie war Rechnen kein Thema. Es flog ihr zu, während ich übte, bis mir schwarz vor Augen wurde und trotzdem den totalen Blackout bei Klassenarbeiten bekam. Da half nicht mal Tante Pias Muttergottesbild, das ich vorsichtshalber bei jeder Klassenarbeit unter mein Heft legte. Schwester Zeta hatte wie die meisten Nonnen Argusaugen und ging davon aus, dass ich pfuschen wollte. Sie stellte sich hinter mich, riss erwartungsvoll das Heft hoch und machte ein höchst verdutztes Gesicht, als sie sich unerwartet Auge in Auge mit der freundlich lächelnden Maria und dem drallen Jesuskind von Raffael sah. Sie seufzte mitleidig und ließ mich danach in Ruhe, wenn ich hilfesuchend meine Madonna fixierte, um endlich die dringend notwendige himmlische Inspiration zu empfangen. Doch nicht mal die Gottesmutter konnte mir helfen. In Mathematikstunden schwitzte ich Blut und Wasser, und vor Tests war mir tagelang schlecht. Ich war ein hoffnungsloser Fall.

„Ohne Maria wär dat noch viel schlimmer!", versuchte Tante Pia mich zu trösten. Das sagte sie immer. Es hätte mir mehr geholfen, wenn mein Vater mir damals gestanden hätte, dass er dieselbe Zahlenschwäche hatte wie ich, doch das war ihm wohl zu peinlich. Ich fand seine Zeugnisse erst nach seinem Tod. Auch der kluge Opa Südstraße warf bei Mathematik merkwürdigerweise erstaunlich schnell das Handtuch, so dass ich vermute, dass meine Unbegabtheit gleich doppelt genetisch bedingt war. Meine Banknachbarin Angela war ein Mathe-Ass und hätte mir sicher geholfen, doch wir wurden bei Schwester Zeta in Gruppen aufgeteilt und mussten unterschiedliche Aufgaben lösen. Neben einem Genie zu sitzen, war so ziemlich das Schlimmste, was mir passieren konnte.

„Ich heirate mal 'nen Mathematiker. Oder 'nen Kernphysiker", posaunte Angela bei jeder sich bietenden Gelegenheit. Wenn ich mich nicht irre, hat sie beides später erfolgreich in die Tat umgesetzt, wenn auch in umgekehrter Reihenfolge. Meine Gefühle für Angela waren ziemlich unchristlich. Ich platzte vor Neid. Winnie fertigte mit klitzekleiner Schrift die tollsten Pfuschzettel für mich an, die ich mir unauffällig in Schuhe und Taschen stecken sollte. Doch das traute ich mich nicht. Ich war nicht gut im Pfuschen, denn man sah mir mein schlechtes Gewissen sofort an. Schwester Zeta würde mich todsicher erwischen, denn sie konnte ja wie alle Nonnen auch mit dem Hinterkopf sehen. Spickzettel waren nur eine Option, wenn Schwester Lucia Aufsicht führte. Meine desaströsen Mathenoten bewiesen, dass ich eine Versagerin war. Obwohl ich stundenlang über Gleichungen, Wurzeln und Dreisatz brütete! Jedes Mal, wenn ich zur Kontrolle nachrechnete, bekam ich ein anderes Ergebnis. Es war zum Heulen.

Schwester Zeta mochte mich, doch sie konnte aus Gründen der Fairness nur ein wohlwollendes „richtiger Ansatz" unter meine Arbeiten schreiben, bevor sie die rote Fünf daneben malte. In ihrer Ratlosigkeit zitierte sie schließlich meine Mutter zu sich. Die erfolgreiche Buchhalterin konnte sich überhaupt nicht erklären, warum ihre Tochter ausgerechnet in ihrem Lieblingsfach so grottenschlecht war. Offenbar hatte sie keine Ahnung, dass ihr Gatte und ihr Vater ähnlich untalentiert waren. Zu meinem Kummer hielt Mama mich für total verstockt. „Gib dir endlich mal Mühe! Das sieht doch jeder, was da rauskommt! Bist du etwa blind?" Sie ahnte nicht, wie richtig sie lag. Ich *war* blind. Zahlenblind! Bis heute vergesse ich beim Stress sämtliche Telefonnummern, Postleitzahlen,

Kontonummern und Pins. Nullen sind für mich ein Mysterium. Milliarde? Billion? Alles dasselbe! Bei Klassenarbeiten und Prüfungen tobten die Zahlenkolonnen wie Wirbelstürme durch mein Gehirn. Heute gibt es einen Fachausdruck für Rechenschwäche: Dyskalkulie. Damals kannte man nur Dyslexie. Kinder mit Rechtschreibschwäche bekamen Förderunterricht, Kinder mit Rechenschwäche waren verloren. Ich war auf dem besten Weg, depressiv zu werden, weil ich wusste, dass es völlig egal war, wie viel Mühe ich mir gab. Ich würde trotzdem versagen. Jeder Misserfolg war eine weitere Bestätigung meiner

Unfähigkeit. Ich stieß an eine mentale Grenze, die für mich so unüberwindbar war wie der Himalaya. In meiner Verzweiflung versuchte ich, mich mit Zahlen anzufreunden, indem ich sie in Tiere verwandelte. Die Eins wurde zum Schmetterling, die Zwei zum Schwan, die Drei zum Fuchs mit buschigem Schwanz, die Vier zum Nashorn, die Fünf zum Löwen, die Sechs zum Eichhörnchen, die Sieben zum grasenden Pferd, die Acht zum Teddy und die Neun zum Elefanten. Doch nichts half.

Nach intensivem Brainstorming kamen meine Eltern, Opa Südstraße und Schwester Zeta auf die Idee, einen geeigneten Nachhilfelehrer für mich zu suchen. Eigentlich eine gute Idee, doch sie wählten dummerweise genau den Falschen und stürzten mich ohne es zu wollen in ein furchtbares Dilemma. Zum ersten Mal bekam ich Krach mit Winnie. Pierre Brice hatte nämlich vor kurzem Konkurrenz bekommen. Ausgerechnet Manfred Tevissen, mein neuer Nachhilfelehrer, war Winnies heimlicher Schwarm. Er war nicht nur ein bemerkenswert rechenbegabter Primaner, er gehörte auch zu den attraktivsten Jungen von Kattondonk. Er sah ein bisschen aus wie James Dean, und jetzt sollte ausgerechnet ich jede Woche zwei Doppelstunden mit ihm verbringen. Bei ihm zu Hause! In seinem Zimmer! Ganz allein! Mir wäre viel lieber gewesen, wenn er zu uns gekommen wäre, doch dazu hatte er keine Lust, weil er dadurch kostbare Zeit verlor, daher musste ich schweren Herzens zu ihm. Die halbe Klasse war verrückt nach Manfred Tevissen und beneidete mich glühend, und Winnie war schweineeifersüchtig. Keiner wollte mir glauben, dass der schöne Manfred mich nicht die Bohne interessierte, und ich war stinksauer, weil man mir nicht mal ein paar ordentliche Nachhilfestunden gönnte. Nicht mal Winnie!

Manfred war groß, schlank und dunkelblond, hatte eine ausdrucksvolle Stimme und Hände wie ein Pianist. Er war überaus musikalisch und konnte regelmäßig samstags oder sonntags als Vorbeter in der Kirche bestaunt werden. Für unsere dörflichen Gottesdienste war er ein echter Gewinn, denn sein Anblick konnte einen selbst während der langweiligsten Predigten zuverlässig ablenken. Winnie und ich gingen gemeinsam in seine Messen und schlossen uns damit widerwillig dem wachsenden Kreis seiner Adorantinnen an. Manfreds Stimme machte sogar lateinische Hochämter zum akustischen Hochgenuss. Um ihn möglichst gut sehen zu können, platzierten sich seine Fans im Mittelschiff vorn rechts. Doch die Konkurrenz war hart. Wer zuerst kam, ergatterte die besten Plätze, so dass man schon sehr früh da sein musste. Keine Ahnung, ob ihm die vielen verzückten Mädchengesichter überhaupt auffielen. Während die anderen ihn anschmachteten, machte ich heimlich auf kleinen Zetteln im Gebetbuch Portraitskizzen. Ich war die einzige in der Klasse, die Gesichter zeichnen konnte, und hatte dank Manfred schon etliche Auftragsarbeiten fertig gestellt. Die schönsten Zeichnungen schenkte ich Winnie. Ich selbst fand meine Versuche dilettantisch, doch die anderen waren begeistert. Meine Bilder waren schließlich alles, was sie von ihm hatten. Fotoapparate besaßen wir nicht, Handys mit Kamerafunktion lagen noch in unvorstellbar weiter Ferne, und als *Bravo*-Starschnitt gab es Manfred Tevissen leider auch nicht. Eigentlich schade, er wäre bestimmt ein Riesenhit gewesen. Manfred und Pierre Brice lieferten sich bei Winnie ein hartes Kopf-an-Kopf-Rennen. Der schöne Manfred hatte den Vorteil, dass er leibhaftig bewundert werden konnte und gut erreichbar in der Rosenstraße wohnte, während der edle Bretone weit weg in Paris oder wo auch immer weilte und ehrlich gesagt auch reichlich alt für uns war.

Ich versuchte, die Privatstunden abzuwenden, doch mein Sträuben wurde nur wieder als Widerspenstigkeit und Lernunlust missdeutet. Dank Schwester Theosopha kannte ich sogar die dramatische Bezeichnung für meine prekäre Lage: Ich steckte in einem tragischen Konflikt. Egal was ich tat, es war immer das Falsche. Schließlich siegte mein schulischer Überlebenstrieb, und ich marschierte mit zusammengebissenen Zähnen in die Rosenstraße, um von Manfreds Wissen zu profitieren. Er war kein schlechter Lehrer, auch wenn er gegen meine genetisch bedingte Zahlenschwäche wenig ausrichten konnte und ihn meine Unbegabtheit sichtlich nervte. Aber er brachte mir einige gute Kniffe für mein Kurzzeitzahlengedächtnis bei und erklärte mir die Regeln immer wieder mit wahrer Engelsgeduld. Winnie trabte jedes Mal mit, setzte sich anderthalb Stunden mit einem Buch in die Eisdiele und stand nach dem Unterricht draußen vor der Tür, um den schönen Manfred nur ja nicht zu verpassen. Doch der Junge war blind wie ein Maulwurf, was seinen Fanclub betraf. Wahrscheinlich waren wir ihm alle viel zu jung.

Während der Nachhilfestunden war ich durch Zahlengewitter und schlechtes Gewissen so beeinträchtigt, dass ich mich kaum konzentrieren konnte. Winnie erwartete minutiöse Beschreibungen jeder seiner Bewegungen und sämtlicher Einzelheiten in seinem Zimmer. Es war eine hervorragende Gedächtnisübung, lenkte aber kolossal ab. Manfreds Zimmer hatte für meinen Geschmack eindeutig zu wenig Staubfänger und ließ kaum Rückschlüsse auf seine Person zu. Er schien tatsächlich die meiste Zeit für sein Abitur zu büffeln, pflegte in seiner kargen Freizeit Gitarre zu spielen und präferierte in musikalischer Hinsicht die Stones, Crosby Stills and Nash and Young sowie Frank Zappa, denn das berüchtigte Klo-Poster schmückte bestimmt nicht zufällig seine Tür. Manfreds Schreibtisch war aufgeräumt, er schrieb mit einem Tintenfüller und allerlei Kulis und hatte einen Druck von Salvatore Dali über dem Bett hängen. Das Bild mit den geschmolzenen Taschenuhren. Die weichen *Uhren*, auch bekannt unter dem Namen *Die zerrinnende*

Zeit. Ich starrte es beim Zählen automatisch an. Es symbolisiere den Verfall der Welt, erklärte mir Manfred, dem meine verzweifelten Blicke nicht entgingen. Ich fand das Kunstwerk befremdlich, vor allem das unappetitliche Etwas in der Mitte. Das sei Dalis Profil, erfuhr ich von Manfred. Nach meinem detaillierten Bericht besorgte sich die halbe Klasse das Poster. In Krefeld. Per Sammelbestellung. In Kattendonk gab es so etwas Ausgefallenes nicht.

Dank Winnies genialer Idee endete mein Dilemma nach wenigen Wochen. Winnie wurde nämlich plötzlich auch grottenschlecht in Mathematik und stürzte von ihrer stabilen Zwei plus ins schier Bodenlose. Sie schaffte nicht mal mehr die einfachsten Brüche und Wurzeln, so dass Herr und Frau Klaarenbom beschlossen, sie ebenfalls zu dem begabten Primaner zu schicken, zu dem auch die Marlies ging. Eine Privatschülerin mehr machte sicher kaum Umstände und lohnte sich finanziell allemal. Und so pilgerten wir fortan in bestem Einvernehmen gemeinsam in die Rosenstraße und tauschten uns anschließend über alle Einzelheiten aus, die uns in seinem Zimmer oder seinem Verhalten aufgefallen waren. Winnie schaffte es danach auf eine Eins, und ich rettete mich auf eine gute Vier. Meine eher neutralen Gefühle für den schönen Manfred änderten sich durch die Privatstunden kaum, doch Winnies Verliebtheit erlitt bei dem Experiment einen ziemlichen Dämpfer, auch wenn sie es ungern zugab. Schwärmen aus sicherer Distanz ist möglicherweise manchmal romantischer als räumliche Nähe. Dass der schöne Manfred ganz schön affig war, merkte selbst Winnie, auch wenn er noch so gut vorbeten, singen und rechnen konnte. Keine Ahnung, was aus Manfred wurde. Er zog nach dem Abitur nach Hamburg. Sicher ahnte er nicht mal, dass er in Kattendonk und Umgebung reihenweise gebrochene Mädchenherzen zurückließ.

Adler über Gebirge

Der schönste Raum der Schule war für mich der Zeichensaal im obersten Stock, von dessen großen Fenstern man einen eindrucksvollen Blick über den Park hatte. Hier gab es riesige Schränke mit flachen Schubladen, in denen alle möglichen Papierarten und Kartonblätter in verschiedensten Farbtönen lagerten. Wenn man die Schubladen aufzog, duftete es wunderbar nach Papier, und jede Schublade roch anders. Ich schnupperte auch gern die anderen Düfte im Zeichensaal: Druckerschwärze, Ölfarben, Leim, Uhu und nassen Ton. Die ungebrannten Tonobjekte standen in einem offenen Regal und waren in feuchte Tücher eingeschlagen. Gelegentlich hingen auch noch die Gerüche der verschiedenen Öle und Terpentine in der Luft, die man beim Porzellanmalen benutzt. Am besten roch das Nelkenöl, mit dem man die Pinsel geschmeidig machte.

Unsere Lehrerin Elsa Burg war selbst Künstlerin und legte viel Wert darauf, dass wir nicht nur verschiedene Mal- und Zeichentechniken erlernten, sondern auch eine solide Grundlage im Bereich Kunstgeschichte erhielten. Ein Viertel des Unterrichts bestand daher aus Kunstbetrachtung. Dazu zeigte sie uns Bilder, die sie mit einem Diaprojektor auf eine Leinwand warf. Eine von uns wurde mit dem Zeigestock nach vorn geschickt und musste den Bildaufbau erklären. Dieser Teil kam immer als letztes, nachdem wir die Zeichensachen bereits weggeräumt hatten. Kunstbetrachtung fand zweimal im Monat statt. Ich erinnere mich noch gut an die Künstler und sogar die einzelnen Werke, die wir besprachen, an die Bilder von Monet, Manet, Sisley und Miro, Paul Klee und Max Ernst. Wir besprachen *Roter Turm in Halle* und *Straßenszenen* von Ernst

Ludwig Kirchner, die kantigen Dörfer von Lyonel Feininger, die Frauengesichter von Modigliani, die dünnen Figuren von Wilhelm Lehmbruck, die Landschaften von August Macke, Skulpturen von Ernst Barlach, Bilder von Juan Gris, Georges Braque und Picasso. Mich faszinierte alles, was mit Kunst zu tun hatte, auch die Epochen und Stilrichtungen, während Winnie den theoretischen Teil mehr als überflüssig fand. Leider hatte ich auch bei Frau Burg Angst davor, nach vorn gerufen zu werden, denn ich fand es schrecklich, wenn alle mich anschauten. Winnie erwischte es eines Tages ausgerechnet bei einer Barlachfigur.

„Würdest du bitte die Statue beschreiben, Bärbel?"

„Ich sehe einen Mann. Er sitzt hinter einem großen Kasten", sagte Winnie nach reiflicher Überlegung.

„Das ist kein *Kasten*, das sind seine *Beine*!", rief Frau Burg ungehalten.

„Aber es sieht trotzdem aus wie ein Kasten", beharrte Winnie. „Was kann ich denn dafür, wenn der Barlach *keine Beine kann*!"

„Keine Beine kann? Wir sprechen hier über einen der größten modernen Künstler! Du siehst doch selbst, dass es sich hier nicht um eine naturalistische Darstellung handelt!" Frau Burg fand das gar nicht lustig. Ich schon.

Winnie hatte grundsätzliche Probleme mit dem Kunstunterricht, was nicht nur daran lag, dass unsere Lehrerin nichts für Salvatore Dali übrig hatte. Eigentlich war es unfair, Kunst zu benoten, fand Winnie, denn es war schließlich ein *Talent*. Wer unbegabt war, konnte einfach nicht malen, egal was er auch anstellte, und bekam auch trotz aller Mühe keine inspirierenden Ideen. Außerdem fielen Frau Burg nur reichlich gewöhnungsbedürftige Motive für uns ein, fand sie. *Vater beim Rasieren* und *Verbrecherjagd im Treppenhaus* waren unsere ersten Bilder in der Sexta, gestaltet mit Deckfarben in kräftigen

Farbtönen. Wir besaßen damals alle Pelikan-Farbkästen, eine Tube Deckweiß und diverse Pinsel. Vor uns auf dem Tisch standen zwei Gläser mit Wasser, deren Inhalt im Laufe der Stunde erst immer milchiger und zum Schluss richtig schmutzig aussah. Mischen endete bei Deckfarben unweigerlich in einer Riesenschweinerei. Winnie malte einen hünenhaften Vater, der sich beim Rasieren so übel geschnitten hatte, dass ihm das Blut in Strömen über Kinn und Schlafanzug lief. Da er dabei in den Spiegel schaute, was obligatorisch war und die Szene stark verkomplizierte, konnte man das Blutbad gleich aus zwei Blickwinkeln bewundern. Frau Burg war von Winnies Interpretation leider wenig erbaut. Bei *Verbrecherjagd im Treppenhaus* manifestierten erstaunlich viele von uns unerwartet ein beträchtliches kriminelles Potential. Wir ließen Verbrecher in die Tiefe des Treppenhauses stürzen, aus dem Fenster springen oder brutal auf ihre Verfolger schießen. Es gab etliche Massaker. Selbst bei mir lag eine Frau erschossen auf den Fliesen. Bei diesem Thema stellten wir fest, wie unglaublich schwer es ist, Treppen zu zeichnen. „Nie mehr Stufen!", stöhnten wir. Schon in den ersten Stunden wurde Frau Burg auf mich aufmerksam, doch richtig zufrieden mit mir war sie erst, als wir mit Tuschezeichnungen anfingen.

Adler über Gebirge war unser erstes Tuschebild, und ich merkte sofort, dass ich hier mein ideales Medium gefunden hatte. Ich war so in meinem Element, dass ich gar nicht mehr aufhören konnte zu zeichnen. Ich entwarf gleich mehrere Versionen mit spitzen Bergen, dräuenden Gewitterwolken und einem riesigen Adler mit ausgebreiteten Schwingen, der hoch über den Abgründen kreiste. Tusche war wunderbar. Sie glänzte schön, roch gut, trocknete schnell, und die Zeichnungen flossen mir aus der Feder, als wären sie bereits fertig auf dem Papier. Selbst unbeabsichtigte Kleckse, die entstanden, wenn man zu fest aufdrückte und dabei die Feder spaltete, konnte man leicht in dunkle Flächen verwandeln, die dem Bild eine weitere interessante Note verliehen. Frau Burg stand oft hinter mir und schaute mir beim Zeichnen zu, was mich nicht etwa verunsicherte, weil ich beobachtet wurde, sondern mit Stolz und Glück erfüllte. Es bedeutete ja, dass sie mich mochte! Beim Tuschen lernten wir das für den Bildaufbau wichtige Prinzip „Hell vor Dunkel" und „Schräge und Gegenschräge" kennen, und Frau Burg zeigte uns, wie viele Abstufungen von Hellgrau bis Schwarz man einsetzen konnte, je nachdem, wie stark und dicht man die Flächen schraffierte. Mir gefiel das leise Kratzen der Feder auf dem Papier. Als Erwachsene habe ich in schweren Zeiten oft tröstende Tuschebilder gemalt. Es gibt sogar eine „Schwarze Phase" in meinem Leben. Winnie war vom Tuschen angetan, weil sie endlich einen Weißkopfseeadler zeichnen durfte.

Ich bewunderte Frau Burg. Nach dem Unterricht bat sie mich manchmal, die fertigen Bilder einzusammeln, und wenn es nichts einzusammeln gab, meldete ich mich freiwillig zum Fegen oder zum Säubern der Werkzeuge. Ich hielt mich gern in ihrer Nähe auf. Genau wie sie wollte ich eines Tages werden! Stark, unabhängig, frei, eine Künstlerin mit einem Atelier voller Staffeleien, Farben und Bilder. Ob sie auch nachts malte? Ich stellte mir vor, dass es in ihrer Wohnung nach einer Mischung aus Terpentin, Ölfarben, Kaffee und Zigaretten roch.

Links neben der Tafel war die Tür, die in Frau Burgs Allerheiligstes führte, einen kleinen Raum, der normalerweise abgeschlossen war und in dem sie ihre persönlichen Gegenstände aufbewahrte. Es gab darin nur einen langen schmalen Tisch, einen Stuhl und eine Art Spind. Auf dem Stuhl stand ihre große Ledertasche, und auf dem Tisch lagen dicke Mappen mit ihren eigenen Werken, Handzeichnungen von traurigen Vögeln mit langen Hälsen, Häusern mit steilen Giebeln und Zirkuszelten mit kreisenden Artisten. Ihre Vögel blickten einsam aneinander vorbei in die Ferne und hatten Augen auf ihren Federn. Manche weinten. Die Häuserreihen wirkten düster und unheimlich. Es gab sogar Türme, in denen Uhren zu sehen waren.

„Warum kann die Dali nich' leiden, wenn die selbst so viele Uhren malt?", wunderte sich Winnie. „Vielleicht hält die Dali ja für 'nen Spinner?", mutmaßte ich. Das tat ich auch. Immerhin wohnte er in einem Haus, das wie ein Ei aussah und hatte einen hässlichen Zwirbelschnurrbart. Auch seine extravagante Kleidung war nicht jedermanns Sache. Frau Burg hatte erwähnt, dass Dali beim ersten Treffen mit seiner zukünftigen Frau Gala ein Parfüm benutzt hatte, das er höchstpersönlich aus Jauche kreiert hatte. Oder war es Ziegenbock-Urin gewesen? Warum Gala den Dichter Paul Eluard für einen derart übelriechenden Mann verlassen hatte, war mir ein Rätsel. Ich fand Dali gewöhnungsbedürftig, auch wenn der schöne Manfred und Winnie ihn noch so verehrten.

„Gibt es die Häuser, die Sie da gezeichnet haben, wirklich?", erkundigte ich mich bei Frau Burg. Sie nickte. „Aber in der Realität sehen sie natürlich anders aus. Ich bin oft in Brügge und Antwerpen. Das sind Städte, die mich schon immer sehr beeindruckt haben", erklärte sie. „Ich lasse einfach die Atmosphäre auf mich wirken, mache mir Skizzen, und zu Hause setze ich mich hin und zeichne. Warst du schon mal in Brügge?" Nein, war ich nicht, aber ich nahm es mir gleich ganz fest vor. Frau Burg zeigte mir auch Zeichnungen, auf denen Netze voll zappelnder Fische und Schiffe mit zarten windgeblähten Segeln zu sehen waren. Ihre Striche waren fein und lebhaft, und die Motive wirbelten auf dem Papier, dass einem fast schwindelig werden konnte.

Wir wussten, dass Frau Burg allein lebte. Etwas anderes hätte auch nicht zu ihr gepasst. Als moderne eigenständige Frau wohnte sie natürlich nicht etwa in Kattendonk oder Niersbeck, sondern in Krefeld, einer richtigen Stadt. Sie kam jeden Morgen mit ihrem eigenen Wagen. Damals hatten noch nicht viele Frauen einen Führerschein. Kinder hatte sie sicher keine. Und einen Mann wahrscheinlich auch nicht. Die wenigen Lehrerinnen, die verheiratet waren und Kinder hatten, waren ganz anders. Frau Burg brauchte keinen Mann. Ich fand sie gar nicht streng oder unnahbar, aber ich war ja auch ihr Liebling. Ich merkte es vor allem daran, dass sie mich bis zum Abitur als einzige in der Klasse duzte. Den Tag, an dem uns zu unserer großen Überraschung alle Lehrer siezten, werde ich nie vergessen. Es fühlte sich seltsam an, fast so, als wären wir über die Ferien zu völlig anderen Menschen geworden. Von einem Tag auf den anderen galten wir als erwachsen, auch wenn wir uns gar nicht so fühlten. Als Frau Burg weiter „du" zu mir sagte, wurde ich vor Freude rot. Ich fand sie schön, auf ihre ungewöhnliche, herbe Art. Sie war groß und schlank, ging sehr aufrecht und hatte allein dadurch etwas Stolzes, Vornehmes. Sie sprach wenig, hatte ein ernstes Gesicht, dichtes blondes Haar, das hinten zusammengesteckt war, trug schlichte Pullover, einen dezenten rosafarbenen Lippenstift und wenig Schmuck. Dass sie Yoga machte, wussten wir von den älteren Schülerinnen, konnten uns darunter allerdings nichts Richtiges vorstellen.

Einige Male zeigte sie mir Bilder von ihren Skulpturen. „Mit Stein arbeite ich am liebsten", erklärte sie. „Mit dem Material kann man sprechen, es lebt. Verstehst du das?" Ja, das verstand ich gut. Winnie und ich hatten auch Steine, unsere kleinen Edelsteine, und auch Opa und Papa sammelten schließlich Steine. Mein Vater hatte sie auf dem Kaminsims in seinem Zimmer nebeneinander aufgereiht wie Figuren und wusste genau, wo er welchen Stein gefunden hatte. Die meisten seiner Schätze stammten aus den Dolomiten. Elsa Burgs Plastiken erinnerten mich an Barlach und Käthe Kollwitz, Künstler, die wir besonders ausführlich besprochen hatten. Jetzt verstand ich auch, warum sie ihr so gut gefielen. Die Skulptur, die mich am meisten beeindruckte, war ein Januskopf mit vorstehenden Augen und spitzer Stirn.

„Ich weiß, dass es komisch klingt", sagte Frau Burg, „aber die Figuren befinden sich schon im Stein. Ich muss sie nur befreien." Ich wusste genau, was sie meinte. Von einigen ihrer Holzschnitte gab es sogar Ansichtskarten. Eine schenkte sie mir. Ein nachdenklich aussehender Mann ist darauf zu sehen, der in einem Park mit hohen Bäumen steht. „Hast du schon mal überlegt, Kunst zu studieren?", fragte Frau Burg eines Tages. Ich schüttelte verwundert den Kopf. „Denk mal darüber nach", meinte sie. „Ich könnte mir vorstellen, dass es für dich genau das Richtige wäre." Meine Eltern waren von dieser Vorstellung leider gar nicht angetan. „Das ist brotlose Kunst!", meinte Mama. „Du brauchst einen soliden Beruf, in dem du abgesichert bist. Du wirst Studienrätin!" Bestimmt hatte sie recht, auch wenn ich gerade vor diesem Beruf Heidenangst hatte. Da wurde man doch andauernd angestarrt! Ich konnte mir gut vorstellen, wie ich im Künstlerkittel im Atelier stand, aus Tonklumpen Köpfe formte, mit feinsten Nadeln Radierungen anfertigte und zarte Aquarelle und kräftige Ölbilder malte. Sogar die Wände in meinem Atelier würde ich bemalen! Ich erzählte Frau Burg nicht, wie meine Mutter reagiert hatte, und war erleichtert, dass sie nicht fragte.

Einmal erkundigte sie sich nach meinem Lieblingsbild. Mir fielen gleich zwei ein, beide von van Gogh. *Sternennacht* und die *Kirche von Auvers*. Sie waren so herrlich blau und ich wäre am liebsten hineingetaucht und hätte mich von den Sternen aufsaugen und hochwirbeln lassen. Frau Burg sah mich nachdenklich an und sagte nichts, woraus ich schloss, dass sie meinen Geschmack nicht teilte. Trotzdem traute ich mich, sie auch nach ihrem Lieblingsbild zu fragen. „Es ist kein Bild, sondern eine Skulptur", sagte sie. *„Der lachende Mann* von Barlach. Ich würde mein letztes Geld geben, um ihn zu besitzen." Dazu sagte ich nichts, denn ich teilte ihren Geschmack auch nicht. Trotzdem verstanden wir uns in diesem Moment perfekt.

Mit dem Linolschnitt *Biene im Ameisenhaufen* lernten wir die Technik des Hochdruckverfahrens kennen. Die Werkzeuge, mit denen wir unseren Entwurf in eine weiche Linoleumplatte ritzten, schabten und schnitten, hatten merkwürdige Namen wie Flachhohleisen, Geißfuß und Konturenmesser. Gelegentlich rutschte uns das Messer aus, und die Sanitätsschwester musste kommen. Gegen Ameisen hatte Winnie nichts einzuwenden. Sie waren „Natur" und weckten bei ihr angenehme Erinnerungen an das Bild über Manfreds Bett. Darauf gab es auch Ameisen. Ich begann mich schon zu kratzen, wenn ich nur an Ameisen dachte. Weniger gut gelang mir *Stadt am Abend*, mein erster und einziger Holzdruck. Das Holz hatte meine Mutter besorgt, und es war steinhart und unglaublich glatt. Man musste enorm viel Kraft aufbringen, um es zu besiegen, und die Rillen wurden längst nicht so fein wie beim Linolschnitt. An zwei Stellen spaltete sich der Holzblock, und alles war ruiniert.

Besonders im Gedächtnis geblieben ist mir auch der Tag, an dem wir *Hering auf Zeitungspapier* malten, denn er war schon aus olfaktorischer Sicht ein Erlebnis. Jede von uns hatte einen toten Fisch mitgebracht, der übel riechend mit milchtrüben Augen darauf wartete, sich auf farbigem Tonpapier verewigen zu lassen. Ich wählte hellblaues Papier und die morgenfrische *Rheinische Post* als kontrastierende Unterlage. Sie wurde mit kräftigem Grauweißgemisch und Schwarz nachgestaltet, und einen Teil der Schlagzeile konnte man noch lesen. Es war gerade ein neuer Impfstoff gegen Röteln entwickelt worden, wenn ich mich recht erinnere. Nach der Doppelstunde stank der Zeichensaal zum Himmel, und Frau Burg musste stundenlang lüften. Wir malten mit Deckfarben, und es machte großen

Spaß, den Farbstrudeln in den Wassergläsern zuzusehen. Eine besondere Herausforderung stellten die Fischaugen dar, die ganz zum Schluss mit einer dünnen Lasurschicht überzogen wurden.

Unser nächstes Projekt war ein Plakat. Ich dachte an meine rauchenden Eltern und entwarf ein Plakat, das *Nikotin ist Gift* hieß. Danach fertigten wir hübsche kleine Schachteln aus gemustertem Papier an. Auch die Verwandlung einer leeren Ajaxdose in eine Eule mit viel Tapetenkleister und Zeitungspapier machte großen Spaß. Winnie kreierte eine Schleiereule, ich einen Uhu. Wenn man ihn schüttelte, rappelte er leise, denn es befanden sich noch Scheuerpulverreste in seinem Inneren. Sehr inspirierend war auch die *orientalische Stadt*, die wir nach

Weihnachten aus glänzendem Bonbon- und Schokoladenpapier entstehen ließen. Türmchen, Kuppeln, Dächer und goldene Tore leuchteten und strahlten um die Wette.

Lange hatte ich in meinem Lieblingsfach eine Eins und war darauf sehr stolz, denn es war meine einzige. Doch damit war es vorbei, als wir das Projekt *Wogendes Kornfeld* begannen. In ein dickes Holzbrett mussten Nägel geschlagen werden, die in alle Richtungen stehen und kleine oder große Wirbel darstellen sollten. Meine Mutter hatte schon wieder das falsche Holz besorgt. Es war so glatt und steinhart, dass alle Nägel absprangen. Ich hing fluchend und schweißgebadet mit gezücktem Hammer über meinem Holzstück und schlug immer verzweifelter auf die kurzen und langen Nägel ein. Sie wurden krumm und flach, flogen durch die Gegend oder schossen mir um die Ohren und wollten partout nicht so wie ich. Als Frau Burg mein ruiniertes Kornfeld sah, meinte sie bedauernd: „Eine Eins kann ich dir dafür leider nicht geben, Marlies." Ich bekam eine Vier und hätte am liebsten geheult. Beim rumpeligen Heimtransport auf dem Fahrrad zerfiel das wogende Kornfeld ungefähr auf der Höhe der Niersbrücke vollends. Übrig blieb ein hässliches Brett mit Löchern, das ich hasserfüllt in die Mülltonne warf. Auch mein Tontopf, den ich so liebevoll aus Tonschlangen formte, war dem Untergang geweiht. Er platzte im Brennofen und hatte danach einen unschönen Riss. Als Vase war er ungeeignet, aber meine Mutter verstaute darin jahrelang ihre Kochlöffel. Nicht mal mein Specksteinkopf fand Frau Burgs Gefallen. Er steht heute bei uns im Garten unter dem Haselbusch und sieht eigentlich gar nicht so schlecht aus. Ich schloss Kunsterziehung im Abitur nur mit einer Drei ab, was mich hart traf. Mit dem Gedanken, Künstlerin zu werden, spielte ich nie wieder. Trotzdem war ich Frau Burg nicht böse, denn meine späteren Werke waren wirklich grottenschlecht. Offenbar kann ich nur gut zeichnen und sonst gar nichts.

Auch meine ambitionierten Versuche, den schönen Manfred zu portraitieren, fanden zunächst nur bedingt Gnade in Frau Burgs Augen. Winnie war von den Bildern begeistert, und ich war stolz, dass sämtliche seiner Verehrerinnen ihn auf der Stelle erkannten, doch Frau Burg hatte etwas Grundsätzliches auszusetzen. „Hast du dir schon mal ganz bewusst ein Gesicht angesehen, Marlies?" Ich schüttelte den Kopf. „Dann schau dir jetzt mal mein Gesicht an. Wo ist die dunkelste und gleichzeitig tiefste Stelle?" Ich wusste sofort, was sie meinte. „An den Augen. Direkt neben der Nase."

„Genau. Daher solltest du diese Stellen auch immer dunkler gestalten, sonst wirkt die Augenpartie zu flach." Ich hatte etwas Wichtiges gelernt. Es gab verschiedene Arten von Kritik, und Frau Burgs Kritik war eindeutig konstruktiv, sie sagte mir ja, was ich besser machen konnte! Ich verdunkelte die Augenpartie, und zu meiner Verblüffung sah sich der schöne Manfred jetzt tatsächlich viel ähnlicher als vorher, so dass sogar Winnie ein begeistertes „Wow!" ausstieß.

Vor einigen Jahren schrieb ich zwei lange Briefe an Frau Burg. Ich hatte plötzlich das Bedürfnis, ihr zu sagen, wie wichtig sie für mich gewesen war und wie gern ich sie hatte. Auf den ersten hat sie mir noch freundlich geantwortet und mir sogar ein wenig aus ihrem Leben erzählt. Mein zweiter Brief erreichte sie nicht mehr. Sie lag bereits auf der Intensivstation und kämpfte mit dem Tod. Ihre Freundin, die ihn bei der Wohnungsauflösung fand, rief mich an und unterhielt sich lange mit mir. „Ich glaube fest daran, dass Elsa von Ihrem Brief weiß und sich darüber freut!", sagte sie. Das tröstete mich ein wenig. Bei ebay fand ich vor kurzem einen Katalog mit ihren Skulpturen und Grafiken, und auf der Rückseite ist ein Foto von ihr, so dass ich sie nach vier Jahrzehnten endlich wiedersah. Sie sieht darauf genauso eindrucksvoll aus, wie ich sie in Erinnerung habe.

Die entführte Braut

Mottes Marianne war schwanger! Man konnte zwar noch nichts davon sehen, doch meine Großtanten waren sich ganz sicher. Deshalb musste die Hochzeit von Mottes Marianne und Kerbaum Dieter auch so schnell wie möglich stattfinden. Eigentlich sollte ja der Vater der Braut die Hochzeit ausrichten, doch da Marianne nur ihre Mutter hatte, übernahmen in ihrem Fall Dieter und seine Eltern diese Aufgabe. Dieters Vater war Notar in Viersen, und Dieter hatte eine gut bezahlte Stelle in Kempen. Marianne war Krankenschwester und hatte Dieter im Krankenhaus als Patient kennen und lieben gelernt, was eigentlich verboten war, aber sie hörte jetzt ohnehin auf zu arbeiten. Sie war in Kattendonk sehr beliebt und wollte, dass ihr Fest ein echtes Highlight wird. Deshalb lud sie auch sämtliche Nachbarn zur Hochzeit ein, sogar mit Kindern! Marianne und Dieter konnten nach der Trauung gleich in Mariannes Elternhaus einziehen, das groß genug für zwei Familien war. Mottes Agathe würde das junge Paar kaum stören. Sie hatte genug damit zu tun, von ihrem Krähennest aus die Straße zu beobachten und bei Bedarf die Buschtrommeln zu rühren.

Das große Feiern begann genau drei Wochen vor der Trauung mit der *Letsch*, zu der jeder kommen konnte. Die *Letsch* war früher ein typisch niederrheinisches Fest und hatte ursprünglich etwas mit dem Aufgebot zu tun, das an diesem Tag zum ersten Mal in der Kirche verlesen wurde. Die Brautleute stellten Getränke für die Gäste bereit, unter anderem auch das sogenannte *Letschdröpke*, ein Schnäpschen zur Feier des Tages, und Mottes Agathe kümmerte sich um die Unterhaltung. Natürlich erschienen sämtliche Nachbarn. Für Winnie und mich war es wenig prickelnd, so dass wir uns bald wieder verzogen.

Die *Letsch* war immer an einem Sonntag und nicht identisch mit dem Polterabend, der erst kurz vor der Trauung stattfand und zu dem ebenfalls jeder kommen konnte, der Lust hatte. Marianne und Dieter machten keine halben Sachen, sie konnten es sich schließlich leisten, und daher feierten sie beides.

Den Polterabend fanden wir bedeutend spannender, denn die Gäste schleppten alles an, was sie tragen konnten, und zerdepperten es vor der Tür des Brauthauses. Ausgenommen Gläser und Spiegel, denn zerbrochene Spiegel bringen bekanntlich Unglück. Warum auch Gläser verboten waren, wussten wir nicht. Vielleicht weil man die Scherben kaum sehen konnte und sich beim Aufräumen leichter verletzte? Sonst war eigentlich alles erlaubt, sogar ausrangierte Kloschüsseln und Waschbecken. Die waren schwer zu tragen und machten keine schönen Scherben, dafür aber sehr viel Krach. Die Nachbarn brachten körbeweise altes Geschirr. Wir schmetterten und schmissen, bis wir nicht mehr konnten. Mir tat das Brautpaar richtig leid. Tante Pia hatte für uns eigens zu diesem Zweck ihre angeschlagenen Teller und Tassen gestiftet. Es waren so viele, dass wir den kleinen Handwagen nehmen mussten, in dem Opa Südstraße früher in Notzeiten das Brennholz transportiert hatte. Marianne und Dieter hatten bis tief in die Nacht hinein alle Hände voll mit Aufräumen zu tun. Wie üblich hatten wir viele Fragen, und wie üblich hatten die Erwachsenen keine Ahnung und versuchten uns mit ihrem lakonischen „Dat is' eben so!" abzuspeisen. Also gingen wir zu Opa Südstraße.

„Was fällt euch denn besonders auf?", fragte er.

„Dat et total viel Krach macht. Und tonnenweise Dreck."

„Das gehört alles zum so genannten apotropäischen Zauber."

„Ato-pro-wat?", fragten wir wie aus einem Mund.

„Apo-tro-pä-isch", wiederholte Opa geduldig. „Das Wort kommt aus dem Griechischen und bedeutet ‚abwenden'. Mit all dem Krach und Durcheinander sollen böse Geister und Dämonen abgewehrt und vertrieben werden. So ähnlich wie beim Feuerwerk an Silvester. Je mehr Krach, desto besser. "

„Dann sind die leeren Büchsen hinten am Auto auch so ein Zauber? Damit die bösen Geister dem Auto nicht folgen?" Opa nickte.

„Aber es muss nicht unbedingt Krach sein. Man kann Dämonen und Übel auch mit Gegenständen abwenden. Fällt euch dazu vielleicht etwas ein?" Ich überlegte.

„Etwa der Hühnergott?" Davon hatte Opa mir ausgiebig erzählt und mir sogar zwei geschenkt. Es waren Steine mit Löchern in der Mitte, die man im Stall aufhängte, damit der Fuchs die Hühner nicht holte und sie möglichst viele Eier legten. Man konnte sie auch am Haus aufhängen, dann brachten sie Glück und schützten vor Einbrechern und Feuersbrunst. Meine beiden Hühnergötter hingen in meinem Zimmer über dem Schreibtisch.

„Zum Beispiel. Aber auch die Wasserspeier mit den hässlichen Teufelsfratzen an den Kirchen haben diese Funktion. Sie sollen das Böse abwehren."

„So wie die am Kölner Dom?" Ich kannte sie von Opas Ansichtskarten. An unserer Dorfkirche gab es blöderweise keinen einzigen Wasserspeier.

„Ja, und das geht auch mit Amuletten oder Talismanen, die man bei sich hat oder am Körper trägt. Da ist dann allerdings wichtig, dass man sie nicht verliert."

„Wie die Medizinbeutel mit den Kräutern und die Bärenklauen bei den Indianern", sagte Winnie. „Oder das Kreuz, das man um den Hals trägt", ergänzte ich. Opa lächelte. „Ja, all diese Gegenstände sollen einen beschützen und einem Glück bringen. In vielen Ländern glaubt man auch heute noch an den bösen Blick, und dagegen malt man Augen über die Haustür oder auf die Boote, die sollen den bösen Blick abhalten.

Oder man hängt Hufeisen über die Tür. Aber immer so, dass es unten geschlossen ist, damit das Glück nicht herausläuft."

„Gehört dat Kreuzzeichen auch dazu?", fragte Winnie.

„Ja, und sogar unser Taufritual. Es soll das Baby beschützen." Bis auf gewisse mathematische Formeln wusste Opa wirklich alles. Jede Wette, dass die meisten Gäste von alldem keine Ahnung hatten. Es hätte sie wahrscheinlich auch gar nicht interessiert. Erwachsene waren merkwürdig. Sie taten dauernd Dinge, ohne darüber groß nachzudenken. Und es störte sie nicht mal!

Die Hochzeit fand in der Kattendonker Kirche statt und war äußerst feierlich. Vorher hatten die Nachbarn gemeinsam weiße Papierrosen angefertigt. Dabei saßen wir alle zusammen, zerschnitten krumpeliges Krepp-Papier, falteten es in Blütenform, umwickelten es sorgsam mit Draht und legten die fertigen Blumen in große Kartons. Damit wurden die Bäume auf unserer Straße und der Eingang und die Tür des Brauthauses geschmückt. Die Hochzeit an sich war ein bisschen wir Karneval, nur weniger lustig und ohne Masken. Aber alle waren irgendwie verkleidet und sahen festlich und vornehm aus, auch wenn sich viele in ihren Kostümen nicht wohlfühlten. In der Kirche war es mucksmäuschenstill, man hörte nur gelegentlich leises Räuspern und Husten. Alle starrten gebannt auf das große Kirchenportal. Da Marianne keinen Vater hatte, kam sie zusammen mit Dieter in die Kirche. Das Portal öffnete sich, alle Gäste standen auf, die Frauen wischten sich die Augen, weil sie es so rührend fanden, und dann ging es los. Marianne trug ein langes weißes Kleid mit einer üppigen Schleppe, die hinter ihr über den Boden schleifte, Blumenstickerei im Oberteil und dazu einen tollen Schleier. Ob sie schon ein Bäuchlein hatte, konnte man leider nicht sehen, denn das Kleid hatte keine Taille. Niedliche Blumenmädchen, darunter auch meine Schwester Nana, marschierten vor dem Brautpaar her und streuten rosa und weiße Röschen. Dieters Familie war riesig, und offenbar waren alle gekommen. Die beiden Mütter saßen nebeneinander und weinten bereits wie die Schlosshunde, bevor der Herr Pastor auch nur ein Wort von sich gegeben hatte. Nana stand brav vorn bei den Blumenkindern, benahm sich aber wie erwartet bald daneben. Sie sprang mitten in der Messe auf und rannte nach hinten zu Tante Finchen, in der Hoffnung, bei ihr ein paar Süßigkeiten zu ergattern. Tante Finchen hatte immer irgendwas Leckeres in ihrer Handtasche. Meine Großtanten waren alle da, denn sie ließen sich natürlich so ein Fest nicht entgehen, auch wenn sie weder zur Straßengemeinschaft noch zur Familie des Brautpaars gehörten. Auch Winnie musste heute ein Kleid tragen und fühlte sich in dieser schrecklichen Verkleidung genauso unglücklich wie ich. Dauernd zupfte sie daran herum und verzog gequält das Gesicht. Sie saß bei ihren Eltern, ich bei meinen, weil das so üblich war. Der schöne Manfred war nicht da, aber dafür Axel Brökskes in vollem Ornat und mit sämtlichen Pickeln.

Nach der Trauung standen Freunde und Verwandte vor der Kirche Spalier und bewarfen das junge Paar mit Reis und Konfetti. Davon wurde man fruchtbar, wie wir durch weitere gezielte Nachfrage herausfanden. Das war bei den beiden eigentlich gar nicht nötig, denn Marianne war ja bereits schwanger. Ob ich auch eines Tages heiraten würde? Ich versuchte mir vorzustellen, wie ich an der Seite eines indianisch angehauchten männlichen Wesens strahlend durch die Menge schritt, und vergaß darüber fast mein unbequemes Kleid. Wenn ich jemals heiraten würde, dann nur in Jeans und auf gar keinen Fall in einem sündhaft teuren Gewand, das danach tausend Jahre ungetragen im Schrank hing und traurig vor sich hin gilbte. Wem mein Stil nicht passte, der konnte ja wieder gehen. Mein zukünftiger Mann würde mich bestimmt auch so lieben. Überhaupt wäre es interessant zu sehen, wie Hochzeitsgäste reagierten, wenn man komplett aus der Reihe tanzte. Vielleicht gab es ja richtige Hippie-Hochzeiten? Rita und Kino-Helmut würden sich bestimmt nicht so konventionell gewanden wie Marianne und Dieter. Warum konnte ich nicht sein wie Rita? Sie trug ein langes rüschiges Hippiegewand aus schwarzem Crêpe Georgette mit bunten Streublümchen und etlichen farblich passenden Mustermixen. Es war das schönste Kleid, das ich je im Leben gesehen hatte, und sie sah darin todschick aus. Das fand auch Kino-Helmut, denn er verschlang seine Begleiterin mit den Augen und konnte die Finger nicht von ihr lassen. Rita hatte es gut, sie hatte einen festen Freund in Kattendonk, ihre Freiheit in Köln und konnte außerdem auch noch anziehen, was sie wollte. Sie sah immer toll aus. Einige Gäste waren da offenbar anderer Meinung, wie ich später mitanhören musste. Vor allem die älteren Damen, die irgendetwas von „verrucht" und „verdorben" murmelten.

Der rosaweiße Brautstrauß, den Marianne in hohem Bogen nach hinten in die Menge warf, wurde von keinem der weiblichen Wesen gefangen, die hoch auf den Zehenspitzen standen und erwartungsvoll die Arme in die Luft streckten, sondern von Axel Brökskes. Er stand ganz hinten, wo ihn keiner sehen konnte, wahrscheinlich weil er in seinem Anzug aussah wie ein übergroßes Kommunionkind mit Akne. Vielleicht war es nur ein Reflex, denn er spielte ja Handball. Es war ihm höllenpeinlich, denn die Hochzeitsgesellschaft brüllte vor Lachen. Irgendwie tat er mir in dem Moment sogar leid. Er schleuderte den Strauß von sich, als wäre er giftig, und diesmal fing ihn Wilma, Mariannes Lieblingscousine. Danach begaben wir uns geschlossen zur Gaststätte Opderbeck. Sie war nicht weit weg, so dass man sie gut zu Fuß erreichen konnte. Offenbar musste man an Hochzeiten den ganzen Tag herumsitzen und sich ununterbrochen vollstopfen. Wie öde! Herr Brökskes hatte seinen Agfa-Fotoapparat dabei und schoss ein Bild nach dem anderen, hatte aber offenbar Probleme damit, die Filme zu wechseln. Vielleicht war er technisch doch nicht so bewandert wie er uns immer glauben machte. In Ermangelung des Brautvaters hielt Mottes Agathe höchstpersönlich die Rede. Sie las sie komplett vom Blatt ab, war von den eigenen Worten sichtlich ergriffen und wischte sich dauernd die Augen. Wir schalteten bereits nach den ersten Minuten äußerlich auf andächtigen Duldungsstarremodus um und hingen innerlich ungehindert unseren Gedanken nach. Das hatten wir in der Kirche und in Niersbeck seit Jahren bestens trainiert, denn die meisten Predigten waren todlangweilig. Dieters Vater und der Trauzeuge hielten ebenfalls eine Rede, und zum Schluss hielt Dieter auch noch eine. Die Zeit verstrich fast so langsam wie in der Handarbeitsstunde, und wir hatten keine Ahnung, worüber die Erwachsenen dauernd lachten. Wir fanden die blöden Witze überhaupt nicht lustig!

Nächster Höhepunkt war ein weißer Riesenkuchen, der aus mehreren Stockwerken bestand und vom Brautpaar gemeinsam angeschnitten werden musste. Er war mit hellrosa Marzipanröschen verziert und wurde von einem Püppchenbrautpaar gekrönt, das zwar nicht essbar, dafür aber genau richtig groß für die Puppenstube war und daher auch bald verschwand. Winnie machte sich den Spaß, die Hochzeitstorte in einem unbeobachteten Augenblick mit einer großen Feder zu dekorieren. Sie spießte sie an genau dieselbe Stelle, an der vorher die Püppchen gestanden hatten. Mottes Agathe fiel beim Anblick der neuen Dekoration vor Schreck fast die Brille von der Nase. Sie riss die Feder sofort wieder heraus und fixierte uns drohend. „Federn bringen Jlück", sagte Winnie nur achselzuckend. „Alter Indianerbrauch. Dat weiß jeder. Aber wenn die beiden kein Jlück brauchen!" Mottes Agathe beäugte die Feder argwöhnisch und sagte: „Na, wenn dat so is'!" Aber sie steckte die Feder nicht wieder in den Kuchen, sondern legte sie daneben

auf das Spitzenpapier. Danach mussten wir stundenlang regungslos sitzen bleiben, während uns die Füße einschliefen. Wenn wenigstens der schöne Manfred die Stimmung ästhetisch aufgelockert hätte! Gegen Abend verschwanden einige Gäste lachend und nutzten die Zeit, um das Schlafgemach der Brautleute aufs Gemeinste zu präparieren, wie Rita uns später erzählte. Offenbar war das auch wieder eine Art apotropäischer Zauber, damit die bösen Mächte die Frischvermählten nur ja in Ruhe ließen. Im Schlafzimmer und vor allem im Bett lauerten anscheinend besonders viele böse Geister. Die Laken wurden so raffiniert gefaltet, dass man sich nicht mehr richtig ins Bett legen konnte und auf halber Strecke hängen blieb. Ein Eimer Wasser wurde über der Tür befestigt und ein Stolperdraht vors Bett gespannt. Hoffentlich verletzten sich die beiden nicht, schließlich war Marianne schwanger! Tante Finchen erzählte, dass man ihr und Onkel Friedes in der Hochzeitsnacht einen echten Igel ins Bett gelegt hatte. Wie grausam für den armen Igel! Onkel Friedes hatte ihn mit dicken Handschuhen nach draußen getragen. Der Igel hatte den Schock hoffentlich überlebt und auch keiner seiner tausend Flöhe oder Zecken im Bett zurückgelassen. Nach getaner Tat kehrten die Streichespieler mit Unschuldsminen zurück, flüsterten verschwörerisch und setzten sich wieder zu den immer fröhlicher werdenden übrigen Gästen. Es gab nicht nur den Hochzeitskuchen, sondern noch viele andere Torten und Unmengen von Kaffee mit und ohne Büchsenmilch. Wir wären am liebsten in die Felder abgehauen. Danach ging die Esserei erst richtig los, etliche Schüsseln und Platten wurden hereingebracht, und Wein und Bier flossen in Strömen. Bei uns floss nur Cola und Fanta, und Hunger hatten wir nach dem vielen Kuchen auch keinen mehr. Aber wir waren ja Kummer gewöhnt.

Nach dem Abendessen kam der Moment, auf den wir die ganze Zeit gewartet hatten: die Entführung der Braut. Zwei von Dieters Freunden schnappten sich die arme Marianne und verschwanden mit ihr. Dieter hatte böse Vorahnungen und konnte nur mit Gewalt daran gehindert werden, die Entführung zu vereiteln. Wahrscheinlich traute er seinen Freunden nicht über den Weg, denn er kannte sie ja. Er war sichtlich nervös, und als er endlich die Erlaubnis bekam, seine Marianne zu suchen, stürmte er gleich aus dem Saal. Jetzt musste der Ärmste sämtliche Kneipen in Kattendonk, Grefrath und Vinkrath abklappern und alles bezahlen, was die Entführer und ihr Opfer vertrunken hatten. Sehr viele Kneipen waren es glücklicherweise nicht. Ohne das Brautpaar war die Stimmung leider völlig im Eimer. Das hatten wir nicht erwartet, und so hockten wir missmutig in Opderbecks Saal, taten so, als würden wir uns unterhalten, und warteten. Und warteten. Und warteten. Zuerst war es noch einigermaßen lustig, doch als es immer länger dauerte, war es nur noch stinklangweilig. Winnie gähnte, und Axel Brökskes ging uns mächtig auf den Keks, weil er ständig zu uns herüberstierte. Nana versaute ihr Bräutchenkleid mit Schokolade. Wir warteten weiter, doch Brautpaar und Entführer blieben verschwunden.

Warum kamen sie nicht zurück? Langsam machte sich Unmut breit. Sogar Mottes Agathe ging der Gesprächsstoff aus, und das wollte was heißen. Sie bekam vor Stress ein rotes Gesicht und rannte immer wieder wie ein aufgescheuchtes Huhn zur Tür, um Ausschau zu halten. Die Luft wurde immer dicker, denn fast alle Gäste hatten angefangen zu rauchen. Man konnte kaum noch atmen. Mein Kleid war die Hölle, und die Klämmerchen in meinen hochgesteckten Haaren pikten wie verrückt. Sogar Dieters Eltern, die bisher unerschütterlich gewirkt hatten, schienen sich langsam Sorgen zu machen. Es war doch hoffentlich nichts passiert?

Endlich wurde die Tür aufgerissen und der Bräutigam stürzte herein. Alle jubelten und klatschten. Doch er war allein. Er hatte Marianne nicht gefunden und gehofft, sie wäre inzwischen bereits zurückgekehrt. Mottes Agathe war außer sich. Handys gab es damals noch nicht, sonst hätte man sich die nächste Wartestunde vielleicht sparen können. Entführungen waren absolut nicht spannend, sondern nur blöde Stimmungskiller, da waren wir uns inzwischen einig. So einen Mist würden *wir* später nicht mitmachen. Dieter sah aus, als wolle er jeden Moment die Polizei einschalten. Sein DJ spielte dezente Schlagermusik, doch die Gäste saßen frustriert und verlegen herum. Ein paar wirkten sogar schon reichlich beschwipst.

„Dat is' ävel keene jooe Aanfang", jammerte Mottes Agathe. „Wenn der dat Marianne jetz' al net fenge kann!" Glücklicherweise wurde die Tür irgendwann erneut aufgerissen, und die wutschnaubende Braut rauschte mit abgerissener Schleppe und stark verrutschtem Schleier herein. Ganz allein, ohne die gemeinen Entführer, die sich nicht an die Regeln gehalten hatten und mit ihr einfach bis nach Kempen gefahren waren. Dort war sie ihnen schließlich entwischt und per Anhalter zurück nach Kattendonk gekommen, um sich endlich wieder in die Arme ihres frisch Angetrauten zu stürzen. Die beiden strahlten vor Glück, hielten sich fest umschlungen und flüsterten einander zärtliche Worte ins Ohr. Kurz darauf kreuzten auch die angeheiterten Entführer auf. Offenbar waren sie stinkbesoffen Auto gefahren! Wir hofften, dass Dieter sie öffentlich zu Brei hauen würde, doch er schüttete dem Anführer lediglich ein Glas Rotwein ins Gesicht, was der auch verdient hatte, und die Stimmung war wieder gerettet. Alle lachten und applaudierten. Nur Frau Opderbeck nicht, denn die musste den Rotwein aufwischen.

Jetzt ging das Fest endlich richtig los, und die Gäste begannen zu tanzen. Auch Winnie und ich. Und zwar zusammen. Die Luft war so verqualmt, dass man kaum atmen konnte. Außerdem roch es nach Wein und Bier. Das nächste Highlight sollte um Mitternacht stattfinden. Punkt zwölf tanzte Marianne den Schleiertanz, weil sie ab jetzt keine Braut mehr war, sondern eine angetraute Ehefrau, und die unverheirateten Frauen durften sich um den Schleier zanken und ihn in Stücke reißen. Wir wussten, dass Marianne den echten Schleier längst in Sicherheit gebracht hatte, weil er sehr teuer gewesen war und sie verständlicherweise an ihm hing. Der Zweitschleier war nur locker befestigt, damit die aufwändig toupierte und gesprayte Frisur nicht noch mehr in Unordnung geriet. Schon wieder so ein magischer Brauch: Die Fetzen vom Brautschleier nahm man mit nach Hause, weil auch sie angeblich Glück brachten. Wer das größte Stück ergatterte, wurde die nächste Braut. Wir machten nicht mit, denn wir wollten ja nicht heiraten. Die Gewinnerin war schon wieder Mariannes Lieblingscousine Wilma. Hoffentlich bekam sie einen netten Mann und wurde nicht auf so hinterlistige Weise entführt. Vielleicht war ja doch was dran an dem Aberglauben? Schließlich war sie gleich doppelt vom Schicksal auserwählt worden. Aber ob das auch bei Zweitschleiern funktionierte? Hochzeiten waren jedenfalls von vorne bis hinten von Aberglauben geprägt. Die Erwachsenen mussten ganz schön Angst haben, wenn sie so viele Schutzzauber und Abwehrrituale brauchten!

Opa Südstraße

Auch mit weit über siebzig war Opa Südstraße noch erstaunlich fit. Er konnte immer noch auf den Händen laufen und fuhr fast jeden Tag mit dem Fahrrad ins Dorf, um einzukaufen, Bücher auszuleihen oder Freunde oder Verwandte zu besuchen. Man konnte ihn schon von weitem an seinem dichten schlohweißen Haar, dem blauen Schal und der leicht schrägen Kopfhaltung erkennen, die von einer missglückten Operation in seiner Kindheit herrührte. Es passierte an einem eisigen Tag Mitte Februar. Die Luft war frisch und knusprig, die Straßen waren voller Schnee. Opa Südstraße war trotz der unfreundlichen Witterung und trotz Omas eindringlicher Warnung mit dem Rad unterwegs. Es herrschte kaum Verkehr auf den Kattendonker Straßen. Dann ging alles sehr schnell. Der Fahrer des Wagens, der ihm entgegenkam, verlor die Kontrolle über sein Fahrzeug und überrollte den Radfahrer mit dem blauen Schal, der nicht mehr ausweichen konnte. Opa Südstraße hatte keine Chance. Er starb noch während der Fahrt ins Krankenhaus.

Ich merkte sofort, dass etwas nicht stimmte, als Schwester Lucia mich mit betretener Miene aus der Deutschstunde holte. Sie wirkte ganz anders als sonst, seufzte tief, sah mich mitleidig an und strich mir tröstend übers Haar, wollte mir aber nicht sagen, was los war. Mein Herz klopfte zum Zerspringen. Sie brachte mich nach unten an die Pforte. Dort stand schon mein Vater und wartete auf mich. Er sah furchtbar ernst aus.

„Papi?", fragte ich ängstlich. „Is' was mit Mama?" Er schaute mich mit traurigen Augen an. „Oder mit Nana?"

„Nein, Marlies, mit Opa." Seine Stimme klang fremd. Mehr brauchte er nicht zu sagen. Mir wurde eiskalt. An seinem Gesicht sah ich, dass etwas Unvorstellbares geschehen sein musste. Ich wusste sofort, was es war, doch das durfte nicht wahr sein, das konnte einfach nicht stimmen. Das war bestimmt nur ein Alptraum. Ein Filmriss. Eine Halluzination. Nicht die Wirklichkeit. Gleich würde ich aufwachen und wieder an meinem sicheren Platz im Klassenzimmer sitzen. Papa war gar nicht hier. Er war in seinem Büro.

„Hol schnell deine Sachen", sagte mein Vater, „ich nehm' dich mit nach Hause."

„Aber du bist doch in Krefeld!", hörte ich mich sagen. „Du *kannst* gar nicht hier sein. Du musst doch arbeiten. Wieso bist du nicht in Krefeld?" Man sagt manchmal ziemlich unsinnige Sätze, wenn man unter Schock steht.

„Mama hat mich angerufen, da bin ich sofort los und hab' ihr gesagt, dass ich dich mitbringe." Seine Augen waren voller Tränen. Ich konnte weder sprechen noch weinen. Ein harter dicker Kloß steckte in meinem Hals. Mein Körper gehörte mir nicht mehr. Er ging wie ferngesteuert zum Auto und setzte sich auf den Beifahrersitz. Wie wir nach Hause gekommen sind, weiß ich nicht mehr. Ich glaube nicht, dass wir während der Fahrt auch nur ein einziges Wort gewechselt haben. Wir fuhren gleich in die Südstraße. Es hatte wieder zu schneien begonnen. Eigentlich mein Lieblingswetter. Aber heute war alles anders.

Mama und Nana, Tante Finchen und Onkel Friedes, Tante Pia und Onkel Hermann waren schon bei Oma, Onkel Tis und Tante Walburga kamen ungefähr zur gleichen Zeit an wie Papa und ich. Alle waren blass und hatten verweinte Augen. Damit hatte keiner gerechnet. Völlig ohne Vorwarnung, ohne Krankheit, so plötzlich! Opa Südstraßes Sessel stand kalt und leer wie ein dunkler Fremdkörper im Raum. Oma weinte. Onkel Friedes, der sonst so gern über Sterbefälle redete, sagte keinen Ton, sondern holte unaufgefordert die Gläser und die

Schnapsflasche aus dem Schrank und goss sich und den anderen Männern zur Beruhigung ordentlich ein. Ich stand in der Tür und konnte mich nicht von der Stelle bewegen. Mir fiel ein, wie Tante Maria mich früher immer genannt hatte: *hölterе Härjot* . Ich war wirklich hölzern und fühlte mich wie erstarrt, obwohl es in mir tobte wie in einem Vulkan. Aber ich konnte meine Gefühle nicht zeigen. Onkel Friedes fragte, wo Opa sei. Ich hatte Angst, dass er sofort in die Leichenhalle wollte, weil er sich doch die Toten immer genau ansah, doch diesmal stand ihm der Sinn überhaupt nicht danach. Diesmal kannte und liebte er den Toten und hatte keine Lust, ihn steif und leblos zu sehen. Immer wieder erzählte Oma, wie es passiert war. Dann war sie eine Weile still, und man hörte nur ihr Weinen. Tante Pia sagte, sie habe noch am Morgen ein klares Zeichen von Maria erhalten, es aber nicht verstanden, sonst hätte sie das Unglück bestimmt noch verhindern können. Morgens beim Saubermachen war ihr doch tatsächlich die schöne Muttergottesfigur aus Kevelaer aus der Hand gerutscht und in tausend Stücke zersprungen. Ein böses Omen. Jetzt machte sie sich die bittersten Vorwürfe und weinte fast noch lauter als Oma.

„Ach, wat!", sagte Tante Finchen. „So wat jibt et nich'. Dat war bloß Zufall!" Doch Tante Pia teilte diese Meinung ganz und gar nicht und fühlte sich weiter schuldig. Sobald ich mich wieder regen konnte, rannte ich nicht etwa zu Oma, um sie zu trösten, sondern lief blind nach draußen in den Schuppen zu den leeren Kaninchenställen, wo ich früher immer mit Opa gesessen hatte. Ich zitterte und hätte liebend gern geweint, aber weinen konnte ich nicht. Meine Augen brannten, und alles in mir war wie zugeschnürt. Außerdem war mir eiskalt. Ich hatte meinen Mantel zwar noch an, doch die Kälte kroch von allen Seiten in mich hinein, und ich hatte das Gefühl, als wäre meine Seele zu einem winzigen frierenden Klumpen zusammengeschrumpft. Schließlich kam Papa mich holen.

„Du holst dir hier noch den Pips, Marlies", sagte er besorgt. „Und das können wir jetzt gar nicht brauchen. Komm bitte wieder mit rein."

Während wir zurückgingen, beobachtete ich unsere Schuhabdrücke im knirschenden Schnee. Was für große Spuren mein Vater zurückließ. Meine dagegen waren kaum zu sehen. Ob hier irgendwo unter dem Schnee auch noch Opas Spuren waren? Draußen im Hof herrschte ein merkwürdig fahles Licht. Es wirkte künstlich und unecht. Auch drinnen war alles falsch. Opa Südstraße war nicht zu Hause gestorben, so dass die Verwandten und Nachbarn nicht wussten, was sie machen sollten. Er war nicht krank gewesen, so dass man sich auf die Katastrophe nicht hatte einstellen können. Er war nicht rechtzeitig vom Herrn Pastor versehen worden, so dass er vor seinem Tod die Sterbesakramente nicht bekommen hatte. Der Tod hatte ihn einfach mitten aus dem Leben gerissen. Normalerweise kamen die Nachbarn zum „Einsargen" ins Sterbehaus, wuschen den Verstorbenen, zogen ihm seinen guten schwarzen Anzug an, schlossen ihm die Augen, gaben ihm das Sterbekreuz in die Hand und hielten gemeinsam mit den Verwandten die Totenwache. So eine Totenwache hatte ich bei einer unserer Nachbarinnen sogar schon selbst miterlebt. Das Haus war merkwürdig still gewesen, eine große Kerze hatte auf dem Tisch im Sterbezimmer gestanden und mit ruhiger Flamme gebrannt, die Vorhänge waren zugezogen, und die Verstorbene lag friedlich und ernst auf ihrem Bett, als würde sie schlafen. Aber sie war vorher schwer krank gewesen, alle hatten gewusst, dass sie bald sterben würde, und konnten gefasst Abschied von ihr nehmen. Ich dachte auch an Tante Maria. Sie war zwar nicht zu Hause gestorben, sondern in Süchteln, aber auch sie war vorher immer schwächer geworden. Wir waren zwar traurig, als sie tot war, doch es war kein richtiger Schock gewesen, und für Tante Maria war es eindeutig besser so. Nichts war so gewesen wie jetzt. Noch nie. Opa Südstraße würde wahrscheinlich wie alle anderen Verstorbenen in der Leichenhalle aufgebahrt werden, doch nur die engsten Verwandten durften ihn sehen. Das hatte Oma beschlossen. Oma bekam nämlich den Schlüssel. Normalerweise konnte in Kattendonk jeder den Verstorbenen die letzte Ehre erweisen und sich von ihnen verabschieden, aber die meisten taten es nicht aus Mitgefühl, sondern nur aus Neugier. So wie Onkel Hermann und Onkel Friedes. Merkwürdigerweise bestanden ausgerechnet sie jetzt darauf, dass keiner Opa Südstraße *aanjaape* dürfe. Selbst ich durfte ihn nicht sehen. Auf gar keinen Fall. Meine Mutter weinte so sehr, dass Vater sie gar nicht mehr los ließ. Nana war ungewöhnlich still. Ob das Auto Opas Gesicht schlimm verletzt hatte? Bestimmt hatte es das. Eigentlich wollte ich ihn gar nicht sehen, weil ich solche Angst davor hatte. Ich wurde das Gefühl nicht los, dass alles nur ein schlimmer Traum war und Opa jeden Moment lächelnd zur Tür hereinkommen würde. Wahrscheinlich gingen die Erwachsenen später alle gemeinsam zur Leichenhalle, um sich zu verabschieden. Ich fragte nicht. Ich wollte es lieber gar nicht wissen. Papa brachte Nana und mich nach Hause. Am liebsten hätte ich mich in meinem Zimmer eingeschlossen und geweint. Aber es ging nicht. Vielleicht hätte es mir geholfen.

Drei Tage später war die Beerdigung. Der Boden war so steinhart gefroren, dass die Männer das große gähnende Loch im Boden mit Gewalt aufgehackt haben mussten. Es lag immer noch Schnee. Der Sarg war groß, dunkelbraun, mit einem goldenen Kreuz oben auf dem Deckel und sechs goldenen Griffen an den Seiten. Es kamen unglaublich viele Trauergäste, der ganze Friedhof war voller Menschen, die auf dem Schnee wie Scherenschnitte wirkten. Sogar unser Bürgermeister Herr Groß war da. Alle trugen schwarze Kleidung, und Oma, ihre Schwestern und meine Mutter wollten von nun an sogar ein ganzes Jahr Trauer tragen. Meine Mutter hatte die Nacht bei

Oma Südstraße verbracht, damit sie nicht allein war in dieser schweren Zeit. Ich steckte in meinem dicken Wintermantel und funktionierte wie ein Automat. Winnie stand neben mir und drückte meine Hand so fest, dass es weh tat. Zuerst in der Trauerhalle, wo es so viele Kränze und Blumengestecke gab, dass man den Sarg kaum noch sehen konnte, dann am Grab, wo wir weiße Wolken atmeten und die Tränen an den Wimpern festfroren. Wir hielten kleine Blumensträuße aus Tannengrün und Röschen in der Hand, die wir ins offene Grab werfen sollten. Neben dem schrecklich klaffenden dunklen Loch, das mit grünem Stoff ausgekleidet war, stand auf einem Gestell ein silberner, mit dunkler Erde gefüllter Eimer, daneben lag ein Schäufelchen.

Oma Südstraße wurde von ihren Schwestern gestützt. Sie sah fremd und alt aus und hätte genauso gut taub und stumm sein können. Auch sie bewegte sich wie ein Roboter. „Das ist der Schock", erklärte mein Vater, „damit konnte ja keiner rechnen." Das Gesicht meiner Mutter wirkte wie eine Maske. Ihre Augen sahen mich nicht mehr. Sie sahen niemanden mehr. Ich stand ziemlich weit vorn in der langen Reihe, vor mir war mein Vater. Er ging zum Grab, machte eine kleine Verbeugung, nahm mit der kleinen Schaufel Erde aus dem Eimer und warf die Erde hinab auf den Sarg. Grausam und viel zu laut prasselte sie auf das Holz. Ich folgte ihm langsam, trat ängstlich vor das riesige Loch, blickte kurz auf den Sarg mit dem großen Gesteck aus roten und weißen Blumen und warf meinen Strauß vorsichtig hinein. Er fiel genau auf einen weißen Handschuh. Es lagen sehr viele weiße Handschuhe in Opas Grab. Zwölf. Nachdem die sechs Nachbarn den Sarg heruntergelassen hatten, hatten sie sich alle gleichzeitig wie auf Kommando die Handschuhe ausgezogen und auf den Sarg geworfen. Wenn Opa bei uns gewesen wäre, hätte ich ihn gefragt, warum sie das wohl machten. Sicher war das auch wieder so ein apotropäischer Zauber, damit sie jetzt selbst nicht sterben mussten, wo sie doch gerade mit dem Tod in Berührung gekommen waren. Leider konnte ich ihn nicht fragen. Nie mehr. Opa Südstraße war nicht mehr da. Jedenfalls nicht richtig. Ich wollte auf keinen Fall noch einmal hören, wie die Erde auf das Holz prasselte, deshalb ging ich einfach an dem Eimer vorbei und sah gar nicht erst hin. Winnie war neben mir. Sie brauchte nichts zu sagen, es genügte, dass sie da war. Hinter mir hörte ich Tante Finchen schluchzen und Tante Pia sagen: „Heinz, do häset jeschafft. Ömjefalle wie ne Fels inne Brandung. Do bös net krongk jewease on do hes och net liie mode. Jong, dat hässe joot gemäk." Ich fragte mich, ob Opa jetzt wohl unten in seinem Sarg lächelte. Er hatte Tante Pias Friedhofssprüche immer höchst amüsant gefunden. Aber vielleicht war ihm da unten auch nur furchtbar kalt. Oder er fühlte gar nichts mehr und nur seine Hülle lag da, kalt und starr, eingeschlossen im dunklen Holz. Ob seine Seele jetzt irgendwo über uns schwebte und zusah? Ich schaute hinauf in die Luft. Da war nichts. Wenn er wirklich da war, dann konnte er uns jetzt sehen. Aber warum tröstete er uns nicht? Nana stand jetzt am Grab, stampfte mit dem Fuß auf und weigerte sich ebenfalls, Erde auf den Sarg zu werfen. „Ich schmeiß keinen Dreck auf meinen Opa!", schrie sie. „Un' auch keine Blümkes! Der Opa soll wiederkommen!" Da musste sogar Oma unter Tränen lächeln.

Wie üblich stellten sich die nächsten Angehörigen in einer Reihe am Grab auf und nahmen die Kondolenzbekundungen entgegen. Winnie und ich liefen weg, stellten uns an den Hinterausgang des Friedhofs und starrten wortlos auf die frostigen Winterfelder mit den frierenden Krähen. Es konnte nicht sein, dass Opa Südstraße da unten allein und tot in der gefrorenen Erde lag. Es durfte nicht sein. Seine Geschichten. Seine Schätze in der Schatztruhe. Sein Lachen. Seine ruhige Stimme, die mir die Welt erklärte. Seine tausend Bücher. Sein leerer Sessel.

Die arme Oma so ganz allein. Mama so traurig. Unmöglich! Er war doch immer kerngesund gewesen. Ich wollte und konnte es nicht glauben. Das war nur ein böser Traum, weiter nichts. Ich würde gleich aufwachen. Ganz bestimmt. Doch ich wachte nicht auf. Der Alptraum ging immer weiter.

Genau wie die Hochzeit fand auch der Beerdigungskaffee bei Opderbeck statt. Es roch wieder nach Wirtshaus, schalem Bier, Essensdünsten und frisch aufgebrühtem Kaffee. Es gab dieselben langen gedeckten Tische, nur diesmal mit Brötchenkörbchen, Wurst- und Käseplatten und großen silbernen Warmhaltekannen voller Kaffee. Wie bei Tante Marias Beerdigung gab es Rosinenbrot mit Holländerkäse, das einzige, das ich an diesem Morgen anrührte. Es tat Oma gut, dass so viele Leute gekommen waren, um Opa die letzte Ehre zu erweisen. Anscheinend hatte Opa das gesamte Dorf irgendwann unterrichtet, es waren auch viele Trauergäste von auswärts gekommen. Alle kümmerten sich rührend um Oma und Mama und sagten nur Gutes über Opa. Unser Bürgermeister Herr Groß hielt eine Rede nur über ihn und über alles, was er früher als Lehrer und später als Mitglied des Kirchenvorstands für Kattendonk getan hatte. Sogar Rita war extra aus Köln zur Beerdigung angereist, dabei hatte sie Opa nicht mal besonders gut gekannt. Sie hatte ihren Afro zusammengebunden und war bis auf die roten Lackstiefel ganz in Schwarz. Die meisten Verwandten blieben ziemlich lange bei Opderbeck und gingen danach mit zu Oma ins leere Haus. Winnie fuhr mit Rita und ihren Eltern zum Bahnhof nach Kempen, um Rita zum Zug zu bringen. Opas Sessel stand auch nach der Beerdigung einsam und leer im Wohnzimmer. Oma zündete eine Kerze an. Die Männer tranken Korn oder Cognac, die Frauen flüsterten leise oder weinten. Oma gab mir Opas Uhr und ein großes Buch über Köln mit Fotos vom Dom, der Altstadt und vom Rhein. „So hat die Stadt vor dem Krieg ausgesehen", sagte sie.

„Das Buch hat er dir schenken wollen. Und die Schatztruhe bekommst du auch." Ich band mir Opas Uhr um, presste sein Buch an mich und lief wieder nach draußen in den Schuppen, wo ich abwechselnd in Opas Buch blätterte und die Wand anstarrte. Hatte er mir eine Nachricht in das Buch gelegt? Irgend etwas für mich angekreuzt? Etwas hineingeschrieben? Ich konnte nichts finden. Sicher hatte er dazu keine Zeit mehr gehabt. Es war sehr kalt. Sogar zum Weinen war es zu kalt, also weinte ich lieber nicht. Der Kloß in meinem Hals war so dick und hart und traurig, dass ich kaum noch schlucken konnte. Ich wollte auf meine Weise von Opa Abschied nehmen. Aber wie? Mir fiel nichts ein. Was würde Opa gefallen? Es musste etwas Besonderes sein, das nur uns gehörte. Ein magisches Ritual. Ein apotropäischer Zauber. An einem geheimen Ort. Nicht in der Kirche und nicht auf dem Friedhof. Vielleicht etwas mit Blumen. Aber was? Und Winnie musste bei mir sein, wenn ich mich von Opa verabschiedete. Unbedingt. Und auch Cito, unser Hund. Allein würde ich die schreckliche Traurigkeit nicht aushalten.

Ich brauchte mehrere Tage und Nächte, bis mir das Richtige einfiel. Ich war ganz aufgeregt, als ich es Winnie erzählte. Sie fand meine Idee gut. „Da müssen wir aber warten, bis et aufhört zu frieren."

„Ich weiß. Glaubst du wirklich an ein Leben nach dem Tod, Winnie? Ich kann Opa überhaupt nich' fühlen. Wenn er noch da wär', würde ich dat doch bestimmt irgendwie spüren. Er würde mir doch bestimmt irgendein Zeichen geben, irgendwat schicken, dat weiß ich genau."

„Schwere Frage", sagte Winnie. „Irejenswie jeht dat sicher weiter. Wenn et dat Paradies doch nich' jeben sollte, dann werden wir bestimmt wiederjeboren. Aber nich' unbedingt als Mensch. Vielleicht jibt et ja sojar beides. Wie ich mir dat Paradies vorstelle, weißte ja." Ich nickte. Man wurde eins mit der

Natur, mit der Luft, mit dem Wasser, mit den Bäumen und konnte alles tun, was man schon immer tun wollte.

„Meinste damit, wir werden im nächsten Leben *irgendein* Tier?" Die Vorstellung, eine Schnecke, ein Regenwurm oder ein Engerling zu werden, behagte mir überhaupt nicht. „Und wenn einen dann jemand zertritt, mit der Gartenschere zerschneidet oder erschießt oder schlachtet oder so?"

„Dann wird man eben nochmal wiedergeboren", meinte Winnie. „Als dat Tier, dat man am liebsten hatte. Oder am schönsten fand." Wenn das stimmte, wusste ich genau, als welches Tier Winnie wiederkehren würde. Sie würde als silbergrauer Wolf durch die Wälder streifen. Bei mir war ich mir nicht so sicher. Wahrscheinlich würde ich eine Katze werden. Oder ein Kaninchen. Und Opa Südstraße? Welches Tier hatte er besonders gern gehabt? Ich hatte keine Ahnung, obwohl ich ihn doch so gut kannte. Darüber hatten wir leider nie miteinander gesprochen.

Einige Wochen später begann es zu tauen, und bald war auch der letzte Schnee verschwunden. Am ersten richtig schönen Tag gingen wir nach der Schule mit Cito, einem Henkelkorb, einer Tragetasche und Papas Gartenschere zur Gärtnerei Schumeckers und kauften für alles Geld, das in meinem Sparschwein gewesen war, gelbe, weiße und rote Blumen. „Für siebenundvierzig Mark fünfzig Blumen, bitte", sagte ich. Schumeckers Änne starrte mich ungläubig an. Sie wurde erst aktiv, als ich ihr das abgezählte Geld auf die Theke legte. Für mein Erspartes bekamen wir unglaublich viele Blumen. Schumeckers Änne nahm immer mehr Sträuße aus den mit Wasser gefüllten Zinkeimern und hörte nicht auf, sich zu wundern.

„Un' ihr wollt jar nix Blaues oder Lilanes?", fragte sie. Ich schüttelte den Kopf. Ich wusste selbst nicht warum, aber Blau und Lila passten nicht. Obwohl Blau meine Lieblingsfarbe war. Opa brauchte fröhliche Farben. „Wat wollt ihr denn mit all den Blumen?", fragte Änne misstrauisch. Doch mit dieser Frage hatten wir gerechnet.

„Die sind für den Friedhof", erklärte Winnie.

„Für meinen Opa", ergänzte ich. „Dat Geld is' von meinen Verwandten aus Krefeld und Mönchengladbach."

„Ach so", sagte Schumeckers Änne. „Habter denn überhaupt so viele Fahsen, Kinder?"

„Ja, dat ham wer!", versicherte Winnie. „Sonst würden wir dat doch jar nich' alles kaufen, oder?" Das leuchtete Änne offenbar ein, und sie fragte nicht weiter.

Als wir den Laden verließen, hatten wir nicht nur den Korb und die Tragetasche, sondern auch die Arme voller Blumen. Nur gut, dass Schumeckers Änne nicht sah, was wir damit machten. Sie hätte es todsicher nicht verstanden. Ein paar Straßen weiter stellten wir uns hinter eine Eibenhecke, schnitten alle Blüten ab, warfen die Stängel und Blätter in die Mülltonne von Klanten Willi und schichteten die Blüten vorsichtig in den Korb und in die Tragetasche. Von den größten rupften wir die Blütenblätter ab. Dann machten wir uns auf den Weg zum „Fluss der wandernden Nebel", quer durch Grefrath, über die Mülhausener Straße, vorbei am Laden von Buckenhüskes, vorbei an der Fabrik und den letzten Häusern und weiter auf dem Fahrradweg in Richtung Niersbeck. An der Brücke kletterten wir nach unten und gingen immer weiter, bis wir unser Ziel endlich erreicht hatten. Unseren Steg.

Cito stand mit aufgerichteten Ohren neben mir und schaute mich erwartungsvoll hechelnd und freudig wedelnd an, Winnie hielt mir den Blumenkorb hin, und ich griff mit beiden Händen hinein und warf die Blüten in die Luft. Cito bellte aufgeregt, als er das Blumenfeuerwerk sah. Die bunten Flocken flogen empor, tanzten wieder hinab, schwebten hinunter aufs Wasser, verharrten dort einen Moment und wurden als buntes Band davongetragen.

„Mach mit, Winnie", sagte ich. „Schließlich bis' du meine beste Freundin. Und meine Blutsschwester!" Winnie lächelte. Sie stellte den Korb zwischen uns, und dann warfen wir immer neue Blütenwolken in die Luft. Cito versuchte, Opas Blumen zu fangen und sprang begeistert zwischen uns hin und her. Es sah wunderschön aus, wie der „Fluss der wandernden Nebel" Opas Blüten empfing. Ich bat die drei Niersmatronen, gut auf Opa aufzupassen, wo immer er jetzt auch sein mochte, und hatte das Gefühl, dass sie mich hörten und mir huldvoll zunickten. Ich sah Opas Gesicht auf einmal genau vor mir und wusste, dass ich alles, was er mir beigebracht hatte, all seine Geschichten, all seine Antworten auf meine vielen Fragen, nie verlieren würde. Niemals. Das war mein Abschied von Opa Südstraße. Und hier, ganz allein mit Winnie, Cito, den Niersmatronen und Opas Blüten konnte ich endlich weinen. Winnie hielt mich fest, weil ich so schlimm zitterte. Ich versteckte mein Gesicht in ihren Haaren und heulte und heulte. Bis ich keine Tränen mehr hatte. Irgendwann heulte Winnie mit. Cito auch. Nur viel lauter als wir. Fast wie ein echter Wolf, und da mussten wir beide lachen. Trotz Tränen.

Als ich wieder ruhig war und der Kloß in meinem Hals sich ganz aufgelöst hatte, sahen wir, wie ein riesiger Vogel mit langsamen Flügelschlägen am Himmel erschien, immer näher kam und schließlich genau gegenüber auf der anderen Seite der Niers landete. Es war ein wunderschöner, strahlend weißer Silberreiher. Wir wagten kaum, uns zu rühren. Selbst Cito verharrte regungslos wie ein echter Vorstehhund und bellte kein einziges Mal. Lange war der leuchtende Silberreiher einfach nur da und schaute uns aus seinen gelben Augen an. Es war ganz still. Die Natur hielt den Atem an. Ich wusste genau, was Winnie dachte, und mit einem Mal war mein Herz ganz groß und warm vor lauter Glück.

Apfelbaum und Kinderengel

„Die Gässchen kommen weg", sagte mein Vater aufgeregt. „Wir werden den schönen Friedhofsgarten aufgeben müssen." Ich war sprachlos. Alles sollte verschwinden? Unsere liebevoll gepflegten Beete mit Gemüse, Kräutern, Beeren und Blumen? Die alten Kirschbäume? Der Birnbaum, in dessen Stammhöhle wir Briefchen deponierten und das Küchenmesser regensicher unterbrachten? Der Apfelbaum mit den zwei unterschiedlichen Apfelsorten? Die mannshohen Hecken aus Eiben, Weißdorn und Hainbuchen? Das rostige Törchen, das immer so lustig quietschte, wenn man es aufschloss? Unser geheimer Zugang zum alten Kirchhof in der Hecke? Sofies Grab mit dem Engel, um das wir uns schon so lange kümmerten? Die drei Kinderengel auf dem Friedhof hatten sogar Namen. Sie hießen *Ein Betet*, *Ein Släft* und *Ein Kopp ab*. Sofies Engel war *Ein Betet*.

„Und wat wird aus dem alten Friedhof?"

„Keine Ahnung. Ich habe gehört, dass einige Gräber erhalten bleiben sollen, aber wie genau das aussehen wird, weiß keiner. Der Rest soll eingeebnet werden. Vielleicht machen sie einen Park daraus."

„Können wir unsere Bäume nich' einfach umpflanzen?"

„Nein, das geht leider nicht. Dazu sind sie viel zu alt und zu groß."

Der Schock saß tief. Winnie und ich waren ratlos. Wir wollten unbedingt etwas tun, aber was? Mein Vater versuchte, möglichst schnell einen anderen Garten zu finden, damit wir wenigstens einige Sträucher und Büsche retten konnten. Schließlich fand er ein großes Stück Brachland im Westen von Kattendonk. Es war lang und schmal, hatte weder Hecken noch Bäume, nur einen Maschendrahtzaun. Es gab nirgendwo Schatten. Die Sonne knallte den ganzen Tag gnadenlos auf den ausgelaugten Boden. Es gab nicht mal eine Bank, auf die man sich setzen konnte, wenn man müde war, und vor allem keinen alten Friedhof nebenan und keine Engel, die man putzen konnte. Glücklicherweise gab es einen Wasseranschluss, so dass man wenigstens gießen konnte. Und massenweise Brennnesseln und Disteln.

„Das wird schon", tröstete mich mein Vater, als er mir den neuen Garten zeigte und meine Enttäuschung sah. „Da habe ich schon weit Schlimmeres gesehen. Man sollte die Natur nie unterschätzen, Pflanzen wachsen unheimlich schnell." In seinem Kopf hatte er längst einen Plan, wie sein fertiger Garten aussehen sollte. Die wichtigsten Gartengeräte hatte er bereits mitgebracht: Spaten, Harke, Rechen, Sauzahn, Gießkannen und Schäufelchen. Er atmete tief durch und begann mit dem Mut der Verzweiflung, das wüstentrockene Riesengrundstück vom schlimmsten Unkraut zu befreien und ordentlich umzugraben. Jeden Tag fuhren wir in den neuen Garten und machten ihn langsam urbar. Mein Vater ließ frischen Mutterboden bringen und arbeitete ihn ein. Dann retteten wir alles, was wir ausgraben konnten, aus unserem todgeweihten Friedhofsgarten, der immer trauriger und trostloser aussah. Der Förster aus Niederdorf brachte uns ein paar Obstbäume aus der Baumschule, aber es würde lange dauern, bis sie groß genug waren.

Einige Wochen später packten wir den Kofferraum und den Rücksitz unseres Audis voll mit neuen Pflanzen. Ich hatte eine große Tasche mit Sämereien auf dem Schoß. Wir gruben, pflanzten, säten und gossen. Wieder legte Vater Kartoffelbeete und Salatbeete an, ein Möhrenbeet und ein Erdbeerbeet, wieder baute er seine bewährten Holzgestelle für Zuckererbsen, Gurken und Bohnen, säte Blumensamen aus, setzte Stecklinge und Jungpflanzen, machte lange Rillen für Radieschen und Petersilie. Der Einsatz wurde belohnt, der neue Garten zauberte erstaunlich schnell die herrlichsten bunten Schätze aus seinem braunen Boden. Bald konnten wir auch in diesem Garten Gemüse und Beeren ernten. Bald dufteten auch hier pastellfarbene Wicken an ihrem Drahtgestell, leuchteten goldgelbe Levkojen und kleine violette Fliederbüsche. Bald summten auch hier die Bienen und Hummeln um die Wette. Bald schaukelten auch hier Schmetterlinge an den Blüten. Im Herbst leuchteten an beiden Seiten bunte Dahlien, kerzengerade Gladiolen und große Büsche mit kleinblütigen lila Winterastern. Leider sollten wir auch diesen Garten einige Jahre später wieder verlieren, doch das wussten wir damals glücklicherweise noch nicht. Während der ersten Jahre meines Studiums fuhr ich nach den Wochenenden in Kattendonk montags mit Armen voller Blumen zurück nach Köln. Vaters Astern schlugen in meiner Vase Wurzeln und wurden auf dem Balkon in Töpfe gepflanzt. Im Mai kam mein Vater mit dem Auto, brachte mir frisch bepflanzte Balkonkästen und schnitt meine Clematis. Er versorgte seine Gärten bis ins hohe Alter selbst und verfiel in tiefe Traurigkeit, als er dazu nicht mehr in der Lage war. Sogar an seinem letzten Tag zu Hause, mit fast neunzig Jahren, hat er noch draußen die Vögel gefüttert.

Für Winnie und mich waren die Gässchen und der alte Friedhof Herz und Seele unserer Kindheit. Bei unserem letzten Besuch versuchten wir, Sofies Engel aus dem Sockel zu stemmen, doch er bewegte sich keinen Millimeter von der Stelle. Wie konnten die Kattendonker so einen Frevel bloß zulassen? Nicht mal einen Fotoapparat hatten wir, standen nur hilflos da und versuchten, die letzten Blicke für immer im Gedächtnis zu speichern. Wie gern hätten wir alles, wirklich alles festgehalten. Die inneren Bilder sind mit der Zeit unscharf und schwach geworden. Heute weiß ich nicht einmal mehr genau, wie der große Engel mit den Riesenflügeln, zu dessen Füßen wir oft saßen und träumten, ausgesehen hat.

Friedhofsgärten und Gässchen wurden zerstört. Riesige Fahrzeuge kamen und rollten über die hilflose Natur hinweg. Sie entwurzelten, zerstückelten, zermalmten und zerdrückten alles, was ungeschützt vor ihnen lag. Kettensägen kreischten, Motoren wummerten, Holz knirschte, brach und splitterte. Keiner half den alten Obstbäumen. Keiner half den blühenden Sträuchern. Die Eibenhecken wurden aus dem Boden gerissen, zerfetzt und abtransportiert. Der alte Friedhof wurde eingeebnet. Die riesigen Kastanien, unter denen die Liebesbank stand, wurden gefällt. Auch die verwitterten Mauern, die den Weg von der Kirche zum alten Kirchhof säumten, wurden niedergerissen. Sie waren zu gefährlich und hätten einstürzen können.

Danach machte ich einen Riesenbogen um unser verlorenes Paradies.

Manchmal können Bücher Wunder bewirken. Vor sechs Jahren, wenige Tage nach dem Tod meiner Mutter, erreichte mich ein Brief von einem mir unbekannten Mann, der mein Kattendonk-Buch gelesen hatte. Darin gibt es ein langes Kapitel über den alten Friedhof und die Kinderengel. In seinem Brief lag ein Foto, auf dem ein weißer Engel zu sehen war. *Ein Betet*! Winnie und ich waren offenbar nicht die einzigen Menschen, die den alten Friedhof geliebt hatten. „Vielleicht erkennen Sie ihn wieder?", schrieb der Mann, der Richard Hillen heißt. Er hat den Engel damals tatsächlich gerettet, in den Armen zu seinem Wagen getragen, sorgsam auf dem Rücksitz festgeschnallt und mit nach Essen in seine Studentenbude genommen, wo der stille kleine Gast eine Zeitlang auf dem Balkon wohnte. Jemand wusste von seiner Liebe zu den Kinderengeln und hatte ihm rechtzeitig Bescheid gesagt, als das Ende des alten Kirchhofs beschlossen wurde. Inzwischen steht Sofies Engel in einem Hausgarten in Hürth zwischen ausladenden Rhododendronbüschen, und ich kann ihn dort jederzeit besuchen. Natürlich war ich längst dort und habe ihn ausgiebig fotografiert. Es war ein anrührendes Erlebnis.

Doch nicht nur der Kinderengel hat überlebt. Zur offiziellen Buchvorstellung meines ersten Winnie-Buchs fuhr ich an den Niederrhein. Es war ein kalter, unwirtlicher Februartag, und ich wagte mich zum ersten Mal nach all den Jahrzehnten wieder an die Stelle, wo früher der kleine alte Friedhof gewesen war. Dass dort inzwischen viele neue Bäume und Sträucher gepflanzt wurden und sogar noch vereinzelte alte Grabsteine zu sehen sind, hat mich überrascht und gefreut. Selbst das große Holzkreuz hat man wieder aufgestellt. Ein kleiner Teil der ehemaligen Eibenhecke hat sich im Laufe der Jahre in Bäume verwandelt, die jetzt ernst und düster eine Seite des Parks säumen.

Die kleinen Gärten und Gässchen existieren nur noch auf alten Postkarten und in der Erinnerung einiger weniger Menschen. Trotzdem fand ich hier unerwartet einen alten Freund. Ein Eckchen unseres Kirchhofgartens hat nämlich überlebt und ist heute ein eingezäuntes Nutzgärtchen, das an einer Seite von einer Buchenhecke und an der anderen Seite von einem Stück der alten Eibenhecke gesäumt ist. In der Buchenhecke steht ein Apfelbaum, den ich gut kenne. Damals war er noch jung, jetzt ist er groß und arg beschnitten, doch im Sommer trägt er immer noch Unmengen von Äpfeln. Überlebt hat merkwürdigerweise auch genau die Stelle der Eibenhecke, in der sich einst unser Geheimzugang zum alten Friedhof befand. Ich kann nur hoffen, dass die Familie, der Apfelbaum und Eiben heute gehören, unser Eckchen weiterhin behütet. Selbst eine der großen Kastanien, in deren Schatten früher nicht nur die Liebespaare, sondern auch zwei kleine Mädchen so gern saßen und träumten, ist noch da, wenn auch eingemauert und kaum wiederzuerkennen. Ich legte meine Hand auf ihren schrundigen Stamm und spürte das Holz meiner alten Baumfreundin. Einst stand sie hoch und mächtig neben dem schmiedeeisernen Friedhofstor mit der dicken Kette und dem rostigen Vorhängeschloss. In einer anderen, längst versunkenen Zeit.

Bis heute kann ich unseren Kirchhofsgarten aus dem Gedächtnis aufzeichnen und in Gedanken in dem Geviert mit den niedrigen Buchsbaumhecken umhergehen, hier und da herablangen und schwarze, rote und weiße Johannisbeeren oder süße Erdbeeren und Himbeeren pflücken. Vorn neben dem Törchen blühen die Schnittblumen. Ich gehe mit Winnie nach hinten zwischen die krummen Sauerkirschbäume und hebe das Brett auf, das an der Hecke lehnt, und wir machen uns klein, schlüpfen durchs Eibenheckenloch, klettern an der verbotenen Seite wieder heraus und setzen uns auf die sonnenbeschienenen Gräber, schauen den Katzen, Kaninchen,

Eichhörnchen und Mäusen zu und belauschen die *Märlänger* und *Möschen*. Dann stellen wir uns unter die Eiben und betrachten die leuchtenden korallenroten Früchte, die längst nicht so gefährlich sind wie ihr Ruf. Nur die Kerne sind giftig, aus dem Fruchtfleisch kann man sogar Konfitüre machen. Das wissen wir von Schwester Josepha und haben es früher sogar im Selbstversuch getestet. Wir nahmen eine Hand voll Eibenbeeren, befreiten sie von ihren Samenkernen und steckten sie uns mutig in den Mund. Sie schmeckten merkwürdig süß. Wir warteten. Nichts passierte. Gar nichts. Kein Erbrechen, keine Krämpfe, kein Bauchweh. Und daran gestorben sind wir auch nicht. Ich höre noch Winnies Stimme.

„Aber sons' is' an denen alles jiftig. Sojar die Nadeln un' die Rinde."

„Besonders für Pferde", ergänzte ich. „Die fallen auf der Stelle tot um, wenn die zu viel davon fressen. Weil die keine Wiederkäuer sind."

„Nur bei Hasen, Rehen und Hirschen, da passiert nix. Die können dat ab."

„Meinste, Eiben werden wirklich tausend Jahre alt?"

„Bestimmt! Aber die werden nich' so alt wie Sequoias!"

„Natürlich nich'! Sequoias leben ewig. Un' so hoch wie die Sequioas werden Eiben auch nich'. Die schaffen höchstens hundert Meter."

Wir waren so stolz auf unser Hexenwissen. Wir sprachen mit den Bäumen und Tieren und konnten mit den gefährlichsten Giftpflanzen umgehen. Ich sehe uns noch vor den Eiben stehen und andächtig unsere Finger betrachten. Der Eibensaft, der daran herabläuft, sieht aus wie dünnes, helles, schleimiges Pflanzenblut.

Shakespeare und Butterblume

Winnie hatte Glück. Ihre Familie machte zwar immer im selben Schwarzwaldnest Urlaub, doch es gab dort einen Reiterhof für Touristen. Während Herr und Frau Klaarenbom mit dem Brüllaffen endlose Runden um den See drehten und sich entspannten, ging Winnie zu den Pferden und half freiwillig beim Striegeln und Ausmisten. Dafür bekam sie umsonst Reitstunden, so dass sie zwei Wochen lang jeden Tag stundenlang auf mindestens einem Pferderücken saß. Da es in Kattendonk keine Reiterhöfe gab, nahm ich an Winnies Freude nur aus sicherer Ferne Anteil. Hinten in den Feldern hatten zwar einige Bauern Pferde auf den Weiden, und wir streichelten sie auch und gaben ihnen Äpfel oder Möhren, aber ohne Erlaubnis durften wir nicht zu ihnen in die Koppel. Ich fand Pferde wunderschön, wollte theoretisch auch liebend gern reiten, aber sie waren so riesig, dass sie mir Angst einjagten. Insgeheim war ich erleichtert, dass mein Mut nie auf die Probe gestellt wurde.

Das änderte sich, als ein paar Idealisten den verfallenen Müskeshof am Rande von Kattendonk übernahmen und in eine Auffangstation für „Notfelle" verwandelten. Hier sollten Tiere, die krank waren, die keiner mehr haben wollte oder die mit knapper Not dem Schlachthof entkommen waren, vorübergehend Zuflucht finden oder sogar ihr Gnadenbrot bekommen. Zunächst waren es nur wenige, ein paar Kühe und ein kleiner Stier, ein riesiges Borstenvieh namens Eberhard, ein Dutzend namenlose Hühner, die man nicht unterscheiden konnte, ein paar alte Hunde und halbwilde Katzen, die so scheu waren, dass man sie nicht mal streicheln konnte. Aber vor allem gab es hier auch zwei Ponys und ein Pferd. Herr und Frau Jacobs hatten nicht genug Geld, um sämtliche hilfsbedürftigen

Tiere dieser Welt aufzunehmen, was sie bestimmt gern getan hätten, doch es war ein hoffnungsvoller Anfang. Die meisten Kattendonker hielten sie für Spinner, doch von einigen wenigen wurden sie auch unterstützt, unter anderem von Doktor Engels und, darauf war ich sehr stolz, von Tante Walburga, die ein großes Herz für Tiere hatte und es sogar geschafft hatte, Onkel Tis und Onkel Friedes mit ins Boot zu holen. Nur gut, dass Onkel Tis nicht die Tierphobien seiner Mutter geerbt hatte. Aber selbst Tante Finchen und ihre Schwestern ließen sich nicht lumpen und sammelten fleißig Futter für die armen Tiere, das Onkel Tis dann mit dem Auto dort ablieferte.

Fünf Personen gehörten zum Hof: Klaus und Ina Jacobs, ihre Tochter Erika, deren kleiner Sohn Peter sowie ein wortkarger Eigenbrötler, der sich nicht mehr unter Menschen traute. Mit Tieren hatte er kein Problem, und die Tiere liebten ihn so wie er war. Peter schien keinen Vater zu haben, jedenfalls sahen wir nie jemanden auf dem Hof, der als Vater in Frage gekommen wäre. Herr Jacobs war früher ein „richtiger" Bauer gewesen, hatte aber aus irgendeinem Grund beschlossen, sein Leben einschneidend zu ändern und keine Tiere mehr an den Schlachthof zu verkaufen, und war schließlich von Kleve nach Kattendonk gezogen.

Als wir Sommerferien hatten, fuhren wir eines Tages einfach mit dem Fahrrad zum Hof und fragten, ob wir vielleicht helfen könnten. Die Leute vom Müskeshof freuten sich und erlaubten uns ausdrücklich, die beiden Islandponys zu reiten, damit sie in Bewegung blieben. Doch das war leichter gesagt als getan. Winnie hatte dummerweise behauptet, dass wir beide reiten könnten, und ich wollte mich vor den fremden Leuten nicht blamieren. Die Pferde zu striegeln und zu füttern war nicht schwer, aber auf ihren Rücken zu klettern wagte ich nicht. Winnie hatte damit kein Problem, aber sie hatte auch keine Verwandten, die ihr Riesenangst machten. Bestimmt kannten meine Großtanten wieder jemanden, der von einem Pferd zertrampelt worden war oder einen tödlichen Huftritt mitten vor die Stirn bekommen hatte. Meine Mutter ließ mich zudem in weiser Voraussicht schwören, dass ich mich *niemals* auf einen Pferderücken setzen würde. „Pony hat die ja nich' jesagt, oder?", meinte Winnie mit der ihr eigenen Logik, aber ich wusste, dass Mama ganz sicher beides gemeint hatte. So blieb ich zunächst auf dem Boden und kümmerte mich vor allem um den großen Apfelschimmel Shakespeare, der zwar ein richtiges Pferd, aber glücklicherweise unreitbar war, und wartete ab. Winnie war ein Naturtalent. Reiten war für sie wie Atmen.

Ich war von mir selbst enttäuscht. Ich hatte fast zwei Regalfächer voller Pferdebücher, hatte mehrfach *Fury, Fünf Fohlen und Flipp, Flicka, Feuersturm* und *Dick und Dalli und die Ponys* gelesen, wollte später mal bei den Indianern leben und trotzdem fehlte mir der Mut. Aber in den Ställen war ich gern. Es roch angenehm holzig und grasig, nach staubigem Stroh und würzigem Heu und warm und vertraut nach Pferd. Ich hörte auch gern zu, wie die Pferde langsam kauten und entspannt schnaubten. Sie hatten unglaublich weiche Nüstern und bliesen einem freundlich ihren warmen Atem in den Nacken oder ins Gesicht. In den Ställen konnte man auch mit den Katzenbabys spielen, denn die Streuner waren natürlich nicht kastriert und vermehrten sich wie verrückt. Die Kitten wurden zahm und zutraulich, weil sie schon früh an Menschen gewöhnt waren, und ließen sich daher auch gut an die Leute aus der Umgebung vermitteln. In den Ställen sahen wir den Mehl- und Rauchschwalben zu, die im Sturzflug durch die schmalen Stallfenster sausten, die offenbar aus Gründen der Frischluftzufuhr stets gekippt waren, und ihre Jungen versorgten. Die Schwalbennester klebten als knubbelige graue Kugelgebilde direkt unter der Stalldecke, es waren immer mehrere nebeneinander, und

Herr Jacobs hatte darunter Holzbretter angebracht, damit der Vogeldreck nicht auf den Boden fiel. Die Welt wimmelte nur so von Vögeln, auch draußen auf den Äckern. Im Schweinestall, wo Eberhard wohnte, stank es fürchterlich. Eberhard war sehr groß und sehr unattraktiv, aber überaus freundlich und fraß alles, was ihm vor den Rüssel kam, am liebsten Sachen, die tierisch tropften wie frische Äpfel und Ananas, und schmatzte dabei so laut und genüsslich, dass man lachen musste. Er kannte uns genau und grunzte vor Freude, wenn er uns sah.

Hinter dem Haus befand sich das Kuh-Altersheim. Alle Kühe, die hier lebten, wären ohne die Jacobs längst zu Fleisch- und Wurstwaren verarbeitet worden, und es zerriss einem das Herz, wenn man nur daran dachte. Unser Liebling Vera hatte im Schlachthof so jämmerlich und verzweifelt gebrüllt, dass selbst der knallharte Schlachter es nicht übers Herz gebracht hatte, sie zu töten. Vera hatte in ihrem ersten Leben zwölf Kälber geboren, die man ihr alle sofort weggenommen und bestimmt längst zu Fleisch verarbeitet hatte, und Tausende Liter Milch „erbracht", doch als sie immer weniger Milch gab, „rentierte" sie sich nicht mehr. Sie war das sanftmütigste Geschöpf, das man sich vorstellten konnte, und wir konnten wunderbar mit ihr schmusen. Ich legte manchmal meinen Kopf an ihren Kopf, und sie stand dabei ganz still. Wenn Kühe sich wohlfühlen, geben sie Geräusche von sich, die fast an Schnurren erinnern. Manchmal legten wir uns zwischen die Tiere in die Sonne und bauten an unseren Wolkenkuckucksheimen. Man musste nur achtgeben, dass man nicht in die Kuhfladen trat, vor allem, wenn man Sandalen trug oder nackte Füße hatte. Uns war klar, dass wir nach der Bekanntschaft mit Vera nie wieder Rindfleisch essen würden, eine Entscheidung, die unsere Familien ganz und gar nicht verstanden. „Dat mit dem Fleisch is' doch Ausbeutung!", sagte Winnie. „Un' Tierquälerei!" Aber keiner wollte auf uns hören. Kühe können dreißig

Jahre alt werden, wenn man sie leben lässt, aber normalerweise werden sie schon mit fünf oder sechs Jahren oder noch früher geschlachtet. In Kattendonk gab es zwar keine Massentierhaltung, doch Herr Jacobs, den wir bald Klaus nennen durften, schilderte uns, wie grausam Kühe anderswo behandelt wurden. Auch davon, dass Mutterkühe wochenlang schreien, wenn man ihnen die Kälbchen wegnimmt. Und dass die meisten Kälbchen gemästet und geschlachtet werden, ohne je eine Weide gesehen zu haben. Er erzählte uns sogar, dass auch Ponys und Pferde geschlachtet würden, was wir bisher nicht für möglich gehalten hätten. In einigen Städten gab es sogar Pferdemetzger! Wir schüttelten uns vor Abscheu.

Der traumatisierte Shakespeare war ein ehemaliges Schulpferd, weit über zwanzig Jahre alt und ein wahrer Riese. Man musste sogar auf eine Art Leiter steigen, um ihn zu striegeln. Doch er war lammfromm und freundlich, allerdings nur, solange man nicht versuchte, ihn zu reiten. Dann wurde er richtig wild und rollte wie verrückt mit den Augen. „Den hat man tot geritten", sagte Klaus, „da müssen wir viel Geduld haben." Shakespeare hatte nach seinem Reitdienst viele Jahre traurig und einsam in einer Einzelbox verbracht, sich alle möglichen Krankheiten zugezogen und absolut keine Lust mehr auf Stress und Reiter. „Der wird sich schon irgendwann bekrabbeln", meinte Klaus. In den Boxen neben ihm wohnten die beiden Isländerinnen Frieda und Butterblume. Frieda war eine gescheckte alte Stute und Winnies Liebling. Winnie ritt sie am liebsten ohne Sattel und Trense, weil sie das gemütlicher fand. Vielleicht war Winnie ja wirklich eine Lakota? Ein echter Palomino wäre zwar noch besser gewesen, aber so etwas gab es natürlich nicht in Kattendonk. Friedas Widerrist war so steinhart, dass sogar Winnie gelegentlich Probleme damit hatte. Butterblume war hellbraun und hatte eine weiße Blesse. Sie war kleiner, weniger sitzhart und daher für mich reserviert.

Winnie ging fest davon aus, dass ich irgendwann mutig genug sein würde, um mich auf ihren Rücken zu schwingen, doch es dauerte Monate, bis ich so weit war.

Mein erster Ausritt war schrecklich und wird mir ewig im Gedächtnis bleiben. Natürlich wollte ich nicht, dass jemand sah, wie ich mich lächerlich machte, daher musste das Experiment zwingend an einem Tag stattfinden, an dem wir allein waren. Der Tag kam schneller als geglaubt. „Endlich!", sagte Winnie. Ich sagte nichts. Ich schluckte nur. Zuerst striegelten wir die Pferde und zupften ihnen das Stroh aus Mähne und Schweif. Winnie summte leise vor sich hin, ich starb innerlich tausend Tode. Butterblume wurde gesattelt und nach draußen geführt, wieherte munter und ließ mich nicht aus den Augen. Keine Ahnung, woher sie wusste, dass ich gleich auf ihr sitzen würde, jedenfalls wurde ich das ungute Gefühl nicht los, dass sie sich tierisch über mich lustig machte. Sie bleckte sogar die Zähne und sah aus, als würde sie über mich lachen. Da ich fürchtete, gleich auf der anderen Seite wieder von ihrem Rücken zu rutschen, sprach Winnie beruhigend auf uns beide ein, während sie mir hoch half. Ich rutschte wider Erwarten nicht herunter. Immerhin etwas.

„Die is' überhaupt kein Problem, dat wirste schon sehen." Ich nickte tapfer, aber mir war nicht wohl in meiner Haut. Winnie schwang sich locker auf Frieda. Sie hatte mir eingeschärft, dass man auf einem Pferd unbedingt leise sprechen müsse, damit es keine Panik kriegte.

„Un' wat muss ich tun, damit die Butterblume stehen bleibt?", wollte ich wissen. „So wat wie 'ne Bremse hat 'n Pferd ja schließlich nich'."

„Die bleibt dann stehen", sagte Winnie. „Die merkt dat. Un' wenn nich', muss man dat mit den Schenkeln machen oder ‚Brrr' sagen. Dat schaffst du schon! Die is' jemütlich wie 'ne Schaukel. Un' außerdem bin ich ja bei dir! Un' wenn die

schneller laufen soll, dann musste schnalzen." Oh nein, schneller laufen sollte Butterblume auf gar keinen Fall! Ich fand sie plötzlich riesig, der Sattel war noch viel glatter und unbequemer als ich gedacht hatte, und ich beneidete Winnie, die sich so mühelos auf Friedas sattellosem Rücken hielt. Aber Winnie hatte ja auch viel mehr Übung. Ich hockte stocksteif und unbehaglich auf meiner Isländerin und hatte das Gefühl, jeden Moment wie Rumpelstilzchen in der Mitte auseinandergerissen zu werden.

„Muss ich denn keinen Helm tragen?", erkundigte ich mich besorgt. Die Reiter im Fernsehen trugen doch auch immer einen. „Ach wat!", lachte Winnie. „Wat soll denn schon passieren? Indianer ham auch keinen Helm." Gegen dieses Argument war ich machtlos. „Aber wenn du unbedingt 'nen Helm willst, hol ich dir einen", bot sie zögernd an, doch ich hatte es langsam satt, immer nur ein zimperlicher Angsthase zu sein, nahm allen Mut zusammen und sagte: „Nee, is' schon gut. Ich reite so." Winnie sah mich ermutigend an, schnalzte leise, und Frieda trabte los. Auch Butterblume setzte sich jetzt in Bewegung, blieb aber schon bald vor dem Kappesfeld hinter dem Haus stehen, hob den Kopf und schaute sich interessiert nach allen Seiten um. Hoffentlich bäumte sie sich jetzt nicht auf und warf mich ab! Aber nein, sie schüttelte nur ihr Haupt und überlegte, was sie als nächstes machen wollte. Winnie drehte sich um und rief Butterblumes Namen. Sofort spitzte die Stute die Ohren und setzte sich wieder in Bewegung. Diesmal allerdings bedeutend schneller, und ich hopste schmerzhaft auf und nieder. Bald lief sie sogar richtig schnell, und ich konnte sie nicht anhalten. Es war furchtbar! Ich schwitzte und zitterte. Offenbar sah ich ziemlich komisch aus. „Du solltest mal dein Jesicht sehen!", kicherte meine sogenannte beste Freundin. Langsam wurde ich sauer. Winnie, Frieda und Butterblume amüsierten sich köstlich, während ich verzweifelt versuchte, nicht wie ein Mehlsack am Ponyhals zu hängen oder mitsamt Sattel herunterzurutschen. Ob die Gurte auch fest genug angezogen waren? Oder zu fest? Hoffentlich zwickten sie nicht an Butterblumes Bauch! Jetzt wurde die Stute auch schon wieder langsamer, blieb stehen, schnabulierte ein wenig am Heckengrün, trank ausgiebig aus einer großen Pfütze, wieherte erst leise, dann lauter, schüttelte die blonde Mähne, setzte sich wieder in Bewegung und rannte hinter Frieda her. Keine Ahnung, ob sie trabte oder galoppierte, auf jeden Fall war sie tausendmal schneller als unser Audi, und ich hopste noch heftiger als vorher auf und nieder. Ich kam mir vor wie ein Flummi. Dann blieb sie plötzlich wieder stocksteif stehen, um mit aufgestellten Ohren und bebenden Nüstern das nahe gelegene Wäldchen zu beobachten, in dem höchstwahrscheinlich irgendein Monster sein Unwesen trieb. Ich spürte, wie der Pferdekörper unter mir erschauerte. Was war los? Wollte sie mit mir durchgehen? Kam da etwa ein Auto? Würde sie sich aufbäumen und mich abwerfen? Winnie umkreiste uns fröhlich.

„Toll, wat?", rief sie. Ich nickte verkrampft. Butterblume scharrte mit den Hufen und setzte sich wieder in Bewegung. Sie war ziemlich gemein und wusste genau, dass ich ihr hilflos ausgeliefert war. Irgendwie überlebte ich die nächste Stunde, fiel nicht vom Pferd und brach mir auch nicht die Wirbelsäule oder das Genick. Es passierte überhaupt nichts Schlimmes, obwohl ich gerade mein kostbares Leben riskierte! Aber es war auch nicht besonders schön, wenn ich ehrlich sein soll. Ob aus mir je eine kühne Reiterin werden würde, die auf ihrem wilden Mustang über die Prärie preschte?

„Na, wat meinste?", fragte Winnie. „So schlimm war dat doch jar nich', oder? Dat haste doch echt jut jemacht!" Nein, eigentlich war es wirklich nicht so schlimm gewesen. Am besten waren die letzten fünf Minuten, als ich wusste, dass die Tortur bald zu Ende sein würde. Ich war nun mal eine Versagerin und beschloss, das Experiment nicht so bald zu wiederholen. Mir fehlte einfach das nötige Vertrauen. Und ein paar richtige Reitstunden, ich wusste ja nicht mal, wie ich sitzen sollte. Winnie lenkte Frieda in Richtung Stall, Butterblume äppelte ausgiebig und schien zu zögern. Vielleicht hatte sie schlimme Bauchkrämpfe? Oder musste niesen und verlor dabei das Gleichgewicht? Wollte sie sich etwa auf den Boden werfen und ein Staubbad nehmen? Aber nein, es war alles in bester Ordnung.

Winnie half mir zurück auf den Boden der Tatsachen, und ich führte Butterblume mit gemischten Gefühlen in ihre Box. Dann striegelten wir die Ponys. Die Hufe musste Winnie allein auskratzen. Das war mir zu gefährlich. Man musste nämlich genau an der richtigen Stelle stehen und laut und deutlich mit fester Stimme „Hoch!" sagen. Wenn man Glück hatte, hob das Pferd gehorsam den zu reinigenden Huf, und man konnte sich mit einem kleinen gebogenen Instrument, das mich stark an die Folterwerkzeuge von Doktor Backes erinnerte, an die Arbeit machen. Einmal trat Frieda beim Herausführen aus dem Stall aus Versehen voll auf Winnies Fuß, so dass sie keinen Schritt mehr gehen konnte, aber da war ich glücklicherweise nicht anwesend. Winnie zeigte mir danach ihre rabenschwarzen Zehennägel. Sie hatte Glück im Unglück, denn sie war dabei nur im weichen Boden eingesunken, sonst wäre ihr Fuß bestimmt Matsch gewesen.

Nach meinem ersten Ausritt konnte ich tagelang weder sitzen noch liegen, ohne zu stöhnen. Ich spürte jeden einzelnen Muskel, auch an Stellen, wo ich nie mit Muskeln gerechnet hätte. Meine Mutter machte sich schreckliche Sorgen und hätte mich beinahe zu Doktor Engels zum Röntgen geschleppt. Später bin ich tatsächlich „richtig" geritten, aber erst im darauffolgenden Sommer. Ausgerechnet auf Shakespeare. Wir hatten dasselbe Vertrauensproblem und konnten einander daher auch perfekt heilen. Als ich durch Zufall herausfand, dass Shakespeare Plunderteiggebäck mit Zimt und Zucker liebte und völlig verrückt auf Marzipan war, ging alles ganz leicht. Ich war der einzige Mensch, den das alte Schulpferd in diesem Leben noch auf sich reiten ließ. Merkwürdigerweise hatte ich vor Shakespeare überhaupt keine Angst, obwohl er so riesig war. Selbst Winnie konnte es kaum fassen. Aber das ist eine andere Geschichte.

Frank Zappa und Fräulein Niederziehr

Selbst als Klosterschülerinnen waren wir in musikalischer Hinsicht immer auf dem neuesten Stand. Manche Lieder aus jener Zeit sind in meiner Erinnerung so eng mit bestimmten Personen verknüpft, dass sie mir beim Hören gleich lebhaft vor Augen stehen. An unserer Schule gab es damals nur sehr wenige weltliche Lehrer, und es war leider keiner darunter, den man anschwärmen konnte. Das änderte sich erst, als uns 1969 zwei junge Referendare zugeteilt wurden. Der eine war so klein, dass die meisten von uns ihn um mindestens einen Kopf überragten, doch der andere entzückte uns auf den ersten Blick. Tilmann Sommer war äußerst schüchtern und muss sich zwischen all den Mädchen höchst unwohl gefühlt haben. Er wurde schon rot, wenn man ihn nur ansah, hatte Geschichte und Erdkunde studiert und musste sich unter dem kritischen Blick von Schwester Adelgundis bewähren, was für einen unsicheren jungen Mann mit Sicherheit die Hölle war. Schwester Adelgundis war äußerst dominant und hatte für Männer wirklich nicht das Geringste übrig. In unsere Klasse verschlug es Tilmann Sommer nur sehr selten. Leider. Aber wir waren auch nicht sehr nett zu ihm. Einmal musste er während einer Bio-Arbeit bei uns Aufsicht führen und war uns wehrlos ausgeliefert. Statt den verlangten Flusskrebs zu zeichnen, starrten wir ihn alle verzückt an. Der Ärmste rutschte nervös auf seinem Stuhl hin und her und versuchte verzweifelt, sich in seine Lektüre zu vertiefen, irgendetwas über die Weimarer Republik, wenn ich mich recht erinnere. Dann ließen wir ihn wie auf Kommando alle wieder in Ruhe, pfuschten wie die Weltmeister, nahmen die Biobücher heraus und pausten den Flusskrebs frech ab. Er versuchte, uns die Bücher wegzunehmen, doch wir holten sie uns schneller zurück als er blinzeln konnte, und schließlich gab er auf. Wir zählten danach eindeutig nicht zu seinen Lieblingsklassen.

Beim nächsten Einsatz wussten wir vorher Bescheid und waren bestens präpariert. Die Internen, die für ihre Aufsässigkeit berüchtigt waren, hatten die geniale Idee, den Bedauernswerten mit dem Song *Je t'aime .... moi non plus*, der im Kloster absolut tabu war, in Verlegenheit zu bringen. Es wurde ein voller Erfolg. Nachdem unser nichtsahnendes Opfer es sich einigermaßen bequem gemacht hatte, stellten wir die verbotene Musik an. Punktgenau an der richtigen Stelle. Tilmann Sommer traute seinen Ohren nicht, als das sinnliche Seufzen und Stöhnen von Jane Birkin und Serge Gainsbourg aus der hintersten Ecke des Klassenzimmers ertönte, nahm einen ungesunden Farbton an und kreischte: „Macht das sofort aus!" Wir rührten uns nicht, während er den Recorder suchte. Nachdem er ihn gefunden, ausgeschaltet und konfisziert hatte, aktivierten wir sofort den zweiten Apparat. Jetzt ertönte das Gestöhne aus einer völlig anderen Ecke. Insgesamt waren drei Recorder im Einsatz, und Tilmann Sommer transpirierte wie Tante Walburga bei ihren schlimmsten Wallungen. Zwanzig Mädchen saßen mucksmäuschenstill und beobachteten unbarmherzig, wie der arme Referendar mit den pornografischen Lärmquellen kämpfte. Als ich Jahre später während meines Studiums ein Jahr an einer Jungenschule in England arbeitete, musste ich fast täglich an Tilmann Sommer denken. Leider. Mit wachsender Panik und tiefstem Mitgefühl. Meine Schüler waren nämlich beträchtlich schlimmer als wir. Damals beschloss ich, lieber doch Übersetzerin zu werden.

Das Klo-Poster mit Frank Zappa brachte unseren Lieblingsreferendar erstaunlicherweise kaum aus der Fassung. Wahrscheinlich war er inzwischen abgehärtet. Wir hatten es mit extra viel Tesafilm an die Tafel geklebt, so dass man es nicht einfach mit einem Ruck herunterreißen konnte. Er frickelte das Poster mühsam ab, faltete es zusammen, ließ es am Ende der Stunde wortlos auf dem Pult liegen und tat so, als wäre gar nichts geschehen. Da die erhoffte Schockwirkung ausgeblieben war, beschlossen wir, Frank Zappa ein zweites Mal zu aktivieren, diesmal gut sichtbar im Eingangsbereich der Schule. Als der Popstar dort am nächsten Tag mit heruntergelassener Hose von der Wand grinste, war in Nullkommanichts der Teufel los. Die Schülerinnen waren begeistert, Ordensschwestern und Lehrkörper empört. Nur Tilman Sommer blieb cool. Das Klobild gehörte sich nicht und war ebenso verdammungswürdig wie Kondome, Zungenküsse, Petting, vorehelicher Geschlechtsverkehr und Doktor Sommer! Zu unserer Verwunderung hielt Tilman auch diesmal dicht, und aus Dankbarkeit haben wir ihn danach nie wieder gequält. Noch am selben Morgen wurde eine außerordentliche Versammlung in der Aula einberufen, mit allen Schülerinnen, doch die Missetäterinnen konnten nicht ermittelt werden. Das Poster gehörte übrigens nicht etwa Winnie, sondern Lorene, und Lorene hatte auch die zündende Idee, was ihr bis dahin nie jemand zugetraut hätte. Schon gar nicht die Ordensschwestern. Aber genau genommen war der schöne Manfred schuld. Wenn Frank Zappa nicht an seiner Tür geprangt hätte, wäre das alles nicht passiert.

Zahlreiche Hits aus den frühen siebziger Jahren sind in meinem Kopf untrennbar mit den öden Stunden in der Kempener Tanzschule Niederziehr verknüpft, wo wir todlangweilige Abende mit todlangweiligen Jünglingen mit kalten Schweißhänden verbrachten. Das Schlimmste war Fräulein Niederziehr selbst. Sie war klein, hart und gelenkig und hatte einen eisernen Griff. Sie war uns schon bald vertrauter als uns lieb war, weil wir fast immer zu wenig männliche Kursteilnehmer hatten und daher notgedrungen früher oder später mit ihr tanzen mussten. Fräulein Niederziehr war äußerst mitreißend, vor allem bei Tangos und Walzern. Ich begann automatisch zu führen, wenn ich sie im Arm hielt, weil sie viel kleiner war als ich, was uns jedes Mal zu einer Lachnummer machte. Wir waren absolut inkompatibel, und ich zog mir stets ihre herbe Kritik zu. „Rücken durchdrücken! Nicht so schluffen! Füße heben! Und jetzt hören Sie endlich auf zu *führen*!", zischte sie und rammte mir ihr Knie zwischen die Beine. Möglicherweise war es für sie genau so furchtbar wie für mich.

Besonders *Song of Joy* war mir schon nach kurzer Zeit zuwider, denn wir mussten bei Fräulein Niederziehr gleich zwei Tänze dazu einüben. Ich höre sie noch ihr lautes „Sloooow, quick, quick, sloooow!" rufen. Damit hat sie mir gleichzeitig auch die neunte Symphonie von Beethoven für alle Zeiten verleidet. Winnie traf es noch härter, denn auch Axel Brökskes war Tanzschüler bei Fräulein Niederziehr. Selbst wenn es Winnie bisher vehement abgestritten hatte, bestand nun kein Zweifel mehr daran, dass Axel sie auf irgendeine perverse Art verehrte. Offenbar war er masochistisch veranlagt. Er hatte nur Augen für Winnie und ließ dafür sogar Klaudia Kamphuisen links liegen, die liebend gern nur mit ihm getanzt hätte. Winnie rächte sich, indem sie ihm so oft wie möglich auf die Zehen stampfte. Richtig schlimm erwischte es ihn, als sie eines Abends die Pumps ihrer Mutter trug. Sie hatte lange bei uns in der Garage geübt, bis sie mit den spitzen Dingern überhaupt laufen und erst recht tanzen konnte. An dem Abend, als Frau Klaarenboms Pumps zu den Klängen von *Es wird Nacht, Senorita* zum Einsatz kamen, verließ Axel Brökskes den Tanzsaal heftig hinkend und musste von Klaudia liebevoll gestützt werden. Doch selbst das ertrug er ohne Murren. Sein Pech, dass er bei Winnie nicht den klitzekleinsten Hauch einer Chance hatte. Keine Sekunde lang.

Einigen Songs konnten selbst die Tanzstunden nichts anhaben. *You are the Sunshine of my Life* von Stevie Wonder gehört eindeutig in diese Kategorie. Zu den langsamen Songs tanzten wir „Kuschelblues". Ein peinliches Erlebnis, wenn man dabei Axel Brökskes erwischte und natürlich möglichst viel Abstand halten wollte. Unser einziger Lichtblick war ein junger Engländer namens Jeremy, der leider nur unregelmäßig kam, aber so schön Blues tanzte, dass man mit ihm am liebsten ins nächtliche Kempen entschwebt wäre. Wir mutmaßten, dass er Seemann war, denn er hatte breite Schultern und einen ungewöhnlich wiegenden Gang. Einmal hatte ich das Vergnügen, in seinen Armen zu liegen, als Fräulein Niederziehr *Something Stupid* von Nancy und Frank Sinatra auflegte. Bis heute habe ich eine Schwäche für diesen Song. Doch am liebsten tanzte ich mit Winnie. Wir hopsten wild herum und lachten uns halbtot, während Fräulein Niederziehr explodierte. Zu unserem Bedauern teilten unsere Eltern unseren Musikgeschmack nicht. Meine Mutter stand auf Udo Jürgens, Hildegard Knef und Mireille Mathieu, mein Vater auf Orgel- und Marschmusik. Winnies Eltern liebten Bata Illic und Adamo, was Winnie schwer zu schaffen machte. Richtig tanzen kann ich bis heute nicht.

Bewegte Zeiten

Die wichtigsten Weltereignisse drangen selbst bis in unser Dorf vor. Am 21. Juli 1969 saßen wir alle gebannt vor dem Fernseher und wurden Zeugen, wie Apollo 11 auf dem Mond landete und der erste Mensch die Mondoberfläche betrat. Etliche Kattdonker mutmaßten allerdings, dass es sich bei den unscharfen Wackelaufnahmen um eine Inszenierung aus Hollywood handelte, mit der man die Welt nur täuschen wollte. Auch die neue Serie *Der Kommissar* mit Erik Ode, die im selben Jahr anlief, ließ sich kein volljähriger Kattdonker entgehen, genauso wenig wie die erste Ausstrahlung der Show *Wünsch dir was* mit Dietmar Schönherr und Vivi Bach in der Vorweihnachtswoche.

Unaufhaltsam schwappte sogar die berüchtigte Sexwelle in unser beschauliches Dorfleben. Oswalt Kolles wöchentliche Enthüllungen in der *Neuen Revue* und zumindest eins seiner Bücher musste man als Erwachsener einfach kennen, um bei den hitzigen Diskussionen mitreden zu können. Auch Beate Uhses diskrete Päckchen riefen in der unmittelbaren Nachbarschaft der Adressaten Entrüstung hervor, da sich der einzige Stammzusteller des Ortes von neugierigen Damen mit *Wimelen* bestechen ließ und im Zustand der Beschwipstheit bereitwillig Auskunft gab.

Für echte Empörung sorgte bei uns erwartungsgemäß der 1969 von der SPD-Ministerin Käte Strobel propagierte *Sexualkunde-Atlas*. In der Klosterschule stand das Buch bereits vor dem Erscheinen auf dem Index und erregte dadurch nur noch mehr Neugier. Wie mochte das verbotene Innenleben aussehen? Bestimmt gab es tolle Nacktfotos! Winnie hatte die glorreiche Idee, sich das Buch von Rita zu Weihnachten zu wünschen. Sie bekam es auch, doch es entsprach keineswegs unseren Erwartungen. Es gab darin hauptsächlich öde Zeichnungen und Tabellen, und die wenigen Schwarzweißfotos waren so scheußlich, dass einem jede Lust verging. Besonders grässlich war die Doppelseite mit der Geburt und dem Mutterkuchen. Dagegen war sogar Kurt Seelmanns betuliches Aufklärungsbuch *Woher kommen die kleinen Buben und Mädchen* hochspannend.

Wenn das erschlagende Lernpensum es zuließ, machten wir es uns wie eh und je am „Fluss der wandernden Nebel" gemütlich und lasen die Doktor Sommer-Beiträge in der *Bravo*, die wir nun nicht mehr von Rita übernahmen, sondern längst in Grefrath bei Askania selbst erstanden. Nebenher verschlangen wir Tante Finchens *Quick*, die wir uns einmal die Woche heimlich aus dem Zeitungskorb im Schuppen ausliehen, sämtliche Bände von *Angélique* und *Cathérine*, wobei wir uns beide in Geoffrey de Peyrac, Arnaud de Montsalvy sowie in die riesige Dogge Sorbonne verliebten. Am interessantesten waren die *Jasmin*-Hefte meiner Mutter. Jede Ausgabe der *Zeitschrift für das Leben zu zweit* enthielt einen farbigen Mittelteil, den man vorsichtig herauslösen konnte. Die Seiten trugen den verheißungsvollen Namen *Das Lexikon der Erotik* und waren so gefährlich, dass man sie vor dem Lesen extra aufschneiden musste, was meine Mutter glücklicherweise bereits erledigt hatte. Sie enthielten zahlreiche Lateinvokabeln, die man in der Klosterschule auf keinen Fall benutzen durfte. Hier fanden wir unter den Stichworten „Menopause" und „Klimakterium" endlich auch eine genauere Erklärung für Tante Walburgas mysteriöses Leiden. Schade, dass es die Zeitschrift nur von 1968 bis 1973 gab. Aus der *Jasmin* lernten wir alles, was wir immer schon über Sex hatten wissen wollen, und vieles, was wir lieber nicht gewusst hätten. Die *Jasmin* war die *Bravo* der Erwachsenen. Gebeichtet haben wir diese Vergehen nie, auch wenn sie Verstöße gegen das sechste und achte Gebot gleichzeitig waren. Wir hatten beschlossen, überhaupt nicht mehr beichten zu gehen, denn allmählich waren unsere Sünden so zahlreich, dass wir den Überblick verloren. Es waren unruhige Zeiten. Auch für uns. Überall knisterte, züngelte und brodelte es.

Pubertät und Pickel waren dank Clearasil und Margaret Astors genialem Abdeckstift *Cover and Care* zumindest hautmäßig weniger schlimm als befürchtet. Ein echter Schock waren die monatlichen Bauchkrämpfe und der unbequeme Camelia-Gürtel, in dem man schrecklich schwitzte. Erst als wir später heimlich o.b.-Tampons benutzten, die zunächst noch als „unanständig" galten und zudem auf keinen Fall von jungen Mädchen, sondern nur von verheirateten Frauen getragen werden durften, hatte diese Qual ein Ende. Rita sprach uns Mut zu, sie benutzte sie schon seit Jahren und war schließlich auch nicht verheiratet. Das einzig Gute war, dass man mit „den Tagen" eine hervorragende Ausrede hatte, um dem Sportunterricht und vor allem den Bundesjugendspielen fernzubleiben. Unsere Sportlehrerin konnte es schlecht nachprüfen, auch wenn sie bei mir oft misstrauisch war. Völlig zu recht. Auch unser erster BH war eine Katastrophe, denn keiner hatte uns darauf vorbereitet, wie unbequem dieses Folterinstrument war.

Ich hatte einen ordentlichen Schuss in die Höhe getan. Meine Arme und Beine waren so endlos, dass ich nicht wusste, wo ich sie lassen sollte. Erst als ich aufhörte zu wachsen, was bei genau einem Meter siebzig der Fall war, ging es mir langsam besser. In der Schule war Make-up nach wie vor verboten, doch es gab ja ein Leben außerhalb der Klostermauern. Ich entdeckte mein Faible für Wimperntusche und angenehme Düfte und kaufte mir nachtblauen Lidschatten und mein erstes Parfum. Es hieß *Bois de Boulogne* und befand sich in einem kleinen Fläschchen mit Goldverschluss, das mit einer winzigen grünen Schleife dekoriert war. Ich gab dafür mein ganzes Taschengeld aus, aber das war es mir wert. Gegen Parfüms hatten selbst die Klosterschwestern nichts einzuwenden, denn man konnte sie ja nicht sehen. Ich hatte das Gefühl, als wären all meine Sinne geschärft. Alles schmeckte, duftete, roch und stank viel intensiver, die Welt um mich herum war lauter und voller, und meine Unruhe wuchs von Tag zu Tag. Wo war mein Platz in dieser Welt? Gab es ihn überhaupt?

Die ungewohnten Anfälle von Verzweiflung und Weltschmerz, die genauso schubartig auftraten wie Tante Walburgas Hitzewallungen und bei denen sich das Leben in Sekundenschnelle rabenschwarz verfärbte, machten mir schwer zu schaffen, und auch die merkwürdige Unruhe und die verwirrende Sehnsucht, die weder Grund noch Ziel zu haben schien. Dazwischen gab es kurze Himmelhoch-Phasen, in denen mir die ganze Welt offenstand und einfach alles möglich war. Ich weiß noch, wie ich plötzlich anfing, die Nachrichten im Fernsehen aufmerksam zu verfolgen und immer öfter meine eigene Meinung zu vertreten. „Das Kind wird langsam erwachsen", kommentierte meine Mutter, aber glücklich klang sie dabei nicht. Kein Wunder, denn wir gerieten ständig wegen der albernsten Kleinigkeiten aneinander. Mir gefiel nicht, dass meine Mutter mir abends immer noch die Kleidungsstücke herauslegte, die ich am nächsten Tag tragen sollte. Ich wollte endlich selbst entscheiden, was ich anzog! Irgendwann kapierte sie es, doch sie hat es mir nie verziehen. Angenehm war diese Lebensphase wirklich nicht, auch wenn wir wussten, dass unsere Probleme „normal" waren. Weder die *Reader's Digest*-Kurzfassungen der Weltliteratur noch Dr. Sommer oder das *Lexikon für Erotik* hatten mich allerdings auch nur annähernd auf das emotionale Erdbeben vorbereitet, dass mein Leben schon bald nachhaltig erschüttern sollte.

Die Welt war nicht friedlich im Dezember 1969. Der Vietnamkrieg tobte noch, im Nahen Osten fanden über Syrien und dem Suezkanal heftige Luftkämpfe statt, bei einem Bombenattentat auf eine Bank in Mailand kamen vierzehn Menschen ums Leben. In vielen bundesdeutschen Städten gab es Protestdemonstrationen gegen den Vietnamkrieg, auch Rita ging in Köln wieder auf die Straße. Nach starken Schneefällen waren in Österreich, Ungarn, der Tschechoslowakei und Jugoslawien viele Ortschaften von der Außenwelt abgeschnitten. In der nördlichen Adria wurde durch orkanartige Stürme der gesamte Schiffsverkehr lahmgelegt, und um die Weihnachtszeit wurden weite Teile Europas von einer Grippewelle erfasst, die zahlreiche Tote forderte. Tante Pia traute sich kaum noch auf die Straße, um sich nur ja nicht anzustecken.

Kairos um Mitternacht

Die erste Liebe traf mich im Alter von vierzehn Jahren und acht Monaten wie ein greller Blitz aus heiterem Nachthimmel. Ausgerechnet zu Beginn der Christmette in der Kattendonker Kirche. Ich saß neben meinem Vater auf der Männerseite, eine Gewohnheit, die ich noch aus meiner Kindheit beibehalten hatte. Merkwürdigerweise war ich das einzige weibliche Wesen in der Gemeinde, das sich ins verbotene Lager wagte. Ich trug meinen malvenfarbenen Wintermantel und den neuen weichen Schal, hielt mein Gebetbuch in der Hand und legte wie immer die Bändchen an die Stellen mit den Liedern, die auf dem Anschlagbrett aufgelistet waren. Die Kirche war zum Bersten voll, weil an diesem Tag natürlich wieder sämtliche U-Boote auftauchten, die sich sonst im Gottesdienst nie sehen ließen. Viele Besucher mussten stehen, was der gehobenen Stimmung jedoch keinen Abbruch tat. Es roch nach Winterwolle und Weihrauchschwaden, nach Tannengrün, Kerzen und nassen Schuhen. Ich saß wie immer am äußeren Ende der Bank direkt am Gang, weil ich leicht Platzangst bekam. Pfarrer, Vorbeter und Messdiener schritten feierlich zum Altar, während die Gemeinde *Zu Bethlehem geboren* sang.

In der Reihe genau vor mir standen zwei junge Männer. Der linke war etwa eins achtzig groß, schlank und dunkelhaarig, sein Nachbar kleiner, etwas stämmiger und blond. Ich hatte schon immer eine Schwäche für Locken, und der Dunkelhaarige hatte so ziemlich den schönsten Lockenkopf, den ich je gesehen hatte. Außerdem besaß er einen bemerkenswert attraktiven Nacken, der zwischen dem dunklen Mantelkragen und den geringelten Haaren hell und verletzlich wirkte. Ich starrte gebannt auf den fremden Hinterkopf und hatte das unangenehme Gefühl, als hätte mich jemand gleichzeitig äußerlich mit heißer Lava übergossen und innerlich in Eiswasser getaucht. Was war das für ein überwältigendes Gefühl? Und warum tat es bloß so weh? Ich kannte diesen Mann! Das wusste ich genau! Aber woher? Auch seine Stimme kannte ich! Beim nächsten Lied spitzte ich noch mehr die Ohren. *Menschen, die ihr wart verloren.* Ja, ich kannte diese Stimme. Sie gehörte Gabriel, einem der älteren Vorbeter. Ich hatte ihn schon seit Monaten nicht mehr gehört und gesehen, weil wir ausschließlich in die Messen gingen, in denen der schöne Manfred seine Kurzauftritte absolvierte. Ich hatte Gabriel früher ganz nett gefunden, doch vor lauter Manfred kaum noch beachtet. Das hatte sich gerade schlagartig geändert. Ich dachte an Schwester Theosophas Worte: „Nicht zaudern! Zupacken! Der Mensch muss sein Schicksal annehmen!" Gleichzeitig wies ich mich selbst zurecht. Was für ein Schwachsinn! Welches Schicksal? Es war doch nicht das Geringste passiert! Was war los mit mir? Gabriel hatte nicht mal die leiseste Ahnung, dass es mich überhaupt gab oder dass ich gerade hinter ihm saß. War ich völlig verrückt geworden?

Als die Gläubigen aufstanden und sich in langen Reihen zur Kommunion aufstellten, konnte ich ihn besser beobachten. Ich sah die dunklen Bartschatten, die braunen, leicht schräg geschnittenen Augen hinter der Brille, die ihm etwas Katzenartiges verliehen, den großen, ausdrucksvollen Mund. Wenn er lachte, sah man eine kleine Lücke zwischen den oberen Schneidezähnen, die sein Gesicht noch interessanter machte. Der Blonde neben ihm sah ihm ähnlich, sicher waren sie Brüder. Gabriel hatte zwei Brüder und zwei Schwestern, soweit ich mich erinnern konnte, und war seit einiger Zeit genau wie Manfred der Schwarm vieler Kattendonker Mädchen. Sie malten sich eine romantische Zukunft mit ihm aus, besuchten „seine" Messen, schlenderten sogar am Wochenende an seinem Elternhaus vorbei, die ganze lange Straße hinunter bis zur Friedhofsgärtnerei und wieder zurück, und hofften inbrünstig, er möge doch nur ein einziges kurzes Mal heraustreten und sie erkennen und grüßen, damit sie aufgeregt kichernd ihren Erfolg bereden konnten. Bisher hatte ich nur tiefste Verachtung für diese alberne Art der Nachstellung empfunden. Jetzt fiel mir auch ein, dass meine Großtanten neulich über Gabriels Familie gesprochen hatten. Aber was hatten sie gesagt? Warum hatte ich bloß nicht besser zugehört? Vielleicht bemerkte er mich ja, wenn ich gleich zurück in meine Bank kam? Er kniete schon an seinem Platz. Würde er aufsehen? Nein, tat er nicht. Seine Augen waren geschlossen, wie es sich nach der Kommunion gehörte. Ob er sehr fromm war? Waren Vorbeter frommer als andere Menschen?

Ich kniete noch und versuchte, meine Gedanken und Gefühle irgendwie unter Kontrolle zu bekommen, als Gabriel sich setzte. Er war jetzt nur noch wenige Zentimeter von meinem Gesicht entfernt, und ich konnte sein Rasierwasser riechen. Es roch frisch, leicht fruchtig, mit einem Hauch von Ananas oder Orange, aber gleichzeitig auch warm und holzig. Glücklicherweise kein bisschen nach Moschus. Ich hasste Moschus. Das kannte ich aus nächster Nähe. Angela und Brigitte benutzten beide Moschusöl. Ich fühlte mich merkwürdig, fast so, als hätte ich lange nichts gegessen. Es war offenbar ein ganz besonderer Moment! Wir befanden uns am mächtigsten Kraftort von Kattendonk und es war der heiligste Tag des Jahres. Ich dachte wieder an Schwester Theosopha und den Haarschopf ihres Lieblingsgottes. Dass man die Sache mit den Haaren so wörtlich nehmen musste, war mir bisher nicht klar gewesen. Wenn das jetzt wirklich mein *Kairos* war, musste ich den Augenblick nutzen, sonst war er für immer dahin. Aber wie? Beherztes Zupacken war in meinem Fall sicher nicht das Richtige, denn der Gott des richtigen Zeitpunkts hatte einen kahlen

Hinterkopf und lange Stirnlocken, die man festhalten musste. Bei dem Lockenkopf vor mir waren sanftere Methoden angebracht. Was konnte ich tun? Ich beschloss, meine gefalteten Hände ein klein wenig nach vorn zu bewegen und die Locken sacht mit den Fingerspitzen zu berühren. Wie aus Versehen, zart und leicht wie Schmetterlingsflügel. Damit war eine erste magische Verbindung zwischen uns hergestellt. Das musste für den Anfang genügen. Mein Herz klopfte zum Zerspringen. Nur gut, dass ich so lange Arme hatte. Wenn mich jetzt bloß keiner beobachtete. Doch es ging ganz leicht. Keiner merkte etwas. Nicht mal Gabriel.

Ich setzte mich wieder. Meine Gedanken wirbelten wild durcheinander. Was mochte er für ein Mensch sein? Was dachte er wohl gerade? Würde er mich bemerken? Vielleicht beim Verlassen der Kirche? Hoffentlich! Nein, lieber doch nicht! Man konnte mir meine Verwirrung bestimmt ansehen. Wie würde er reagieren? Gleich wieder wegschauen? Sich über mich lustig machen? Mich hässlich und gewöhnlich finden? Ob er nach der Messe gleich nach Hause ging? Vielleicht blieb er ja noch eine Weile mit den anderen vor der Kapelle stehen, wo ich ihn sehen konnte. Hatte er eine Freundin? Ganz bestimmt hatte er eine! Aber warum war sie nicht bei ihm? Saß sie vielleicht bei den Frauen? Wenn ich doch bloß älter und hübscher wäre! Wenn er mich doch nur ein einziges Mal ansehen würde! Bestimmt würde er mich übersehen. Vielleicht würde er mich ja erst in ein paar Jahren bemerken? Oder überhaupt nie? Was für ein unerträglicher Gedanke! Da erhob er sich auch schon wieder, und sein dunkler Schatten fiel auf das verwirrte Mädchen hinter ihm. Ich schaute meinen Vater an, der offenbar nicht das Geringste von meinem inneren Tumult mitbekam. Wenn diese Messe doch nur ewig dauern könnte!

In Kattendonk erzählte man sich, dass Gabriel Priester werden wolle, doch weder meine Mitschülerinnen noch meine

Großtanten glaubten daran. Ich auch nicht. Dazu war er viel zu attraktiv. Tante Pia hatte sich neulich mit Tante Finchen ausgiebig zum Thema Priestermangel ausgetauscht. Dabei hatten sie auch über die einzelnen Vorbeter gesprochen. Jetzt erinnerte ich mich auch wieder an die merkwürdige Unterhaltung. Mit dem einen Satz konnten sie eigentlich nur Gabriel gemeint haben. „De Jong süüd ut wie sine Jroosvader!", hatte Tante Pia angefangen, mit einem bewundernden Unterton in der Stimme, und dann kryptisch hinzugefügt: „Ävel vöer Manslüü met ene schworte Baart mot man sech alseleäve en aut neäme!" An wen hatte sie dabei gedacht? Etwa an den unseligen Blaubart aus dem Märchen? Hatte sie seinen Großvater früher nett gefunden? Warum in aller Welt musste man sich vor Männern mit schwarzen Bärten in Acht nehmen? Gefährlich sah Gabriel eigentlich nicht aus. Oder doch? Wenn er seine Brille abnahm, ähnelte er bestimmt dem verwegenen Korsar Robert Surcouff in der Fernsehserie *Das Wappen von Saint Malo*. Ich hatte mir bisher keine der Folgen entgehen lassen, und das lag nicht an der Serie, sondern eindeutig an dem Hauptdarsteller Gérard Barray. Meine Hände zitterten, als ich den Reißverschluss meiner Gebetbuchhülle schloss. Mit einem Mal bekam sogar die zweite Strophe des Liedes *Zu Bethlehem geboren*, das wir gerade sangen, eine gänzlich neue Bedeutung.

Als wir die Kirche verließen, wartete ich, bis Gabriel so nah hinter mir war, dass ich seine Wärme spüren konnte. Ich griff nach dem Arm meines Vaters, wollte mir selbst beweisen, dass alles noch genauso war wie vor einer Stunde, dass sich nichts, aber auch gar nichts, geändert hatte. An dem großen Glaskasten mit den Todesanzeigen, Taufankündigungen, Aufgeboten und Gottesdienstzeiten stieß der Rest der Familie zu uns. Die Großtanten wollten so schnell wie möglich ins Warme, Onkel Hermann und Onkel Friedes machten ihre üblichen Scherze, Tante Walburga und Onkel Tis boten an, Oma nach Hause zu fahren, Nana war müde, knibbelte mit den Augen und gähnte herzhaft. Anscheinend hatte sie die zweite Hälfte der Messe komplett verschlafen. So lange durfte sie sonst schließlich nie aufbleiben. Opa Südstraße fehlte uns allen. Wenn doch nur Winnie da gewesen wäre. Aber dann hätte ich nicht hinter Gabriel gesessen, sondern neben Winnie bei den Mädchen. Dann wäre das alles gar nicht passiert. Aber hätte ich das wirklich gewollt? Nein, hätte ich nicht.

Es hatte zu nieseln begonnen. Man konnte die winzigen Tropfen mit der Zunge fangen. Wie kalte Nadeln trafen sie mein Gesicht. Gabriel stellte sich mit seinem Bruder zu den anderen jungen Burschen. Sie zündeten sich Zigaretten an, die wie große rote Glühwürmchen durch das Weihnachtsdunkel leuchteten. Ich hätte alles gegeben, um ein paar Jahre älter zu sein und mich ihnen anzuschließen. Ich beobachtete ihn, während wir langsam vorbeigingen, und versuchte sein Lachen herauszuhören. Er lachte ein klein wenig zu laut und wirkte unruhig, als warte er auf jemanden. Aber vielleicht war das nur meine Einbildung. Er sah wirklich sehr viel älter aus als die anderen. Ob seine Freundin ihn gleich abholen würde? Bestimmt würde sie das! Aber vielleicht war sie auch nicht aus Kattendonk und musste Heiligabend mit ihrer Familie feiern. Ob es stimmte, dass er sonntags in der Pfarrbibliothek aushalf? Da ich bisher an den Schwarmgesprächen nie teilgenommen hatte, war ich dummerweise nicht auf dem neuesten Stand.

Meine Eltern verabschiedeten sich von den anderen, und wir machten uns auf den Weg zum Auto. Ich erinnerte mich, dass meine Klassenkameradinnen sich schon ein paar Mal darüber unterhalten hatten, ob er möglicherweise mit Karla Wittlich oder Marlene Möllesen „ging". Ich kannte die beiden von Ansehen, sie waren einige Jahre älter als ich, sahen sehr gut aus und gingen nur selten in die Kirche. Plötzlich wollte ich alles über ihn wissen. Ich spähte ängstlich in seine

Richtung, als sich mehrere junge Frauen zu der Gruppe gesellten. Karla Wittlich und Marlene Möllesen waren es nicht, wie ich zu meiner Erleichterung feststellte. Da kam Kino-Helmut und winkte uns zu. Ob er Näheres wusste? Ich musste Winnie unbedingt bitten, bei Rita und Helmut Erkundigungen einzuholen. Mama zupfte mich am Ärmel. Offenbar war ich stehen geblieben, ohne es zu merken. „Wo bist du mit deinen Gedanken, Marlies?", erkundigte sie sich vorwurfsvoll. „Ich rede mit dir! Träumst du? So spät ist es doch noch gar nicht!" Sie irrte sich. Es war zu spät. Viel zu spät. Ich befand mich im freien Fall. Der junge Mann in dem langen dunklen Mantel zog mich unwiderstehlich an. Ich verspürte den wahnwitzigen Wunsch, sofort zu ihm zu laufen und beide Arme ganz fest um ihn zu schlingen. Gabriel ahnte davon natürlich nichts. Leider. Glücklicherweise. Er alberte jetzt mit den Mädchen herum und warf lachend den Kopf in seinen *Kairos*-Nacken. Ich versuchte mich zu erinnern, wie er in der schwarzweißen Vorbeterkluft aussah und schwor mir, ab sofort in alle Messen zu gehen, in denen er vorbetete. Hoffentlich waren viele Hochämter dabei, die dauerten länger. Wo ich mich hinsetzen musste, damit der Vorbeter mich sah, wenn er von den Blättern hochschaute, wusste ich ja zu Genüge.

Nachdem wir in den kalten Wagen gestiegen waren und mein Vater die Heizung hochgedreht hatte, fuhren wir an der kleinen Gruppe vorbei, die sich inzwischen vor dem Schreibwarengeschäft gegenüber der Kirche versammelt hatte. Ich lehnte den Kopf an die Scheibe und starrte mit brennenden Augen hinaus. Sekundenlang glaubte ich, unsere Blicke hätten sich getroffen. Doch bestimmt hatte ich mich geirrt. Gabriel hatte nur Augen für das Mädchen an seiner Seite. Wer war das schon wieder? Eben war sie noch nicht da gewesen.

„Warum bist du denn so still?", fragte jetzt auch mein Vater.

„Ich bin bloß müde", sagte ich.

Nana war wieder eingeschlafen, lag ausgestreckt auf dem Rücksitz, den Kopf auf meinem Schoß, und ich strich ihr sanft übers Haar. Wenn sie schlief, sah sie aus, als könne sie kein Wässerchen trüben. Ich musste an eine Stelle aus der Weihnachtsgeschichte denken, die Schwester Melusia bei der Schulfeier vorgelesen hatte. „Es ist Weihnachten heute. Da singen und fliegen die Bienen, und die Schafe stehen mit dem Kopf nach Osten." So ähnlich stand es in Felix Timmermanns' *Das Tryptichon von den Heiligen Drei Königen*. Ich starrte hinaus ins Dunkel, und plötzlich schossen mir die Tränen in den Augen. Ich war tieftraurig und wusste selbst nicht, warum.

Zu Hause versuchte ich mich zu beruhigen. Es war doch alles wie immer! Die Krippe war auf dem kleinen blauen Tisch aufgebaut, die vertrauten Figuren hatten sich vor dem Stall versammelt und standen andächtig im weichen Moos. Der Baum war mit roten Holzanhängern und alten Silberkugeln geschmückt, die unschönen elektrischen Kerzen, die mit grünen Kabeln verbunden waren, steckten auf den Zweigen und leuchteten. Wachskerzen waren bei uns undenkbar, denn sie hätten in Nullkommanichts unser Haus abgefackelt. Es war alles wie immer, meine Mutter legte die Platte mit dem Glockengeläut und den Weihnachtsliedern der Wiener Sängerknaben auf, über die ich mich jedes Jahr heimlich lustig machte, und doch fühlte ich mich wie eine Fremde. Es war merkwürdig. Ich verspürte weder Hunger noch Durst und hatte das Gefühl, dass ich nie wieder zu essen oder zu trinken brauchte. Meine Gedanken flogen zielsicher und unbeirrbar wie Zugvögel immer wieder zum selben Ort. Angst und Zweifel, Verwunderung und Aufregung, Kummer und Freude kämpften miteinander und siegten abwechselnd. Oder alle gleichzeitig. Meine Verwirrung machte mich rastlos und ratlos. Kein Wort darüber, niemand durfte es wissen. Meine Mutter machte wie üblich Witze über Mottes Agathe, die in der Kirche geschnarcht hatte und dabei fast aus der Bank gefallen wäre. Ich lachte und war froh, dass niemand meine Gedanken lesen konnte. Als meine Eltern mich wieder fragten, warum ich denn so still sei, erzählte ich ihnen, ich hätte Kopfschmerzen. Mutter lief gleich in die Küche und holte mir Aspirin.

Vor Winnie konnte ich meine Gefühle nicht geheim halten. Das hätte ich mir eigentlich denken können. Sie brauchte mich nur anzusehen, schon wusste sie Bescheid. Als wir uns am zweiten Weihnachtstag trafen, roch sie gleich Lunte. „Wat is' denn mit dir los?", fragte sie erstaunt. „Du siehs' ja vielleicht komisch aus!" Ich beschloss, mich dumm zu stellen.

„Wat du immer has'. Ich bin bloß müde von all dem Feiern." Doch so leicht ließ sich meine beste Freundin nicht abschütteln. Ich konnte sehen, wie es in ihrem Kopf arbeitete. Dann setzte sie ihr breitestes Lächeln auf.

„Jetz' sach' bloß, du has' dich verknallt! Ha! Jetz' wirste auch noch rot! Ich hab' et doch jewusst!"

Mein Schweigen war ihr offenbar Antwort genug. Wie hieß der lateinische Satz noch, den wir neulich übersetzt hatten? „Cum tacent clamant". Indem sie schweigen, reden sie. Daher kam offenbar auch der Ausdruck „beredtes Schweigen". Nein, es half alles nichts. Nicht mal Schweigen. Winnie war ganz hibbelig vor Neugier.

„Nu sach schon! Wer isset? Kenn' ich den?" Ich holte tief Luft, lächelte hilflos und nickte. Winnie verzog belustigt den Mund.

„Wann isset denn passiert?"

„In der Christmette. Beim ersten Lied."

„Manno! Dat is' ja vielleicht romantisch!" Sie kniff die Augen zusammen und starrte mich mit ihrem intensivsten Sherlock Holmes-Blick an. „Also, wer isset? Der Axel ja wohl kaum." *Axel Brökskes?* Das konnte ich wirklich nicht auf mir sitzen lassen.

„Du hasse wohl nich' mehr alle! In den würd' ich mich nich' mal verknallen, wenn et keinen anderen Menschen auf der Welt gäbe!"

„Sollte ja auch bloss 'n Witz sein, du Blödkopp. Der Manfred isset auch nich', sons' hätt ich dat längst jemerkt. Hm. Lass mich mal überlejen. Wer könnte dat sons' noch sein? Da bleibt eijentlich nur noch", sie machte eine dramatische Kunstpause, zog beide Augenbrauen hoch, riss die Augen auf und rief: „Der Ja-bri-el!"

„Woher weißte dat denn jetzt wieder?", fragte ich verblüfft.

„Für den haste dich doch schon immer interessiert. Du hasset bloß nich' jemerkt. Un' viel mehr Schönlinge ham wer ja schließlich nich' hier in Kattendonk, oder?" Ich war verlegen, aber gleichzeitig auch erleichtert und ein klein wenig stolz. Endlich war ich verliebt. *Richtig* verliebt! Auch wenn es sich völlig anders anfühlte, als ich erwartet hatte. Vor allem unangenehm und verwirrend. Wie gut, dass ich Winnie hatte! Wenigstens konnte ich jetzt mein Geheimnis mit jemandem teilen. Meine beste Freundin würde schweigen wie ein Grab, das wusste ich.

„Ob Verliebtsein immer so weh tut?", erkundigte ich mich.

„Keine Ahnung", sagte Winnie. „Bei mir tut dat nich' weh."

„Has' du Manfred eigentlich *richtig* lieb?", wollte ich wissen. Winnie legte die Stirn in Falten und überlegte.

„Na ja, der is' janz nett. Un' der is' eindeutig der schönste Junge in Kattendonk. Mal abjesehen von deinem Jabriel." Sie hatte „deinem" gesagt! Als würde er zu mir gehören! Vielleicht waren die Menschen verschieden, was derartige Gefühle betraf? Ich war jedenfalls völlig durcheinander, und daran änderte sich auch in den folgenden Wochen nichts. Es wurde höchstens noch schlimmer. Nachts wälzte ich mich schlaflos im Bett, hielt mein Kopfkissen fest umschlungen und stellte mir alle möglichen romantischen Szenen vor. Ob es den anderen verliebten

Mädchen auch so ging? Es hatte mich schlimm erwischt. Tagsüber war ich geistesabwesend und hatte kaum noch Hunger. Ich hörte nicht zu, wenn man mit mir redete, und wurde immer dünner. Sogar die Schularbeiten waren mir schnurzegal. Mit meinem merkwürdigen Gebaren rief ich schließlich den Familienrat auf den Plan.

„Dat Kengk is winterkrongk", konstatierte Tante Pia. Offenbar litt ich an akutem Vitaminmangel. Dagegen gab es bewährte Mittel. Mutter holte Sanostol, Tante Katrinchen kaufte Rotbäckchen, Oma buk Vanillekipferl und Tante Finchen Pfannkuchen. Doch es half alles nichts. Appetit und Stimmung sanken auf einem besorgniserregenden Tiefpunkt.

An den folgenden Sonntagen schlenderten Winnie und ich in Eiseskälte an Gabriels Haus vorbei. Ich schämte mich dafür zwar in Grund und Boden, aber ich konnte nicht anders. Immerzu musste ich an ihn denken, überall glaubte ich ihn zu entdecken, und jedes Mal schlug mein Herz ängstliche Purzelbäume. Manchmal trafen wir auf unseren Exkursionen Mitschülerinnen, die den Sonntag ebenfalls zur heimlichen Nachstellung nutzten. Es war höllenpeinlich. Winnie hatte durch gezielte Befragungen alles Wichtige für mich herausgefunden, ohne dass ich selbst auf der Bildfläche zu erscheinen brauchte. Rita hatte auch einiges zu dem Thema zu sagen, weil sie ihn noch aus der Schule kannte, und schöpfte entweder keinen Verdacht oder war so rücksichtsvoll, ihn nicht zu zeigen. Auch Kino-Helmut kannte Gabriel. Er war tatsächlich schon achtzehn, besuchte das Abendgymnasium in Kempen und arbeitete tagsüber in der Fabrik. Später wollte er Lehrer werden. Oder Arzt. Oder Priester. Einiges erfuhren wir von Klaudia Kamphuisen, die sich seit längerem auf seine Beschattung spezialisiert hatte, da sie nur wenige Häuser weiter wohnte. Sie genoss es sichtlich, derart im Mittelpunkt zu stehen und das Objekt der allgemeinen Begierde als einzige ständig vor Augen zu haben. Und ich hatte immer gedacht, sie hätte es nur auf Axel Brökskes abgesehen! So diskret es ging, horchte ich auch meine Familie aus. Er sei ein ehrgeiziger junger Mann, meinte meine Mutter, sicher würde er es noch weit bringen. Leicht könne es nicht sein, tagsüber zu arbeiten und abends die Schulbank zu drücken. Eine seiner Schwestern gehe ebenfalls aufs Abendgymnasium und arbeite tagsüber in der Kattendonker Drogerie. Das brachte mich auf eine geniale Idee.

Ich wagte mich tollkühn in besagte Drogerie, auch wenn ich dabei tausend Verlegenheitstode starb, und gab vor, nach einem besonderen Geschenk für meinen Vater zu suchen. Hanna sah ihrem Bruder ziemlich ähnlich, hatte die gleichen schräg stehenden mandelförmigen braunen Augen, dunkelbraunes Haar, aber sehr lang und völlig ohne Locken. Ich schnupperte an sämtlichen Herrendüften, die sie vor mir aufbaute, und fand schnell heraus, dass der Traumduft gar kein Rasierwasser, sondern ein Eau de Toilette war. Ich hätte es aus tausend Geruchsproben sofort erkannt. Der Hersteller hieß Marbert. „Ein angenehm frischer Duft. Den benutzt auch einer meiner Brüder", sagte Gabriels Schwester, als sie mir die Flasche als Geschenk einpackte. Ich schwebte auf Wolken nach

Hause und hatte Gabriel von nun an zumindest in olfaktorischer Form hautnah bei mir. Das Eau de Toilette kam sogar bei meinen ahnungslosen Eltern hervorragend an.

Einen Sonntag später wurden Winnie und ich Mitglieder in der Pfarrbücherei, wo Gabriel gelegentlich Bücher ausgab, und besuchten an den Wochenenden, an denen auch der schöne Manfred vorbetete, gleich zwei Messen. Selbst die anstrengende Fußwanderung nach Kevelaer nahmen wir im darauffolgenden Jahr freiwillig auf uns. Wir trafen uns um fünf Uhr dreißig, schritten stundenlang durch die Dunkelheit, hatten schon nach wenigen Stunden fette Blasen unter den Füßen, rezitierten gefühlte tausend Rosenkränze und wechselten während des endlosen Gewaltmarsches nur Blicke und kein einziges Wort. Die ungewohnte Nähe zur Gabriel und Manfred, die beide abwechselnd das große Kreuz an der Spitze der Prozession trugen und die meiste Zeit nur ein bis zwei Pferdelängen von uns entfernt pilgerten, war jedes Opfer wert. Die Wallfahrt endete erst um sechzehn Uhr mit einer Feier in der Basilika.

Meine Familie konnte sich keinen Reim auf meine auffällige Kirchenbegeisterung machen und hielt sie schließlich für eine Nebenwirkung unserer Klosterschulerziehung. Ich ließ sie in dem Glauben. Nur Oma schien Verdacht zu schöpfen, sagte jedoch nichts. Gabriel sagte auch nichts, wenn man vom Vorbeten einmal absah. Doch inzwischen hatte er mich tatsächlich bemerkt und nickte freundlich, wenn er mich sah, und durch die Pfarrbibliothek kannte sogar meinen Namen. Ich hoffte und wartete. Schwester Theosopha hatte ihre Schülerinnen nicht umsonst Stoizismus gelehrt. Das Schicksal ließ sich nicht erzwingen. Es war wie bei Romeo und Julia. Wenn es geschah, dann geschah es ganz von selbst. Trotzdem durfte man natürlich versuchen, dem Schicksal ein wenig auf die Sprünge zu helfen, indem man sich direkt vor Romeos Nase setzte oder sonntags bei ihm Bücher auslieh.

Der besondere Geburtstag

In dem Jahr, als ich endlich fünfzehn wurde, rüstete sich das benachbarte Grefrath voll Stolz für die anstehende erste deutsche Landesgartenschau. Sichtbarer Höhepunkt des denkwürdigen Ereignisses wurde der riesige Aussichtsturm mit der Blumenrosette in der Nähe des Freibads. Hinaufzusteigen war mühsam, wurde jedoch mit einem eindrucksvollen Ausblick belohnt. Ich hatte schon immer eine Vorliebe für Höhen und hätte mich dort oben am liebsten häuslich eingerichtet. Kein Wunder, mein indianisches Totemtier war schließlich der rote Habicht, wie wir aus Sun Bears *Medizinrad* wussten. Winnie war Biber.

Eigens für die Gartenschau wurde hinter der Volksschule ein Park angelegt, der bis heute „Im Schwingboden" heißt. Es ist eine weitläufige Landschaft mit kleinen Wegen, einem hübschen Teich mit Trittsteinen und einer begehbaren Insel, einer Springbrunnenanlage, einem Kneippbecken und einem Barfußpfad, auf dem man damals mit geschlossenen Augen und nackten Füßen verschiedene Untergründe erspüren und erraten konnte. Im Gartenschaujahr gab es bunte Blumenrabatten, duftende Staudengärten, diverse Tiergehege und Vogelvolieren. Sogar das Innere der Turnhalle verwandelte sich vorübergehend in ein prächtiges Blütenmeer, und am Freibad entstand ein Spielplatz mit Schaukeln und Klettergerüsten. 1970 war nicht nur in dieser Hinsicht etwas Besonderes: Im selben Jahr wurden Vinkrath, Mülhausen, Oedt und Kattendonk eingemeindet und gehörten fortan offiziell zu Grefrath.

Ganz oft besuchte ich Opas Grab. Im Frühling blühten dort die Krokusse und Schneeglöckchen, die wir im Herbst eingepflanzt hatten, gefolgt von kleinen Stauden, die alles, was verwelkt war, rasch verdeckten. Man durfte die gelben Blätter auf keinen Fall ausrupfen oder abschneiden, sagte mein Vater, damit die Zwiebeln genug Kraft für das nächste Jahr sammeln konnten. Er band die schlaffen Blätter vorsichtig mit Bast zusammen. Bald blühte auch die rosa Azalee neben dem Grabstein, und ich hängte kleine Geschenke für Opa an den Haselstrauch. Ein Holzherz, ein tropfenförmiges Glasprisma, eine Kette aus bunten Flaschenverschlüssen und sogar einen von Opas Hühnergöttern.

„Zum Schutz", sagte ich zu Winnie, „man weiß ja nie, wat einem alles so passiert im Jenseits." Wir hängten Vogelfutter in die Sträucher, und in den Nistkasten, den mein Vater gebaut hatte, zogen kleine Kohlmeisen ein. Fehlte nur noch ein schöner steinerner Engel. Opa Südstraßes Grab war das einzige auf dem ganzen Kattondonker Friedhof, das bunt und wild aussah. Oma hatte glücklicherweise nichts dagegen, aber Mottes Agathe erzählte überall herum, das Grab sei ungepflegt, weil man den Boden nicht richtig harken könne. Doch mein Vater, der das Grab pflegte, fand immergrüne Bodendecker viel natürlicher und meinte, Opa hätte sich bestimmt über die Geschenke gefreut. Ich hatte gelesen, dass Besucher auf jüdischen Friedhöfen Steinchen auf die Grabsteine legen, deshalb brachte ich Opa oft etwas mit, Muscheln, Kastanien oder Blüten. Oma ging jeden Morgen zum Grab und konnte immer noch nicht von Opa sprechen, ohne in Tränen auszubrechen. Sie trug weiterhin Schwarz, obwohl Opa schon länger als ein Jahr tot war. Damals gehörte diese Farbe vor allem alten Menschen und Trauernden.

An Opas Todestag Mitte Februar ging ich mit Winnie zu unserem Steg. Wir legten flache gelbe und weiße Schwimmkerzen ins Wasser, streuten aber keine Blumen mehr. Ich vermisste Opa immer noch sehr. Es gab so vieles, was ich ihn gern gefragt hätte. Ich hatte in letzter Zeit immer häufiger das

Gefühl, von einem anderen Stern zu kommen und eine gänzlich andere Sprache zu sprechen als meine Eltern und die anderen Erwachsenen. Selbst mit Gleichaltrigen konnte ich nichts mehr anfangen. Mit Ausnahme von Winnie natürlich. Ich hätte Opa so gern von Gabriel und meinen Gefühlen erzählt. Er hätte mich bestimmt verstanden und mir weiter die Welt erklärt. Oma hatte mir inzwischen sein großes Lexikon und sein Fremdwörterbuch geschenkt, so dass ich vieles nachschlagen konnte. Aber es war nicht dasselbe. Manchmal träumte ich von ihm. Immer den gleichen Traum. Ich war ganz klein, lief lachend auf ihn zu und wollte gerade in seine Arme springen, da verschwand er und ich wachte auf. Ich dachte oft an unsere Stunden bei den Kaninchen, wo er mir all die interessanten Geschichten vom Fetzer, den Heinzelmännchen von Köln und den Hühnergöttern erzählt hatte.

Dass mein fünfzehnter Geburtstag völlig anders war als sonst, merkte ich bereits an den enttäuschenden Geschenken. Sämtliche Verwandten hatten sich offenbar abgesprochen, denn diesmal gab es nur nützliche, äußerst langweilige Sachen. Kein einziges Buch! Nicht mal ein Buch von Berte Bratt oder ein Band *Hanni und Nanni*! Es war hoffnungslos. Der Familienrat hatte beschlossen, dass es an der Zeit sei, den Grundstock zu meiner „Aussteuer" zu legen. „Das gehört sich so für junge Mädchen", meinte Tante Pia. Meine Mutter nahm mich mit in ein Spezialgeschäft für Porzellan, wo ich mir ein Service zum Weitersammeln aussuchen durfte. Ich entschied mich für ein kombinierbares Geschirr in Maisgelb und Schokobraun und war bald stolze Besitzerin von vier Frühstücksgedecken plus Kaffeekanne, Butterdose, Zuckerdose und Milchkännchen. Von nun an bekam ich zum Geburtstag, zum Namenstag und zu Weihnachten nur noch Messer, Gabeln, Löffel, Gläser, Schüsseln, Platten, Tischdecken, Bettwäsche und Handtücher. Wehmütig dachte ich an das beste Geburtstagsgeschenk aller

Zeiten zurück: ein geflügeltes Plüschschwein, das Tante Finchen zu meinem achten Geburtstag eigenhändig für mich genäht hatte. Jeder in der Familie wusste schließlich, wie sehr ich das Schwein des heiligen Antonius liebte, das gleichzeitig mit ihm in den Himmel aufgefahren war. Zumindest bei Wilhelm Busch.

Für Stofftiere war ich eindeutig zu alt, fand die Familie, auch wenn das Flügelschwein nach wie vor fröhlich auf meinem Regal thronte. Ich schwor Stein und Bein, dass ich sowieso nie im Leben heiraten würde und daher auch keine Aussteuer brauchte, doch leider glaubte mir keiner.

„Dat jeht schneller, als man denkt", mahnte Tante Pia mit ernster Miene. „Also besser vorsorgen!"

„Unverhofft kommt oft", sagte Oma.

„Jenau", schloß Tante Pia. „Außerdem kann man die Sachen immer brauchen. Von irjendwat muss man schließlich essen. Un' auf irjendwat muss der Mensch auch schlafen."

„Wenn dat Kengk maar blos net op dome Jedongke kömp on möt Pusiiere använgt!", sinnierte Tante Katrinchen besorgt. „Dat es völ te jeverlek in dem sin Alder. Man wet ni, wat druut wörd!"

Früher habe es immer so schöne Aussteuertruhen gegeben, meinte Oma. Jede Tochter habe ihre eigene Holztruhe gehabt. Leider seien sie alle im Krieg weggekommen oder verheizt worden, weil es damals so bitterkalt gewesen war.

Nur gut, dass Winnie genauso wenig von derart vernünftigen Geschenken hielt wie ich. „Oh Mann, bestimmt krieg ich bald auch nur noch so wat Bescheuertes!", befürchtete sie. „Wat soll man denn nur mit all den Tassen un' Jläsern machen?"

Das fragte ich mich auch. Bei uns wanderten sie direkt nach der feierlichen Übergabe bruchsicher verpackt in den Keller. Nana schenkte mir immerhin eins ihrer Mainzelmännchen:

den schlauen Det mit der Brille. Nur Winnie schenkte mir an diesem besonderen Geburtstag etwas, das ich mir *wirklich* gewünscht hatte: eine große Flasche *Fenjala*-Cremebad.

Al Mundy und die blauen Berge

Die Schulaufgaben stahlen uns zwar immer mehr kostbare Zeit, doch wir schafften es trotzdem, regelmäßig zu Helmut ins Kino zu gehen und im Fernsehen so viele Serien wie möglich zu verfolgen. Wir waren Alleseher und Kinosüchtige, und inzwischen gab es schon drei Sender. Zur ARD war 1963 das ZDF gekommen, und im Dezember 1965 startete bei uns als Regionalsender das Westdeutsche Fernsehen. Heute würde man uns wohl als Serienjunkies bezeichnen, aber in den sechziger Jahren waren Filme und Bücher tatsächlich die einzige Möglichkeit, das enge Dorf vorübergehend gegen die große weite Welt und tollkühne Ritte über die einsame Prärie einzutauschen. Unsere Eltern fuhren nur selten in Urlaub und so gut wie nie ins Ausland, die gelegentlichen Abstecher in die Niederlande zum Tanken und Zigarettenkaufen einmal ausgenommen. Damals reiste man während der Ferien höchstens in den Schwarzwald oder nach Bayern. Und allerhöchstens nach Österreich. Wir sahen alles, was wir mit Erlaubnis unserer Eltern sehen durften. Tiersendungen wie *Daktari* mit dem schielenden Löwen Clarence und der klugen Chimpansendame Judy, sämtliche Folgen von *Fury*, *Lassie* und *Flipper*, Westernserien wie *Der Mann ohne Namen* mit dem mysteriösen Shannandoah, der keine Ahnung hat, wer er ist und woher er kommt, aber auch den kernigen *Bronco* mit Ty Hardin, *Am Fuß der blauen Berge* mit dem ehemaligen Stuntman Robert Fuller als Jess Harper, *Rauchende Colts*, *Bonanza*, *Die Leute von der Shiloh Ranch*, *High Chaparral* mit Manolito und *Westlich von Santa Fe*. Auch Science-Fiction-Filme wie *Invasion von der Wega* und Kultkrimis wie *Kein Fall für FBI* oder *Kobra, übernehmen Sie* ließen wir uns wenn möglich nicht entgehen. Eine Fernbedienung gab es damals noch nicht, und in den meisten Familien durften nur die Eltern den heiligen Kasten an- oder ausstellen. „Fernsehverbot" war die schlimmste Strafe für mich und Winnie. Ich hatte Glück. Mein Vater sah auch gern Western, so dass ich für einige Serien sogar länger aufbleiben durfte. „Nun lass das Mädchen doch!", beschwichtigte er meine Mutter oft genug. „Sie hat schließlich den ganzen Tag fleißig gelernt."

Sonntags saß ich mit Nana auf der Couch und sah mir Kinder- und Familienfilme an, etwa die *Abenteuer mit Telemekel und Teleminchen*, in der ein Schriftsteller mit einem chaotischen kleinen Hausteufel, der nur Quietsch- und Pfeiflaute von sich gibt, und später auch mit dessen langwimpriger

Schwester zusammenlebt. Wir mochten auch *Das Zauberkarussell* mit Margot, Pollux und Zebulon. Besonders gut gefielen mir *Die kleinen Strolche* mit dem lustigen Hund und der kleinen Farina, der bei Stress alle Zöpfchen zu Berge standen, *Lieber Onkel Bill* mit dem sommersprossigen Jody und seiner Schwester Buffy, die ständig ihre Puppe Mrs. Beasley mit sich herumschleppte, *Ferien auf Saltkrokan* mit dem riesigen Bootsmann, dem tierlieben Pelle, der kleinen frechen Stina mit der Zahnlücke und der knuffigen Tjorven, die meiner Schwester Nana wie aus dem Gesicht geschnitten war.

Zu meinen Lieblingen gehörte auch *Till, der Junge von nebenan*. Von Till Hauser und seinem Vater, der als Schriftsteller in seinem Arbeitszimmer nur ungern gestört wird, borgten Winnie und ich uns den Eingangsdialog, den man wunderbar einsetzen konnte, wenn man gerade vor dem Zimmer seiner besten Freundin stand. Man klopfte fünfmal an die Tür und rief: „Ist es gestattet, euer Gnaden?" Von drinnen erscholl die Stimme: „Es ist, es ist!" „Haben euer Gnaden einen fruchtbaren Arbeitstag gehabt?" „Man dankt, man dankt". Wir sahen auch *Der Hase Cäsar*, *Schlager für Schlappohren*, *Kasper und René* mit dem Hohnsteiner Kasper und dem Schauspieler Peter René Körner sowie *die Augsburger Puppenkiste* mit sämtlichen Folgen von *Kater Mikesch*, *Der Löwe ist los*, *Kommt ein Löwe geflogen* und *Bill Bo und seine Kumpane*, außerdem *Basteln mit Erika*, *Schau zu – mach mit* und zu Weihnachten *Wir warten aufs Christkind*. In *Unser trautes Heim* gab es eine Familie mit einem zotteligen Riesenhund, der ständig ans Telefon ging, eine Fertigkeit, die unser Cito leider partout nicht erlernen wollte.

Später war Nana völlig versessen auf *Immer wenn er Pillen nahm*. Die Serie lief ab 1970 dienstags im ZDF. Wir konnten den kompletten Vorspann mitsprechen, der mit den Worten endete: „Stanley, ein zarter und schwacher Gnom, die Pille machte ihn zum Phantom. Er konnte wie ein Adler fliegen und jeden Bösewicht besiegen. Denn seine große Stunde kam: immer wenn er Pillen nahm!" Der ungeschickte, schüchterne Tankwart Stanley Beamish entwickelt nach der Einnahme einer mysteriösen Anti-Schnupfenpille Riesenkräfte und löst in geheimer Mission für die Regierung die unmöglichsten Fälle. Leider wirkt eine große Pille nur eine Stunde, was den Helden jedes Mal in Riesenschwierigkeiten bringt. Eine kleine Pille wirkt lediglich zehn Minuten. Mehr als eine große und zwei kleine Pillen darf Stanley pro Tag auf keinen Fall nehmen, sonst besteht äußerste Gefahr, dass er platzt.

Ähnlich albern war *Renn, Buddy, Renn* mit dem Antihelden Buddy Overstreet, der in einem türkischen Dampfbad zufällig ein Gespräch zwischen Mafiakillern mithört, dabei dummerweise das hochgeheime Codewort „Kleinhühnchen" mitbekommt und danach dauerhaft auf der Flucht ist, weil ihn die Gangster umbringen wollen. Der Gangsterboss Mr. D und seine Mannen verfolgen ihn gnadenlos, doch er schafft es immer wieder zu entkommen und rennt fast so viel wie Dr. Kimble. Wir liehen uns aus der Serie nicht nur „Kleinhühnchen" aus, sondern auch den mit grabestiefer Stimme gesprochenen Satz: „Joseph, buche für Harry heute Abend einen Flug nach Chicago. Er muss Rinty umlegen." Buddys deutsche Stimme gehörte Wolfgang Draeger, der später auch die Stimme von Woody Allen wurde. Überhaupt hatten wir eine Schwäche für Stimmen, so auch die von Jack Lemmon in „Manche mögen's heiß". Auch daraus liehen wir uns einen tollen Satz: „Jetzt hast du es geschafft! Du hast mir einen Busen abgerissen!"

Von 1967 bis 1971 lief *Bezaubernde Jeannie*. So wie der blonde Flaschengeist im Haremskostüm mit den wallenden Tüchern hätte ich auch gern gezaubert: Kurz die Arme verschränkt, einmal geblinzelt, und schon löste man sich in Luft auf, erschien an irgendeinem Ort seiner Wahl oder erfüllte sich seine ausgefallensten Wünsche. Später konnte ich mich nie richtig daran gewöhnen, dass ausgerechnet der scheue, ewig zerstreute NASA-Captain Tony Nelson alias Larry Hagman zum Dallas-Bösewicht mutierte. Als junger Astronaut war er mir lieber. Ihrem „Meister" gelobte Jeannie nach zweitausend Jahren Einsamkeit zwar ewige Dienste, zwinkerte ihn dann aber bloß von einer Katastrophe in die nächste. Männliche Vorstellungen von idealen Haus- und Ehefrauen wurden in dieser Serie gnadenlos auf die Schippe genommen. Wahrscheinlich gefiel sie uns deshalb so gut. Doch selbst Jeannie musste sich den strengen amerikanischen Moralvorstellungen unterordnen: Barbara Edens Bauchnabel durfte auf gar keinen Fall zu sehen sein, und gemeinsame Szenen in Tonis Schlafzimmer waren undenkbar. Die beiden saßen höchstens gelegentlich züchtig nebeneinander in Jeannies geräumiger Flasche.

Tammy das Mädchen vom Hausboot wurde von 1967 bis 1968 ausgestrahlt. Das Titellied sangen wir manchmal, während wir mit dem Rad zu Schule fuhren: „Hörst du den Südwind, er flüstert dir zu, Tahammy, Tahammy, sein Glück bist du. Hörst du die Wellen, es klingt wie Musik, Tahammy, Tahammy, er kommt zurück." Die Schauspielerin Debbie Watson habe ich später in keinem anderen Film mehr gesehen. Tammy ist sechzehn und wohnt mit ihrem Onkel Lucius, der nebenher als illegaler Schnapsbrenner tätig ist, und ihrem Großvater auf einem Hausboot, bekommt schon bald einen Job als Sekretärin bei einem steinreichen Mann und bezaubert dort alle durch ihre entwaffnende Offenheit. Nur die reiche Nachbarin Lavinia Tate und deren blonde Tochter Gloria tun alles, um ihrem Glück im Wege zu stehen. Gelegentlich stellten wir uns vor, unser Steg am „Fluss der wandernden Nebel" wäre ein Hausboot auf dem Mississippi.

Meine Lieblingsserie war *Time Tunnel*, die Geschichte von zwei Wissenschaftlern, die an einem Geheimprojekt arbeiten, einem Zeittunnel, mit dem man in die Vergangenheit und in die Zukunft reisen kann. Als die Regierung droht, das Projekt nicht weiter zu unterstützen, springt Tony freiwillig in die wirbelnde Spirale, um zu beweisen, dass die Erfindung tatsächlich funktioniert, und landet prompt auf der Titanic, wo er vergebens versucht, den Kapitän vor dem Eisberg zu warnen. Keiner glaubt ihm, und er wird als blinder Passagier in einer Kabine eingesperrt. Doug eilt ihm zu Hilfe, und fortan sind die beiden in der Zeitmaschine gefangen. Im Laufe der Serie landen sie in den unterschiedlichsten Epochen, erleben den Trojanischen Krieg, die Schlacht am Little Big Horn und sogar die Dinosaurier. Nur in ihre eigene Zeit können sie nicht zurückkehren und wissen leider auch nie, wohin ihre Zeitreise sie als nächstes führt. Ständig geraten sie in Lebensgefahr und werden erst in letzter Minute durch ihre Kollegen gerettet, die sämtliche Abenteuer an einem Monitor mitverfolgen, aber leider nur sehr wenig für sie tun können. Das Geheimnis der Zeit faszinierte uns. Konnte man sie möglicherweise anhalten? Sich in ihr hin- und herbewegen? Vergangenes noch einmal erleben und im Nachhinein verändern? Warum fühlten sich wenige Minuten manchmal so endlos lang an und warum vergingen manche Stunden schnell wie Sekunden? Wir versuchten es mit allen möglichen Experimenten, versuchten die Zukunft in Glaskugeln, Handspiegeln und im Wasser zu ergründen, konzentrierten uns, bis uns schwindelig wurde, und arbeiteten hart an unseren telepathischen Fähigkeiten. Einiges klappte ganz gut: Wenn Winnie unten vor der Tür stand, spürte ich oben in meinem Zimmer, dass sie da war. Jedes Mal. Auch die Gedanken der anderen konnten wir recht gut lesen, so dass wir uns meistens ohne Worte verstanden. Doch die Zeit aus den Angeln zu heben, gelang uns leider nie.

Auch in der australischen Kinderserie *Der Bumerang* wird die Zeit manipuliert. Wenn Tom Thumbleton, der dreizehnjährige Besitzer des magischen Wurfholzes, seinen Bumerang in die Luft wirft, bleibt die Zeit stehen, solange der Bumerang schwirrt. Tom ist der einzige, der sich noch bewegen kann, und nutzt die Zeit für Streiche oder zur Abwendung von Gefahren. Der echt australische Bumerang, mit dem Axel Brökskes, der ebenfalls Fan der Serie war, sich abmühte, fand ein frühes Ende im Schlafzimmerfenster von Mottes Agathe, und die Zeit wurde dabei kein bisschen angehalten. Doch Axel hatte wie üblich Glück. Sein Vater kümmerte sich als Versicherungsmann sofort um die finanzielle Seite, und Agathe bekam eine neue Scheibe. Den Bumerang sah Axel nie wieder. Geschah ihm recht!

Ende der sechziger Jahre begannen immer mehr Klassenkameradinnen für Schlagerstars und Filmschauspieler zu schwärmen, vor allem für den blonden Lee Majors aus *Big Valley*, der merkwürdigerweise auf unserem Schwarzweißbildschirm weit attraktiver aussah als in Tante Finchens Farbfernseher. Meine Eltern legten sich erst 1972 ein Farbfernsehgerät zu.

Richtig toll fanden wir den Meisterdieb Alexander Mundy. Das lag nicht nur an seinem charmanten Lächeln, sondern vor allem an seinen lockeren Sprüchen und der ironischen Synchronstimme. Ich saß jedes Mal mit gezücktem Kuli vor dem Fernseher und schrieb so viele Highlights wie möglich mit, die ich dann später in mein Tagebuch übertrug. *Ihr Auftritt, Al Mundy* lief dienstagabends um 21 Uhr im ZDF und startete im November 1969, wie ich damals eigens in meinem Tagebuch vermerkte. Robert Wagner spielte den unwiderstehlichen Herzensbrecher und geschickten Meisterdieb, der geschmeidig wie eine Katze für die Spionageabteilung der US-Regierung Spezialeinsätze absolviert, also mit höchster Erlaubnis einbricht und klaut. Bewacht wird Al von seinem Vorgesetzten Noah Baine, der sich dem frechen Charme seines Schützlings nur schwer entziehen kann. Al hatte die schnoddrigsten Sätze drauf, die wir je gehört hatten. Heute klingen sie reichlich sexistisch, doch für die Ohren von Klosterschülerinnen waren sie damals Anarchie pur. Das Beste war, dass sämtliche Eltern die Serie „unmöglich" fanden. Am „Morgen danach" versammelten wir uns in der großen Pause im Park und tauschten Zitate aus. Für die witzige Synchronisation war Rainer Brandt zuständig, der Robert Wagner auch seine Stimme lieh. Später versorgte er auch *Die Zwei* mit flotten Sprüchen. Beide Serien waren auf Deutsch wahrscheinlich amüsanter als auf Englisch. Doch selbst Robert Wagner hatte gegen Gabriel nicht den Hauch einer Chance. Sobald ich an ihn dachte, klopfte mir das Herz bis zum Halse und war ich um den Schlaf gebracht. Er hatte inzwischen seinen Führerschein gemacht und kurvte mit einem gebrauchten beigefarbenen VW-Käfer durch Kattendonk. Wenn er zufällig an mir vorbeifuhr, hupte er oder winkte mir freundlich zu. Offenbar war ihm nicht entgangen, dass ich ihn in der Kirche unermüdlich fixierte. Und, was noch besser war, er schien es mir nicht im Geringsten übelzunehmen.

Wasserratten und Badekappen

In Grefrath gab es seit den fünfziger Jahren ein großes Freibad und ein geräumiges Hallenbad, so dass Winnie und ich zu jeder Jahreszeit schwimmen gehen konnten. Das Unvorstellbare passierte bald nach meinem besonderen Geburtstag an einem kühlen Aprilabend. Es war kurz nach sechs, und wir mussten um sieben zu Hause sein, obwohl das Hallenbad bis um acht geöffnet war. Wir waren ausgiebig im Wasser gewesen und saßen eingewickelt in unsere großen Badehandtücher auf der beheizten Marmorbank. Klaudia Kamphuisen hatte sich zu uns gesetzt. Leider. Es war ziemlich warm und roch nach Chlor, das Wasser platschte leise gegen den Beckenrand, der Bademeister hörte Radio Luxemburg, ein älterer Mann sprang aus unerfindlichen Gründen dauernd vom Einmeterbrett, und draußen war es schon dunkel. Angela und Brigitte waren im Becken und trainierten, durchpflügten mit kräftigen Bewegungen das Wasser und absolvierten eine Bahn nach der anderen, immer in entgegengesetzte Richtung, wobei sie sich jedes Mal genau in der Mitte trafen.

Plötzlich stieß Winnie mich an und flüsterte: „Ich jlaub, mein Hamster bohnert! Kuck mal, wer da kommt!" Die Tür auf der Männerseite hatte sich geöffnet, Gabriel war hereingekommen, zusammen mit seinem blonden Bruder. Er trug eine anthrazitfarbene Badehose und hatte ein zusammengerolltes Handtuch unter dem Arm. Mein Herz wusste vor lauter Überraschung nicht, ob es nur wie verrückt stolpern oder lieber gleich für immer stehen bleiben sollte. Ich hatte schon lange heimlich davon geträumt, Gabriel einmal hier zu treffen, aber er war bisher nie aufgetaucht, und jetzt war ich doch sehr erschrocken, denn wir hatten ja kaum etwas an! Wie abgrundtief peinlich! Nur gut, dass ich das große Handtuch umhatte! Auch Klaudia waren die Neuankömmlinge nicht entgangen, denn sie setzte sich kerzengerade hin und begann erfreut zu strahlen. Die beiden gingen ganz nah an uns vorbei, Gabriel nickte uns zu, wobei er Klaudia zu meinem Kummer mit einem besonders langen Blick bedachte, dann legten die beiden ihre Handtücher auf die Heizung, sprachen kurz miteinander und wollten offenbar gleich ins Wasser. Der Bruder testete die Wassertemperatur mit den Zehen, ließ sich an der Leiter ins Becken gleiten und schwamm davon. Gabriel nahm seine Brille ab, legte sie vorsichtig auf die Bank und sprang mit einem Kopfsprung von der Seite ins Becken, woraufhin Klaudia sofort das dringende Bedürfnis verspürte, sich ebenfalls zu Wasser zu lassen. Angela und Brigitte hingen mittlerweile am Beckenrand, paddelten mit den Beinen und kicherten. Was sollte das? Die beiden Unzertrennlichen waren doch seit Ewigkeiten in den Bademeister verliebt, der heute Dienst hatte, und flirteten bei jeder Gelegenheit ausgibig mit ihm! Rudi war ein imposanter Muskelmann mit blondem Bürstenhaar und unglaublich breiten Schultern. Er war selbst im tiefsten Winter wunderbar sonnengebräunt, der Schwarm vieler Mädchen und genoss seinen Kultstatus sichtlich. Kein Pfau hätte königlicher schreiten können als Rudi Bademeister. Nur gut, dass er nicht wusste, wie wenig unsere Biologienonne von seinesgleichen hielt. Ihre Warnung war eindeutig und wurde mit erhobenem Zeigefinger regelmäßig aufgefrischt: „Nehmt euch in Acht vor Athleten, Mädchen! Die sehen zwar gut aus, aber die haben nicht viel im Kopf. Von denen bekommt man nur miselige Kinder!" Ob das wohl stimmte? Seine Verehrerinnen hielt es jedenfalls nicht davon ab, Rudi „schöne Augen" zu machen, eine Kunst, die uns von sämtlichen weiblichen Verwandten immer wieder dringend angeraten wurde, weil nur sie einen im Leben zuverlässig weiterbrachte, mir aber leider völlig abging, weil ich schon beim kleinsten Versuch tomatenrot wurde. Angela und Brigitte hatten es gut. Sie wechselten nie die Farbe und konnten toll flirten. Vielleicht war das ja auch leichter im Doppelpack. Doch heute war es nicht Rudi, dem meine Mitschülerinnen „schöne Augen" machten. Er stand zwar flirtbereit und in voller Pracht mit Trillerpfeife, imposantem Oberkörper und blütenweißen Shorts neben dem Dreimeterbrett und wartete auf die gewohnten Schmachtblicke, doch zu seiner Verblüffung kraulte Klaudia immer weiter von ihm weg, und auch Angela und Brigitte würdigten ihn keines Blickes. Wahrscheinlich verstand er die Welt nicht mehr. Ich hätte sie am liebsten alle drei ertränkt, und Rudi gleich mit. Gabriel schien von alldem nichts zu bemerken, was nur daran liegen konnte, dass er momentan unbebrillt war. Möglicherweise war er ja ohne Augengläser blind wie ein Maulwurf? Er schwamm etwa zwanzig Minuten lang hin und her, prallte sogar folgenlos mit Angela zusammen und stieg dann an unserer Seite aus dem Becken. Ohne Brille sah er noch viel attraktiver aus! Wirklich genau wie Robert Surcouff, der verwegene Korsar. Ob er sich zu uns setzen würde? Aber warum in aller Welt sollte er das tun? Wenn ich jetzt nur keinen Schwächeanfall bekam! Mir sauste es schon gefährlich in den Ohren! Jetzt kam er tatsächlich auf uns zu!

„Guten Abend", sagte er freundlich und etwas verlegen, „Na, wie geht's?" Ich wurde feuerrot. War das nur Zufall oder echtes Interesse? Ich wagte kaum zu atmen. Drei feindselige Augenpaare beobachteten uns aus dem Wasser. Als Winnie merkte, dass ich stumm blieb, rettete sie die Situation. „Uns geht's gut. Un' selber?" Sie wusste nicht, ob sie ihn duzen oder siezen sollte, weil er älter war als wir, und ich fand, dass sie diese Hürde nicht schlecht meisterte. Leider war das Gespräch damit von unserer Seite bereits erschöpft, und ich hasste mich abgrundtief, weil mir nichts Inspirierendes einfiel.

„Auch ganz gut!", sagte Gabriel. „Ich bin nur ein bisschen müde, ich hab' ja den ganzen Tag gearbeitet. Kommt ihr oft her?" Es war zum Heulen. So eine tolle Chance bekam ich bestimmt nie wieder! Doch ich hatte einen kompletten verbalen Blackout. „Jeden Dienstag und Donnerstag", antwortete Winnie. Das stimmte zwar nicht, war aber nicht schlecht. Wie gern hätte ich Gabriel mit einem klugen Satz beeindruckt. „Un' wie is' dat mit euch?", erkundigte sich Winnie und machte eine Kopfbewegung in Richtung blonder Bruder.

„Ich hab' ja normalerweise keine Zeit zum Schwimmen", sagte Gabriel. „Ich bin jeden Abend am Abendgymnasium. Heute hab' ich ausnahmsweise frei. Lehrerkonferenz." Wir nickten. Er schien zu zögern, doch mir kam immer noch keine rettende Idee. „Na dann!", sagte Gabriel und lächelte wieder. „Ich wünsch' euch beiden noch einen schönen Abend!" Er rieb sich kurz die Nase und ging langsam zu seinem Handtuch. Klaudia fand, dass sie jetzt eindeutig genug geschwommen hatte, stieg anmutig aus dem Wasser, trocknete sich sorgfältig ab, schleuderte ihre langen Haare durch die Luft und zupfte sich den meerblauen Bikini zurecht.

„Was wollte der denn?", schnaubte sie. „Das war ja wohl ein total plumper Annäherungsversuch!" Auch Angela und Brigitte kamen jetzt zurück zu ihren Handtüchern. „Fragt sich nur, für wen von uns der sich interessiert", sagte Klaudia. Die Antwort auf diese Frage konnte man ihr deutlich vom Gesicht ablesen. Meine Stimmung sank schwer wie ein Felsblock auf den tiefsten Meeresgrund. Bestimmt war ihm eben ohne seine Brille bloß entgangen, dass Klaudia nicht mehr bei uns saß. Sicher hatte er sie im Wasser nicht mal erkannt. Messerscharf zuckte ein neuer Schreckensgedanke durch meinen Kopf. Aber nur ganz kurz. Interessierte sich Gabriel etwa für Winnie? Vielleicht stand er auf ihre offene, direkte Art? Verstanden hätte ich es. Doch auf meine beste Freundin konnte ich mich verlassen.

Ich konnte ihr blind vertrauen. Sie würde mich niemals hintergehen. Niemals! Genauso wenig wie ich sie. Für Klaudia Kamphuisen dagegen hätte ich nicht mal eine einzige Fingerkuppe ins Feuer gelegt. „Worüber habt ihr denn gequatscht?", fragte sie neugierig. „Über nix", sagte ich. Stimmte ja auch.

„Willste nich' noch mal schwimmen?", erkundigte sich Winnie. Ich zögerte. Mit einem Mal fand ich nicht nur mich selbst und meinen Bikini, sondern auch meine Badekappe grottenhässlich. Sie war aus Gummi, hatte einen unbequemen Kinnriemen, war nicht mehr die jüngste und roch heute irgendwie besonders muffig. Einst war sie schneeweiß gewesen, doch in letzter Zeit war sie rissig geworden, und der Gilb hatte sie auch erwischt. Mit dem scheußlichen Ding konnte ich auf gar keinen Fall an Gabriel vorbeischwimmen. Leider waren Badehauben für Mädchen Pflicht, wahrscheinlich damit die langen Haare die Abfluss-Siebe nicht verstopften. Blöderweise wurden die Haare unter den Hauben trotzdem klatschnass. Winnie hatte eine einfache rote Badekappe, Klaudia eine richtig teure mit weichen Gumminoppen in exakt demselben schönen meerblauen Farbton, den auch ihr Bikini aufwies. Angela und Brigitte trugen topmodische Badekappen mit aufgesetzten bunten Blumen. Nur meine hatte einen Kinnriemen und den Gilb! Das einzige, was ich zur Aufpeppung tun konnte, war die Seiten hoch zu klappen und den Kinnriemen, der mit einem Druckknopf an jeder Seite befestigt war, zu entfernen. Doch selbst das half wenig, denn innen war sie bestimmt noch gelber als außen, und wenn man sie hochklappte, sah man nur noch unmöglicher aus. Nach diesen ernüchternden Überlegungen wollte ich nicht mehr ins Wasser und spielte unsicher an meinem Handtuch herum. Winnie erriet meine Gedanken.

„Nimm doch meine!", schlug sie großzügig vor. „Ich hab' sowieso keine Lust mehr auf Schwimmen." Sie hielt mir ihre rote Badekappe hin, stupste mich ermutigend an, und so stieg ich tatsächlich ein letztes Mal ins Wasser, unsicher, einsam, mit wackligen Beinen und wild klopfendem Herzen. Gabriel unterhielt sich derweil angeregt mit seinem Bruder und bemerkte nicht, wie ich langsam an ihm vorbeitrieb. Nach mehreren Vorbeischwimmversuchen gab ich enttäuscht auf. Mein Gesicht brannte, und vor Aufregung war mir ganz übel. Außerdem tickte die Zeit gnadenlos weiter, und ich hatte keinen Bumerang, um sie anzuhalten. Wir mussten schnellstens weg, wenn wir zu Hause keine Schwierigkeiten bekommen wollten. Die anderen durften natürlich bleiben, bis das Hallenbad zumachte. Ungerechte Welt! Das Monster, das in mir seinen grässlichen Kopf erhob, hätte alle drei Mitschülerinnen am liebsten für den Rest des Abends mit Rudi im Bademeisterraum eingesperrt oder gleich an den Haaren fortgeschleift. Ich stieg aus dem Wasser, warf einen allerletzten bedauernden Blick auf Gabriel, der jetzt tatsächlich aufschaute und in unsere Richtung winkte, verabschiedete mich von Klaudia, nickte Angela und Brigitte zu, und verließ mit meiner besten Freundin die Halle.

„Jetz' mach' dir bloß keine Sorjen. Der hat eindeutig dich jemeint un' sons' keinen!", sagte die vertraute Stimme aus der Umkleidekabine direkt neben meiner. „Schon jar nich' die Klaudia. Da jeh' ich jede Wette ein." Winnie war eine wunderbare Freundin, selbst wenn sie log. „Du spinnst wohl!", hörte ich mich antworten. Ich glaubte ihr natürlich kein Wort, war aber trotzdem erleichtert und irgendwie glücklich. Träumen war schließlich nicht verboten, und immerhin hatte ich ihn gerade gesehen und mit ihm gesprochen. Nur jammerschade, dass die anderen ihn noch so lange sehen durften. Sie wurden mit dem Auto abgeholt, nur wir mussten den blöden Bus nehmen. Als ich mir die Haare trocken föhnte, war ich den Tränen nahe. Das war alles so gemein! Winnie seufzte. „Echt Scheiße, dat wir nich' zwei oder drei Jahre älter sind", meinte sie. „Dat kannste wohl sagen!", stimmte ich ihr aus tiefster Seele zu. „Wenn der sich wirklich für die Klaudia interessieren würde, wär da längs' wat passiert", tröstete mich Winnie. „Die wohnt doch bloß drei Häuser weiter. Der hat dich jemeint, da kannste Jift drauf nehmen."

Abends im Bett konnte ich vor Aufregung nicht einschlafen, kuschelte mich tief in die Kissen und versuchte, mir jede Bewegung und jedes Wort von Gabriel wieder und wieder ins Gedächtnis zu rufen. Ich wünschte mir so sehr, dass ein Wunder passieren würde. Irgendetwas, egal was. Ich war so verwirrt, so unglücklich und so schrecklich verliebt. Bevor ich einschlief, nahm ich mir fest vor, gleich am nächsten Tag eine neue Badekappe zu erstehen. Wenn es sein musste, sogar eine richtig teure. Genauso schön wie die von Klaudia. Vielleicht sogar noch schöner. Doch trotz der neuen Badekappe, hellblau, aber leider völlig ohne Noppen und Blumen, denn so ausgefallene Badekappen gab es in Kattendonk nicht, tauchte Gabriel danach nicht mehr im Hallenbad auf. Wir sahen ihn nur von weitem in der Kirche. Ein paar Mal schien es mir, als hätte er in meine Richtung geschaut oder gar gelächelt. Aber bestimmt hatte ich das nur falsch gedeutet. Mich draußen vor die Kirche zu stellen und dreist auf ihn zu warten, traute ich mich nicht, auch wenn ich es liebend gern getan hätte. Das machten schon andere. Glücklicherweise bisher ohne Erfolg. Und an seinem Haus ging ich auch nicht mehr vorbei. Das war unter meiner Würde. Wie sagten meine Großtanten doch immer so schön: „Anständige Mädchen müssen sich rar machen." Anständige Mädchen liefen keinem hinterher, auch wenn es noch so schwer fiel.

Maikirmes

Am zweiten Maiwochenende war wie üblich in Grefrath Kirmes. Damals standen die Karussells und Buden noch auf dem großen Festplatz vor dem Freibad, in der Nähe der Dorenburg. Am Kirmessamstag erwachte ich mit einem mir völlig fremden Gefühl. Ich konnte es nicht näher bestimmen, es war eine Art Unruhe, die so groß war, dass ich mein Frühstück kaum essen konnte und in der Schule so unkonzentriert war, dass es sogar Schwester Lucia auffiel. Nur gut, dass wir samstags nur vier Stunden Unterricht hatten. Um zwanzig nach elf war die Schule aus, und wir fuhren mit den Rädern heim. Nachmittags wollten Winnie und ich unbedingt auf den Kirmesmarkt. Aber wir mussten Nana mitnehmen, denn Mama hatte Geburtstag, lief wieder mal zu Höchstform auf und brauchte dazu freie Bahn. Sie hatte alle Hände voll damit zu tun, das Wohnzimmer zu schmücken, die Getränke kalt zu stellen, Schnittchen zu schmieren, Fliegenpilze aus Tomaten, Eiern und Mayonnaise zu zaubern und diverse Salate und kalte Platten für den Abend vorzubereiten. Außerdem fand ausgerechnet heute das wichtige Fußballländerspiel zwischen Irland und Deutschland statt, dem alle entgegenfieberten. Der Besuch würde also die meiste Zeit geschlossen vor dem Flimmerkasten hocken. Meine Vorfreude hielt sich stark in Grenzen. Elterliche Geburtstage waren bei uns Stress pur. Mutter wirbelte schon tagelang vorher durchs Haus und spannte alle mit ein, damit ihre tausend Messingsachen poliert, der große Glasschrank ausgewaschen und sämtliche Gläser sauber gespült waren, was ich überhaupt nicht verstand. Welcher halbwegs normale Mensch, mit Ausnahme meiner Mutter vielleicht, kam auf die Idee, bei einer Geburtstagsfeier den Glasschrank und das Messingregal der Gastgeberin zu inspizieren? Doch in diesem Punkt ließ sie partout nicht mit sich reden. Am Freitag polierten wir Messing und wuschen Gläser, und am Samstag stand Mutter stundenlang in der Küche und kreierte so viele Gerichte, dass sie damit locker das Nibelungenheer hätte versorgen können. Nur wenn ich ordentlich mithalf, durfte ich vor der Feier noch schnell auf den Kirmesmarkt. Mit Nana. Und um spätestens halb acht musste ich auf jeden Fall wieder zu Hause sein, weil um acht der Besuch kam und ich beim Bedienen helfen musste. Winnie musste sogar schon kurz nach sieben zu Hause sein. Wie ärgerlich.

Samstage waren streng reglementiert, und ich hatte diverse Pflichten. Nach dem Mittagessen musste ich den Kies auf dem Bürgersteig harken, in unserem Straßenabschnitt die Rinne fegen und gemeinsam mit Vater das Auto waschen. Meine Spezialbereiche waren Scheiben, Radkappen und das Wageninnere. Erst danach durfte ich in mein *Fenjala*-Bad steigen. Wir badeten alle vier nacheinander, und mir war es sehr wichtig, dass ich das erste Wasser bekam, denn dann war es noch sauber und schön heiß. Die Zeit zog sich trotz Arbeit zäh dahin, und ich wurde immer nervöser. „Mein Gott, was hat das Mädchen heute bloß?", fragte meine Mutter mehr als einmal. Ich wusste es selbst nicht. Ich verstand die Welt nicht mehr. Mein Vater hatte versprochen, uns auf den Kirmesplatz zu bringen, damit wir etwas Zeit gewannen und nicht so weit laufen mussten.

Auch Winnie war eingespannt. Ihre Eltern waren wieder bei den Grotekerker Verwandten, und sie hatte den Brüllaffen am Hals. Schöne Aussichten. Endlich war ich fertig gebadet und wohlduftend, gab Winnie und dem Brüllaffen das vereinbarte Telefonsignal, und wir quetschten uns mit Nana in den frisch gewaschenen Audi. Mein Vater fuhr uns zum Kirmesplatz, wo Winnies Vater uns um sieben wieder abholen würde. Gregor war diesmal glücklicherweise kein Problem. Er setzte sich sofort ab, als er seine Fußballkumpel erblickte. „Den sind wir los", seufzte Winnie erleichtert. „Ob *die* wohl auch kommen?" Ich wusste natürlich genau, wen sie meinte. Nana wusste es nicht, was sie sauer machte. „Wen meins' du? Nu' sach schon endlich!", rief sie und hüpfte neugierig um mich herum. „Tante Finchen und Tante Pia", erklärte ich schließlich. „Fragt sich nur, wann!"

Wir streiften ziellos umher, holten uns staubige Schuhe, standen unschlüssig vor den Karussells und der Wurfbude herum, machten alberne Witze über Mottes Agathe, die wie der Santa-Fe-Express über den Markt brauste, damit ihr auch ja nichts entging, und gaben uns Mühe, möglichst unbeteiligt auszusehen und nicht unablässig zum Eingang zu schielen. Das Ablenkungsangebot war begrenzt. Wir aßen jeder ein Stück steinharte Kokosnuss und ein großes Softeis, kauften uns Lose, die wie üblich Nieten waren, und versuchten verzweifelt, die quirlige Nana bei Laune zu halten, damit sie uns nicht zu sehr nervte. Sie zappelte herum wie ein Fisch und quasselte wie ein Wasserfall, wenn sie nicht gerade etwas Essbares verschlang, und langweilte sich sofort, wenn sie auch nur eine Sekunde still stehen sollte. Wir kauften ihr eine Esskette, ein Lebkuchenherz, Zuckerwatte, einen roten Liebesapfel am Stiel, ein Fischbrötchen, Gummibärchen, noch mehr Zuckerwatte und noch eine Esskette. Ich fragte mich, wie sie das aushielt, ohne dass ihr speiübel wurde. Aber Nana hatte einen Magen wie ein Spülstein. Genau wie Cito. Zwischendurch ließen wir sie ausgiebig Karussell fahren und beobachteten derweil, wer alles im violetten Sternenzelt der Wahrsagerin verschwand, und was für Gesichter die Frauen machten, wenn sie wieder herauskamen. Komischerweise gingen nur Frauen in das Zelt.

„Kein schlechter Beruf", mutmaßte Winnie. „Damit kann man bestimmt jut verdienen. Man sagt einfach immer nur dat, wat die Leute hören wollen. Ich wette, dat könnte ich auch jut." Das konnte ich mir lebhaft vorstellen. „Aber den ganzen Tag im Zelt hocken und anderen in die Hände starren oder ihnen blöde Karten legen?" „Stimmt auch wieder", gab Winnie zu. „Is' bestimmt stinkelangweilig." Manchmal kam die Wahrsagerin kurz nach draußen, um frische Luft zu schnappen oder eine Zigarette zu rauchen. Sie war stark geschminkt, trug einen silbernen Turban und ein Gewand aus mitternachtsblauem Samt. Nur ihr Name war schlecht gewählt, da waren wir uns einig. Sie hieß Kassandra!

„Bescheuert. Kassandra hat doch immer nur Sachen jesagt, die keiner jejlaubt hat!", meinte Winnie. „Un' zum Schluß isse auch noch zusammen mit Ajamemnon im Bad erdolcht worden." Sehr richtig. Die Sehergabe hatte ihr der verliebte Apoll geschenkt, doch als die schöne Kassandra ihn verschmähte, bestrafte er sie damit, dass ihr niemand mehr glaubte. Zurücknehmen konnte er sein Geschenk nämlich nicht mehr. Ein grausames Schicksal. „Meinste, die hat Ajamemnon jeliebt? Oder war die nur seine Kriegsbeute?" Das wusste ich auch nicht. Wir verbrachten ziemlich lange damit, unser Gedächtnis nach dem Namen von Agamemnons Gattin zu durchforsten. Es war ein komplizierter Name, aber schließlich fiel er uns ein: Klytämnästra! Schwester Theosopha sei Dank!

„Nur gut, dat die Wahrsagerin nicht Pandora heißt!", meinte ich und stellte mir vor, wie lauter unheilbringende Geister schwallartig aus dem Zelteingang herausfuhren und die Kattendonker Jahrmarktbesucher peinigten. Wir kicherten. Danach fuhren wir noch mit Nana Raupe und Geisterbahn, kauften ihr Reibekuchen und Pommes frites, ließen sie von den gebrannten Mandeln probieren, die wir für meine Mutter gekauft hatten, dann auch noch von den Veilchenpastillen für meinen Vater, lachten über die albernen Bemerkungen der Schausteller, die meinten, wir hätten offenbar einen echten Vielfraß an der Hacke, und versuchten, gegen das Heulen und

Pfeifen der Lautsprecher anzuschreien. Mir war schlecht vor Aufregung. Neben der Kasse an der Raupe entdeckte Nana zwei Spiegel, in dem einen sah man lang und dürr aus, in dem anderen dick und rund. Nana lief entzückt hin und her. Auf der Dorenburgseite gab es eine Bude, an der man Topfblumen und übergroßes billiges Spielzeug gewinnen konnte, und ganz am Ende des Platzes stand als besonderer Höhepunkt ein wunderschönes historisches Karussell mit hölzernen Pferden. Eins davon erinnerte mich gleich an den alten Schimmel vom Müskeshof. „Dat weiße Pferd sieht ja aus wie Shakespeare!", meinte auch Winnie verblüfft. Nana probierte alle Pferde nacheinander aus, und wir hofften inständig, dass sie sich nicht den Drehwurm holte und alles, was sie gerade verschlungen hatte, wieder von sich gab. Doch Nana blieb fit und unersättlich und konnte einfach nicht genug bekommen. Unsere Rettung nahte, als sie unerwartet ihre beste Freundin und deren Mutter erspähte. „Darf ich mit denen mit, Marlies?", rief sie. Ich kaufte ihr noch ein paar Karussellfahrkarten, und wir waren endlich frei. Doch uns blieb kaum noch Zeit.

Sobald Nana weg war, stellten wir uns an die Raupe, weil man von dort aus den besten Blick hatte. Winnie hatte die Hände in den Hosentaschen vergraben und kaute ihr fünfzigstes Kaugummi, während ich in meiner Schultertasche herumkramte, weil mir nichts Besseres einfiel. Plötzlich tauchte Klaudia Kamphuisen an der Schießbude auf. In Begleitung von Axel Brökskes! Als er Winnie bemerkte, ließ er Klaudias Hand sofort los. Seine Begleiterin schaute sich erbost um, entdeckte uns und war stocksauer. „Der is' ja immer noch in dich verknallt!", bemerkte ich schadenfroh. „Halt bloß die Klappe!", zischte Winnie. „Dat hat jar nix zu bedeuten! Du siehs' ja selbs', dat der sich mit 'ner anderen tröstet. Viel Jlück! Die beiden ham sich echt verdient." „Warte nur, bis wir Schlussball haben", neckte ich sie. „Dann tanzt der bestimmt nur mit dir."

„Eher friert die Hölle zu un' Schweine haben Flüjel!", schnaubte Winnie. „Keinen Schritt tanz ich mehr mit dem Lackaffen. Lieber jeb ich mir die Kugel. Oder ich jeh einfach nich' hin zu dem bescheuerten Schlussball!" Ich hatte dazu auch wenig Lust, denn zu diesem Anlass mussten wir lange Kleider tragen. Ein grauenhafter Gedanke. Wir drehten immer neue Runden um den Kirmesplatz, während die Zeiger der Uhren gnadenlos weiterkrochen.

„Mist, wir sind einfach viel zu früh!", sagte Winnie. „Die interessanten Leute kommen ers', wenn et dunkel is'. Macht ja auch viel mehr Spaß mit all den Lichtern. Sach mal, wat is' eijentlich heute los mit dir?" Wie sollte ich ihr das erklären? Ich wusste es ja selbst nicht.

„Ich hab' so 'n komisches Gefühl, Winnie. Schon den ganzen Tag. Als wenn wat total Wichtiges passiert. Wat alles verändert. Du weißt schon. Kairos."

„Hab' mich schon jewundert, dat du so raatelich bis'. Scheiße, jleich kommt mein Vater. Wir müssen los. Komm, wir holen Nana un' den Brüllaffen."

Gregor kam ohne Gegenwehr mit, weil er Kohldampf hatte und es bei Klaarenboms Würstchen gab, doch meine satte Schwester wehrte sich mit Händen und Füßen, weil sie lieber bei den Holzpferden bleiben wollte. Ich konnte es ihr nicht verdenken. Ich wollte auch lieber bleiben und zermarterte mir das Hirn, wie ich das wohl anstellen könnte. Ich hatte das merkwürdige Gefühl, an einer Art Weggabelung zu stehen. Als ob meine ganze Zukunft davon abhing, welche Richtung ich jetzt einschlug. Wenn ich jetzt nach Hause ging, passierte nichts. Wenn ich blieb, würde alles anders werden. Winnie beobachtete mich. „Wenn dat wirklich Schicksal is'", meinte sie, „dann musste jetzt unbedingt hier bleiben."

Weit weg am Eingang erschien die kräftige Silhouette von Winnies Vater. Nana eiste sich erst von den Pferden los, nachdem wir ihr versprochen hatten, schnell noch eine Flasche mit Liebesperlen für sie zu kaufen. Winnie flüsterte aufmunternd: „Versuch et einfach! Bleib hier! Du muss' nur dran jlauben! Ich mach' dat schon. Ich sach deinen Eltern Bescheid. Mir fällt schon wat Jutes ein."

„Aber ich muss doch beim Servieren helfen! Um acht kommen die Gäste."

„Ich sach, dat du spätestens um Punkt acht zu Hause bis'. Da haste noch 'ne janze Stunde. Da kann viel passieren."

„Danke, Winnie!" Ich wusste nicht, was ich sonst noch sagen sollte. Winnie zuckte mit den Achseln, und ich drückte sie ganz fest.

„Viel Jlück!", flüsterte sie. Dann ging sie mit den beiden Kindern auf ihren Vater zu, und ich blieb mit gemischten Gefühlen zurück. Noch war genug Zeit, um ihnen nachzulaufen. Nein, ich musste bleiben. Ich versuchte, mich auf die Musik zu konzentrieren. Es waren mehrere Songs gleichzeitig. An der Losbude sang Michael Holm *Mendocino*, an der Raupe schmetterten die Shocking Blue *Venus*, und der Selbstfahrer-DJ spielte *Ob La Di, Ob La Da*. Winnie drehte sich noch ein letztes Mal um und winkte. Ich winkte zurück. Dann bogen die vier um die Ecke, und ich war allein. Meine Aufregung wurde immer größer. Irgendwie musste ich jetzt die Zeit totschlagen. Ich betrachtete ausgiebig jede einzelne Fressbude, zählte die Kinder auf den Karussells, die Holzpferde und die Streifen auf dem Verdeck der Raupe, das sich gerade über Axel Brökskes und Klaudia Kamphuisen schloss. Axel wirkte immer noch reichlich unentspannt. Klaudia nicht. Wahrscheinlich war sie froh, dass Winnie fort war. Ich schlenderte in Zeitlupe über den gesamten Kirmesplatz und versuchte zu erraten, welche Musik als nächstes gespielt würde. Ich beobachtete den Raupemann, obwohl er mich nicht die Bohne interessierte, und stellte mich an den Autoscooter, den wir damals Selbstfahrer nannten, weil dort gerade *Grooving with Mr Bloe* gespielt wurde. Das war eins meiner Lieblingslieder.

Dann tat mein Herz tat einen Sprung. Da war er. Gabriel. Er hatte seine Jeansjacke und die schwarze Cordhose an. Doch er war nicht allein. Ein hübsches Mädchen hing an seinem Arm, aber es war weder Karla Wittlich noch Marlene Möllesen. Ich hatte sie noch nie gesehen. Die beiden schienen sich gut zu kennen, steckten die Köpfe zusammen und schlenderten lachend zur Schießbude. Die Enttäuschung traf mich wie ein Keulenschlag. Meine Knie waren butterweich, mein Herz eiskalt. Meine Welt ging gerade unter, und ich kam mir so lächerlich vor. Warum war ich bloß geblieben! Hoffentlich hatte er mich nicht gesehen! Ich wollte weg, doch ich war wie gelähmt. Gabriel lachte über irgendetwas, was das Mädchen gesagt hatte, und schoss seiner Begleiterin einen kleinen Blumenstrauß, den er ihr mit einer lustigen Verbeugung überreichte. War das seine Freundin? Wäre ich doch nur mit den anderen nach Hause gefahren, dann wäre mir dieser Anblick erspart geblieben! Ich hielt Ausschau nach einem Mauseloch, doch es gab keins. Es wurde immer voller. Auch Manfred war jetzt eingetroffen, winkte mir zu und stieg mit einer langhaarigen Unbekannten in die Raupe. Sie kam eindeutig nicht aus Kattendonk und ging auch nicht in Niersbeck zur Schule. Er beugte sich zu ihr hinüber und küsste sie auf den Mund. Sie war sehr schön und *mindestens* siebzehn! Nur gut, dass Winnie schon weg war. Angela und Brigitte tauchten aus dem Nichts auf und bewegten sich in meine Richtung. Auch das noch. Hoffentlich kamen sie nicht auf die Idee, mir Gesellschaft zu leisten. Bloß nicht! Nein, sie tuschelten und gingen weiter. Für mich war der Abend gelaufen. Ich musste unbedingt weg, ohne dass Gabriel mich sah. Aber wie? Ich konzentrierte mich auf das Funken sprühende Fahrgeschäft vor mir. Jede Einzelheit versuchte ich mir einzuprägen, als müsste ich eine Bildbeschreibung für

Frau Burgs Kunstunterricht verfassen. An jedem Elektroauto war eine lange dünne Metallstange befestigt, die bis hinauf an das Netz im dunkelblauen Himmel mit den gelben Sternen reichte. In jedem Scooter war Platz für zwei Personen. Das klobige Lenkrad befand sich genau in der Mitte. Jeder Wagen hatte eine Nummer. Ich hasste Autoscooter. Aus gutem Grund war ich noch nie mit einem gefahren und hatte auch nicht vor, es je zu tun. Wie gefährlich die Dinger waren, sah man schon an den dicken Gummipuffern. Alle, die damit fuhren, waren gemeine Rempler und wummerten dauernd gegeneinander, dass es nur so krachte. Als ich vorsichtig hochsah, war Gabriel verschwunden. Egal. Es war ohnehin alles aus und vorbei. Ich stieg noch ein wenig höher auf die silberne Metallrampe und starrte blind auf die bunten Scooter. Gabriel saß bestimmt längst in der Raupe und knutschte mit seinem Mädchen.

Oh Gott, da kam Axel Brökskes, diesmal ohne Klaudia, wo war sie bloß, und steuerte zielstrebig und breit grinsend in meine Richtung. Wahrscheinlich war er auf der Suche nach Winnie. Als er nur noch wenige Schritte von mir entfernt war, drehte ich mich demonstrativ weg. Das musste selbst der unsensible Axel verstehen! Doch er verstand es offenbar nicht, denn Sekunden später spürte ich seine Hand auf meiner Schulter und zuckte vor Schreck zusammen. Dieser unverschämte Kerl! Dass er es wagte, mich zu berühren! Ich wirbelte aufgebracht herum. Und blickte in ein freundlich lächelndes Gesicht, das ich schon zigmal gezeichnet hatte und das nicht Axel Brökskes gehörte. Axel hatte weder dunkelbraune Locken noch eine Schneidezahndiastase.

„Hast du Lust auf eine Runde Selbstfahrer?", fragte Gabriel. Ich war sprachlos. Seine Hand blieb auf meiner Schulter. Sie fühlte sich warm und vertraut an und versetzte mir einen ziemlichen Stromschlag. Ich bekam kein Wort heraus. „Na, was meinst du?", hakte er freundlich nach.

„Aber ... wo ... ist ... denn ... deine ...?", stammelte ich.

„Bei ihren Freundinnen. Das ist bloß meine Cousine. Sie heißt genau so wie du. Marlies. Sie kommt aus Krefeld." Nur seine Cousine! Aus Krefeld! Wie wunderbar! Etwas Schöneres hätte er gar nicht sagen können.

„Ach so." Ich holte tief Luft. Nur gut, dass er die Felsbrocken nicht sah, die von meinem Herzen fielen. Gedanken und Gefühle fuhren Achterbahn. Sie war nicht seine Freundin! Gabriel stand neben mir! Er hatte mich angesprochen! Ganz ohne mein Zutun! Er kannte meinen Vornamen! Er interessierte sich für mich! Für *mich*!

Nie hatte ich mich bisher auf den Selbstfahrer getraut. Sämtliche Großtanten und auch Oma hatten mir von klein auf eingebläut, dass man von den sprühenden Funken winzige Metallsplitter in die Augen bekam, die im Krankenhaus herausoperiert werden mussten und den Sehnerv dauerhaft schädigten. Tante Pia schwor Stein und Bein, dass eine ihrer Freundinnen davon blind geworden war. Und wenn die Wagen mit voller Wucht zusammenprallten, erlitt man unweigerlich eine schwere Gehirnerschütterung, wenn nicht gar ein Schleudertrauma und klemmte sich beide Hände ein. Die mussten unter Umständen sogar amputiert werden, so zerquetscht wie sie waren! Die bunten kleinen, harmlos aussehenden Elektroautos waren in Wirklichkeit lebensgefährliche Killer Cars. Der Selbstfahrer-DJ legte *Yellow River* von Christie auf. In meinem Kopf wirbelte alles durcheinander.

„Na, hast du Lust?", erkundigte sich Gabriel. Mein Herz klopfte zum Zerspringen. Ich sah ihn an, dachte an Schwester Theosophas *Kairos*, schleuderte sämtliche Gedanken an Gehirnerschütterung, amputierte Hände und unkende Großtanten in den Wind und strahlte. Es war alles ganz leicht. Es war wirklich *Kairos*. Ich brauchte mir keine Sorgen mehr zu machen. Mir würde nichts passieren. Mir *konnte* gar nichts passieren! „Ja", sagte ich. Einfach so. Ohne zu zögern. Obwohl ich der größte Angsthase von Kattendonk war.

„Du brauchst keine Angst zu haben, die Dinger sind völlig ungefährlich", meinte Gabriel, dem mein Zögern nicht entgangen war. Wenn er lachte, sah man wieder die niedliche Lücke zwischen seinen Schneidezähnen, und sein Gesicht so nah an meinem erschien mir gleichzeitig gefährlich fremd und unglaublich vertraut. Er nahm meine Hand, und wir liefen zum Kassenhäuschen.

Ich weiß nicht mehr, wie oft wir fuhren. Aber ich weiß noch, dass unser Scooter die Nummer zwölf hatte und dunkelblau war, mit langen roten Flammenzungen an den Seiten. Lebensgefährliche Funken umsprühten uns, tödliche Blitzschauer regneten auf uns herab. Die anderen rammten uns, was das Zeug hielt, so dass wir heftig wummernd auf und ab hüpften. Es knallte, kreischte und zischte, der DJ spielte *Lola* von den Kinks und *In the Summertime* von Mungo Jerry. Ich bekam keinen Metallsplitter ins Auge, meine Hände wurden nicht zerquetscht, ich erlitt keine Gehirnerschütterung und kein Schleudertrauma. Mir war nur schwindelig. Sehr schwindelig. Gabriel hatte seinen Arm schützend um meine Schulter gelegt, hielt mich ganz fest, lächelte freundlich und versuchte, sich mit mir zu unterhalten. Doch bei dem Höllenlärm verstand ich kein einziges Wort. Ein feixender Axel Brökskes und eine säuerlich blickende Klaudia Kamphuisen rammten uns. Gabriel war ein geschickter Fahrer und wich den anderen aus, so gut es ging. Offenbar kannten ihn viele und machten sich einen Spaß daraus, uns zu verfolgen. Besonders Manfred und sein Mädchen ließen sich nicht abschütteln. Ich merkte erstaunt, wie sich in mir alle inneren Knoten lösten und ich anfing, das wilde Treiben zu genießen. Als der DJ *Eloise* von Barry Ryan spielte, blieb der Scooter stehen und Gabriel half mir behutsam aus dem Wagen.

„Wenn du magst, fahr ich dich später nach Hause", sagte er, „Ich hab' meinen Käfer dabei. Hast du vielleicht Lust, vorher noch ein bisschen spazieren zu gehen?" Ich nickte ungläubig.

„Ich muss aber um Punkt acht zu Hause sein", sagte ich zögernd.

„Ach, das schaffen wir locker", sagte er und legte wieder seinen Arm um meine Schulter. Ich war erschrocken, glücklich, stolz, aufgeregt, ängstlich und schüchtern, alles gleichzeitig, und mein Gesicht brannte. Das war doch bestimmt alles nur ein Traum? Angela und Brigitte standen an der Rampe und beobachteten uns. Es fehlte nicht viel, und sie hätten mit dem Finger auf uns gezeigt. Am Montag würden sie es überall herumerzählen. Vielleicht sogar schon vorher. Das kam sicher gar nicht gut, vor allem in Niersbeck. Noch keine von uns hatte einen festen Freund. Immerhin war Gabriel schon achtzehn und sah sogar noch älter aus. Er war erwachsen. Aber warum in aller Welt interessierte er sich ausgerechnet für mich? Ich konnte es nicht fassen. Alles egal. Montag war unendlich weit weg.

„Sollen wir in das Wäldchen hinter der Dorenburg gehen?", fragte Gabriel. „Da ist es schön um diese Zeit. Und da sind wir ganz allein."

Mein Herz sprang wie verrückt. Ich sah ihn an und hörte mich sagen: „Wohin du willst." Und ich meinte es genau so. Ich wäre in diesem Moment sogar mit ihm in den Orcus hinabgestiegen oder in den grausigen, alles verschlingenden Schlund von Skylla oder Charybdis gesprungen. Ich konnte mich nicht erinnern, jemals so glücklich gewesen zu sein. Ich schaute auf die Uhr. Acht Uhr? Das würden wir nie schaffen! Meine Mutter würde schäumen vor Wut. Sie würde mich vor den versammelten Geburtstagsgästen in Grund und Boden stampfen. Egal. Alles egal.

„Hast du morgen Nachmittag schon was vor?", fragte Gabriel. Ich schüttelte den Kopf. „Nein, gar nichts." „Dann könnten wir uns doch vielleicht treffen?" Ich nickte sprachlos und wusste genau, dass ich mindestens eine Stunde zu früh da sein würde. Und wenn meine Mutter mich nicht gehen lassen wollte, würde ich einfach aus dem Fenster springen. Wir gingen vorbei an der schlafenden Dorenburg, die zwischen den Bäumen und Sträuchern kaum zu sehen war. Zuerst roch es noch deutlich nach Kirmes, nach Popcorn, gebrannten Mandeln, Fischbude, Reibekuchen und Karussells, dann duftete es nur noch nach Abend, jungen Blättern und Frühling. Ab und zu streifte uns ein Zweig. Die Tasche rutschte mir von der Schulter, und Gabriel schob den Träger sanft wieder hoch. Die Kirmesklänge und Lautsprecherstimmen wurden leiser und leiser. Weit weg hörten die anderen den neuesten Song von Peter Maffay.

Dann wurde es still, und wir waren allein. Ich war unendlich verlegen und aufgeregt. Zwischen den Bäumen schimmerte eine Holzbank. Als wir uns setzten, wusste ich mit schmerzender Gewissheit, dass ich genau jetzt das Ende meiner Kindheit erreicht hatte. Vor mir lag ein Weg, der mir Angst machte, weil er ins Unbekannte führte und ich ihn allein gehen musste. Ohne meine Eltern. Ohne meine Familie. Ohne Winnie. Ganz allein. Einen Moment lang tat die Erkenntnis so weh, dass ich am liebsten fortgelaufen wäre. Ich tat etwas Verbotenes, etwas schier Undenkbares. Alle würden es erfahren. Die Kattendonker Buschtrommeln waren schnell und schrill. Unser Dorf hatte tausend Augen und tausend Ohren. Hier erfuhr jeder alles über jeden. Hier gab es keine Geheimnisse. Von nun an würden mich alle beobachten. Ob meine Mutter bereits wusste, dass ihre minderjährige Tochter Arm in Arm mit einem jungen dunkelhaarigen Mann den Kirmesplatz verlassen hatte und im Dorenburg-Wäldchen verschwunden war? Wenn nicht, würde sie es todsicher bald erfahren, denn Mottes Agathe hatte uns keine Sekunde aus den Argusaugen gelassen. Sie schaffte es mühelos, aus jeder noch so winzigen Mücke einen tonnenschweren Dinosaurier zu machen, und verbreitete skandalöse Neuigkeiten in Lichtgeschwindigkeit. Meine Großtanten würden vor Schock hintenüberfallen. Oma würde enttäuscht von mir sein. Meine Schulkameradinnen würden mich meiden wie die Pest. Sie würden mich beneiden, verachten, hassen, über mich tuscheln oder sich über mich lustig machen. Vielleicht sogar alles gleichzeitig. Bis auf Winnie natürlich. Winnie würde immer zu mir halten, egal, was passierte. Ach, Winnie! Was war, wenn uns jemand heimlich verfolgte und beobachtete? Genau in diesem Moment? Angela und Brigitte beispielsweise? Mottes Agathe höchstpersönlich? Oder Axel und Klaudia? Worauf ließ ich mich da bloß ein? Meine Eltern würden mich nicht verstehen. In ihren Augen war ich nur ein Kind! Ich würde Gabriel heimlich treffen müssen. Ich würde lügen müssen. Ich würde Riesenprobleme bekommen. Vielleicht sogar ganz schrecklichen Liebeskummer. Vielleicht würde ich sogar von der Schule fliegen, weil ich jetzt ein fauler Apfel war und die Schulmoral zersetzte. Ich sah Gabriel an und schob alle Bedenken und Ängste beiseite. Zum Teufel damit. Wichtig war nur, was gerade passierte.

Gabriel saß neben mir, ich spürte seinen Körper, seine Wärme, seinen Arm. Sein Gesicht war ganz nah. Ich schloss die Augen und stürzte in ein Zeitloch, so tief wie der tiefste Canyon. Ich sah noch, wie auf dem Kirmesplatz ein weißes Karussellpferd, dass aussah wie Shakespeare, von seinem Sockel sprang, an den bunten Buden vorbeigaloppierte und sich fröhlich wiehernd in die Lüfte erhob. Dann hörte die Welt auf sich zu drehen. Mindestens fünf Minuten lang. Doch es fühlte sich an wie die Ewigkeit.

Danke

Jan
  ohne den ich auch dieses Buch nicht geschrieben hätte

Caroline
  for friendship, feathers, horses and flying pigs

Meinen Eltern
  für Cito, Mozzarella-Pudding und Gartenfreuden

Annette
  für Nana und die Fensterschau

Oma Ninni, Opa Reinhold
  für den Stoff, aus dem die Träume sind, und Nadel und Faden zum Nähen

Meinen Großtanten Berta, Hanni, Käthe und Sofie
  für Kuchen und Geschichten

Den Schwestern unserer Lieben Frau
  für die Schule hinter den Mauern

Angelika, Barbara, Erdmute, Gisela, Heike und Marion
  für fröhliche Kindheitserinnerungen beim Porzellanmalen

Richard Hillen
  für die wundersame Rettung unseres Kinderengels

Walter von Lom
  für Adlerfedern und Indianer

Cortina
  für die kundige Hilfe beim Backen

Familie Küsters
  für das Hüten unseres Apfelbaums

Herbert Ackermann
  für sein Grefrather Mundart-Wörterbuch

Sabine Griesbach
  für Luftblumen aus Kenia

Ulla und Birgit
  für Butterblume und Frieda

Karl Groß
  für die (freiwillige) Amtszeit als Bürgermeister von Kattendonk

G.
  für den schönen Anfang einer traurigen Geschichte

Sigrid Ley-Köllstadt
  für die liebevolle Hilfe bei der Geburt dieses Buchkindes

Heidi Riehl
  für Winnies wunderbar maßgeschneidertes Papierkleid

Glossar „Kattendonker Platt"

Dass ich die Stimmen meiner Verwandten auch nach mehreren Jahrzehnten noch deutlich hören kann, verdanke ich Herbert Ackermann, dessen dreibändiges Grefrather Mundart-Wörterbuch mir beim Erinnern eine unschätzbare Hilfe war. Die folgenden Dialektausdrücke und Sätze erscheinen in derselben Reihenfolge wie im Text. Manchmal sind im Buch Hochdeutsch und Dialekt gemischt, denn die Erwachsenen redeten mit uns Kindern selten reines Platt. Ausdrücke und Redewendungen, für die ich keine Belege fand, habe ich nach meinem Kindergehör geschrieben und so „übersetzt", wie ich sie im Zusammenhang verstanden habe. Bei der Schreibung habe ich versucht, mich an den Regeln der „Rheinischen Dokumenta" zu orientieren.

Jriiersch Plod – Grefrather Platt (wird natürlich auch in Kattendonk gesprochen)
Püfferkes – Krapfen (meine „Seelennahrung", mit Rosinen und Äpfeln zubereitet)
Kopesbuer – Kohlbauer
ootfränsche Hets – (ootfränsch: altmodisch) Hitzewallungen
de Höl aanjebloase – (wörtlich: die Hölle angeblasen) höllisch heiß
de Muken – Launen
Wäseljoere – Wechseljahre
Jodesluen – Gotteslohn
Melekschtuuk – Löwenzahn
Maasseskenger/Maaseskiees/Jongeskenger, nää! – Ausruf des Erstaunens

Prumetaat – Pflaumenkuchen
Blootwuersch – Blutwurst
Panhas (rheinische "Spezialität") – (unschön aussehende) gebratene (Blut-)Wurst
Suermoos – Sauerkraut
Prümkestsup – Milchreissuppe mit Rosinen
Panekook, Prümkeswääk – Pfannkuchen, Rosinenweißbrot
vresche Holländer – junger Gouda
Da möde we ons ävel beiiele – da müssen wir uns aber beeilen
Joseskenger, mich es et ja su schlait – Ach herrje, ist mir übel
T.. het dat. .... mitjebraut. – Das heißt Ciabatta. ... mitgebracht.
Lot et öch schmekke – Lasst es euch schmecken
Ala, dan maar tau – Na, dann man los
verkentscht – verwirrt, senil, „blöd"
Vleets woer dat doch de verkierde Kiies – Vielleicht war es doch der falsche Käse
M hab' ech jesaut. Af heet de doch angersch? – M hab ich gesagt. Oder heißt der doch anders?
Schmekk et öch dan neet? No sach doch jet, F! – Schmeckt es euch denn nicht? Jetzt sag doch was, F!
Dat woer ävel läker! Dat hab' ich met Wel jejeäte! – Das war aber lecker! Einfach köstlich!
Ons schmekk et – Uns schmeckt es jedenfalls
Mimke und Därmel – Bezeichnungen für schwächliche, empfindliche Kinder
Boosseskenger! Dat weet alles! – Donnerwetter! Die weiß alles!
Och, du sööten Duet – (wörtlich: süßer Tod) Ach, du liebe Zeit
veräpele, vör de Jäk hoone – veräppeln, zum Narren halten
bedätscht – nicht ganz richtig im Kopf
Och, lot joan – in meiner Familie oft gebraucht im Sinne von: „Ach, laß mich jetzt in Ruhe", „Ist mir doch egal" (meist war die Sprecherin verärgert)

Kroas, Kroam – Krempel
De Paaps wuer allwer doa – der Papst war wieder da
Un de jiirije Vreätsok hed ons wär de janze Köölschronk leär jefreäte – und der gierige Freßsack hat uns schon wieder den ganzen Kühlschrank leer gefressen
knatsch doll – total verrückt
op Latiin – auf Latein
Koos de net op öch waute – Konnte der nicht auf euch warten
Keek dich ens den Doreen an – Schau dir bloß mal das Durcheinander an
Ich wet neet, wo mich de Kop schteet – ich bin total durcheinander
On roan ens wä dat woer – Und jetzt ratet mal, wer das war
Ijoo! Woher wets do dat dann, Kengk? – (Ausruf des Erstaunens) Woher weißt du das denn, Kind?
Do bloas mich ens op et Hööt – Das ist wirklich unglaublich
Do bes ävel en kloch Kengk – Du bist aber ein kluges Kind
On schtält öch föer, de Vreätsok hät so vül jefreate, de köös wal ene Wolfsmaach habe – Und stellt euch vor, der Freßsack hat geschlungen wie ein Wolf
Schtärefkrüts – Sterbekreuz (Kruzifix, das Sterbenden Trost spenden soll)
Dat oot Schabrak will mich verjefte – Die Alte will mich vergiften (als Schabrak wurden oft gebrechliche alte Personen bezeichnet)
Al min Jält – mein ganzes Geld
Soitele – Süchteln (Ort am Niederrhein)
Jäkenhuus – Irrenanstalt, Nervenklinik
en angere Ömstäng – in anderen Umständen
On roan ens, wä dat wär woer – Und rate mal, wer das wieder war
De Schmeerlopp sal sich jät schaame – Der Schmierlapp soll sich was schämen

Waut maar, wän ich däm ens töschen die Vengere krii – Warte nur, bis ich den mal in die Finger bekomme
Duet, Kul, Schtearve – Tod, Grab, Sterben
Jeer duet, leäft longk – Wer am liebsten tot wäre, lebt lange
Loopschons/Juschpeert – neugierige, klatschsüchtige Frau
kwoat Jaat – böse, hinterlistige Frau (derber Ausdruck)
Fasteloavend – Karneval
vuule Tängkes – faule Zähnchen
ent Vüer jeschmeete – ins Feuer geworfen
Beäne kan neet schaane – Beten schadet nicht
jedärmelt und jepongelt – beschmust und liebkost (in übertriebener Weise)
Dinen Hongk es neet normaal – dein Hund ist nicht normal
Wat ihr all weete wollt – was ihr alles wissen wollt
Op dem Hongk lot ich neks kome – auf den Hund lass ich nichts kommen
Jüngskes – Jungen, junge Männer (oft abfällig)
Sal ich dich ens jät vertäle, Kengk? Ich verschton dich joot. Ich hab' ooch ens jesproake we do. Ich bön mit Jriiersch Plod opjewose! – Soll ich dir mal was sagen, Kind? Ich verstehe dich gut. Ich habe auch mal so gesprochen wie du. Ich bin mit Grefrather Platt aufgewachsen.
Mairäänger maak mich jruet, ich bön so klään wie nen Haanepuet – Mairegen mach mich groß, ich bin so klein wie ein Hahnenfuß (Kattendonker Lied)
Eerpelschäle, miir will ich nich' – Kartoffeln schälen, mehr will ich nicht
Schlöp – Schoß
Dat M kann sech net doersäte – Die M kann sich nicht durchsetzen
Lot dat Schnööp doch – Lass das Naschkätzchen doch
Wat bös do doch vör en lecker Drübelke – Was bist du für ein süßer kleiner Fratz

Wo kret dat Klään maar all dat Sööt her – Wo bekommt die Kleine nur all die Süßigkeiten her
Dat lot ich mich neet jevale – Das lasse ich mir nicht gefallen
Din Dauter het ose Walter jebeete! Ene Buuk! – Deine Tochter hat unseren Walter gebissen! In den Bauch!
Ose äreme Jong – Unser armer Junge
Mine Walter kös duet sin – Mein Walter könnte tot sein
Dat Weeit sul sofort eruut komme – Das Kind soll sofort nach draußen kommen
Dat jlövt jeei wal selv neet – Das glauben Sie doch selbst nicht
Dat Klään hät sinen eeje Wel, da kanste neks dran maake – Die Kleine hat einen Dickkopf, da kann man nichts machen
Wimelen – Johannisbeerschnaps
Opjesode – Aufgesetzter (Branntwein mit Früchten)
Ich mod öch onbedingt jet vertälle! Habter al jehuert dat Bongers Wil sin Frau jet met M anjefange hääd? – Ich muss euch unbedingt etwas erzählen! Wisst ihr schon, dass die Frau von W B wieder etwas mit M angefangen hat?
Maaseskiies! Alwär? Wat enen Oosel! Wän dat maar joot jeet! – Ach herrje. Schon wieder? Was für ein Elend! Wenn das nur gut geht!
De äreme Jong. On die ärem Wechter – Der arme Kerl. Und die armen Kinder
Dat es en schmeerije Fluut – Die ist ein mannstolles Flittchen
Ävel Jält wi Dreck – Aber Geld wie Dreck
Dat röökt ja wi Weeirook – Das riecht wie Weihrauch
Schpeklaatsjewürz – Spekulatiusgewürz
Dat süüd nou ävel neet miier schuen uut – Das sieht aber nicht mehr schön aus
Ich würd ja jeer miir Kook eate, ävel dat darf ich neet. Den Doktor häd öt mich verboane! Min Blootbelt! On min Hartklabastere! Dat kömmt all van de Kook. Kann ich noch jät Kofe habbe? – Ich würde ja gern mehr Kuchen essen, aber ich darf

nicht. Hat der Arzt mir verboten. Mein Blutbild! Meine Herzbeschwerden! Alles nur vom Kuchen. Kann ich noch eine Tasse Kaffee haben?
Verschangeliert – verdorben, verunstaltet
Jetz jäf mich doch ens 'n rechtich jruet Schtök Kook – Jetzt gib mir doch noch ein anständiges Stück Kuchen
Häs do di al long – Hast du die schon lange
Die häs' do mech doch jeschenkt – Die hast du mir doch geschenkt
Dat Deng is' uralt – Das Ding ist doch uralt
Wat en schuen Blömke! On die schuene Väreß! – Was für eine schöne Blume! Und die schöne Farbe!
Jamaar, es et mich wärem! Es et öch ooch su wärem? – Meine Güte, ist mir aber warm. Ist es euch auch so warm?
Jeei sed wal an' trööte – Ihr seid wohl dabei, euch zu betrinken
Wetse wat, Jong, do böös emmer noch ene schtaatse Käel! – Weißt du was, Junge? Du bist immer noch ein stattlicher Kerl!
van et Kallen aaf – sprachlos
knatsch beschwiimelt – total beschwipst
kadaunevoll – stockbetrunken
Dat wel ich waal hoape – Das will ich aber auch hoffen
Ich hab' dich jet jevroert – Ich habe dich was gefragt
Dat Kengk kann net lööje – Das Kind kann nicht lügen
Piin und Wiie – Schmerzen
Dat is' ävel keene jooe Aanfang. Wenn der dat M jetz' al net fenge kann! – Das ist aber kein guter Anfang. Wenn der die M jetzt schon nicht finden kann!
höltere Härjot – (wörtlich: hölzerner Herrgott) jemand, der Gefühle nicht zeigen kann
aanjaape – anstarren
do häset jeschafft. Ömjefalle wie ne Fels inne Brandung. Do bös net krongk jewease on do hes och net liie mode. Jong, dat hässe joot gemäk. – du hast es geschafft. Umgefallen wie ein Fels in

der Brandung. Du warst nie krank und musstest auch nicht leiden. Gut gemacht, Junge.

Märlänger und Möschen – Amseln und Spatzen

De Jong süüd ut wie sine Jroosvader – Der Junge sieht aus wie sein Großvater

Ävel vöer Manslüü met ene schworte Baart mot man sech alseleäve en aut neäme – Aber vor Männern mit schwarzen Bärten muss man sich immer in Acht nehmen

Wenn dat Kengk maar blos net op dome Jedongke kömp on möt Pusiiere använgt – Wenn das Kind nur ja nicht auf dumme Gedanken kommt und anfängt zu poussieren

Dat es völ te jeverlek in dem sin Alder. Man wet ni, wat druut wörd! – Das ist viel zu gefährlich in ihrem Alter. Man weiß nie, was daraus wird!